네가 하늘이다

푸른도서관 23

네가 하늘이다

초판 1쇄 / 2008년 7월 15일
초판 3쇄 / 2011년 11월 30일

지은이 / 이윤희
펴낸이 / 신형건
펴낸곳 / (주)푸른책들
등록 / 제321-2008-00155호
주소 / 서울특별시 서초구 양재천로7길 16 푸르니빌딩(양재동 115-6) (우)137-891
전화 / 02-581-0334~5 팩스 / 02-582-0648
이메일 / prooni@prooni.com 홈페이지 / www.prooni.com

ⓒ 이윤희, 1997, 1998, 2008

ISBN 978-89-5798-140-5 03810

이 도서의 국립중앙도서관 출판시도서목록(CIP)은 e-CIP홈페이지(http://www.nl.go.kr/ecip)와
국가자료공동목록시스템(http://www.nl.go.kr/kolisnet)에서 이용하실 수 있습니다.
(CIP제어번호: CIP2008001660)

네가

하늘이다

이윤희 지음

푸른책들

차례

비석까기

묵은해는 갔다.

갑오년(1894년)이 열렸다. 하지만 변한 것은 아무것도 없었다. 긴 겨우내 백성은 때 이른 봄을 꿈꾸며 기다렸지만, 밖은 여전히 칼바람 부는 추위뿐이었다. 겨울 해는 짧다. 구름 가득한 하늘에는 불그레한 저녁노을이 번졌고, 정월 바람은 매운 기운을 누그러뜨리지 않았다.

짚가리가 어지럽게 쌓여 있는 텅 빈 타작마당에서 열 살 안팎의 사내아이들이 허연 입김을 훅훅 뿜어 대며 놀고 있었다. 바짓가랑이가 흙으로 뒤범벅된 아이, 짚북데기 위에 엎어졌다 일어났는지 온통 검불을 뒤집어 쓴 아이, 그 중에는 한쪽 짚신이 다 헤져서 발동작이 자유롭지 못한 아이도 있었다.

아이들은 굴뚝에서 하나둘씩 연기가 피어오르는 것을 흘낏 흘낏 곁눈질하면서도, 아무도 먼저 나서서 놀이를 끝내고 집으로 돌아가려 하지는 않았다.

집에 가 봐야 뻔했다. 너나없이 늘 허기져 있지만 집에서 기다리고 있는 것은 기껏해야 보리쌀 한 줌에 시래기를 넣어 끓여 낸 멀건 죽 한 대접이 고작이었다. 그나마 이 정도는 좀 나은 편에 속했다.

그보다 더 가난한 집에서는 그것조차 기대할 수 없는 지경이었다. 그래서 아이들은 되도록 오래 밖에서 놀았다. 신나게 놀 때만은 배고픔을 잠시 잊을 수 있기도 해서였다.

한창 신명이 오른 '비석까기'는 요즘 들어 고부 근처에 사는 아이들이 부쩍 즐겨 하는 놀이였다.

"야야, 이번에는 막까기라니까!"

은강이는 그어 놓은 금에서 슬쩍 한 걸음 나가서 시작하려는 솔부엉이의 어깻죽지를 확 잡아당겼다. 솔부엉이보다 머리 하나는 작았지만 잡아채는 손길이 암팡졌다.

"짜식, 누굴 속이려구!"

"아, 알았어. 여기부터 시작하면 될 거 아냐."

솔부엉이는 말꼬리를 끌며 땅바닥에 그어 놓은 금 위에 정확히 섰다. 그러고는 말로 삼은 납작한 돌을 들어 저 편에 세워 놓은 은강이의 비석 조각을 겨누었다.

"하나, 둘, 셋!"

오른쪽 눈을 찌그려 감고 열심히 겨냥했지만 이번에도 비석 조각을 쓰러뜨리지는 못 했다. 솔부엉이는 말을 다시 주워 오며 구시렁거렸다.

"참내, 난 정말 막까기는 안 된다니까."

어느 틈에 그 소리를 들었는지 은강이가 픽 웃었다.

"그러냐? 그럼 걸음마까기는?"

"아, 그거야 뭐……."

솔부엉이는 넉살 좋게 웃었다.

"막까기는 우리 편이 이겼고, 이번에는 걸음마까기 차렌데, 니네 편이 먼저 해라."

은강이가 큰 인심이라도 쓰는 듯한 표정으로 말했다.

"좋지!"

솔부엉이는 다른 아이가 나설세라 얼른 자세를 잡았다.

"야, 이번 참에도 니가 먼저 허냐? 잘허지도 못 허는 것이……."

주먹코가 불쑥 내질렀다. 그러나 솔부엉이는 벌써 말을 무릎 사이에 끼고 엉거주춤 걷기 시작했다. 걸음마를 배울 때처럼 걷기가 어렵다 해서 '걸음마까기'라고 이름 붙여진 놀이였다.

"하여간에 저 녀석은……."

주먹코는 바지말기를 단단히 여미며 보일 듯 말 듯 입을 삐
쭉댔다.

무릎 사이에 반질반질한 돌을 끼고 걸으려니 저절로 엉덩이
가 뒤로 불쑥 나왔다. 허리를 자연스럽게 굽히면 조금 나을 듯
한데, 솔부엉이는 한사코 어깨를 빳빳이 펴서 걸음걸이를 한층
우습게 만들어 놓았다.

은강이네 편 아이들은 비석 조각을 빠뜨리게 하려고 장난을
걸기 시작했다.

"야가, 뭐가 마려운가 본디."

주걱턱이 솔부엉이에게 얼굴을 바짝 갖다 대며 약을 올렸
다.

"아니여! 어기적어기적…… 요렇게 허는 걸 봉께 뭔가가 벌
써 밖으로 나오신 모양인디?"

꺽다리가 정말로 냄새가 나기라도 한다는 듯 코를 막는 시
늉을 하며 솔부엉이의 걸음걸이를 흉내 냈다.

"그 정도에?"

솔부엉이는 코웃음을 치며 고개를 돌렸다. 그 때 저만치에
서 물동이를 인 민들레가 보였다.

솔부엉이의 표정이 대번에 구겨졌다. 아이들은 솔부엉이의
표정을 놓치지 않았다. 박수까지 쳐 가며 큰 소리로 솔부엉이

를 놀려 대기 시작했다.

"부엉아, 솔부엉아, 뭐 허냐?"

"부엉아, 솔부엉아, 뭐 허냐?"

물동이를 이고 바삐 가는 탓에 솔부엉이를 못 보고 지나치려던 민들레는, 아이들 소리를 듣고 그 자리에 섰다.

"에잇, 나 안 해!"

민들레가 조심스레 자기를 향해 고개를 돌리는 것을 보고, 솔부엉이는 무릎 사이에 끼웠던 말을 빼서 던져 버렸다.

"드디어 죽어 뿌렀다!"

"와하하하!"

거칠 것 없는 아이들 웃음소리가 타작마당에 넘쳐났다.

동자승을 데리고 길을 지나가던 노승이 난데없는 웃음소리에 아이들의 놀이판을 삐쭉이 들여다보았다.

'쯧쯧……. 못된 양반들이 제 자랑하자고 세워 놓은 송덕비다, 공적비다 하는 것이 얼마나 보기 싫었으면 비석을 쓰러뜨리는 저런 놀이가 다 생겨났을꼬…….'

노승의 하얗게 센 눈썹이 가늘게 떨렸다.

"어어? 스님!"

옆에 있던 아이의 어깨를 쳐 가며 웃던 은강이가 그제야 노승의 얼굴을 알아보고는 얼른 다가가서 손을 잡았다. 굳었던 노승의 표정이 어느 결에 풀렸다.

"허허, 녀석, 이렇게 늦도록 놀기만 해도 괜찮으냐?"

노승은 은강이 손을 뚜덕이며 물었고, 은강이는 대답 대신 씩 웃었다.

"저희 집에 가시지요?"

은강이의 물음에 이번에는 노승이 웃으며 고개를 끄덕였다.

"야, 내가 여러 번 말했잖아. 고창 선운사에 계시는 동학 스님. 앉아서 주무신다는…… 아, 왜, 도술도 쪼끔 부릴 줄 안다고…….”

은강이가 말꼬리를 흐리며 팔꿈치로 솔부엉이의 옆구리를 쿡 찔렀다.

"허허허, 동학 스님? 게다가 도술? 예끼, 이 녀석아!"

노승은 다시 껄껄 웃었다.

"어서 집으로 가자. 너 이 녀석, 그러다 쫓겨나겠어."

"쫓겨나면 스님이 계시는 절로 가지요, 뭐!"

"뭐야, 이 녀석아?"

노승은 여전히 사람 좋게 웃으며 앞장서서 걷기 시작했다.

"애들아, 내일 놀자!"

미련 없이 돌아서는 은강이의 뒤통수에다 대고, 솔부엉이가 재빨리 다짐을 했다.

"야, 너 잊지 마. 오늘 저녁 말목 장터……."

"뭐? 말목 장터?"

노승이 갑자기 말꼬리를 올리며 그 자리에 우뚝 섰다. 느닷없는 노승의 서슬에 솔부엉이 목소리가 기어들어갔다.

"예, 저 풍물판이 크게 벌어진다기에……."

"으음. 그, 그래."

노승은 재빨리 표정을 가다듬고는 어색하게 웃었다.

"허허, 내가 잠깐 다른 생각을 했구나. 자, 어서 가자."

"아, 참! 아버지, 집에 안 계신데요."

몇 발짝 가지 않아서 이번에는 은강이가 제풀에 펄쩍 놀라 소리쳤다.

"안 계시다구?"

"예, 문중 회의에 가셨는데……."

"허허, 녀석. 노는 데 정신이 팔려서 이제야 그 생각이 난 모양이로구나. 그래, 언제 오신다던?"

노승의 눈길이 안으로 잦아들었다.

"모레나 글피쯤…… 가 봐야 아신다고 했어요."

"그래…… 그렇다면…… 난 그냥 돌아가야겠구나. 참 아버지 안 계셔도 공주댁이 잘 살펴 주시지, 은실이랑?"

"예."

"그럼 아버지 돌아오시면 내가 다녀갔다고 말씀드려라. 짬을 봐서 며칠 뒤에 다시 들르겠다고."

"예."

"아, 그리고 오늘 저녁 그 장터에⋯⋯."

뭔가 말을 꺼내려던 노승은 다시 고개를 저었다.

"아, 아니다. 아무튼 내가 다녀갔다는 말씀 꼭 전해라, 알았지?"

"예."

은강이는 노승이 평소와는 달리 어쩐지 낯선 느낌이 들어 빨리 헤어지고 싶었다. 그 마음을 아는지 모르는지 노승은 여전히 껄껄 웃었다.

"허허, 녀석. 의젓하게 대답하는 걸 보니 아까 놀 때하고는 영 딴판인걸! 다 컸어⋯⋯. 자, 어서 가 봐라. 아버지가 집을 비우실 때는 네가 가장이야."

"예, 안녕히 가세요."

노승은 뛰어가는 은강이의 뒷모습을 사뭇 오래도록 바라보았다. 은강이 등 뒤로 어둠이 몰려오고 있었다.

머슴방의 이야기 장수

멀리서 희미한 풍물 소리가 들릴 뿐, 돌담으로 둘러싸인 김 부자의 집 안은 물 속처럼 조용했다.

"어휴, 추워. 이런 건 꼭 나만 시키고……."

솔부엉이는 어둠 속에서 아래채 머슴방을 향해 하얗게 눈을 흘겼다. 이 밤중에 집 안에 있는 아궁이를 모두 살펴보게 한 것은 낮에 나가 놀기만 한 데 대한 벌이었다. 머슴인 주제에 나가 놀기만 한 벌치고는 너그러운 것이었지만, 아무튼 당장은 지독히 추웠다.

"어휴, 추워."

솔부엉이는 다시 투덜거리며 할 수 있는 대로 온몸을 오그 라뜨렸다. 그러나 추위도 싹 잊어버릴 만큼 재미있는 일도 없 는 터에 정월 칼바람을 홑겹 바지저고리로 막을 수는 없었다.

솔부엉이는 장작을 던져 넣으며 사랑채 아궁이 앞에 쪼그리고 앉았다. 불길이, 홍시빛 불길이 일렁였다. 솔부엉이는 곱은 손가락을 펴서 불기를 쬐었다. 억세고 거친 손이었다. 설 지내고 이제 열두 살이 되는 아이의 손이라기에는 참으로 마디가 굵다.

한동안 그렇게 손을 내밀고 있자, 따스한 기운이 조금씩 퍼졌다. 그러나 그뿐이었다. 불과 마주 보고 있는 쪽은 어느새 홧홧해졌지만, 등 쪽은 여전히 시렸다.

'아래채에서는 등에 불을 쬐어야지.'

솔부엉이는 엉거주춤 자리에서 일어났다. 재가 풀썩이며 먼지를 일으켰고, 울컥 숯 냄새가 났다. 솔부엉이는 마른 가지를 챙겨 들고 살금살금 사랑채를 빠져 나왔다.

바깥채 머슴방에서는 두런두런 이야기 소리가 났다. 땔나무를 아궁이에 던져 넣으며 솔부엉이는 자기도 모르게 방 안에서 들리는 소리에 귀를 모았다.

"아, 글쎄 그랬는데 말이야……."

낯선 목소리였다. 아래채 아궁이에다 등 쪽을 마저 데우려던 생각은 아득히 잊고, 솔부엉이는 불당그래로 마른 가지를 구들 저 안쪽으로 밀어 넣은 뒤 자리에서 일어났다.

"더 이상은 참을 수가 없었던 거지. 도무지 살 수가 없었으니까."

잠깐 동안 아무도 말이 없었다. 솔부엉이는 방 쪽으로 가까이 갔다.

"그 때 모두 한결같이 이야기한 게 뭔 줄 아나?"

대답 대신 또 누군가가 한숨을 길게 내쉬었다.

"우리도 사람이라는 거지. 돼지나 토끼 새끼가 아니라, 당신들, 양반님네들하고 똑같은 사람 말이야."

"그래서요?"

낯선 목소리를 받은 것은 틀림없이 갑수였다. 심하게 떨리고 있었지만 분명 그것은 갑수 목소리였다.

"큰 구경거리였다지, 암. 십 년, 백 년 묵은 체중이 쑤욱 내려가는, 정말 볼 만한 일이었다는 거야."

'구경? 정말! 풍물 구경을 가야 하는데……'

갑자기 마음이 조급해진 솔부엉이는 불당그래를 던져 버리고 방문을 벌컥 열었다.

"형! 아궁이는 다 돌아봤어. 이제 가자."

느닷없는 소리에 방 안의 눈이 모두 솔부엉이에게 쏠렸다. 솔부엉이는 재빨리 방 안 사람들을 훑어보았다. 낯선 얼굴 하나가 보였는데, 생각해 보니 며칠 전에 은강이네 집에서 얼핏 보았던 이야기 장수가 틀림없었다.

"이야기 사시오! 이야기 사시오!"

이야기 장수는 농한기가 되면 이렇게 외치면서 온 나라 안에 이야기를 팔러 돌아다녔다. 그 사람들이 엮어 내는 이야기가 어쩌나 재미있고 감칠맛 나는지 이야기 장수가 누구네 사랑에 와 있다는 소문이 돌면 사람들은 좀이 쑤셔 못 견뎌 했다.

그들은 처음 며칠은 양반님네에게, 그 다음은 동네 사랑에 그리고 드물게는 머슴방에도 들었고, 사람들은 각각 제 형편에 맞는 장소를 찾아 끼어들고 싶어 안달을 했다.

원래는 양반이었는데 무슨 난리 통에 가난뱅이가 되었다는 솔부엉이의 친구 은강이네는, 그래도 다른 사람들보다 아직은 살 만해 보였다. 그러기에 주린 배를 채워 주지도 않는 이야기를 듣겠다고 보리쌀을 퍼 줘 가며 가끔 이야기 장수를 부르는 것이 아니겠는가 말이다.

덕분에 눈만 뜨면 은강이를 찾아 대는 솔부엉이는 이야기 장수가 와 있는 밤마다 살그머니 집을 빠져 나가 홍길동전, 장화홍련전, 토끼전 같은 이야기를 들을 수 있었다.

"야, 들어오든지 나가든지, 빨리 문 안 닫을래? 그렇게 서 있으면 우린 이대로 꽁꽁 언 채 널려 있는 빨래 꼴이 되겠다, 이 녀석아!"

이야기 장수가 껄껄 웃자, 토끼 꼬리 같은 상투가 탈래탈래 흔들렸다.

솔부엉이는 얼른 방 안으로 들어서며 문을 닫았다.

"그래서요? 그래서 어찌되었는가요, 결국은?"

갑수였다.

"어찌 되긴, 그거야 뭐…… 결국에 가서는……."

이야기 장수는 솔부엉이를 의식한 듯 말꼬리를 흐렸다.

"형, 우리 이제 풍물 구경 가자, 응?"

솔부엉이가 다시 한 번 졸랐다.

"예끼, 이놈아!"

솔부엉이 곁에 앉아 짚신을 삼던 또남 아배가 쥐어박는 시늉을 하며 헛웃음을 날렸다.

"무슨 묵고 살 일 났다고 풍물? 아, 익산 군수로 발령이 난 조병갑이가 고부에서 새물을 긁어 들이던 재미를 잊지 못해 며칠 만에 다시 고부 군수로 온다니께 반갑고 기뻐서 저절로 신명들이 나는 모양이제?"

또남 아배는 속이 없는 사람마냥 무턱대고 풀풀 웃었다.

그러나 솔부엉이는 그냥 넘어갈 수 없었다. 오늘 풍물판은 크다지 않던가? 운이 좋으면 구경 끝에 술지게미 떡이라도 하나 얻을 수 있을지도 모른다.

"짚신은 밤마다 삼지만 풍물은 날마다 하는 게 아니잖아?

갑수 형! 구경 가자, 응?"

그러나 갑수는 솔부엉이 말을 들은 척도 하지 않았다.

"판이 아주 크다던데. 말목 장터, 창동…… 하여튼 여남은
동네 풍물패가 모두 모인다잖아?"

대개 대보름 며칠 전부터 풍물판이 열리고는 했지만 올해는
유난히 빨랐다. 그리고 오늘은 배들벌 주변에 있는 여남은 마
을에서 모두 나온다는 것이었다. 솔부엉이는 저절로 온몸이 꼬
였다.

"도대체 좋은 언제 적부터 있었던 것이요?"

말버릇이 그랬다. 낮은 억양에다 불쑥 내지르듯 내뱉는 말
투, 갑수는 여전히 손을 놀리며 누구에게랄 것도 없이 물었다.

"아따, 형은 그것도 몰라? 그야 양반이 있을 때부터겠지."

솔부엉이가 얼른 받았다. 모두들 멈칫, 말이 없었다. 아주
불편한 침묵이 흘렀다.

"아, 양반이고 쌍반이고 얼른 풍물 구경이나 가자."

무르춤한 김에, 솔부엉이가 다시 한 번 졸랐다.

"이 녀석 말하는 것 좀 보소. 아주 경을 칠 녀석이로구먼. 아
직 매운 꼴을 못 본 모양이야."

이야기 장수가 너스레를 떨었다.

"치! 아저씨 걱정이나 하소!"

솔부엉이는 눈을 허옇게 치뜨며 입을 한 치나 내밀었다.

"그러나 저러나 그럼 그 사람은 어떻게 되었는데요? 사람답게 살고 싶다고 난을 일으켰다더니만?"

"으찌 되긴 으찌 되었겄어……."

이야기 장수 대신 말을 받은 또남 아배는 짚을 쑥 하니 훑어 길을 낸 다음, 양쪽 발가락에 걸었다.

"죽었제……."

"죽어요?"

"그려, 죽어 버렸다. 나긋나긋 제 손 안에 들지 않는 녀석을, 더구나 이빨 앙다물고 대드는 녀석을 양반님네가 살려 둘 것이여?"

또남 아배는 손바닥에 침을 퉤 뱉었다.

"아이고 어째……. 공연히 난은 일으켜 가지고……."

솔부엉이의 말에 갑수가 눈을 부라렸다.

"시끄러워! 네까짓 게 뭘 안다고. 안 그래도 지금 내 속이 내 속이 아니구먼."

갑수는 낮에 본 주인댁 아란 아씨의 박꽃 같은 얼굴을 떠올렸다.

"갑수, 너 이 녀석! 왜 자꾸 내 얼굴을 힐끗거리는 거야?"

문득 아씨와 잠시 시선이 마주쳤다 싶었는데, 아란 아씨의 목소리가 쨍, 하고 울렸다.

'너라니! 이 녀석이라니!'

걸핏하면 듣던 그 소리가 정작 아란 아씨의 입에서 나오자, 갑수는 별안간 정신이 아뜩해졌다. 온몸이 나른해지고 입맛까지 뚝 떨어졌다.

그러나 솔부엉이는 그런 갑수의 기분을 알 리가 없었다.

"치! 걸핏하면 나한테 꽥꽥 소리야. 내가 뭘 어쨌다고……."

솔부엉이는 앞에 놓여 있던 짚신짝을 툭, 내던지며 웅얼웅얼 입속말을 냈다.

"안 가려면 말아. 치, 혼자는 못 갈 줄 알고?"

솔부엉이는 홧김에 궁둥이에서 바람 소리가 나게 자리를 차고 일어섰다.

가자, 고부 관아로!

여전히 도사리고 있는 첫새벽의 어둠을 몰아 내려고 안간힘을 쓰듯, 말목 장터 곳곳에 화톳불이 활활 타오르고 있었다. 이글거리는 불꽃이 군데군데 몰려 선 사람들 얼굴을 비추곤 했다.

"야! 오늘은 어째 좀 이상하다?"

은강이가 팔꿈치로 솔부엉이를 툭 쳤다.

"글쎄……."

"글쎄는 무슨 글쎄. 자세히 봐. 이상하잖아. 떡 쪼가리 하나 안 보이는 건 그렇다 쳐도 약방의 감초처럼 빠지지 않는 막걸리 통도 안 보이고……."

은강이는 어깨를 으쓱이며 주위를 돌아보았다. 놀이패들이 모여드는지 사방에서 풍물 소리는 점점 요란해지고 있었지만,

어디에서도 음식을 내오는 부산함 따위는 느껴지지 않았다.

"저, 저놈의 물세 때문에 다들 뒤, 뒤란 우물까지 마, 말라 버린 모양이구먼. 아, 이거 내, 냉수 한 그릇 없이 판을 벌일 모양 아니랑께?"

기대가 틀어진 사람은 솔부엉이와 은강이뿐만이 아닌 모양이다. 얼핏 돌아보니 왕방울눈이 양 손을 저고리 소매 속에 찔러 넣은 채 투덜거리는 것이 보였다.

"야야, 진짜 판은 여기가 아니라 저기 아니야?"

은강이가 어둠 저 너머에 있는 저수지, 만석보를 가리켰다.

"글쎄……."

"얘가 오늘 글쎄병에 걸렸나? 밤새 글쎄네! 아무튼 아무래도 그런 것 같아. 그러니, 우리 저기로 가자!"

은강이가 재빨리 결론을 내렸다.

"너무 깜깜하잖아, 횃불도 없는데……."

솔부엉이가 자신 없는 목소리로 말꼬리를 흐렸다.

"괜찮아, 이렇게 사람이 많은데 뭐가 걱정이냐?"

은강이는 말이 떨어지기가 무섭게 사람들을 헤치며 바삐 걷기 시작했다.

"야, 너 그런데 여기 오다가 저쪽에 있는 사람들 봤어?"

한참 멍청하게 딴 생각을 하던 솔부엉이가 은강이의 팔을 잡으며 은근하게 물었다.

"아니. 어디?"

"저기, 저 둔덕 뒤에 말이야."

"어떻기에?"

"이상해. 얼굴이 꼭 돌처럼 굳었어. 그리고 있잖아…… 무
기, 무기를 들었어. 전쟁할 때 사람을 찌르는 창 말이야. 그걸
하나씩 다 들고 숨어 있어, 저기."

솔부엉이는 단숨에 여기까지 말해 버리고는 숨을 훅 들이쉬
었다. 은강이가 뭐라고 대꾸하기도 전에, 굵은 목소리가 대답
이라도 하듯 바로 곁에서 들렸다.

"드디어……, 이 망할 놈의 시상을 손봐 주는 거여! 뒤집어
엎는 거랑께!"

은강이는 놀라서 자기도 모르게 소리 나는 쪽으로 고개를
돌렸다. 텁석부리가 손가락 마디를 딱딱 소리 나게 꺾어 댔다.

"손은 무신 손. 굿이나 보고 떡이나 묵는 것이제."

옆에 서 있던 매부리코가 두툼한 입술을 비틀며 픽 웃었다.

"뭐시여?"

단번에 텁석부리의 목소리가 높아졌다.

"난 갈라네."

매부리코는 웃옷 앞섶을 여민 뒤 발걸음을 옮겼다.

"뭐? 인자부터가 시작인디 가긴 어딜 가?"

텁석부리가 화들짝 놀라며 매부리코의 팔을 잡았다. 정말 그 말이 맞는 모양이었다. 뿔뿔이 흩어졌던 풍물패가 꼬리를 물고 배들벌로 모여들고 있었다. 꽹과리를 치는 상쇠와 북잡이들이 먼저 와서 뛰었다.

꽤꽹꽹 꽹꽹 꽤꽹꽹꽹.

쿵 더덕 쿵더더덕 딱!

그러나 매부리코는 슬그머니 텁석부리의 팔을 밀쳤다.

"난 갈라네. 으으 춤구만."

매부리코는 뛰기 시작했다.

"도대체 오늘 무슨 일일까?"

은강이와 솔부엉이는 서로 얼굴을 마주 보았다.

"모두 들고일어나서 재부임한 조병갑이를 내쫓아 버린다는디?"

키다리가 팔짱을 끼고 선 채 말했다.

"그, 그게 될 소리랑가?"

눈쩡쩡이가 얼른 주위를 돌아보며 말을 더듬었다.

"되지 않으면? 자네 눈에는 여기 모여선 이 많은 사람이 안 보인다는 말이여? 이 숫자면 고부 관아뿐 아니라 전주 관아라도 한바탕 들었다 놓을 수 있당께!"

옆에 섰던 주먹코가 제풀에 콧김을 씩씩 뿜었다.

"과, 관아를?"

눈쩡쩡이가 화들짝 놀라며 되물었다.

"동학꾼들이 앞장을 선다는구먼."

텁석부리가 눈쩡쩡이를 무시하고 말했다.

"사람이 곧 하늘이라고, 그 사람들이 말혀 왔잖은가? 조병갑이를 비롯한 몹쓸 인간들, 하늘같은 사람을 짓밟은 죄로 오늘 천벌을 받게 될 것이여!"

텁석부리가 팔짱을 풀고 소매를 걷었다.

"글씨……, 그 천벌이라는 것이 어떻게 내릴랑가……. 동학꾼들, 전주 관아까지 잘 몰려가서는 지난번처럼 마당에 퍼질러 앉아 주문이나 외다 오는 것이 아닐랑가, 원……."

도포를 차려 입은 해사한 얼굴의 선비가 뒷짐을 진 채 끼여들었다.

"뭐시여?"

텁석부리의 얼굴이 금세 달아올랐다.

"우, 우리 여기 있어도 될까?"

솔부엉이의 얼굴이 하얗게 질린 것이 달빛 때문만은 아니었다. 그러나 이미 자리를 비키기에는 조금 늦었다.

머릿수건을 동여맨 사람 수십 명이 웅성거리는 군중을 향해 바람을 일으키며 다가왔다. 모여선 사람들의 눈길이 일제히 그쪽으로 쏠렸다.

"아아니, 저 사람들이 누군게라?"

"그러게 말여. 모두 창을 들었당께!"

"창뿐이 아녀! 저, 저건 화승총 아닌감네?"

모여선 사람들의 웅성거림이 조금 커졌다. 어느 틈에 둔덕 뒤에 몸을 숨기고 있던 장정들이 군중 속으로 흩어지며 소리쳤다.

"조용히 하시오!"

"풍물을 멈추시오!"

누런 수건을 똑같이 머리에 동인 젊은이들의 외침 서너 마디로, 모든 소리가 끊겼다.

들리는 것은 다만 바람 소리뿐.

짚단을 쌓고 그 위에 가마니를 덮은 임시 단 위에 한 사람이 올라갔다.

"어? 훈장님!"

은강이가 놀라 소리쳤다. 예전에 다니던 서당의 전봉준 선생님이다. 전봉준은 은강이가 서 있는 쪽을 향해 가볍게 웃음을 보이는 듯했다. 그러고는 입을 열었다.

"아녀자와 노약자 말고는 이 곳을 떠나지 마시오!"

모두들 전봉준을 향했다.

"우리가 피땀 흘려 지은 곡식이 우리 손에 들어오지 않고 저 악랄한 지주나 관리 손에 들어간 것이 어제 오늘의 일이 아닙니다. 우리는 언제나 갖다 바치기만 했습니다. 조금이나마 살 만한 이는 탐욕스런 관리의 표적이 되었습니다.

거기다 개항 이후, 외국 상인들의 행패로 우리의 삶은 바닥에 떨어졌는데도 벼슬아치들은 자기 잇속 채우기에만 정신이 빠져 있습니다. 그런데 조병갑이 다시 부임해 와 어제의 행패를 오늘 또 하고자 합니다.

여러분은 참고 참아 왔으나 그 결과가 무엇입니까? 이 기회를 놓치면 영원히 후회할 것입니다. 부디 저 탐관오리들을 물리치고 나라를 바로잡는 대열에 앞장서야 할 것입니다!

이제 우리가 마음 놓고 살아가는 밝은 세상을 만들어야 합니다. 그것은 여러분 손에 달려 있습니다. 자, 날이 밝기 전에 곧바로 고부 관아로 쳐들어갑시다!"

전봉준이 말을 마치고 오른손을 불끈 올리자, 모여선 사람들 눈에 순식간에 불이 붙었다.

아버지와 아들

　가슴이 터질 것 같다. 정신없이 달음질치던 은강이는 집이 보이는 곳에 이르러서야 발을 멈췄다.

　쿵쿵거리는 가슴을 오른손으로 지그시 눌렀다.

　'도대체 무슨 소린가? 세상이 뒤집어진다니, 뭐가 어떻게 변한다는 것일까? 그럼, 우리 식구는 어떻게 되는 것일까?'

　은강이는 거대한 줄기를 이루며 말목 장터를 빠져 나가던 횃불의 행렬을 떠올렸다. 어둠 속이어서 더 선명하게 보이던 하얀 이마와 불끈불끈 실핏줄이 돋아 오른 거친 손 그리고 그 함성.

　온몸이 떨렸다. 솔부엉이와 뭐라고 인사말을 하고 헤어졌는지 생각도 나지 않았다. 은강이는 천천히 걷기 시작했다. 삐쭉이 얼굴을 내민 둥그스름한 달빛 아래, 길이 뽀얗게 떠올랐다.

"어딜 갔다 오는 거냐, 이 밤중에?"

아버지였다.

'며칠 예정인 문중 회의에 참석하신다더니 언제 돌아오신 걸까?'

"어딜 갔다 오는 것이냐고 묻고 있지 않느냐?"

대답이 없자 아버지의 말투는 더욱 굳어졌다.

"저, 풍물판에……."

"풍물판이라구?"

아버지의 눈길이 천천히 은강이의 온몸을 훑었다. 은강이는 오금이 저렸다. 공연히 진땀이 솟았다.

"따라 들어오너라."

방 안에 자리 잡고 앉은 뒤에도 아버지는 한참 동안 말을 아꼈다. 어디선가 컹컹 개가 짖었다.

"그래, 그 동안 별일은 없었고?"

뜻밖에 아버지 목소리가 부드러웠다. 은강이는 그제야 마음이 놓였다. 말하기가 훨씬 편했다.

"예, 뭐 특별한 일은 아무것도……. 아참, 선운사 동학 스님이 다녀가셨는데요. 며칠 안에 다시 들르시겠다고……."

"그래? 그랬겠지……."

그뿐이었다. 아버지가 다시 입을 열기까지는 또 한참이 걸렸다.

"그건 그렇고…… 그래, 거기서 무얼 보았느냐? 말목 장터에서 무슨 소리를 들었어?"

은강이는 자기도 모르게 고개를 들었다. 아버지와 눈이 마주쳤다.

한참 만에야 눈길을 거두며, 아버지가 말머리를 돌렸다.

"은강아, 네 나이가 몇이더냐?"

"예, 이제 열한 살이 되었습니다."

은강이는 될 수 있는 대로 공손히 대답했다.

"사내 나이 열하나면 알 것은 알아야 할 나이다. 그래서 말인데……."

아버지는 다시 한 번 뜸을 들였다.

"그 곳, 말목 장터를 본 느낌이 어떻더냐? 무엇을 느꼈어?"

"그냥……, 무섭기도 하고……."

"그렇다면 지금 우리 백성이 사는 모습이 어떻다고 생각하느냐?"

"춥고, 배고프고…… 모두 힘들어하는 듯합니다."

은강이는 너무나 먹을 것이 없어서 밤도망을 한 친구 끝돌이를 떠올렸다. 형이 둘이나 있는 끝돌이는 이름처럼 끝아이가 되지 못했다.

끝돌이 뒤로 동생이 둘이나 더 태어났기 때문이다. 여자 아이 하나, 남자 아이 하나. 그것이 문제였다.

다른 것은 다 그만두고, 끝돌이네는 군포를 낼 수가 없었다. 밭 몇 마지기를 소작하던 끝돌이네는 온 식구가 일 년 열두 달 몸을 아끼지 않고, 일하고, 품을 팔아도 하루 두 끼 먹기가 어렵다고 했다.

그나마 지난 연말에는 소작을 떼였다. 끝돌이 여동생 끝순이를 종으로 달라는 것을 거절했기 때문이라 했다.

'아무리 그렇기로 일곱 살 그 어린 것을 어떻게 종으로……'

끝돌이 엄마는 한동안 퉁퉁 부은 눈으로 물을 긷고, 밥을 짓고, 품을 팔았다. 그런 형편에, 군포를 낼 무명이 생길 곳이 없었다. 끝돌이 엄마가 아무리 날밤을 새워도 다섯 살짜리와 이미 돌아가신 할아버지까지 넣어 계산한 무명 여섯 필을 짤 수는 없었다. 하물며 생각지 않은 세금이 피부병 앓는 아이 물집 생기듯 아무 곳에서나 불거져 나오는 데야 더 이상 할 말이 없었다.

갖가지 이름으로 이듬해 농사지을 씨앗까지 세금으로 빼앗긴 뒤, 채 열흘도 지나지 않아서 군포 독촉이 나왔다. 서 발 막대를 휘둘러도 거칠 것이 없는 집에.

세금을 제때 내지 못하자 끝돌이 아버지는 관아로 끌려가 피걸레가 되도록 곤장을 맞았다. 겨우 풀려 나온 그 다음 날, 끝돌이네는 보이지 않았다.

은강이는 그 이야기를 듣고 끝돌이 여동생의 귀여운 덧니와 눈 밑에 있는 팥알만 한 점을 떠올렸다.

'눈 바로 밑에 있는 것은 눈물점이라던데, 그래서 울 일이 자꾸 생기나…….'

끝돌이네가 어디론가 사라져 버린 뒤, 끝돌이와 붙어 다니던 솔부엉이는 한동안 말을 잃었다.

'덤벙거리고 수선스러운 솔부엉이가 그 때는 정말 속상했던 모양이야…….'

은강이는 새삼스레 끝돌이 아버지 얼굴이 떠올랐다.

아이들은 끝돌이네가 모두 산적이 되었을 거라고 했다. 끝돌이 아버지는 원래 기운이 센 사람이고 끝돌이 형들도 있기 때문에 산적이 틀림없이 받아 줬을 거라고 했다.

그 때 은강이는 이렇게 생각했다.

'아무리 배가 고파도 남의 것에 손을 대는 건 옳지 않은 일이야.'

하지만 전봉준 선생님은 말했다.

'우리가 피땀 흘려 지은 곡식을 악랄한 지주와 관리가 빼앗아 갔다. 그들은 언제나 우리 것을 도적질해 갔다.'라고.

은강이의 이런 마음을 읽기라도 한 듯 아버지가 물었다.

"그래, 말목 장터에 모여든 사람들을 보니 더 알고 싶은 것이 없더냐?"

"저⋯⋯."

왠지 입을 떼기가 쉽지 않아서, 은강이는 조금 더듬거렸다. 그런 후에, 끝돌이네 이야기와 장터에서 전봉준 선생님을 만난 이야기를 될 수 있는 대로 조리 있게 말하려고 애썼다.

'아무리 그래도 칼과 죽창을 들고⋯⋯.'

은강이는 달빛 아래 으스스하게 푸른빛을 발하던 쇠붙이들을 생각했다.

사람들은 관아로 쳐들어간다고 했다. 더 이상 참을 수 없어서, 살아갈 방법이 없어서 관아를 쳐부순다고 했다. 그 눈빛은 사람도 충분히 해칠 수 있을 것처럼 살벌했다.

그런데 그 무리에 앞장을 선 사람이 다름 아닌 선생님이었다. 도무지 그른 일을 하리라고는 상상조차 할 수 없는, 가장 존경하는 선생님이 앞장을 서신 것이다. 무리의 앞장을.

그들은 외쳤다. '탐관오리를 몰아 내고, 우리가 마음 놓고 살 수 있는 세상을 만들자'고.

"저, 그 사람들이 말하는 '우리'라는 게 누군지⋯⋯."

은강이는 아까부터 마음에 걸리던, 양반이라는 점, 비록 집

안 형편은 많이 기울었지만 자신은 분명한 양반이라는 점이 어떤 관계가 있는지 묻고 싶었다.

"우리가 누구냐고?"

은강이의 질문에 아버지는 깊이 생각하는 얼굴이 되었다.

"그들은 누구고, 우리는 누구냐는 말이지?"

아버지는 한참 만에 되물었다.

"내가 왜 이리 빨리 돌아왔는지 알겠느냐?"

'그걸 어떻게 알겠어요?'

은강이는 속으로 이렇게 대답하면서 아버지를 물끄러미 바라보았다.

"첫째는 도둑떼 때문이다. 곳곳에 몰려다니며 불을 지르고 강도짓을 하는 화적떼가 태인에까지 나타났었다는구나. 무슨 일이 생기면 서로 재빨리 연락하기로 하고, 각자 집을 지키기 위해 돌아왔다."

그 말을 듣자마자, 은강이는 불타는 집과 겁에 질려 울고 있는 은실이의 모습이 보이는 듯했다. 그리고 온통 흐트러진 장독대와 깨진 항아리 조각 사이로 땅바닥을 흥건히 적시며 흐르는 검은 간장이 곧이어 떠올랐다. 생각만으로도 끔찍해서, 은강이는 몸서리를 쳤다.

"화적떼가 날뛰면서 지방 여기저기는 물론, 한양에 있는 대감이나 양반들 집까지 제 마음대로 털고 있다는데 관리라는 사람들은 도대체 뭘 하고 있는지……."

아버지의 표정이 쓸쓸해졌다.

"그리고 두 번째 이유는…… 오늘 말목에서 일어난 봉기 때문이지. 일전에 내가 동학교도도 아니면서 그 집회에 갔던 걸 알고 있겠지? 거기서 선운사 동학 스님을 만났다는 것도?"

"예."

그 뒤 아버지는 한동안 몸을 숨기고 다녔다. 다시 떠올리고 싶지 않은 일이다.

"그러면 그 이유를 알고 있느냐?"

"내가 일곱 살 때 임술년 농민 봉기가 있었다. 충청도, 전라도, 경상도를 중심으로 온 나라가 들썩였지. 사람도 엄청나게 상하고……. 그리고 열한 살. 꼭 지금 네 나이만 할 때 프랑스 함대가 강화도에 쳐들어왔고, 열여섯에는 미국 군함이 강화도에 쳐들어왔지. 몇 년 뒤에는 문경새재에서 이필재라는 사람이 또 한 번 들고일어나 난을 일으켰고, 스물한 살 때에는 중전 민씨 일파가 대책 없이 개항하는 것을 지켜보았다. 나라 꼴이 참으로 가파르고 위태로웠지. 도저히 두 손 개고 앉아 있을 수만은 없었어. 그래서……."

목소리가 떨려서일까? 은강이는 순간, 아버지의 입술이 가늘게 떨리고 있구나, 하고 생각하면서 물끄러미 그 모습을 바라보았다.

"나라 꼴이 이래서는 안 된다는 생각을 했다. 사람을, 백성을 하늘처럼 귀히 여기지 않는 자들을 벌하기로 했지. 무슨 수를 쓰든 썩어 빠진 벼슬아치와 양반의 탐학을 그치게 하고 이 나라를 수렁에서 건져 내야 된다는 생각을 했지. 그것은 '그들'과 '우리' 어느 한쪽의 문제가 아니다. 그 이전의 문제, 모름지기 세상 이치의 근본에 관한 문제지……."

아버지는 말꼬리를 흐리며 길게 한숨을 내쉬었다.

"재작년 십일월 삼례에서 있었던 집회에서는 이 아비와 비슷한 생각을 가진 사람 수천 명이 모였다. 동학교도가 아닌 사람도 많았지. 양반, 농부, 상인, 의원, 심지어 광대도 있었거든. 거기 모인 여러 사람은 끝까지 남아 이런 여러 가지를 들어 줄 것을 요구했다. 물론 나도 그 자리에 있었지. 그리고 작년……."

아버지는 잠깐 말을 쉬었다.

"교도 수십 명이 광화문 앞에 엎드려 통곡하면서, 동학을 법으로 금하지 말 것과 외국의 선교사와 상인을 나라 밖으로 쫓아 낼 것 그리고 탐욕스런 지방 관리를 처벌할 것 등을 써서 임금께 글을 올렸다. 그리고 한쪽에서는 날짜를 정해 우리 나라에 해를 끼치는 외국인들이 자기 나라로 돌아가지 않으면 공격을 해서라도 쫓아 낼 준비를 했고."

은강이는 일본인을 한 번 본 적이 있었다. 그러나 눈알이 쪽빛이라는 서양인은 아무리 애를 써도 도무지 상상이 되지 않았다.

'눈알이 쪽빛이라니, 그러고도 볼 수 있는 걸까?'

"중앙에서는 마침내 '너희는 각자 집에 돌아가 제 할 일을 하고 있으면 소원에 따라 시행하리라.'는 임금의 답이 내렸다. 우리는 아주 기뻐했지. 하지만 그것은 곧 뒤바뀌었다. '그들을 빨리 잡아들여 엄히 조사한 다음, 우두머리는 엄한 벌을 내리고 나머지는 각각 타일러 깨우치게 하라.'는 것으로 말이다. 나라님이 한 번 밖에 낸 말씀을 뒤집는 일도 있다니……. 결국 거기에 참가한 많은 사람이 쫓기는 신세가 되었지. 꽤 많은 사람이……."

말끝을 흐리며, 아버지는 눈을 감았다.

'그렇다면 아버지는 전봉준 훈장님의 행동에 찬성을 한다는 말씀일까? 그래서 저번처럼 또 오랫동안 집을 비우시게 될까?'

은강이는 정신이 번쩍 들었다.

'굳이 끝돌이네를 갖다 대지 않더라도 이웃 사람들의 사는 모습을 보면 분명 뭐가 잘못된 것이긴 한데, 그렇다고 양반인 우리까지 나서서 싸워도 되는 걸까? 그러다가 만약…….'

은강이의 마음 속에서 일어나는 이런 여러 가지 의문의 소용돌이에 대해 결론이라도 내리듯, 아버지는 아퀴를 지었다.

"분명 고쳐져야 한다. 새로운 세상이 되어야 해. 선운사 동학 스님도 오늘 봉기에 참가를 권하러 온 것일 게다. 그러나…… 신중해야 한다. 이 년 전, 삼 년 전처럼 흐지부지되어 버릴 일에 끼어들어서 얻은 것도 없이 봉변만 당하는 일이 없도록."

그러고는 덧붙였다.

"알아들었으면 나가 보아라. 어린 것이 쓸데없이 나서서 집안에 걱정을 끼치는 일이 없도록 하고."

"예."

한결 가벼워진 마음으로 은강이는 몸을 일으켰다. 댓돌에 서니 차가운 바람이 쨍, 하고 코끝을 스쳤다.

우리는 달리 갈 곳이 없다

"결국 조병갑이를 놓쳐 버렸담서?"

"그러게 말여. 하늘로 솟았당가, 땅으로 꺼졌당가? 바람맹키로 쳐들어가 관아를 뒤졌는디 아, 눈 깜짝헐 사이에 없어졌다잖어?"

바로 머리맡에서 두런거리는 듯 가까이에서 소리가 나, 솔부엉이는 깜짝 놀라 잠을 깼다. 공연히 굿 구경을 간 모양이었다. 어젯밤 장터 분위기는 정말 이상했다. 뭐라고 꼭 집어 말할 수는 없지만 은강이의 표정이며 태도도 어쩐지 낯설고 어색해, 한참을 뒤척인 끝에 잠이 들었다. 그런데 오늘은 뭔가 달랐다.

'그게 뭘까?'

솔부엉이는 누운 채로 주위를 둘러보았다. 방 안에는 아무도 없었다.

'어이쿠, 늦었구나!'

솔부엉이는 별안간 정신이 번쩍 들었다. 밖은 이미 훤하게 밝았다. 놀라서 밖으로 뛰쳐나가려던 솔부엉이는 마루 끝에 앉아 근심스런 얼굴로 하늘을 바라보고 있는 또남 아배를 보고 그 자리에 우뚝 섰다.

"어째서 일할 생각은 안 하고……."

솔부엉이가 놀란 토끼눈을 하고 중얼거리자 또남 아배가 힘없이 말했다.

"오늘은 쉬는 날이랑께. 주인어른네가 모두 피난을 가 버렸어."

"피난이요?"

솔부엉이가 멍청하게 되물었다.

"그려, 어젯밤에 농민군을 피해 쥐도 새도 모르게 살짝 내빼 버렸단 말여. 그러니 이참에 우리도 좀 쉬고……."

또남 아배는 말꼬리를 흐렸다.

"시상이 어찌 뒤집어질지는 두고 봐야 알겠지만 아, 잃으려야 더 잃을 것도 없는 우리야 밑질 것 없잖겄어? 이럴 때 고달픈 몸 한 번 쉬게 혀 주기도 허고. 저그 저 농민군 깃발 보이제?"

솔부엉이는 비로소 하늘을 올려다보았다. 깃발이, 기다란 오색 깃발이 얼핏 보기에도 여러 군데서 펄럭이고 있었다.

"저그 깃발에 뭐라고 글자가 써 있지 안 허냐? 고것이 뭐시라고 쓴 것인 줄 알겄냐? '나라를 굳건히 하고 백성을 위한다.', '썩은 벼슬아치들을 물리친다.' 뭐 대충 그렇게 씌어 있다, 이 말 아니드라고. 그러니 이제 이 썩을 놈의 시상은 가고……."

또남 아배의 목소리가 잦아들었다.

"그럼, 정말 세상이 뒤집어지는 것일까? 은강이 옛날 훈장님이 말씀하신 것처럼?"

솔부엉이는 아무래도 믿기지 않았다.

'그럼, 이제부터는 양반이 생트집을 잡아 사람을 죽도록 때릴 수 없다는 말인가?'

솔부엉이는 성질이 조금 급하기는 하지만 약주를 한잔 하면 우스갯소리도 잘하던 끝돌이 아버지를 생각했다.

'끝돌이네는 어떻게 되었을까?'

속이 쓰렸다. 솔부엉이는 댓돌에 내려서다 말고 물었다.

"쉬는 날이면…… 그래도 밥은 먹지요?"

걱정스러운 솔부엉이 표정을 보고 또남 아배가 다시 희미하게 웃었다.

"아, 그럼…… 태어나서 처음 눈부시게 허연 쌀밥을 배가 터지게 먹었당께."

"쌀…… 밥을요?"

솔부엉이는 엉거주춤 되물었다. 그 때 담 밖에서 누군가가 소리쳤다.

"동네 사람들! 쌀 받아 가드라고! 동네 사람들! 농민군이 쌀 노놔 준답니다! 아, 공짜로 노놔 준대요!"

"이게 무신 소리랑가?"

또남 아배가 자리에서 벌떡 일어섰다. 솔부엉이는 눈곱도 떼지 않은 채 쏜살같이 문 밖으로 나갔다. 모두들 어리둥절한 얼굴을 하고 고샅으로 나오는 중이었다.

"아, 고것이 참말이여? 참말로 공짜로 쌀을 노놔 준다는 거여?"

순이 엄마가 벌써 저만치로 달아나며 쌀 가져가라고 외쳐 대는 젊은이에게 바짝 따라붙었다.

"아, 참말이랑께요. 쌀 담을 그릇이나 큼지막한 걸로 준비혀서 빨랑빨랑 관아로 나오시라 안 허요. 아, 뭣들 허고 있어요?"

모두들 멍청하게 서 있다가 한참 만에야 정신을 차렸다. 그러고는 그릇과 자루를 이고 지고 집을 나섰다.

"살다 봉께, 이런 시상도 보는구만. 요것이 분명 꿈은 아닌디……."

커다란 양푼을 머리에 인 아낙이 고개를 설레설레 저었다.

"엄마, 인자 우리 밥 줄 거제? 그렇제?"

대여섯 살 된 사내아이가 아낙의 치맛귀를 잡고 몇 번이고 다짐을 했다.

"그란디 노놔 준다는 게 뭔 쌀이랑가? 알고나 묵어야 허잖을까?"

아낙이 젊은이의 얼굴을 바라보았다.

"아따, 걱정도 팔자구만이라. 아, 조병갑이가 세금을 물리지 않겠다는 약속을 어기고 강제로 걷어 간 쌀이 칠백 섬이나 쌓여 있다는 말도 못 들었능가? 바로 고 쌀이랑께. 그랑께 걱정 붙들어 매놓고 얼릉 가서 줄이나 스시요잉."

젊은이가 퉁명스럽게 말했다.

"야! 이 녀석아, 밥이나 묵고 싸댕겨. 아무리 쌀을 노놔 준대도 우리 겉은 종놈꺼정은 차례가 안 올 테니께 들썩이지 말고!"

또남 아배가 어느 틈에 따라 나와 솔부엉이 뒤통수를 쥐어박았다.

그러자 쌀을 받아 지고 가던 젊은이가 끼여들었다.

"아자씨는…… 아, 인자 새 시상이 되았는디 좋은 무신 놈의 종이라요?"

"뭐시여? 그게 무신 소리랑가?"

또남 아배는 멍청한 표정으로 되물었다.

"오메, 참말로 답답허네요. 아, 무신 소리는 무신 소리라요? 동학꾼들 입만 벌렸다 허믄 허는 소리가 뭐라요? 사람이 곧 하늘이다. 고 것이 뭔 소리냐, 사람은 다 똑같응께 어뜬 놈은 팔자가 늘어져서 날 때부텀 양반이고, 또 어뜬 놈은 팔자가 꼬여서 날 때부텀 종놈이고, 그딴 것이 모다 무효다, 이런 소리지라. 그랑께 인자부텀은 종도 양반도 없는 시상이 된다 안 허요?"

젊은이는 한껏 큰소리를 쳤다. 또남 아배 얼굴이 하얗게 질렸다.

"뭐, 뭐시여? 고, 고게, 고것이 참말이랑가?"

"아따, 아자씨는 속아만 살았소잉?"

젊은이는 가던 길을 갔다. 또남 아배는 얼이 빠진 사람처럼 그 자리에 털썩 주저앉았다. 그러고는 몇 번이고 같은 말을 중얼거렸다.

"고것이 참말일까? 고것이 참말일까? 고것이……."

솔부엉이는 슬그머니 집을 빠져 나왔다. 골목 어귀에 서서 가슴이 저릿해지도록 커다랗게 심호흡을 했다.

'아아, 뭔가 달라지고 있다…….'

주체할 수 없을 만큼 가슴이 벅차올라서, 솔부엉이는 공연히 길가에 구르는 돌멩이를 차며 걸었다.

은강이는 집에 없었다.

"조금 전에 주인어른이랑 은실이 언니랑 친척 댁에 갔어. 며칠 동안 자고 온 댔어."

양지쪽에 혼자 앉아서 공기놀이를 하던 민들레가 주춤주춤 일어서며 말했다.

"갑자기 왜?"

"모르겠어. 서당도 안 하고…… 그래서 우리 식구밖에 안 남았어."

그냥 돌아서려는데 민들레의 말이 처량하게 들려 심술이 났다.

"왜 남아 있냐, 니네 식구는? 어디로든 가지 않고?"

퉁명스러운 솔부엉이 말에 민들레가 힘없이 되물었다.

"어디로?"

할 말이 없었다.

'젠장, 공연히 말을 시켰네!'

돌아오는 길에 솔부엉이는 제풀에 화가 났다. 알고 한 말은 아니겠지만 결국 민들레 말이 맞다. 설령 새 세상이 와서 종노릇에서 풀려난다고 하자, 뭐가 달라질 것인가. 가진 것도 없고

갈 곳도 없다. 민들레처럼 엄마가 있는 것도 아니다. 굶어 죽기
꼭 알맞은 신세가 되는 것이다.

"부엉아, 돼지 우리 안에 새 짚 깔아 넣었당가?"

밖에 나갔다 이제 막 돌아오는 것을 뻔히 알면서도 또남 아
배는 엉뚱한 소리를 했다.

"예? 아, 예. 이제 할 거예요."

"얼릉 혀. 그라고 소란 놈 햇볕도 좀 쐬 주고잉."

"알았어요."

"그라고 썩어 버린 건 골라내야 헝께 고구마 움도 좀 들여다
보고."

"알았다니까요!"

더 이상 참지 못하고 솔부엉이는 소리를 꽥 질러 버렸다.

"참내, 종도 없고 양반도 없는 세상이 되었다더니 어째서 나
는 느니 일복밖에 없는지 몰라!"

또남 아배는 그런 솔부엉이를 물끄러미 바라보았다.

"부엉아, 헛꿈 꾸지 말고 일이나 열심히 혀야 헌다. 시상 그
리 만만허지 않응께. 암만 생각혀 봐도 고런 꿈겉은 일이 쉽게
올 리가 없단 말여."

평소와는 달리 착 가라앉은 또남 아배의 목소리를 듣자, 솔
부엉이는 온몸의 맥이 탁 풀리는 느낌이었다. 솔부엉이는 툇마

루에 올라서서 허공에서 기세 좋게 펄럭이는 오색 깃발을 바라
보았다. 그러나 글씨는 잘 보이지 않았다. 깃발과의 거리가 너
무 멀었다.

백산 가는 길

갑수가 없어졌다.

아침에 눈을 떠 보니 당연히 솔부엉이 곁에 누워 있어야 할 갑수가 보이지 않았다. 솔부엉이는 처음에 웬일로 갑수가 부지런을 떠는가 했다.

아침을 먹자마자 갑수를 찾아 나섰다. 혼자서 걸으려니 백산까지 십오 리 길이 꽤 멀게 느껴졌다.

'고 녀석, 백산에 간 모양이여. 틀림없이 농민군에 들어간 것이랑께.'

또남 아배의 무거운 목소리가 머릿속을 맴돌았다.

길은 둑을 따라 기다랗게 이어졌다. 둑 아래 동진강 기슭에는 얼음이 제법 녹았고 그 녹은 얼음자락 언저리에는 청둥오리 몇 마리가 한가롭게 떠 있었다.

버들개지가 피기 시작한 둑에는 성질 급한 여러해살이풀이 푸른 잎을 내밀 기회를 노리고 있었고, 얼었던 얼음이 녹듯 굳었던 땅이 풀리면서 풀썩, 하고 흙덩이 한 귀퉁이가 무너져 내리곤 했다.

한눈에 내려다보이는 배들벌은 아직 을씨년스러웠지만 서리가 날을 세웠던 벌판 군데군데에는 새파란 보리 순이 이미 한 뼘은 자랐다.

백산은 이름 그대로 하얀 산이었다.

"하여간에 옛날사람들 참 대단허다니께. 아, 쥐뿔도 내놓을 것이 없는 이 산이 이즈음에 와서 이름값을 톡톡히 허는 진짜 백산이 되아 버릴지 어찌 알고 고렇게 이름을 붙였는지 몰라잉!"

"그랑께 말여. 산이 높아 백두산맹키로 꼭대기가 은제나 눈으로 덮여 있는 것도 아니고…… 시방 누가 저 밑에서 올려다보면 영락없는 백산 아니겄어?"

"허지만 우리가 요로코롬 자리에 앉으면 고대로 또 죽산이지라. 죽창이 온 산을 뒤덮웅께 말이여."

"그것도 그렇구먼! 우리가 모다 죽창을 들었웅께. 허허. 이거 헷갈린당께. 그라믄 이게 백산이랑가, 죽산이랑가?"

마냥 좋은 모양인지, 땅을 다지고 구덩이를 파는 힘든 일을 하면서도 주먹코와 키다리는 연신 웃음이었다.

백산은 해발 오십 미터가 채 안 되는, 아주 낮은 야산이었다. 조금만 위치를 바꿔 자리 잡았으면 산이랄 것도 없는 야트막한 것이, 밋밋한 들판에 자리를 잡고 보니 또 느낌이 달랐다.

근처에 그보다 높은 곳이 없었으므로 백산에 올라앉아 내려다보면 근처 수십 리가 한눈에 내려다보였다.

백산을 향해 가는 사람은 많았다. 솔부엉이를 빼고는 모두 농민군이 되려고 미리부터 마음을 다져먹고 온 사람들 같았다.

큰 사람, 작은 사람, 뚱뚱한 사람, 가벼운 바람에도 날아가 버릴 듯 비쩍 마른 사람 등.

나이도 제각각이었다. 스물이 채 안 되어 보이는 청년에서부터 어쩌면 예순이 다 되어 보이는 노인에 이르기까지 꾸역꾸역 모여들었다.

한 가지 같은 점이 있다면 간동한 짐 보따리 옆에서 흔들리고 있는 짚신 두 켤레와 미리부터 질끈 맨 황토색 머릿수건이었다. 그리고 또 하나, 모두 조금씩은 흥분해 있다는 점이었다. 담배장수와 엿장수, 떡장수까지 끼어들어서 사람 수는 점점 늘어났다.

누군가가 조그맣게 소리를 하기 시작했다. 판소리 춘향가 중에서 사또의 악행을 나무라는 어사또의 시구였다.

"아따, 그 소리 한번 잘 골랐네! 우리 맴허고 우쩌면 그리 똑같을까 몰라잉."

앞쪽에 섰던 텁석부리가 칭찬을 하자 뒤쪽에서 누군가가 소리쳤다.

"아, 이왕 허려거든 죄다 들리게 허쇼!"

모두 두리번거리며 소리하는 사람을 찾았다. 얄상한 얼굴의 청년이 살짝 얼굴을 붉히며 좀더 목소리를 높였다. 그 대목을 아는 사람들도 제멋대로 따라 하기 시작해서 소리는 점점 커졌다.

술동이의 향기로운 술은 만백성의 피요
옥소반의 맛 좋은 안주는 만백성의 기름일세
촛농이 떨어질 때 만백성의 눈물이 떨어지고
노래 소리 높은 곳에 원망 소리 높았네.

일행이 진영에 도착하자 모두들 나와 이 희한한 지원군들을 바라보았다.

"참말로 재미진 사람들이랑께!"

"고 대목을 농민 군가로 혀야 헐라는가배!"

"우물 가서 숭늉 내노라고 죽창 들이댈 사람들 아녀? 전봉준 장군이 받아 준단 허락도 안 혔는데 누구 맴대로 농민 군가를 불러싸?"

입으로는 그렇게 말하면서도 먼저 와 있던 농민군들은 새로 온 사람들을 얼싸안을 듯이 반겼다.

그렇게 떠들썩한 속에서도 솔부엉이 귀에는 어디서 들은 듯한 목소리 하나가 떠나지 않고 맴돌았다.

'이 목소리……, 분명 어디선가 들은 적이 있다……. 약간은 쉰 듯하고 말꼬리를 끄는 독특한 그 목소리……. 어쩐지 느낌이 좋지 않은 그 목소리가 어디쯤에서부터 섞여들었을까…….'

분명, 어울려 온 사람 속에 그 기분 나쁜 목소리가 섞여 있다. 그것도 몇 사람 건너지 않은 꽤 가까운 곳에. 솔부엉이는 표 나지 않게 주위 사람을 하나하나 뜯어보면서 그 목소리를 내던 얼굴을 떠올려 보려고 애썼다.

"아니, 부엉이 너 어떻게 알고……."

갑수가 달려와 솔부엉이 손을 잡았다.

"참내, 뛰어 봐야 벼룩이지……."

솔부엉이는 반가움에 낄낄거리며 짐짓 몸을 피하는 시늉을 했다.

예전 같으면 보나마나 한 대 쥐어 박힐 일이기 때문이었다. 그러나 오늘 갑수는 어쩐지 달라 보였다.

"아, 저그 수상헌 일행이 또 하나 오고 있구마!"

누군가의 소리에 몰려 있던 사람들 눈이 쏠렸다.

"관군들 아니랑께?"

장교와 군졸들이 진지를 향해 똑바로 다가오고 있었다.

"전주 관아 장교 정석진이오. 감사 나리의 말씀을 전하러 왔소."

칼과 창으로 앞을 막아서는 농민군들에게 정석진이 한 발 앞으로 나섰다.

"감사라고?"

모여선 사람들이 주춤주춤 길을 터 주었다.

"워쩐 일이여? 겨울잠 자는 오소리맹키로 툭툭 쳐도 꼼짝도 안 허더니."

"그렇게 말여. 사자를 보낸 것을 봉께로, 인자는 뭔가……."

농민군은 대번에 술렁이기 시작했다.

그 때, 솔부엉이 머릿속에 퍼뜩 스치는 것이 있었다.

'그래, 그 목소리는, 끝돌이 아버지를 닦달할 때 이방을 거들던 바로 그 목소리…….'

머릿속이 빙글, 하는가 싶더니 갑자기 숨이 턱 막혔다. 죽어도 잊지 못할 그 목소리…….

끝돌이와 솔부엉이는 끝돌이 아버지의 잦아들어가는 비명 소리를 담장 밖에서 듣고 있었다.

그 때 울음을 참느라 안간힘을 쓰던 끝돌이 표정이 다시금 가슴을 아프게 했다.

'그래. 그 때 그 목소리는 분명 옆에 있었다. 담장 밖이라 얼굴을 봐 두지 못한 게……'

솔부엉이는 자기도 모르게 다시 한 번 주위를 둘러보았다. 그러고는 갑수를 불렀다.

"형, 이상해. 지금 나랑 같이 온 사람 중에 끝돌이 아버지를 곤장 치던 사람이 섞여 있는 것 같아."

"뭐라고? 잠깐만!"

갑수는 이내 저쪽으로 사라졌다가 화승총을 멘 청년들과 함께 나타났다.

화승총을 멘 청년들이 솔부엉이를 둘러쌌다.

"그래, 니가 아주 중요한 때에 마침 잘 와 주었다. 정석진이라는 작자가 뭔가 꿍꿍이가 있는 모양 같다고 하더니만 군졸을 우리 편에 섞어 넣어서 엉뚱한 짓을 하려는 모양이다. 그러니 어쩐다?"

청년들은 구석으로 가 한참 의논을 했다.

"새로 온 사람들은 표가 나게 돼 있다. 다 불러 모아 말을 시킬 테니 잘 들었다가 놈을 잡아 내라. 아주 중요한 일이니 잘해야 한다!"

청년은 굳은 얼굴로 저쪽으로 사라졌다.

"야야, 잘해! 니가 지금 관아의 첩자를 잡아 내야 해!"

갑수가 눈을 빛내며 말했다.

솔부엉이는 눈을 감고 끝돌이의 얼굴을 떠올렸다.

'도와 주세요! 농민군도 농민군이지만 끝돌이네를 그렇게 떠나게 만든 놈들을……'

어느 틈에 눈자위가 화끈해져서, 솔부엉이는 어금니를 물었다.

"자, 자기 고을로 줄 쪼깨 스시요잉. 요기 요기 한 줄로……"

농민군 청년들이 새로 온 사람들을 한 줄로 세워 놓고 말했다.

"인자부텀 저그 저 앞에 앉아 있는 분께 어디 사는 누군지, 나이는 몇인지 말하시요잉. 부대를 짜야 헝께 자세히 말혀야 쓰요. 자, 한 사람씩 나서시요."

둘러선 사람들이 한 발짝씩 뒤로 물러나자 새 사람들이 차례로 앞으로 나섰다.

솔부엉이는 온 신경을 귀에 모았다.

"김철식이구만이라. 나이는 스물셋이고 구례서 식구들이랑 소작 논 서 마지기 부치고 있어라."

"피만득이랑께요. 대대로 무장 관아 관노로 목숨을 부지혔

구요, 나이는 열여덟 되았구만요."

"내 나이 마흔일곱이오. 허지만 기운도 성질도 젊은 사람 못
잖웅께 날 빼 뻐릴 생각 꿈도 꾸지 마쇼잉. 아참, 나 이름은 서
강물이고 뱃놈이오."

새로 온 사람들의 자기소개가 끝없이 이어졌다. 얼마간 시
간이 지나자 머리가 지끈거리기 시작했다. 솔부엉이는 손가락
끝으로 양쪽 관자놀이를 힘주어 눌렀다.

그 때였다.

신경을 곤두서게 하는 그 목소리가 들린 것은.

"지 이름은 황똘만인디요. 나이는 금년에 스물다섯이고 엿
장수를 허면서 여기저기 떠돌아댕기다가 농민군 얘기를 들었
지라. 그려서……."

틀림없었다. 그 목소리. 저 단단한 체격, 게다가 엿판을 메
고 전국을 돌아다녔다고는 도저히 믿을 수 없는 하얀 얼굴색.

솔부엉이는 자신을 뚫어지게 바라보고 있는 갑수와 눈길을
맞췄다. 그러고는 천천히 고개를 끄덕였다.

갑수는 슬그머니 주먹을 쥐었다. 그런 다음 그 줄 소개가 모
두 끝나기를 기다렸다가 앞으로 나섰다.

"자, 수고하셨습니다. 부대 배치는 조금 있다 알려 드릴 테
니 우선 요기라도 좀 하시지요. 자, 이쪽으로……."

갑수가 앞장서고 화승총을 멘 청년들이 일행을 에워싸듯 뒤를 따라나섰다.

"휴우."

그들의 모습이 완전히 사라진 다음에야 솔부엉이는 자기도 모르게 한숨을 내쉬었다.

갑자기 맥이 탁 풀려서 솔부엉이는 무너지듯 그 자리에 주저앉아 버렸다.

어느덧 해는 기울고 서늘한 바람이 불었다.

어둡다, 어둡다, 어둡다

쪼르륵.

오줌발 소리가 시원치 않다.

밤새 잠은 안 오고 자꾸만 오줌이 마려워서 벌써 몇 번째 뒷간에 들락거렸는지 모르겠다.

우, 우.

달도 없는 깜깜한 벌판을 휘돌아 나온 밤바람이 음산하게 울었다.

'쳇! 바람까지 사람을……'

투덜거리며 바지춤을 여미던 은강이는 다음 순간 갑자기 휘장이 걷히듯 머릿속이 맑아지는 것을 느꼈다.

'사람 소리잖아!'

생각과 동시에 가슴이 쿵 내려앉았다. 어둠 속에서 가냘프게 이어지는 것은 바람 소리가 아니라, 분명 사람 울음소리였다.

그것도 마음껏 소리 내어 울지도 못 하고 숨어서 흐느끼는 것이 분명한.

'아이고!'

은강이는 와락 진땀이 솟아서 후다닥 방으로 뛰어들어갔다.

"젠장, 계집애가 청승맞게 울기는."

방 안에까지 우는 소리가 들린 모양이었다. 누군가가 몸을 뒤척이며 투덜거렸다.

불을 많이 땠기 때문인지 아니면 사람이 너무 많아서인지, 겨울인데도 큼큼한 발 고린내가 났다.

비로소 떨리던 가슴이 차분하게 가라앉았다. 은강이는 재빨리 자기 자리에 누우며 생각했다.

'계집애라니 누굴 말하는 걸까?'

그 순간 은강이의 머릿속에 얼굴 하나가 떠올랐다. 저녁참에 조쌀한 노인과 함께 주막에 들어서던 처녀. 열일곱이나 열여덟쯤 되었을까? 단정하게 빗질한 머리카락에 선명한 가리마가 눈이 부셨었다.

한참 만에 젊은 목소리가 조심스레 입을 열었다.

"저…… 아까 봉께 필경 무신 사연이 있는 듯헌디."

"사연이야 있소만, 그게 어디 내놓고 말할 일이겠소."

아마 그 처녀와 함께 온 노인인 모양이었다.

나이 든 목소리는 젊은 목소리를 받으며 말꼬리에 휴, 하며
한숨을 달았다.

"보나마나 징헌 얘기인 듯싶기는 허오만, 뭐 땜시 저러코롬
섧게 우는지 어디 한번 들어나 봅시다요잉."

졸음기라고는 조금도 없는 괄괄한 목소리가 끼어들었다. 한
참 만에 마음을 정한 듯 노인이 천천히 말문을 열었다.

"휴! 이야기하자면 아주 길다오."

"아, 그랑께 어여 시작해 보랑께요."

감기라도 앓는 듯 갈라진 목소리가 독촉을 했다.

은강이는 꼼짝 않고 누운 채 귀를 모았다.

"혹시 그 소문 못 들었소? 사나흘 전에 줄포 해안에 일본인
들이 올라와서는 지난번에 사 간 쌀이 나쁘다고 생트집을 잡으
면서 마을을 쑥대밭으로 만든 일?"

"아, 들었제. 마을 사람 여럿이 상했다고 하더구만이라."

"쳇! 사 가긴 뭘 사 가. 누가 쌀을 팔았능가? 필요도 없는 요
상한 것들 집어던져 놓고 빼앗듯이 쌀을 가져가 버렸구만!"

또 다른 젊은 목소리가 콧방귀를 뀌었다.

"아무튼 그 때 사람이 하나 죽었는데, 그게 바로 저 처자의

아비요."

"그래요?"

"아니, 어쩌다가."

처음 듣는 또 다른 목소리가 끼여들었다.

"세상 참······."

노인은 다시 한 번 이야기에 뜸을 들였다.

"저 처자의 아비는 의원이라오. 나와 한 선생님 밑에서 공부한 오랜 친구였지. 일본인 횡포에 항의를 한 모양이오. 원래 강직한 구석이 있는 친구였거든······. 그 꼴을 보고 저 처자와 정혼을 한 도령이 또 일본인에게 대항했다지 뭐요. 결국 관아에서는 그 도령을 잡는 자에게 무명 오십 필을 주겠다고 현상을 걸었다오. 쫓기는 신세가 된 거지."

"그러면······."

"저 처자는 순식간에 아비와, 정혼한 남자를 잃게 되었소 그려. 혼례식이 아흐레 남아 있었다던가."

"저런 나쁜 놈들!"

젊은 목소리가 이빨을 앙다물었다.

"도대체 무슨 문제였답니까, 그 왜놈들은?"

"아, 문제는 무신 문제? 썩어 버린 시상이 문제지라."

어느 틈에 방 안 사람들이 모두 잠을 깬 모양이었다.

"아이구, 이놈의 시상! 아, 우리 백성헌티 함부로 총칼을 휘둘러 대는 왜놈은 남의 나라 백성이라 손끝 하나 건드리면 안 되고, 우리는 멍청하니 앉아서 그 놈들 행패를 당헐 수밖에 없다고라? 워쩌다가 왜놈헌티 시원허게 주먹질이라도 한 번 허면 대번에 잡아들여 혼찌검을 낸다고라? 도대체 여그가 어느 나라 땅이며, 고놈의 것은 어떤 썩을 놈이 맹근 법일꼬?"

방 안 중간쯤에서 누군가가 벌떡 일어나 앉았다.

"아, 불이나 좀 키더라고. 속에서 불이 활활 타는 것 같은디 껌껌허기까지 허니 사람 참말 미치겠구만!"

누군가가 일어서서 호롱불 곁으로 가 부스럭거리는데 또 다른 목소리가 말했다.

"그냥, 이대로 이야기합시다. 얼굴 보면 속엣이야기를 할 수 있겠소?"

아버지였다. 은강이는 몸이 빳빳하게 굳어 버리는 느낌이 들었다.

"그도 그렇구만이라. 오다가다 주막에서 하룻밤 한방에 누운 인연뿐인디 얼굴 빤히 쳐다봄시로 뭔 헐 이야기가 있겠소?"

"그럽시다. 잘 사람은 그대로 자고, 할 말 있는 사람은 또 이야기하고, 날이 밝으면 그대로 헤어지고…… 그게 낫겠습니다."

부스럭거리던 그림자가 다시 눕는 기척이 났다.

"그란디요, 요런 걸 물어 봐도 될랑가 모르겠지만서도, 지가 잘 몰러서 그랑께, 누가 대답 쪼깨 혀 주실라요?"

꽤나 망설이다가 어두운 참에 용기를 낸 젊은이 같았다.

"아까 오다 봉께로 농민군이 본보기로 줄포에 있는 곡식 창고를 습격헌다고 허더랑께요. 일본인허구 서양인을 이 땅에서 쓸어 내려고 말이어라. 그려서 쌀이 일본으로 흘러들어 가는 것을 막고 고걸 거둬서 군량미로도 쓰고, 백성헌티 노와 줄 것이라고도 허덩만요. 쌀을 뺏고 노와 주고 허는 것은 모다 알겄는디라, 서양인허구 일본인을 모다 쓸어 낸다는 것은 지가 잘……. 그라믄 옛날맹키로 나라의 문을 굳게 닫는, 뭐시요, 쇄, 쇄……."

"쇄국정책이오."

아버지가 젊은이를 거들었다.

"아, 맞당께요. 그 쇄, 쇄국정책을 써야 헌다, 그 말잉게라? 왜놈이나 양놈허구 맞부딪치지를 안 허믄 문제가 모다 풀리게 된다, 그 말잉게라, 시방?"

아무도 대답하지 않았다.

"어, 저, 미안허요. 지가 뭘 잘못 물었는갑네요. 지는 정말, 정말 잘 몰러서……."

젊은이는 딱하리만치 허둥거렸다. 다시 아버지가 말문을 열었다.

"나라든 개인이든 남의 잘된 점은 배우고 잘못된 점은 삼가해야 한다고 생각합니다. 그러나 우리와 일본, 서양의 관계는 그런 것이 아니지요. 일본이 우리 쌀을 탐내서 강제로 빼앗아 가다시피 하니 힘없는 우리는 그대로 당하고만 있지요. 그러니 우리 백성은 풍년에도 배를 곯아야 하고……. 바로 그게 문제지요."

아버지는 잠깐 쉬었다가 말머리를 돌렸다.

"난 지금 줄포에 가는 길이오. 처남과 조카들이 줄포에 살고 있는데 군수가 갑자기 우리 처남을 옥에 가뒀다지 않소? 죄명은 '불효'라고 하더이다. 역사에 남을 만한 효자는 아니지만 피붙이에 대한 사랑이 보통은 넘는 사람인데 군수라는 자가 뭘 바라고 그런 짓을 하겠소?"

"보나마나 돈 보따리 싸 들고 오라는 것이겠제. 아이고, 망헐 놈의 시상……."

"왔다매, 머리 아픈 거. 시방 우리 형편이 모다 이렇다닝께. 농민들이 들고일어난 고부도 그랬다덩만요. 거그서도 고 따위 어거지 죄목을 뒤집어 씌워 생사람 징그랍게 잡았다데요."

"아, 조병갑이야 그 짓만 헌 게 아니지라. 까마득히 묵혀 논

땅을 개간해라, 개간해라 함시로 세금을 삼 년 동안이나 안 받 겄다고 철썩겉이 약조를 혀 놓고 가을이 되니께, 보통 땅보다 더 많이 긁어 갔다더만요. 게다가 멀쩡헌 저수지 밑에 새퉁빠 지게 새 저수지를 또 하나 맹근다고 온 여름내 고생은 고생대 로 시키고, 거기다 물세를 내라 허고……."

"참말로, 그뿐이면 다행이랑께요. 그 새로 맹근 저수지 땜시 로 물이 겁나게 늘어 올여름은 홍수가 났제라잉. 우리 겉은 농 투성이는 호랭이 담배 피던 때부텀 허리 한 번 못 피고 이 날 이 때꺼정 살아 왔다지만 지난여름은 참말 죽어라, 죽어라 하데 요."

"아, 조병갑이가 쌀장사, 도둑질, 뭐 안 허능 게 있는 줄 아 쇼?"

"도둑질요?"

"그려유. 도둑질이쥬. 대동미 말이여유. 우리헌티 걷을 때 는 제일 좋은 쌀 열여섯 말 값을 거둬 갖고는, 나라에는 제일 나 쁜 쌀 열두 말씩을 냈다잖어유. 나머지는 꿀꺽허셨다는 얘기래 유. 고것이 도둑질이지 뭐래유?"

"난 참 알 수 없는 것이, 도대체 뭣 땜시 벼슬아치들은 그렇 게 하나같이 도둑놈인 거여?"

또 다른 목소리가 퉁명스레 내질렀다.

"그것도 사실은 이유가 있습니다. 개항 이전부터 돈이 모자랐던 조정은 개항을 하면서 더욱 쪼들릴 수밖에 없었습니다. 하다 하다 안 되니까 돈을 받고 벼슬을 파는 지경까지 된 것이지요."

은강이 아버지가 차분하게 설명했다.

"그랑께. 고로코롬 허서 벼슬을 사는 벼슬아치들이 어떻게 본전을 뽑겠는가 말여. 우리 겉은 힘없는 백성들 등골 빼는 것뿐이 달리 방법이 있겄어?"

"아, 그라믄 개항인지 뭔지를 안 허면 고만 아닝게라?"

"아따, 참말로 답답허요. 아, 서양이랑 일본 겉은 그 잘난 나라들이 우리 조선을 가만두지 않는다닝께! 이 때꺼정 헌 얘기를 뭘로 들은 것이랑가?"

쉰 목소리가 답답하다는 듯 말꼬리를 올렸다.

"참말로 속 터져 죽을 일이라닝께!"

"방법이 없단 말여. 뿌리부터 다 뒤집어 엎는 수밖에……."

또 다른 굵은 목소리가 조그맣게 중얼거렸다.

잠시 무거운 침묵이 깔렸다.

"아참, 그라믄 농민군 진지는 어디 있는가요?"

"백산이라고 합디다. 그 곳으로 진을 옮겨 장막을 짓고……. 굉장한 기세라고 하더군요."

아버지가 다시 말문을 열었다.

"밤도 깊었으니 길게 이야기하지는 않겠소. 한마디로, 나는 일본인이나 서양인을 무조건 몰아 내고 나라의 문을 닫는 것만이 잘하는 일이라고는 생각하지 않습니다. 발달된 문물은 받아들이는 것도 좋은 일이지요. 아니, 꼭 받아들여서 우리 백성도 그들 못지않게 잘 살아야 하오. 하지만 그것은 우리 뜻대로 이루어져야 하는 것 아닙니까? 지금처럼 조금 먼저 개화한 나라가 자기 이익 때문에 무력을 써서 우리에게 억지로 시킬 일이 도무지 아니지요."

"고것과 고것이 어떻게 다르다요?"

"다르지요. 다르고말고요. 나라를 집안에 한번 빗대어 봅시다. 아버지는 늙고 병들어서 사리 판단도 정확하지 못하고 기력도 부족하다고 칩시다. 그 집안에는 배다른 형제가 여럿 있는데 가장 힘이 있는 맏이와 둘째가 모든 재산을 가로채고 다른 형제를 몹시 구박하고 사람 취급을 하지 않고 있소. 자연히 동생들은 불만이 아주 많겠지요."

"그랑께 고 구박덩이 동생들이 어느 날 참다못해 형헌티 대들었다, 고런 뜻이지라?"

"이를테면 비슷한 지경일 수도 있다는 거지요. 그런데 문제는 그 때 마침 그 집에 사나운 이웃이 와서 형제 싸움보다 더 큰 소리로 소란을 피운다고 합시다. 너희 집 뒷담을 넘어서 다른 집으로 갈 테니 담 밑에 받침돌을 놓아다오, 너희들 싸우는 소리 때문에 잠을 못 잤으니 그걸 물어내라, 뒤란에 달린 감이 맛있게 익었는데 감을 좀 다오, 대신 개암을 줄 테니 등등…….”

“문제가 없으면 그 집안 식구는 물론 그런 터무니없는 이웃의 말을 들어 주지 않겠지요. 엉터리 요구는 물리치고 받아들일 만한 요구는 꼼꼼하게 따져서 응할 테니까요. 그러나 식구들의 마음은 뿔뿔이 흩어져 있고 그 사나운 이웃은 어느 틈엔가 주먹을 쥐고 위협을 하면…….”

“그랗께 이웃과 잘 지내면서, 가르칠 것은 가르치고 배울 것은 배워 감시로 일의 가닥을 챙기면 고것은 두루 좋은 일인디, 우리가 시방 고걸 잘 못 혀서 고 사나운 이웃에게 당하기만 헝께로 고것이 문제라, 우리가 집안 살림을 추스릴 동안 고것들 헌티 ‘느그 집으로 돌아가거라.’ 해야 헌다 고런 말씀이지라?”

“그렇지요. 우리 문제만 해도 어둡고 암담한 지경인데 옆에서 이 때다 하고 우리를 등쳐 먹으려 하고 있으니…….”

“앞으로 어찌 될라꼬 일이 요로코롬 돌아간다요?”

도저히 잠을 잘 수가 없었다. 시간이 얼마나 흘렀을까? 또다시 오줌이 마려웠다.

은강이는 눈 앞을 뚫어지게 쏘아보았다.

그러나 칠흑 같은 어둠만 있을 뿐, 빛은 보이지 않았다.

더듬더듬 방문을 열고 밖으로 나서니 이제는 또 뿌연 안개가 가득하다.

소름이 돋았다.

은강이는 방으로 돌아와 천천히 자리에 누웠다.

지쳐 버렸는지 흐느낌 소리도 어느 결에 잦아들었다.

어쩌면 너 혼자 간다는 말이냐

"뭐시라고! 해산이라고라?"

"옴마, 고것이 시방 무신 소리라요? 쌈다운 쌈도 한 번 안 혔는디."

한쪽에서 자기들끼리 쑥덕거린다는 것이 목소리가 너무 컸던 모양이었다. 순식간에 사람들이 장막에서 튀어나왔다.

"나의 목적은 오로지 백성을 편안하게 하는 데 있다. 지금부터 그대들 일당과 이 고을의 시정을 의논하고자 한다. 그러니 농민군 중에서 간부를 선발해 주기 바란다."

사람들이 빙 둘러선 중간쯤에 서서 배불뚝이가 눈을 지그시 감고 문장을 외웠다.

"아, 그랑께 우리 대장님께 신임 군수 박명원이가 고런 내용의 글을 보냈다, 이 말이여?"

"글씨 그렇다더만. 헌디 고것이 무신 뜻이었어? 우리헌티 항복허겄다는 뜻 아녀?"

"참말 그런갑네. 우리 일당이라, 고건 농민군을 말허는 것이겄제? 시정을 의논허겄당게라?"

"근디, 저 친구 똑바로 외긴 왼 것이여? 혹시……."

주걱턱의 말에 옆에 서 있던 키다리가 옆구리를 툭 쳤다.

"아, 고건 걱정 말어. 저 친구 까막눈이긴 혀도 외우는 건 장원 급제한 이도령이도 못 좇아가. 받침 하나 안 틀렸을껴."

"그려……. 그라믄 인자 우리는 누구랑 싸운당가?"

"싸우기는…… 항복허는 상대허고 싸우는 법도 있남?"

"그랑께 해산 소리가 나왔구만이라……."

"아, 뻔헌 일 아니더라고. 적이 없으면 군대는…… 집에 가서 새끼들 보듬고 오순도순 사는 것이제, 뭘."

사람 수가 늘어나는 만큼 웅성거림도 점점 커졌다.

멀리 벌판이 내려다보인다. 솔부엉이는 삐죽한 바위에 걸터앉아서 하릴없이 땅에 낙서를 하며 갑수를 기다리고 있었다. 은강. 농민군. 바람. 춥다. 접장. 고아. 개떡이다. 갑수 형…….

'아, 어서 백산에 횡 허니 댕겨오니라잉. 주인어른네가 다시 오신다니께 갑수더러 잘 생각해 보라고 허고. 시방 안 돌아오믄 영영 이 집에 발길 못 헌다고 잔말 말고 얼릉 집으로 오라고

내가 신신당부허더라고 그렇게 말혀. 알겄냐?'

몇 번이고 다짐을 받던 또남 아배 얼굴이 생각났다.

'두 달 동안이나 얼굴을 비치지 않던 주인어른네가 돌아온다면, 그렇다면 다시 예전과 같은 세상이 되는 걸까? 그렇게 쉽게? 그리고 얼결에 첩자를 잡아 낸 나도 무사할 수 있을까?'

허무했다.

솔부엉이는 기세 좋게 펄럭이던 깃발을 생각했다.

"웃기지들 말랑께!"

누군가가 소리를 꽥 질렀다. 솔부엉이는 깜짝 놀라 고개를 들었다.

"이러려고 죽창 들고일어났단 말여? 기껏 그 정도 말에 또다시 맥없이 흩어질라고?"

텁석부리가 한 발 썩 앞으로 나서며 제 가슴을 쾅쾅 쳤다.

"알었당께, 늬들 말대로 다 혀 준당께, 집에 가서 얌전히 기다리고 있거라잉. 고런 사탕발림에 한두 번 속았간디? 임금도 한 입 가지고 두 말 허는 시상인디 고깟 신임 군수 나부랭이가 무신 힘이 있다고 우리랑 시정을 의논허겠다는 것이여, 시방? 난 안 믿어. 절대로 못 믿는당께."

텁석부리의 고함 소리가 쩌렁쩌렁 울렸다.

"안 믿으면? 못 믿으면 워쩌겠다는 것이여? 이렇고 이런 걸

들어다오, 허니께 안 들어 줘. 그러서, 그려? 그럼 우리도 손 놓고 앉아 있지만은 않어. 아, 이러고 일어난 전쟁인디 우리 쪽에서 말허는 걸 다 들어 준다는디 뭣 땀시 전쟁을 계속혀? 인자 모내기도 혀야 허는디?"

손티가 있는 젊은 사내가 맞받아 고함을 질렀다.

"그러서, 모내기가 급혀서 목숨 내논 전쟁에서 꽁지를 감추겠다는 것이여? 모내기는 왜 허는겨? 다 살자고 허는 짓 아녀? 사람답게 살자고 허는 짓 아니냔 말여. 그란디 그 잘난 모내기 허자고 사람대접 못 받는 옛날로 기신기신 돌아가자고? 게다가 뭐, 잔치?"

털석부리가 화살 맞은 돼지처럼 씨근거렸다.

"잔치라니, 고건 또 무신 소리랴?"

납대대한 얼굴의 사내가 중얼거렸다.

"박명원이가 농민군을 위로한다고 잔치를 벌인다잖어, 오늘. 그러서 대장 몇이서 박명원허구 이야기도 나눌 겸 거그 갔다는구먼."

솔부엉이는 픽, 쓴웃음이 나왔다.

'잔치라니, 어른도 그것도 그냥 어른도 아니고 군대 대장 같은 사람도 애들처럼 잔치를 좋아하나?'

"버티고만 있는 것이 다가 아녀. 엊그제 줄포에 있는 곡식창고를 습격한 것만 혀도 그려. 거그 남의 동네까지는 가면 안 되는 걸 그랬다니께. 고것이 뭔 줄 알어? 반란이여, 반란. 역적질이란 말여. 고것이 월매나 큰 쥔 줄 알기나 알어? 관아에서도 우리 맴을 알었고, 또 들어 준다고 혔응께 이대로 곱게 헤어지면 우리는 우리대로 뜻을 이루고 좀 좋아?"

주먹상투를 한 사내가 쑥덕거리고 있는 이들을 한바탕 둘러보며 설득하듯 말했다.

"좋기도 허겄다. 그럴 바에야 뭐 허러 나와. 난 남을 것이여. 두 눈 부릅뜨고 남어서 신임 감사인지 뭔지가 약속을 참말로 지키는지 어쩌는지 두고 볼 것이구만!"

'농민군은 정말로 해산할까?'

솔부엉이가 멍청하게 그런 생각을 하고 있는데 갑수 목소리가 들렸다.

"웬일이야, 여긴?"

"으응. 또남 아배가 가 보라고 해서……."

솔부엉이는 궁둥이에 묻은 흙을 털며 엉거주춤 자리에서 일어났다. 갑수는 그런 솔부엉이를 물끄러미 바라보다가 불쑥 물었다.

"밥은 먹었어?"

"으응……."

그 대답을 하는데 목젖이 뜨끔해지며 공연히 말꼬리가 떨려 왔다.

'언제나 불뚝거리고 퉁명스럽기는 했지만 어려서부터 친형 처럼 가까이 지내던 사이였는데……'

솔부엉이는 갑수를 처음으로 본 게 언제였는지를 머릿속으로 가만히 따져 보았다.

"자, 저쪽으로 가서 얘기하자."

갑수는 조금 조용한 곳을 찾는 모양이었다.

"저 또남 아배가 빨리 오래. 주인어르신네가 온다고. 지금 빨리 와서 얌전히 있으면 농민군에 나갔던 건 또남 아배가 어떻게 잘 말해 주겠다고……"

"지금 안 오면 다시는 집에 발 못 들여놓는다고 빨리 오래. 꼭 오라고……"

자꾸만 말이 더듬거려지고 어쩐지 눈물이 날 것도 같아서 솔부엉이는 말꼬리를 흐렸다.

"또남 아배가 그럴 때는 귀신이네! 집구석에 박혀서 맨날 소 처럼 일만 하는 사람이 해산하네, 마네 하는 농민군 사정을 어 찌 그리 잘 안대?"

그뿐, 갑수는 말없이 산 아래만 바라보았다.

"형……"

솔부엉이가 참다못해 다시 입을 연 다음에야 갑수는 고개를
돌렸다.

"부엉아, 넌 아주 어렸을 때 일이 기억나?"

미처 대답할 틈도 주지 않고 갑수가 다시 말을 이었다.

"너도 알지? 내가 일곱 살 때 밭둑에 쓰러져 다 죽어 가는 걸
또남 아배가 발견해서 살려 줬다는 거?"

"으응."

"아무에게도 말하지 않았지만 나는 그 때 일을 또렷하게 기
억하고 있어."

'아니, 어째서 이렇게 변했을까?'

솔부엉이는 갑수의 말이 귀에 들어오지도 않았다. 얼마 되
지 않는 기간인데도 갑수는 완전히 다른 사람이 된 것 같았다.
퉁퉁거리지도 않았고 차근하게 이야기를 풀어 나갈 줄도 알았
다. 갑수의 별명이 불뚱이라는 게 어색할 지경이었다.

"너무 배가 고팠어. 내 주위에는 아무도 없었지. 손에 닿는
것은 아무거나 우선 입에 넣고 씹어 보았어. 일단 씹어 보다가
정 먹을 수 없으면 그 때 뱉었지. 그러다가 탈이 난 모양이야.
창자가 끊어질 듯 아팠어. 숨을, 숨을 쉴 수가 없었지. 그 때 밭
둑을 데굴데굴 구르면서 생각했어. 죽는다는 것은 참 아프구
나……."

갑수는 말을 끊었다.

"그 어린 나이에 난 왜 그토록 배가 고파야 했을까? 왜 내 주위에는 날 돌봐 줄 사람이 아무도 없었을까?"

솔부엉이는 도무지 입을 열 수가 없었다.

"이제 난 아주 편해. 농민군이 해산한다 해도 다시 그 집에는 가지 않겠어. 몸이 건강하니 어디 가서 무슨 짓을 해도 굶어 죽지는 않을 테고, 나 같은 아이가 또 나오지 않는 세상은 어디 없는지 찾아보겠어, 죽을 때까지. 또남 아배에게 말 좀 전해 줘. 그 동안 고마웠다고. 아무튼 살아남아서 다시 보기를 바란다고."

갑수는 자리에서 일어났다.

"그리고 부엉아, 잘 지내. 그 동안 내가 너무 퉁명스럽게 굴었지?"

고부 김 부자네 집으로 돌아오면서, 솔부엉이는 소매로 눈가를 훔치고 또 훔쳤다.

'나쁜 놈! 그래도 친형처럼 지냈는데 저 혼자만 간다고? 저 혼자만 가겠다고?'

세상이 모두를 농민군으로 만들고

언덕에 서니 바다가 한눈에 내려다보였다. 텅 빈 바다에는 일본 무역선인 듯싶은 커다란 배 두 척이 그들먹하게 바다를 채우고 있다.

봄기운이 한창인데, 바다 바람은 아직도 차고 구름이 가득한 잿빛 하늘엔 하늘빛을 닮은 무채색 갈매기만 드문드문 날아다녔다.

기세 좋게 하늘로 치솟아 오르는 것은 바람에 똑바로 마주선 연뿐이다. 비나 되어야 온 세상을 깨끗이 씻어 낼 수 있으려나. 아침부터 사방에서 구름이 몰려들어서 하늘은 점점 더 어두워만 가는데, 긴 꼬리를 단 가오리연 하나가 미끄러지듯 구름 사이를 헤엄쳐 날았다.

은강이는 얼레를 재빨리 가랑이 사이에다 끼고, 바지춤을 여몄다. 연줄이 팽팽하게 당겨지면서 연이 주춤하고 그 자리에 섰다.

'까딱하면 얼레를 놓치겠는걸!'

은강이는 다시 얼레를 찾아 쥐었다. 고부를 떠나 줄포 외가에 온 지도 벌써 한 달이 지났다. 답답하고 답답했다.

'오죽하면 내가 제철도 아닌 연날리기를 다 하겠어? 고부 일은 궁금하고, 여긴 심심해서 못 견디겠는데, 아버지는 도대체 왜 이렇게 우리를 데리러 오시지 않는 걸까?'

은강이는 짜증이 솟았다. 외삼촌을 옥에서 꺼내 주고 아버지는 혼자서 고부로 다시 돌아갔다. 어른들은 외삼촌의 몸값으로 재산의 반을 주었다고 귀엣말을 했고, 정정하던 외할아버지는 이번 일로 시름시름 앓아누웠다. 외가는 인천으로 이사를 간다고 했다.

'이삼 일 다니러 갔다 오는 줄 알고 따라 나섰더니, 우릴 아예 여기에 맡기시려나?'

짜증이 슬그머니 걱정으로 바뀌었다. 외숙부와 외숙모가 아무리 잘해 줘도 집만큼 편하지는 않았다. 외가댁 어른들은 어머니가 안 계신다고 마음 써 주지만 버릇이 되어서 불편한 것은 없었다. 더구나 민들레 어미 공주댁의 마음 씀이 넉넉해서 조금도 문제가 없었다.

신경 쓰이는 것은 민들레와 솔부엉이, 전봉준 선생님이다. 또 솔직히 걱정되는 것은 아버지 일이다.

'아버지가 그 사이에 동학 스님을 따라서 봉기에 가담한 것은 아닐까?'

동학 스님은 스님이라 부르기만 할 뿐, 사실은 더 이상 스님이 아니었다. 예전에는 어떤 절에 주지로 계셨다지만 이제는 절을 나와 동학교도가 되었다고 했다. 지난날의 인연으로 선운사 구석방을 빌려 쓰고 있었지만, 지금은 불교와 전혀 상관이 없었다.

'아버지가 우리를 여기에 맡겨 놓고, 혹시?'

머리가 무겁다. 머릿속을 털 듯, 은강이는 재빨리 얼레를 돌려 댔다. 방패연 하나가 주춤주춤 다가와 은강이의 가오리연에 따라붙으려 했다. 밥풀눈이었다.

"자, 덤벼라, 덤벼!"

어제에 이어, 곧바로 연싸움이 시작되었다.

항구라서 그런지 이 곳은 고부보다 여러 가지 물건이 풍부하다. 하다못해 사금파리까지도 흔해서 은강이는 연줄에다 사금파리 가루를 아끼지 않고 듬뿍 먹여 놓았다.

은강이의 가오리연이 더 높이 떴다.

"하이고, 높이만 뜨면 제일이랑가?"

밥풀눈이 방패연을 그 자리에 세웠다.

"다는 아니지만, 그것도 중요하지러."

은강이가 짐짓 밥풀눈의 말을 흉내 내며 연줄을 당겼다. 이내 가오리연과 방패연이 엉켰다.

"야! 야!"

얼마나 힘을 썼던지 금방 손목이 욱신거렸다. 그러나 무엇이든 지는 것은 질색인 은강이는 순식간에 연싸움에 빨려 들어가 손이 저린 건지 아픈 건지 정신이 없었다.

가오리연과 방패연은 한참을 뒤엉켜 우쭐거렸다. 그러다가 잠시 후에 애써 사금파리 가루를 먹인 보람도 없이 가오리연의 줄이 끊겨 나갔다.

"왔다매, 나가 이겼지라!"

밥풀눈이 펄쩍펄쩍 뛰었다. 허무했다. 은강이는 얼얼한 양 볼을 손바닥으로 문지르면서 멀찌감치 사라져 가는 가오리연을 바라보았다.

"야, 내가 연 하나 다시 만들어 줄게."

언제 왔는지 외사촌형 경혁이가 은강이 어깨를 두드렸다.

"응, 형!"

은강이는 씨익 웃으며 경혁이의 손을 잡았다.

한동안 꼼짝 않고 서 있던 은강이는 가오리연이 눈 앞에서 완전히 사라진 뒤에야 말문을 열었다.

"그런데, 형! 그저께 형 친구들하고 하던 말 중에서 알 수 없는 게 있는데, 저 사람들은 왜 자꾸 우리 나라에 오는 거야? 왜 우릴 가만히 내버려 두지 않는 거야?"

은강이는 턱짓으로 일본 무역선을 가리키며 물었다. 이 곳으로 오던 날 밤 주막에서 어른들끼리 하는 이야기를 듣기는 했지만 이해하기 어려웠다.

"글쎄……."

경혁이는 한참 만에야 간신히 입을 열었다.

"욕심 때문이 아닐까? 자기들만 잘살면 남이야 어찌 되든 상관없다는 생각. 아니, 더 나아가서 자기네가 잘살기 위해 남의 나라는 희생시켜도 된다는 생각을 하고 있는 것 같아. 그래서 다른 나라에 조금만 틈이 생기면 쳐들어가는 거지. 여기서는 쌀이나 광석 같은 원료를 아주 싼 값에 살 수 있지. 그리고 자기들이 만든 상품을 우격다짐으로라도 팔아서 돈을 챙길 수가 있거든. 아주 쏠쏠한 장사지."

그렇게 보아서 그런지 경혁의 목소리에는 힘이 없었다.

"그럼 우린 가만히 앉아서 남 좋은 일만 시켜 주고 있는 거란 말야, 계속해서?"

은강이는 도무지 어른들이 하는 일을 이해할 수 없었다.

"아니, 그렇지는 않아. 그런 일을 막으려고 여러 가지 일을 했지. 사 년 전인가? 그 때는 상인들이 나서서 외국 상인에게 한양에서 나갈 것을 요구하며 이레 동안이나 가게 문을 닫기도 했지. 우리 나라 조정에 대해서는 한양을 대책 없이 개방하고 외국과 맺은 불리하기만 한 조약을 개정하라고 요구하고……."

"그런데?"

"결국은 실패로 끝나 버렸어."

"왜? 이번에도 또 힘이 없기 때문이야?"

은강이는 줄포에 오던 길에 어두운 방 안에서 누운 채 오가던 이야기를 떠올렸다.

"그런 셈이지. 조정도 상인도 모두."

'지겹다, 지겨워. 앉으나 서나 입만 벌리면 힘이 없어서 당할 수밖에 없다는 이야기들.'

은강이는 넌덜머리가 나서 말머리를 돌렸다.

"그런데 참! 외삼촌네 인천으로 이사 간다며? 언제 가?"

"글쎄, 곧 갈 거야. 아버지와 형제처럼 지내는 어른이 인천에서 큰 객주시거든."

그 때 은실이 목소리가 들렸다.

"오빠, 오빠!"

은실이가 숨 가쁘게 불러 대며 뛰어오고 있었다. 길게 땋아 내린 은실이의 머리채가 앞으로 뒤로 정신없이 흔들렸다.

"오빠, 오빠아!"

'쟤가 왜 저래?'

다급하게 뛰어오는 은실이를 보며 은강이는 못마땅해했다. 허둥거리는 품이 도무지 은실이 같지 않아 보였다.

"오빠, 오빠, 아버지가……."

가까스로 은강이 앞에까지 달려온 은실이는 채 말끝을 맺지 못하고 허리를 꺾으며 쓰러지듯 주저앉았다.

'뭐, 아버지?'

불길한 예감이 맞아들어 가는 모양이었다. 갑자기 찬물을 뒤집어 쓴 듯 정신이 번쩍 들어서 은강이는 은실이의 윗몸을 일으켜 세우며 다그쳤다.

"아버지가 왜?"

"관아에, 관아에 잡혀서……."

은실이 눈가에 금방 눈물이 그렁그렁해졌다.

'역시 농민군에…….'

무릎에 힘이 빠져서 한동안 일어설 수가 없었다. 그러나 은강이는 이를 사리물었다. 그러고는 천천히 몸을 일으켜 세웠다.

"그래서 설마 돌아가신 것은…… 아니겠지?"

"으응……."

고개를 끄덕이는 바람에, 눈가에 맺혀 있던 눈물이 은실이의 볼을 타고 굴러 떨어졌다. 은강이는 그나마 마음이 놓였다. 아직 살아계신다면 방법이 있을지도 몰랐다.

"빨리 가자!"

경혁이는 몸을 돌렸다.

"우리, 간다. 잘 있어."

"으응. 그, 그래."

은강이 말에 아직도 한 손에 얼레를 든 채로 주눅이 들어 서 있던 밥풀눈이 겨우겨우 마주 인사를 했다.

마음이 급했다. 처음엔 급히 걷기 시작했으나, 스무 걸음도 채 못 가서 은강이는 자기도 모르게 경중경중 뛰었다. 경혁이도 뛰기 시작했다.

집까지 거리는 꽤 멀었다. 은강이는 숨을 헐떡거리며 사랑방 문을 열었다.

"이제 오느냐. 지금 바로 고부에 가 봐야겠다. 넌 어찌 할래?"

일의 모양새가 긴박한 만큼, 외삼촌은 앞뒤 말을 모두 잘랐다. 그렇게 보아서 그런지 살집 없는 외삼촌 얼굴이 더욱 핼쑥해진 것 같았다.

"저도 집에 가야지요."

대답을 하면서도, 은강이는 어이가 없었다.

'도대체 왜 외삼촌은 뭘 어쩌겠냐고 묻는 걸까? 그럼 이 판에 여기 남아서 아이들이랑 연이나 띄우고 호드기나 불면서 놀고 있으라는 말씀인가?'

순간, 은강이 표정에 그런 생각이 나타난 모양이었다. 외삼촌은 말없이 은강이의 얼굴을 마주 보았다.

"그래? 그렇게 하자. 경혁이와 은실이는 여기 남아 이사 준비를 끝내 놓도록 하고."

외삼촌은 자리에서 일어섰다.

은강이는 그제야 사랑 구석에 죄 지은 사람처럼 쭈그리고 앉아 있는 충근이 아제를 발견했다.

어느 해 겨울이던가, 차디찬 움막에서 혼자 앓고 있던 것을 돌보아 주어 살려 놓은 이후, 충근이 아제는 은강이네 일을 자기 일로 알았다. 그래서 이번에도 정신없이 달려왔을 터였다.

"아, 아이구, 도, 도련님……."

은강이와 눈이 마주치자 충근이 아제는 황망스레 자리를 고쳐 앉으며 말꼬리를 흐렸다.

"아버지는 어떠시죠?"

"자, 자, 자세히는 모르겠어라. 엊저녁에 재, 잽혀 가셨응께 아직은 괜찮으시지 않을까 새, 생각허는구만이라."

"아버지가 정말 전봉준 선생님을 따라 농민군에 가담하신 거예요?"

"아아아아아니랑께요."

충근이 아제는 화들짝 놀라며 활활 손사래를 쳤다.

"차, 참말로 노, 농민군에 들어갔응께 농민군이라고 자, 잡아들이면 누, 누가 뭐라 허겄어라. 어, 어르신은 농민군 근처도 아, 안 갔당께요. 동학 스님이 두 번이나 대, 댕겨가셨는디도 아아아무 말씀 없으셨다는구만이라. 지, 지가 허허드렛일을 거드느라고 매칠 동안 대, 댁에 있어서 아, 아주 잘 아는구만이라. 아, 그, 그란디 한양에서 농민군을 토벌허라고 보냈다는 아, 안핵사인가 뭔가 하는 벼슬아치가 내, 내려오드만 지, 진짜 농민군 진지에는 얼씬도 못 했음시로 뜨, 뜬금없이 애먼 사람을 모다 노노노, 농민군이라고 잡어들이고 있다 안 허요."

"뭐라고요?"

"나, 남자들만 잡아들이는 게 아아니어라. 노, 농민군과 내통했다고 함시로 아, 아무 집에나 들어가 재물을 빼앗고 부, 불을 지르고⋯⋯. 지, 지옥이 따로 어, 없지라⋯⋯."

충근이 아제 얼굴이 제풀에 하얗게 질렸다.

"농민군과 관계가 없는데도요?"

"그, 그 그러니 기, 기가 맥히다니께요. 하, 하도 급해 지가 이렇게 다, 달려왔지만 그 사이에 호, 혹 댁에 무, 무신 일이라도 생긴 건 아, 아닌지……."

갑자기 머릿속에서 윙, 소리가 나면서 충근이 아제 말소리가 웅웅 울렸다. 은강이는 가까스로 물었다.

"그럼 농민군은 어디 있구요?"

"해, 해, 해산했지라. 이번 일 겨, 겪고 배, 백산에 다, 다시 모인다는 소, 소문도 있지만도."

"해산했다구요, 아니 왜요?"

"지, 지는 잘 모르지라. 소, 소문으로는 새로 오, 온 군수인가 하는 야, 양반이 농민군 요구를 다 드, 들어 준다고 항께 노, 농민군들이 해산허자는 패와 아, 안 된다는 두 패로 가, 갈라졌다 안 허요. 지, 지금 봉께 해, 해산허자는 쪽이 이, 이긴 모양이어라."

"기가 막혀서……."

은강이는 충근이 아제 말이 도무지 믿기지 않았다. 그 서슬은 다 어디 가고 농민군은 그렇게 금방 해산을 했다는 것이며, 한양에서 내려왔다는 안핵사는 또 무슨 엉뚱한 짓을 하고 있다는 것일까.

"은강아, 가자."

외숙모에게 인사를 하는 둥 마는 둥 하고, 은강이와 충근이 아제는 재빨리 외삼촌 뒤를 따랐다.

"참으로 기막힌, 기막힌 세상이다. 하늘은 어디에 있는 고……."

외삼촌은 몇 번이고 혼잣말을 했다.

산에 들에 진달래가

진달래 꽃잎은 놀란 아이의 입술 빛이다. 놀라다 못해 파랗게 질려 버린 아이의 입술 빛이다. 민들레는 진달래 꽃무더기 속에 몸을 숨긴 채 뭉클뭉클 연기를 쏟아 내며 불타고 있는 마을을 내려다보았다.

불길과 연기가 치솟는 골목 여기저기에는 관군들이 시커먼 덩어리를 이루며 우르르 몰려다녔는데, 그 덩어리가 멈추는 곳마다 비명 소리가 터졌다. 개들이 미친 듯이 짖었다.

온몸이 떨렸다. 다리가 후들거리고 한겨울처럼 턱이 소리를 내며 맞부딪쳐서, 민들레는 두 팔로 팔꿈치를 감싼 채 무너지듯 그 자리에 주저앉았다.

투두둑, 꽃잎을 단 채로 잔가지가 부러져 나갔다.

충근이 아제가 은강이 아버지 소식을 전하러 길을 떠나자마

자 민들레 엄마, 공주댁은 느닷없이 민들레의 손을 잡아끌며
말했다.

"나물 캐러 가드라고."

민들레는 어머니 얼굴을 멍하니 바라보았다. 지는 해를 등
지고 선 어머니 얼굴에 선홍색 노을이 물들어 있었다.

"아, 뭐 혀?"

눈길은 벌써 대문 밖을 향한 채 어머니는 와살스레 민들레
의 손을 잡아챘다.

"이 등신아, 조금 있으면 모다 이리로 몰려들 거여. 빨리 안
움직이면 못 살아남는당께로."

어머니는 연신 주위를 두리번거리며 넋 나간 사람처럼 중얼
거렸다. 그러고는 어느 결에 고샅을 벗어났다.

막 산기슭에 붙어 서는데 낯익은 고함 소리가 들렸다.

"아, 왜 이래요? 내가 뭘 잘못했다고. 놔요! 이거 놓으라니
까!"

군졸에게 질질 끌려가고 있는 것이 솔부엉이라는 것을 깨닫
는 순간, 어머니가 재빨리 입을 막지 않았다면 분명 '오빠!' 하
는 외마디 소리가 입 밖으로 튀어나갔을 것이다.

"오메, 쪼깐한 것이 힘도 세네!"

"아, 왜 안 그렇겄어. 대갈빡에 피도 안 마른 것이 농민군 첩

자 노릇 헐려면 힘도 세고 머리도 좋고…… 아, 뭔가 남다른 구석이 있어야 안 허겠어?"

"저, 고것이 아니고라. 그랑께 뭣이냐, 저…….

또남 아배의 목소리가 끊어질 듯 이어졌다. 곧이어 윽, 하는 비명 소리도.

그들의 소리는 멀어져 갔다.

'하늘님을 내 마음 안에 모시었으니 하늘의 뜻에 따라 내 마음을 정하게 하시고…….'

공주댁은 동학 주문을 외며 돈을 바위 미륵불 앞으로 달려갔다. 그렇게 보아 주어 그렇지, 사실 커다란 바위에 새겨진 미륵불의 생김은 참으로 어설펐다. 빈약하게 작은 몸에 어울리지 않게 큰 머리. 눈과 귀도 터무니없이 컸다.

옛날, 양반댁 아가씨를 사모하던 젊은 석공이 자신의 처지를 비관하며 하룻밤 사이에 맨손으로 만들어 놓고 죽었다는 이야기가 전해 내려오는 미륵불이었다.

오십육억 칠천만 년 뒤에나 이 세상으로 와서 사람을 구하고 세상을 낙원으로 만든다는 이 미륵불이 이렇게 어설프게 생긴 것은 다 이유가 있었다.

그것은 미륵불에게 그 큰 눈과 귀로 조금이라도 더 백성의 고통을 보고 듣게 하기 위해서, 그래서 하루라도 빨리 미륵불을 백성 곁으로 불러들이기 위해서라고 했다. 그러나 미륵불은 그 커다란 퉁방울눈을 들어 뚫어지게 눈 앞을 바라보고만 있을 뿐이었다.

'하늘님을 내 마음 안에 모시었으니 하늘의 뜻에 따라 내 마음을 정하게 하시고…….'

바람이 산 쪽으로 불었다. 후끈한 열기와 함께 매캐한 연기 냄새가 바람에 얹혀 왔다. 갑자기 뱃속이 메스꺼워서 민들레는 헛구역질을 했다.

'부엉이 오빠, 또남 아배 그리고…….'

마을 사람들 얼굴이 한꺼번에 떠올랐다. 도대체 무슨 일이 어디서부터 잘못된 것일까? 민들레는 도무지 알 수가 없었다. 이 무시무시한 일들이 왜 일어났는지, 언제 그칠 것인지 짐작조차 할 수 없었다.

'모두 다 죽어 버린 게 아닐까?'

자꾸만 떠오르는 두렵고 방정맞은 생각을 털어 버리기라도 하듯, 민들레는 고개를 흔들었다.

'오빠…….'

솔부엉이의 고함 소리가 귓가를 떠나지 않았다.

'그렇지만 너무 무서워서 도망치지 않을 수가…… 미안해, 오빠. 나 혼자만…….'

몇 해 전이었던가, 아마 솔부엉이가 김 부자 집에 팔려온 첫 봄이었을 것이다. 농사일이 막 시작되려는 이월 초하루는 콩과 팥을 넣은 주먹만 한 송편을 머슴 나이 수만큼 나눠 주며 고된 농사일의 시작을 알린다는 머슴의 날이었다.

그 날, 냇가로 빨래를 하러 가는 민들레에게 솔부엉이가 주먹만 한 송편 하나를 불쑥 내밀었다. 그 송편을 받아야 하는지 말아야 하는지 머뭇거리는 민들레를 흘겨보면서 솔부엉이가 퉁명스레 말했다.

"싫으면 관둬라. 우리 당숙할배네 있을 때는 사흘 굶는 것은 보통이었는데, 머슴 오니까 떡도 주고 송편도 주고, 그래서 몰래 한 개 가져왔는데. 그러고 보니 너도 좋이라 벌써 얻어먹은 모양이지?"

그 이야기를 전해들은 민들레 엄마는 혀를 찼다.

"어린 것이 얼마나 배를 곯았으면 머슴의 날에 주는 송편이 고맙고 반가워서 네게 나눠 줄 생각을 다 했을꼬. 쯧쯧."

그 뒤로 솔부엉이는 뭐든 민들레를 주고 싶어했다. 하얀 차돌로만 골라 맞춘 공깃돌 다섯 개, 산딸기, 무지갯빛 날개를 가진 나비 등.

그런데 그런 솔부엉이가 형편없이 끌려가는 모습을 보고서도 혼자서만 도망친 것이다. 울컥, 눈물이 솟았다. 민들레는 속이 비어서 말간 물이 나올 때까지 계속해서 토악질을 해 댔다.

'당산 나무 옆은 금주네, 그 옆은 쇠똥이네, 그 옆은, 그 옆은…… 집이 불타고 있다. 어제 저녁 내가 잠을 잔 방, 내가 덮고 잔 이불이 모두 타 버린다. 은실이가 준, 한 번밖에 드려 보지 않은 빨간 댕기, 그런 게 모두 타 버리면……'

민들레는 눈을 감았다. 그래도 온 동네 모습이 손에 잡힐 듯 환히 보였다.

'하늘님을 내 마음 안에 모시었으니 하늘의 뜻에 따라 내 마음을 정하게 하시고……'

세상은 모두 시커먼 어둠 속에 가라앉았고, 주문을 외우는 공주댁의 소리만 간신히 살아남은 상처 입은 동물의 헐떡임처럼 끊어질 듯 이어졌다.

이른 봄의 메마른 바람을 타고 불길은 점점 커졌다. 그 치솟는 불길의 서슬에 어둠에 잠겨 있던 먼 산들이 구불구불 야윈 어깨선을 드러내며 엉거주춤 섰다.

"가자."

한참을 정신없이 주문을 외던 공주댁이 무슨 생각이 들었는지 다시 민들레의 손을 잡아끌었다.

"선운사로 가자. 동학 스님을 만나면 뭔 수가 생길 텐게."

길도 없는 산길을 한밤중에 걷기에는 달빛이 너무 약했다.

그러나 의지할 것이라고는 그나마 그것밖에 없어서 구름이 달을 가릴 때는 세상이 온통 먹빛이 되어 한 발짝도 움직일 수가 없었다.

민들레 모녀가 선운사에 닿은 것은 그 다음 날 오후였다. 나뭇가지에 긁히고 풀벌레에 쏘이면서 꼬박 하루를 쉬지 않고 달려온 선운사였지만 고즈넉한 평화는 없었다.

"무슨 소리요? 우리 작은아버지를 누가, 왜 끌고 갔다는 말이요?"

절 마당에는 무심한 봄볕이 쏟아져 내리고 있었고, 그 쏟아지는 햇살 아래 건장한 청년 하나가 씨근거리고 있었다.

민들레 모녀는 선운사 뒷산에 몸을 숨긴 채 절 마당을 내려다보았다.

열일곱이나 열여덟쯤 되었을까? 청년의 체구는 당당했고 잘생겨서 사람들의 시선을 끌 만했다. 옷은 비록 평범한 무명으로 지은 것이었지만 눈부시게 깨끗했고, 꿰고 있는 짚신도 단단하게 삼은 새것이었다. 비단을 입지 않았으니 평민이나 천민일 터였지만 양반 못지않은 넉넉한 집안의 자제가 분명했다.

"막동이, 마음 쪼깨 가라앉히고 자세히 물어보드라고."

일행인 듯한 청년이 막동이라고 불린 청년의 어깨를 두드리며 한 발 앞으로 나섰다.

"아, 글쎄 소승도 영문을 모르겠다니까요. 저 청년 숙부가 불공을 마치고 막 돌아가려는데 그 사람들이 갑자기 들이닥치더니 '동학꾼을 잡아라.' 하고 소리 치면서……."

막동이의 목소리가 대뜸 높아졌다.

"뭐라구, 동학꾼?"

"어느 방향으로 가셨는감?"

눈매가 날카로운 청년이 물었다.

"저기, 저 쪽……."

동자승이 고개 너머를 손가락질했다. 모두 시선이 그 쪽으로 쏠렸다.

"누가 오고 있구마."

그러고 보니 손가락질을 한 방향에서 여러 사람이 고개를 넘어 이쪽으로 다가오고 있었다.

"저게…… 자네 어르신 일행 아니더라고?"

"그래, 그런 것 같은데."

"그란디 어디 다치신 거 아녀라? 걸음걸이가 으째……."

일행이 웅성거리는 사이에 막동이는 성큼성큼 뛰어 작은아버지에게로 갔다.

"괜찮으십니까?"

막동이는 재빨리 작은아버지의 아래위를 훑어보며 물었다.

"오냐, 그래. 그보담도 이분들께 인사 올려라."

막동이 작은아버지는 활짝 웃으며 막동이의 어깨를 툭툭 쳤다.

"우릴 구해 주신 분들이다. 태인접에 계시는 농민군이시고."

'농민군?'

막동이는 목례를 하면서 재빨리 그들을 훑어보았다.

"마침 우연히 우릴 만났기에 망정이지 큰일 날 뻔허지 않았으라우."

"그랑께 말이요. 그놈들이 무신 못된 짓을 헐지 누가 짐작이나 허겠는가 말여."

"우리도 말여라. 인자는 싸우기로 안 혔소? 우리는 절대 해산허지 않을 거구만. 봉기하기 전꺼정은 그놈들이 우리를 턱없이 잡아 가두고 곤장을 치고 혀도 슬쩍슬쩍 돈도 집어 주고 혀서 빼내지 않았어라우. 아, 그랑께 요놈들이 재미를 붙인 모양이여, 동학도건 아니건 좀 산다 허는 집이 있으면 그냥 넘어가는 법이 없제!"

주먹코가 픽 웃었다.

"그래서 앞으로는 누구든 잡혀 가는 것을 보면 관군이건 뭐건 가릴 것 없이 만나는 대로 두들겨 주고 사람을 빼내기로 우

리끼리 약조를 혔는디 마침 댁네가 끌려가는 것이 보이지 않았
소?"

"젠장헐! 관군이 그 모양이니 이놈의 나라가 배겨날 도리가
있겠느냔 말여."

얼추 급박한 상황은 끝난 듯이 보였다.

민들레 모녀는 살그머니 몸을 일으켜 산을 내려가기 시작했
다.

"그나저나 이 은혜를 어떻게 갚아야 할지 모르겠소."

"하이고, 별 쓸데없는 소릴 다 해쌓는구만이라. 그런 지경을
당헌 사람을 보고 누군들 그냥 지나가겠소. 당연헌 것을 가지
고 뭔 소리라요."

텁석부리는 큰소리를 쳤다.

"아니오. 그래도 이치가 그런 것이 아니지요. 제가 비록 천
한 백정이지만 재물은 좀 있으니 군량미로 쓰게 쌀섬이나 넉넉
히 내놔야 하겠습니다. 오면서 들어 보니 그 동학이라는 것이
양반, 상놈 없는 세상을 만들려고 싸우는 것이라던데……."

작은아버지는 막동이 어깨를 가볍게 쳤다.

"자리 잡고 앉아 이야기를 들어 봐야겠지만서도 제 혼자 생
각에는 이놈도 댁들처럼 농민군에 들여보내 사람 좀 만들었으
면 싶습니다만……."

순간 막동이 얼굴이 눈에 띄게 굳어졌다.

'참내, 마치 이웃에다 심부름이라도 보내는 듯한 말투시로
군. 목숨 걸고 싸움터에 나가는 일을 그렇게 쉽게 말씀하시다
니…….'

막동이는 울컥 치솟는 짜증을 참느라고 어금니를 물었다.

푸른 보릿대

"안핵사 이용태를 잡아라!"

"한 놈도 놓치지 말아라!"

고함 소리가 점차 커졌다.

'이게 무슨 소릴까?'

까무룩 잃었던 은강이의 의식이 아슴푸레 돌아오고 있었다. 곤장을 맞은 볼기 외에도 온몸 안 아픈 구석이 없다.

'한두 사람 발소리가 아닌 것 같은데……'

일어나 봐야겠다는 것도 생각일 뿐, 절인 배추 꼴이 된 몸이 말을 듣지 않는다.

그 때 누군가가 부서져라 문을 두드렸다.

"문 열어라! 빨리 문 열어!"

"부셔, 부셔 뿌리랑께!"

와지끈 벼락 치는 소리가 났다. 은강이는 순간 화다닥 정신이 들었다. 들창으로 푸르스름한 달빛이 새어 들어왔다.

'이게 꿈은 아니지?'

은강이는 아직도 멍한 중에 중얼거렸다. 도대체 누가 이 한밤중에 관아의 대문을 부서져라 두드린다는 말인가?

'어사가 났나? 춘향전에서처럼?'

언뜻 실없는 생각이 스치고 지나갔다.

'춘향전보다는 홍길동전이 낫겠다. 축지법과 둔갑술을 쓰고 다니면서 썩은 벼슬아치들을 혼내 준다는데…….'

말로만 듣던 썩은 벼슬아치를 은강이는 이번에 똑똑히 보았다. 안핵사 이용태는 눈에 띄는 모든 백성을 동학꾼이요, 폭도라고 뒤집어씌웠다. 누구도 속수무책으로 당하는 수밖에 없었다. 도무지 있을 수도 없고, 있어서도 안 되는 일이 벌건 대낮에 아무렇지도 않게 일어나고 있었다.

'그래서 그 때 그 사람들이…….'

은강이는 처음으로 말목 장터에 모였던 사람들의 절박한 심정을 이해할 수 있을 것 같았다.

"으으……."

곳간 한구석에서 또 신음 소리가 났다. 은강이는 소리 나는 쪽으로 고개를 돌리려고 몸을 움직여 보았다. 순간 바늘 끝으로 찌르는 듯한 아픔이 온몸을 훑고 지나갔다.

'솔부엉이도 잡혀 왔다는데……'

그러나 생각뿐, 은강이는 여전히 손끝 하나 움직일 수가 없었다.

"이 잡듯이 뒤져라! 빨리빨리!"

투닥거리는 발소리가 금방 마당을 메웠다. 은강이는 숨을 죽였다. 흔들리는 불길이 문틈으로 엿보였다.

'아버지는 무사하실까?'

키는 작아도 다부지고 단단했던 아버지가, 안핵사 이용태에게 끌려와 닦달을 당한 지 만 하루 만에 널브러져 버렸다. 숨을 헐떡이는 아버지 대신, 관아 대문에 머리를 박으며 바락바락 악을 쓰고 대들던 은강이가 잡혀와 곤장을 맞고 갇혀 있던 참이었다.

'아아……'

은강이는 길게 숨을 내쉬었다. 목이 탔다. 부릅뜬 아버지의 커다란 눈이 어른거렸다. 다시 정신이 흐릿해졌다.

헐레벌떡 먼 길을 왔고, 하루 종일 굶었다. 게다가 곤장을 맞았고 잠도 제대로 자지 못했다. 정신이 가물거렸다.

밖은 여전히 소란스러웠다.

"전봉준……"

"······ 고부를 다시 점령하니······."

"말해라!"

"농민군은 다시······."

토막말들이 언뜻언뜻 귀에 들어왔다. 살고 싶은가, 하는 물음도. 은강이는 마치 자기에게 묻기라도 한 듯 마른 입술을 옴쭉거리며 고개를 끄덕였다.

'아무렴요, 살고 싶고 말고요. 살려 주세요, 제발!'

은강이 고개가 다시 천천히 숙여졌다. 그 때 문이 열렸다. 바깥바람이 와락 몰려들었다.

"아니, 여기 웬 아이들이?"

앞장서서 옥문을 열었던 젊은이가 펄쩍 한 발 다가섰다. 이방이 벌벌 떨며 자초지종을 설명했고, 그 말이 끝나기도 전에 젊은이의 굵고 검은 눈썹이 꿈틀하고 일어섰다.

"나쁜 놈들······ 내, 이용태 이놈을······."

젊은이는 옆에 선 동료와 함께 아이들을 나눠 업고 뛰었다.

젊은이가 다시 입을 연 것은 의원이 아이들의 치료를 끝내고 자리에 눕혀 놓은 다음이었다.

"이 애 아버지는······."

젊은이의 말에 의원은 눈을 감은 채 고개를 저었다.

"이삼 일을 넘기지 못하겠소. 아침에 본 바로는."

청년의 얼굴이 더욱 굳어졌다.

"만약 이 애 아버지에게 진짜로 무슨 일이 생기면……."

차마 말꼬리를 맺지 못한 채 청년은 입을 다물었다.

"이 녀석 가슴에 커다란 맷돌 하나 달아 놓은 폭이 되겠지. 멀쩡한 제 아비가 매맞아 죽는 꼴을 보았으니, 이 어린 나이에."

더 이상 아무도 입을 열지 않았다. 창밖에서는 어느 결에 후둑후둑 비가 뿌렸다. 비는 계속 내렸다. 빗발이 굵어졌다 가늘어졌다 했을 뿐, 연 사흘 동안을 그치지 않고 질질 끌었다.

사흘째 되는 밤, 며칠을 앓던 은강이 아버지는 끝내 일어서지 못하고 눈을 감았다. 이를 악물고 아버지의 장례를 치러 낸 은강이는 아버지를 땅에 묻자마자 그 자리에 쓰러졌다. 그러고는 다시 정신을 잃었다. 농민군 청년들은 아이들을 백산으로 옮겼다.

그 다음 날부터 날이 갰다. 농민군 진영에서는 모두들 장막을 짓는다, 훈련을 한다며 부산을 떨었다. 대엿새가 지난 뒤에야 아이들은 조금씩 몸을 추스를 수 있었다.

"야, 너희들 좀 어때? 견딜 만한 거야?"

갑수가 엉거주춤 방 안으로 들어섰다.

"괜찮어. 이제 다 나았으니까."

은강이는 끙, 소리를 내며 자리에서 일어나 앉았다.

"나도. 그런데 형, 바깥 날씨는 어때?"

솔부엉이도 벽에 등을 기대고 앉았다.

"좋지, 바람과 햇살이 부드러우니 온 천지에 꽃이지, 뭘."

"그래……."

몰라보게 해쓱해진 은강이의 말꼬리가 잦아들었다

아버지.

이른 봄철, 나무를 하러 가는 충근이 아제에게 아버지는 언제나 진달래꽃을 주문했다. 나뭇단 위에 진달래를 한 아름씩 꽂아 오던 아제의 지겟짐…….

"저 양반은……."

막 꺾어 온 꽃 뭉치를 진달래 어미가 어머니에게 조심스레 건네면 어머니는 쑥스럽게 웃었다. 얼마 안 있어 진달래꽃은 작은 옹기항아리에 탐스럽게 꽂혀 안방 문갑 위에 며칠 동안 있곤 했다.

은강이는 구멍 난 방문 사이로 비집고 들어오는 환한 햇살에 멍하니 눈길을 주었다. 안 그래도 나이에 비해 숙성한 축에 들던 은강이는, 이번 일을 겪고 나자 사뭇 어른이 되었다. 하긴 당연한 일인지도 모른다. 찬찬한 구석이라고는 없던 솔부엉이도 이제는 좀처럼 덤벙덤벙 나대지 않았다.

그런 아이들의 표정이 낯설고 불편해서 갑수는 얼른 나오는 대로 말문을 열었다.

"이제 정말 온 나라가 다 들고일어났단다. 여기저기서 백성을 못살게 구는 군수를 잡아 아주 혼쭐을 내 줬대. 부사가 이렇게 살살 빌었다잖아?"

갑수는 애걸복걸하는 흉내까지 내며 분위기를 바꾸어 보려고 애썼다.

"농민군이 잠깐 해산했을 때 말야, 난 장돌뱅이들을 따라 여기저기를 떠돌아다녔거든. 세상 참 넓더라. 그런데 그 넓은 세상에 있는, 생긴 것이나 하는 짓이 모두 다른 사람들이 다 뭐라는 줄 아니? 난리가 나서 세상이 뒤바뀌어야지 더 이상 살 수가 없다는 거야. 더는 살 수 없으니 이제 이 세상의 운은 다했다는 거지. 그러니 새 세상이 올 거라는 거야, 살기 좋은 세상이."

말하다 보니 가슴이 벅차올라 갑수는 잠시 말을 끊었다.

"그 때 들은 얘긴데, 예부터 전해 오는 아주 유명한 예언서가 있는데, 정감록이라구, 거기에 이런 사실이 다 쓰여 있대. 그 옛날에 지어진 책인데, 몇 백 년 뒤에 남쪽 어디쯤에서 떨치고 일어난 사람이 새 나라를 세운다는 거야. 아참, 은강이 너도 정씨지?"

갑수는 은강이에게 고개를 돌리며 빙긋 웃었다.

"내가 왜 갑자기 그걸 묻냐 하면……. 아, 됐다. 그 얘긴 나중에 하고. 아무튼 지금 이 세상은 망한다는 거야. 그래서 사람들이 더 많이 모여드는 건가 봐. 그 정감록이라는 책 때문에. 그래서 말인데, 지금 여기 진지가 얼마나 대단한 줄 알어? 파란색, 빨간색, 누런색, 하얀색……."

그 다음이 잘 생각나지 않는다는 듯, 갑수가 말꼬리를 늘였다.

"아참! 맞다, 검정! 다섯 가지 깃발이 곳곳에 펄럭이고 활이랑 창을 가진 농민군이 이렇게 쭉 늘어서서……."

침을 튀기며 설명을 하던 갑수는 가만히 귀를 기울이고 있는 아이들 표정에 주춤, 말허리를 잘랐다.

"너희들 이제 웬만하면 바깥바람 좀 쐬면 좋은데……."

"그러지, 뭐. 여기 온 지 벌써 며칠이야. 안 그래도 그 동안 방 안에만 갇혀 있으려니 엉덩이에서 곰팡이가 피려던 참인데."

은강이는 허옇게 웃으며 주춤주춤 몸을 일으켰다.

"지금 나간다고, 당장?"

솔부엉이가 몸을 움직여 보며 얼굴을 찌푸렸다.

"글쎄, 말 나온 김에 한번 나가 보지 뭘."

"그치만…… 괜찮겠어?"

솔부엉이 얼굴이 금방 찌그러진 세숫대야 꼴이 되었다

"야, 인마, 엄살 좀 그만 피워라. 몇 걸음도 못 걸어?"

그제야 솔부엉이는 벽을 잡고 천천히 일어섰다.

바람의 결이 얼마 전과 사뭇 달랐다. 후끈한 느낌마저 들었다.

"정말 햇살이 좋네……."

눈이 부신 듯 이맛살을 찌푸리며, 은강이는 다 산 노인처럼 중얼거렸다.

"야야, 참 이거……."

갑수가 주머니에서 볶은 콩을 한 주먹 꺼냈다.

"아까 밥해 주는 아주머니들이 너희 갖다 주라더라."

은강이는 숫자를 세듯 콩알을 한 알씩 한 알씩 입에 넣었다.

"이거 볶을 때 새알 볶아라, 쥐알 볶아라, 콩알 볶아라, 하면서 볶지 않던? 그러면 쥐가 곡식을 축내지 않는다고. 그런데……."

갑수는 주걱으로 콩 볶는 시늉을 했다.

"아, 그런데 내가 가만히 들어 보니까, 그 콩 볶는 아주머니가 이러지 않겠냐? 새알 볶아라, 쥐알 볶아라, 양반 볶아라……. 보름 지난 지가 한 달이 넘었는데 새삼스레 콩을 볶더니…… 아마 그 말이 하고 싶었나 봐!"

은강이는 자기도 모르게 그 자리에 우뚝 섰다. 갑수는 아차, 싶었다. 그러나 이제 와서 궁색한 말을 늘어놓을 수는 없었다. 갑수는 은강이 기색 따위는 모르는 척 얼른 다른 이야기로 말머리를 돌렸다.

"너도 들었지? 여기 오면 누구에게나 밥 준다는 말. 나도 여기 오기 전에는 못 믿었거든. 그런데 그게 참말이더라고. 밑구녕 터진 가마니에서 샌 듯이 새하얗게 몰려 있는 사람들 밥을 다 어떻게 챙겨 주겠느냐고 나도 사람들 말을 귓등으로 들었는데, 그게 아니더라니까! 너희 정도는 들어가서 목간도 할 수 있을 정도로 커다란 솥을 수 십 개 걸어놓고, 밥을 맡은 사람은 하루 종일 밥만 하는 거야. 정말 이 많은 사람이 한 명도 끼니를 거르지 않는다니까!"

갑수는 진땀을 흘려 가며 수선을 떨었다. 은강이와 솔부엉이는 별 대꾸 없이 갑수의 이야기를 들었다.

"아예 온 식구가 이불보따리까지 싸들고 이 근처에서 사는 사람도 있다니까. 아, 참말이야!"

누가 뭐라 하지도 않는데, 갑수는 계속 열을 올렸고 은강이는 말없이 콩알을 씹었다.

"아참, 너희들 아냐? 솔부엉이가 여기서 얼마나 유명한지? 알고 보니까, 지난번 관아에서 보낸 첩자들 말이야. 모두가 칼

솜씨가 대단한 사람들이었대. 수십 명이 이 모양 저 모양으로 농민군에 스며들었는데, 정석진이 기회를 봐서 신호를 하면 갑자기 일어나 안팎에서 지도부를 치기로 했었다는 거야. 그러니 그 때 만약 솔부엉이가 아니었다면 어떻게 됐겠어? 혹시라도 정석진인가 하는 자의 계획대로……."

갑수는 계속 너스레를 떨었고 아이들은 아무 대답 없이 먼 들에 눈길을 주었다. 들판에 흩어져 있는 밭에서는 이미 푸를 대로 푸르러진 보리가 날카로운 잎을 내밀며 키를 높이고 있었다.

다시 백산으로

농민군 대회 날이다.

은강이와 솔부엉이는 아침 일찍 일어나 슬그머니 장막 뒤 외진 곳으로 갔다. 모두 부산하게 움직이는데 거치적거리기만 할 것 같아서이다.

장막 뒤에는 아름드리로 자란 감나무가 서 있고, 나무며 풀 잎에는 아직도 물기가 촉촉하게 남아 있다.

"왔다매, 아무리 봐도 자리 하나는 진짜 잘 잡았네! 관군이 방귀 뀌려고 엉덩이만 살짝 들어도 죄 보이겠는데! 그래서 언 제나 이렇게 백산에 진을 치는 모양이지? 저 봐, 저 봐, 정말 엄 청나게들 많이 몰려오는걸!"

며칠이 지나고 상처가 아물어 가자, 솔부엉이는 다시 기운 을 차린 듯 수선스러워졌다.

"야, 우리 풀싸움이나 할래?"

솔부엉이는 강아지풀을 따서 은강이에게 내밀었다.

"풀싸움은 무슨……."

은강이는 눈을 여전히 산 아래로 향한 채 고개를 저었다. 사방에서 사람들이 몰려들고 있었다. 고을 기를 앞세워 수십 명이 한 단위가 되어 오기도 하고, 간동한 봇짐 옆에 짚신 두 켤레를 달랑거리며 혼자 오는 사람도 있었다.

"어어, 정말 이불보따리를 싸 짊어지고 오는 사람도 있네! 아이고 저런 꼬맹이까지 끌고……."

솔부엉이는 비탈에 바투 서며 연신 감탄이었다.

"야, 니 작은 눈에도 그게 보이냐?"

채 스물이 안 되어 보이는 청년 두 명이 다가오며 장난을 걸었다.

"그럼요. 쳇! 자기 눈은 얼마나 커서? 아무리 작아도 보일 건 다 보인다!"

솔부엉이는 혀를 살짝 내밀었다.

"그래? 그럼 저건 뭐라고 쓴 거냐?"

거쿨진 청년이 봉우리에서 펄럭이는 대장기를 가리키며 물었다.

"예? 아, 음…… 백성을 구한다. 이렇게 썼네요."

"그래? 내가 보기에는 '보국안민'이라고 씌어 있는데?"

청년이 실실 웃었다.

"엎어치나 메치나 그게 그거지, 뭘 그래요?"

"하하. 그래? 하긴 그것도 틀린 말은 아닌걸! 그런데 야, 이 녀석아, 넌 왜 그렇게 쐐기 모양 쐐붙이기를 좋아하냐, 쬐끄만 녀석이?"

"참내, 그러는 아저씨는 얼마나 어른이라고? 수염도 안 났으면서."

솔부엉이는 여전히 퉁퉁거렸다.

"뭐, 수염?"

청년은 이번에도 껄껄 웃었다. 웃을 때마다 달걀 반쪽만 한 목울대가 오르락내리락했다.

"야, 이 녀석아, 니가 뭘 몰라 그러는 모양인데, 이 친구가 누군지 아냐? 태인 홍파골에서 온 이복룡이다."

옆에 앉아 있던 키 작은 청년이 거들었다.

"이복룡이 누군데요?"

"아, 이복룡을 몰라? 아이 장사라고 하면 모르는 사람이 없는데……."

침을 튀기며 설명을 하던 청년이 김빠진 얼굴을 했다.

'아이 장사?'

말없이 한쪽에 앉아 있던 은강이가 입속말로 되물었다.

'아이 장사라면, 열 살 때 쌀 한 섬을 번쩍번쩍 들고 다녔다는……'

태인 어딘가에 자신보다 세 살 위인 아이가 있는데 체구가 웬만한 어른을 넘을 뿐 아니라 힘이 장사라, 모두 아이 장사, 아이 장사, 하면서 신기해한다는 이야기를 언젠가 듣고, 은강이는 얼굴 한 번 본 적 없는 그 아이가 부럽고 샘이 나서 며칠 밤을 뒤척인 적이 있었다.

'바로 그 아이?'

은강이 눈길이 이복룡이와 마주쳤다. 눈이 크고 부리부리하기는 해도, 다시 보니 어딘가 어른 눈빛과는 다른 구석이 있었다.

복룡이가 쑥스러운 듯 씨익 웃었다.

"나이가 어려서 농민군에서 받아 주려나 몰라. 아직 승낙이 안 떨어졌거든."

마치 농민군이라는 단어를 처음 듣기라도 하듯이, 은강이는 정신이 번쩍 들었다.

'그래, 그런 방법이 있었구나. 여태 농민군을 보고, 듣고, 농민군 덕에 목숨을 건지고, 여기서 살기까지 하는데도 어째서 내가 농민군이 되는 방법을 한 번도 생각 못 했을까……'

은강이는 새삼스럽게 자신과 이복룡이를 비교해 볼 수밖에 없었다.

'세 살밖에 차이나지 않는데, 난…….'

고개를 숙였더니 이번에는 이복룡의 커다란 발이 눈에 들어왔다. 발 작은 아이의 두 배쯤은 넉넉히 되어 보이는 크고 두툼한 발…….

"흥! 아저씨인지 형인지도 나를 잘 몰라서 그러는 모양인데, 제가 바로 그 유명한 고부 솔부엉이라구요."

솔부엉이가 청년의 말투를 흉내 내어 말했다.

"고부 솔부엉이?"

이복룡과 청년이 되물었다.

"그래요. 저번에, 농민군이 처음 여기 진을 쳤을 때 첩자들을 내가 잡아 냈다는 거 아니에요."

"그래? 너 같은 꼬마가?"

이복룡이 눈을 둥그렇게 떴다.

"참내, 자기도 어른이 아니면서 말끝마다 꼬마는……. 그나저나 아저씨, 아니, 형은 어머니 아버지도 없어? 아무리 덩치가 커도 아이는 아인데 아이가 전쟁에 나간대도 말리는 사람도 없는 모양이니."

솔부엉이는 금세 말투를 고쳤다.

"우리, 부모님은……."

이복룡 얼굴에 옅은 그늘이 졌다.

"야아, 이 후미진 곳에서 뭐 해? 얼마나 찾아다녔는데. 오늘이 무슨 날인지 몰라?"

갑수가 숨을 몰아쉬며 소리쳤다.

"농민군 대회 날이라면서? 어디 우리가 낄 자린가, 뭐?"

솔부엉이가 시무룩한 얼굴로 투덜거렸다. 그러고 보니 그랬다. 갑수는 망연한 얼굴로 은강이와 솔부엉이를 번갈아 바라보았다.

사람들이 꾸역꾸역 모여들고, 풍물이 울리고, 만세 소리가 천지를 흔들고……. 여러 사람이 입을 모아 웅성거리는 소리가 들렸다.

"저게 무슨 소리지?"

농민군 4대 강령

사람을 함부로 죽이지 말고 가축을 잡아먹지 말라!
충효를 다하여 세상을 구하고 백성을 편안케 하라!
왜놈을 몰아 내고 나라의 정치를 바로잡는다!
군사를 몰아 서울로 쳐들어가 권세 부리는 자들을 몰아 낸다!

"주문처럼 강령인지 뭔지를 외는 모양인데!"

솔부엉이가 말했다.

"글쎄, 그런 모양이지? 모두 참 좋은 말이네."

이복룡이가 귀를 세웠다.

"은강아, 이것 좀 읽어 봐라."

갑수는 은강이에게 두루마리를 건넸다.

"조선 천지에 다 보내는 격문이야. 산을 내려가서 여기저기에다 전하래."

은강이는 끝까지 눈으로 한 번 훑어본 다음에야 소리 내어 읽기 시작했다.

격문

우리가 이렇게 떨쳐 일어남은
백성을 도탄에서 건지고 나라의 근본을
바위처럼 튼튼하게 세우고자 해서이다.
나라 안에서는 탐관오리를 없애고
나라 밖으로는 횡포를 일삼는
외국의 무리를 쫓아 내고자 한다.

양반이나 부호 밑에서 고통 받는 백성들과
벼슬아치들에게 굴욕스런 일을 당하는
백성들은 우리와 똑같은 입장일 것이니
주저하지 말고 우리와 함께 일어서라.
만약 우물거리다가 기회를 놓치면
다시는 돌이킬 수 없으리라.
　　― 갑오년 3월, 백산에 있는 호남 농민군 본부에서

"와, 멋있다, 정말 멋있어! 이제는 나도 농민군에 들어가야지."

솔부엉이가 이복룡을 돌아보며 히죽 웃고는 갑수를 데리고 한쪽으로 가서 물었다.

"그런데 이번에는 괜찮을까? 아, 농민군 말이야. 또 저번처럼 시시하게 해산해 버리는 거 아냐?"

"아마 이번에는 그러지 않을 거야."

갑수가 솔부엉이를 똑바로 쳐다보았다.

"난 잘 모르지만 저번에는 해산할 수밖에 없었단다. 우리 농민군 사이에서도 의견이 모아지지 않았거든. 그런데 이번에는 대장님이 손화중이나 김개남, 김덕명 같은 다른 유명한 접주님과도 손을 잡았대. 이용태의 난폭한 행동이 쏘시개가 된 셈이지. 누가 봐도 도저히 더는 견딜 수 없는 지경에 다다랐으니까. 거기다가 시간이 필요했다는 거야. 더 많은 사람과 더 많은 물자가 있어야 한양에까지 쳐들어가서 글자 그대로 새 세상을 만들 수 있을 테니까. 이젠 달라질 거야. 새 세상이 올 거라구. 오늘은 전라도, 내일은 공주, 글피는 한양, 분명히 그렇게 될 거야. 되고 말 거야. 저 사람들을 한번 봐."

갑수는 솔부엉이가 모여선 군중을 더 잘 볼 수 있도록 몸을 한쪽으로 비켜섰다. 솔부엉이는 붉게 상기된 갑수의 얼굴과 목에 돋는 힘줄을 바라보았다.

다시 함성이 들렸다.

"준비는 끝났다!"

"전주성으로 가자!"

"만세! 만세!"

수천 명의 농민군이 주먹을 불끈 쥐어 올리며 발을 굴렀다.

'보국안민'

'광제창생'

'척양척왜' 등의 글씨가 새겨진 색색의 깃발 수백 장이 힘차게 펄럭였다.

'그러나 저러나 너희는 어쩌면 좋으냐……'

갑수는 아이들과 시선이 마주치자 터질 듯 벅차오르던 가슴이 차갑게 식었다. 달아올랐던 얼굴이 굳어지는 것을 느꼈다. 농민군과 내통했다는 죄를 뒤집어쓰고 쫓기는 솔부엉이, 갑작스레 아버지를 잃은 은강이…….

이제 밖으로 드러난 아이들의 상처는 거의 아물었고, 농민군은 내일이면 이 곳을 떠나 접전을 벌인다. 가자니 갈 곳이 없고 남아 있자니 전쟁터다. 갑수는 자기도 모르게 한숨을 내쉬었다.

"이제 우리는 어떻게 해야 하지?"

솔부엉이도 은강이 얼굴을 힐끗힐끗 훔쳐보며 갑수와 똑같은 생각을 했다.

"만세!"

"만세!"

함성은 점점 커져서 천지를 울렸고, 아이들은 함성 속에 묻혀 문득 외로웠다.

눈물과 피가 땅을 적시니

"우리를 모두 흥덕으로 보낸다고?"

은강이는 농민군 대열을 바라보았다.

"그래, 이제는 진짜 전쟁판이 벌어졌으니까 노약자는 안전한 곳에 가서 따로 밥을 지어 먹이라는 명령이야."

얼굴에 온통 발긋발긋 여드름이 솟아오른 청년이 농민군을 뒤따라온 가족들을 한쪽에 따로 세웠다.

"자, 넌 이 기를 좀 들고 가라. 혹시라도 공격을 안 당하려면 이걸……."

광대뼈가 도드라진 청년이 아무런 표시도 없는 백기를 은강이 손에 건네 주었다.

"싸울 의사가 없다는 표시란다. 우리가 군대인지 아닌지는 보면 알겠지만 혹시라도 멀리서 잘못 알고 공격하면 곤란하니까."

떨떠름한 은강이 표정을 보고 청년이 달래듯 말했다.

"아이고, 으짠댜? 우리 땜시로 쌈터에 나가야 헐 청년들이 발이 묶여 버렸구만. 미안시러워서 이를 으짜면 좋댜?"

"글씨, 모진 목숨 끊지도 못 허고 젊은이들 발길만 잡고 늘어지고⋯⋯."

허리가 꼬부라진 할머니가 청년의 등을 두드리며 미안해했다.

"할머니, 괜찮아요. 우리가 왜 일어났는데요? 할머니랑, 할아버지랑, 부모, 형제들이랑 오순도순 잘 살 수 있는 세상을 만들자고 이렇게 죽창 들고일어났잖아요? 할머니랑, 할아버지랑 우리 어린 조카들이랑 이 전쟁에서 살아남아 주셔야지요. 그래야 저희가 목숨 걸고 싸울 수 있지요. 가족이 다치고 상하면 이담에 그 좋은 세상에서 밭을 갈고 씨를 뿌린들 누구랑 같이 먹고 살겠어요. 안 그래요, 할머니?"

청년은 귀가 어두운 할머니가 쉬이 알아들을 수 있도록 몸을 굽히고 큰 소리로 말했다.

"그려, 그려. 말만 들어도 고맙구먼. 참말로 고마운 말이구먼."

할머니는 연신 고개를 끄덕이며 나무 등걸 같은 손으로 젊은이 손을 잡고 놓아 줄 줄을 몰랐다.

"아이구, 할머니! 이제 가야지요. 전 장군님이 가족들을 빨리 안전한 곳으로 모시랬어요. 이 손 놓으시고요, 어서 가요, 할머니!"

청년은 화승총을 반대편 어깨에 멨다.

들판으로 내려서니 후끈한 공기가 일행을 덮쳤다. 보리는 이미 봉긋하게 이삭을 품었고 종다리 몇 마리가 발소리에 놀라 화다닥 날아올랐다.

"그런데 복룡이 형은 어디 있어요?"

은강이가 화승총을 멘 청년에게 물었다.

"어디 있기는……. 싸움터에 남았지."

"그래요……."

충분히 짐작한 일이었다.

그러나…… 은강이는 속이 끓었다.

복룡이는 이제 당당한 농민군이 되었고, 솔부엉이도 격문을 전하는 임무를 맡은 갑수와 이야기 장수를 따라 산을 내려갔으니 나름대로 역할을 맡은 셈이다.

'그런데 나만…… 진작 전봉준 선생님을 만나서 결판을 지을 것을. 어떻게 해서든 그 판에서 쫓겨나지 말 것을.'

이 나라 조선의 앞날을 뒤바꿀 선생님께서 너 같은 아이에게까지 어떻게 신경을 쓰겠냐고, 얌전히 있으라고 하도 야단들을 해서 할 수 없이 가만히 있었다. 그랬는데 이제 보니 잘못한 일이다.

은강이는 도무지 아버지 생각을 떨쳐 버릴 수가 없었다. 고부를 재점령한 농민군 덕에 이용태에게서 놓여 나와 보니 아버지는 이미 숨을 몰아쉬고 있었다. 이제 갓 마흔인 아버지가, 감기조차 잘 앓지 않던 아버지가 어째서 그렇게 금방…….

의원은 울화 때문이라고 했다. 분을 삭이지 못하고 아버지는 끝내 돌아가셨다. 돌아가시기 전에, 열에 들떠서 아버지는 이렇게 속엣말을 했다.

'차라리 그 때 신명나게 거들기나 할 것을. 한 자락이라도 거들어 주고 당했다면 이렇게…….'

은강이는 아버지의 원수를 갚겠다고 결심했다.

그러나 '원수'라는 말은 참으로 두렵고도 낯선 말이다. 더구나 자신이 그 단어를 곱씹어 되뇌이게 되리라고는 꿈에도 생각해 보지 않은 일이었다. 게다가 이제 어디서부터 뭘 어떻게 시작해야 하는 건지 마음을 정할 수가 없었다.

그러다가 복룡이를 보고 농민군 진지에 남아 있는 방법을 떠올렸다. 아니, 어떻게든 남아 있어야겠다고 생각했다.

'무엇이 되었든, 반드시 한쪽 귀퉁이라도 거들어서…….'

은강이는 기를 지그시 힘주어 잡았다.

'첫 전투가 끝나고 나면 어떻게든 본대로 가서 전봉준 훈장님을 만나리라. 그래서 허락을 받아 내리라……'

굽은 언덕길을 돌아드는데 갑자기 사방에서 총 소리가 났다. 앞에서 걷던 할머니가 채 비명 소리도 내지 못하고 그 자리에 푹 쓰러졌다.

"관군이다!"

누군가가 소리를 질렀다. 그러고 보니 길 양편 여기저기에 벙거지 끄트머리가 보였다.

"엎드려!"

가족들을 안내하던 청년들이 소리쳤다.

"군대가 아니오!"

청년들은 목이 터져라 소리를 질렀다. 그러나 계속되는 총 소리가 말꼬리를 무질러 버렸다.

'기를 못 봤을지도……'

은강이는 일어나야 한다고 생각했다. 그러나 도무지 몸을 일으킬 수가 없었다.

'그래도 일어나야 한다. 일어나라, 일어나!'

은강이는 이를 악물고 기를 세우며 일어났다. 그러나 총 소리는 멈추지 않았다. 젖먹이를 업은 사내아이가 쓰러졌다. 아기가 큰 소리로 울기 시작했다.

"군인이 아니라구요!"

은강이는 온 힘을 다해 백기를 흔들어 댔다.

'흔들어라. 잘 안 보여서 그럴 거다. 흔들어라. 사람이 죽어 간다. 흔들어라, 은강아. 기를 흔들어!'

은강이는 정신없이 중얼거리며 기를 흔들어 댔다. 그러다가 어느 순간, 정신이 번쩍 들었다.

'기를 보지 못해서 총을 쏘는 것이 아니구나! 아아, 그래서 가 아니구나……'

그 사실을 깨닫는 순간 울컥 눈물이 쏟아졌다. 걷잡을 수 없는 눈물에 가려 아무것도 보이지 않았다.

'아아, 아버지, 어머니……'

허벅지 쪽이 뜨끔했다. 기를 흔드느라고 가뜩이나 중심을 잃었던 은강이의 몸이 기우뚱하고 쓰러졌다.

이제는 농민군 쪽에서도 총을 쏘았다. 그러나 처음부터 상대가 되지 않는 싸움이었다. 무기가 없었다. 낡고 녹슬었지만 어쨌든 총을 가진 사람은 행운에 속했다. 게다가 가지고 있는 탄환은 고작해야 각기 스무 발 정도. 나머지는 직접 대나무를 잘라 만든 죽창뿐이었다.

은강이 일행은 몸을 숨길 곳이라고는 아무것도 없는 보리밭에서 고스란히 총알을 받을 수밖에 없었다.

또 한 번 악몽을 꾸는 것 같았다. 은강이는 허벅지에 손을 대 보았다. 축축하고 끈적한 것이 손에 잡혔다. 피였다.

얼마나 시간이 흘렀을까?

꽹꽹꽹.

어디선가 꽹과리 소리가 파란 하늘을 찢었다.

"쳐부숴라!"

"한 놈도 놓치지 말아라!"

수천 수백의 발소리, 고함 소리가 땅을 울렸다. 은강이는 가까스로 고개를 들고 소리 나는 쪽을 보았다. 농민군이 하얗게 몰려오고 있었다.

황토재 싸움 이야기

"참말 기가 막힌 작전이었다니까."

복룡이가 침을 튀겼다.

"전봉준 장군은 정말 하늘이 낸 장수야. 하늘이 낸 장수라구. 아니라면 병사들 마음을 어떻게 그리 환히 알며 적의 심리를 어떻게 그렇게 꿰뚫고 있을 수 있겠어?

초토사 홍계훈이 농민군을 치려고 관군 팔백 명을 이끌고 군산항을 출발했다고 하지, 김문현이 이끄는 관군도 백산을 향해 출동했다고 하지, 우리는 사실 좀 불안했거든.

하도 다급하니까 논 갈고 밭 매던 손으로 어설프게 죽창을 들고일어서긴 했지만 막상 전투를 한다고 생각하니까 왠지 뒤가 켕기는 거야. 억지로 태연한 척하고 있었지만 다들 조금씩은 그런 모양이었어.

그런데 그 때 전봉준 장군이 우리를 모아 놓고 말씀하시는 거야. 관군을 처부술 작전이 이미 완벽하게 짜여졌다고. 지도부를 믿고 죽기로 싸운다면 우리는 반드시 이긴다고. 이기고 말 거라고. 우린 부대별로 자세한 작전 계획을 들었지.

그 때 너희 소식이 들렸어. 우린 제 정신이 아니었지. 너희를 공격했던 관군을 한 방에 해치우고 나서, 우리는 곧바로 부안을 거쳐 매교로 나왔어. 거기서 총 몇 방을 쏘면서 싸우는 척하다가 다시 부안 쪽으로 달아났고.

물론 관군은 죽기 살기로 쫓아왔지. 녀석들이 우리 뒤를 쫓아오면서 뭐라고 했는지 알아? '야, 이 촌무지렁이들아, 이 정도 가지고 도망치려면 뭐 한다고 죽창 들고 그리 설쳐 댔냐?'

그런 소리를 들으니까 열이 확 나더라구⋯⋯. 생각 같아서는 그냥⋯⋯. 그렇지만 어쩌겠어? 도망치는 척하면서 녀석들을 유인해 함정에 빠뜨리는 것이 우리가 맡은 임무였는데. 우리는 저마다 중얼거렸지. 오냐, 조금만 기다려라. 지금 내뱉은 말, 침이 마르기도 전에 반드시 후회하게 해 주마.

부대를 반으로 나누어 한 패는 고부 쪽으로 가고 우리는 관군과 일정한 거리를 둔 채 도교산 위로 올라갔지. 녀석들은 처음에는 아등바등 쫓아오더니 미심쩍은 생각이 든 모양이야. 가만히 보니까 차츰 멈칫거리더라고. 그러면 계획이 틀어지거든.

그래서 우리는 녀석들을 자꾸 약 올려서 계속 우리 뒤를 쫓게 만들었지. 녀석들이 그 자리에 퍼질러 앉아 쉬려고 하면 꽹과리를 두들겨 대며 눈 앞에 알찐거렸어. 물론 총을 쏘고 대포도 쏘고 하면서.

그러기를 몇 번 하니까 녀석들은 잔뜩 독이 올랐어. 이 때다 싶어 우리는 산에 붙었지. 능선을 따라 남쪽의 사시봉으로 옮겨 앉았던 거야.

녀석들은 부리나케 우리 뒤를 쫓다가 해질 무렵 그 문제의 황토재에 닿은 거야. 낄낄, 드디어 녀석들은 꼼짝없이 전봉준 장군의 그물에 걸려들고 만 거지. 우리가 덫을 놓고 기다리고 있었거든.

그 날 밤늦게 북촌 용산에 남아 있던 다른 부대도 우리 부대에 감쪽같이 합류했지. 모든 준비가 완벽하게 끝났어. 우린 잠자지 않았지. 잘 수가 없었어. 아, 그렇지 않았겠냐? 드디어 진짜 싸움이 시작되기 직전인데.

싸움을 시작하기 전에 우리 대장이 그러더라고. 이 싸움이 관군과의 첫 싸움이니 우리는 글자 그대로 목숨을 내놓고 싸워야 한다고. 이 싸움에 이번 봉기 전체의 운명이 걸려 있기 때문이라는 거야.

우린 무슨 소린가 했지. 대장이 자세히 설명해 주는데 지금 눈앞의 관군을 무찌르는 일도 중요하지만 우리가 이 첫 싸움에서 이기면 망설이던 다른 고을 농민군이 모두 우리 편이 되어 들고일어날 것이라는 거야. 그 효과가 엄청날 거라는 거지.

게다가 지금 서울에서 오고 있다는 관군의 기세를 싸우기도 전에 꺾어 놓을 수 있다는 거지. 그런 여러 가지 이야기를 듣고 우리는 정말 이 싸움에서 죽을 각오를 했지. 나뿐 아니라 농민군 모두가 말이야.

밤이 되니까 안개가 끼더라구. 아주 짙은 안개였는데 정말 한 치 앞이 안 보였어. 하늘이 우릴 돕는 거라고 속닥거렸지. 우린 흰 포장을 둘러치고 몰래 토성을 만들었어. 그러고는 그 안에 짚더미를 쌓아 몸을 숨겼지. 숨을 씨근거리며.

이른 아침, 녀석들이 우리 진영으로 올라오는 거야. 사방은 조용했지. 녀석들은 우리가 태평스레 자고 있다고 생각한 모양이야. 아니면 겁을 먹고 다 달아나 버렸거나. 무리도 아니지. 우리는 내내 쫓겨다니는 시늉만 했었으니까. 녀석들은 우리를 얼마나 비웃었을까?

아무튼 녀석들은 힘 하나 안 들이고 중봉 꼭대기까지 거침없이 올라왔어. 와 봐야 뭐가 있었겠어? 완전히 텅 빈 진영을 보고 녀석들이 이상한 낌새를 채는 순간, 산의 삼면으로부터 짚더미가 일어나고 총이 불을 뿜었지.

독 안에 든 생쥐 꼴이 된 거야. 드디어 녀석들은 꽁지가 빠지게 도망을 쳤고 우린 맹렬하게 추격했지. 나머지는 미리 숨어 있던 부대가 맡아서 처리했어.

아침이 되었지. 해가 떠오르면서 안개가 걷혔어. 우린 우리가 거둔 대단한 승리에 입이 떡 벌어졌지. 관군은 전멸하다시피 했어. 살아 돌아간 자가 불과 수십 명뿐이었다니까. 믿기지 않는 엄청난 결과였어.

우린 목이 쉬도록 만세를 부르고 또 불렀지. 승리라니, 전투라고는 태어나서 처음 해 보는 우리가 관군을 물리쳤다니.

좋은 조짐이지 뭐야. 이제는 때가 된 거야. 그 정감록의 예언대로 새 세상이 열리는 게 틀림없다니까. 뭔가 되어 가고 있다는 느낌이 팍팍 오더라니까!

우린 수단껏 관군이 버리고 간 양총을 거둬들였지. 바로 이거야. 난 화승총 가진 사람도 부러웠는데 이젠 고깟 고물 화승총이 문제가 아니라구. 양총이야, 양총. 이게 내 거라구. 여기 탄환도 몇십 발 있어. 볼래?

어쨌거나 우리는 첫 싸움을 멋지게 승리로 장식했다 이거야. 이게 꿈이 아니라면 정말 새로운 세상을 향해 한 발짝씩 나아가고 있는 게 틀림없어. 이 두 손으로 그 세상을 만들어 가고 있는 거라구!

전투가 끝나고 나서 사람들이 어떻게 했는지 알아? 만세?
아, 물론 만세를 불렀지. 그렇지만 그게 다는 아냐. 어떻게 얌
전히 만세만 불렀겠어? 그럼 뭘 했느냐고? 뭘 하긴? 별 걸 다 했
지. 엉엉 울다가 미친 사람처럼 낄낄거리다가 덩실덩실 춤도
추고…….

그러다가 문득 정신을 차린 난 전봉준 장군님을 찾았지. 오
늘이 있게 한 그 분은 어떤 느낌일까? 그 분의 표정은 어떨까
하는 생각이 뒤늦게 들었거든.

그런데 그 분이 보이질 않는 거야. 슬그머니 여기저기를 기
웃거리며 찾았지. 내가 그 분을 발견한 것은 저쪽 바위 뒤에서
였어. 몸을 숨긴 채 가까이 다가가 보니 저 아래 들판을 내려다
보고 있는 그 분 옆얼굴이 보였지. 그 얼굴을 보는 순간 나는
가슴이 철렁했어. 그 얼굴은 뭐랄까…… 그래, 외로워 보였어.
첫 전투를 승리로 이끈 장수의 얼굴이라기에는 어딘가 어울리
지 않았지. 환한 햇살 속에 서 있었는데도 무지…….

뭘까? 이 순간에 저런 표정을 짓는 이유는. 의외였지. 왠지
가슴이 아팠어. 그 때 그분이 내게 고개를 돌렸지. 이글거리는
눈빛, 난 세상에 태어나 그런 눈빛은 처음 보았어. 이글거리다.
정말 그런 표현이 꼭 맞다는 생각을 했지. 아니, 그 표현밖에
없다는 것이 더 정확한 말일 거야.

어쨌거나 난 도망치듯 그 자리를 벗어났지. 그리고…… 아 참, 내가 지금 무슨 얘기를 하고 있지? 아무튼 그래서 우리는 첫 전투를 완벽한 승리로 장식하고 황토재를 떠났지. 정읍을 향해 진군을 시작한 거야.

가면서 들으니까, 이번 황토재 싸움은 정말 완전히 전봉준 장군님 작품이더라구. 사실 난 우리가 싸움에 이긴 게 작전도 작전이지만 운이 좋아서라고, 하늘이 돕고 있어서라고 생각했거든. 그런데 이야기를 듣고 보니까 하나부터 열까지 모두가 치밀하게 짜인 작전이더라구. 아, 물론 도사님의 말씀처럼, 때가 이르렀고 하늘도 힘을 보태긴 했겠지만 말야.

무슨 얘긴가 하면, 우리 쪽에서 미리 관군 쪽에 사람을 심어 놓았다는 거야. 수십 명을 뽑아서 미리 보부상 부대에 투입시켜 놓았는데, 그 사람들이 관군을 농민군의 함정으로 몰고 오는 임무를 띠고 있었다는 거지.

그러니 한번 생각해 봐. 관군 입장에서는 농민군이라는 것들이 계속 쫓기는 꼴을 보니 한심하다 싶은데다, 관군을 도와 농민군을 치겠다고 자원한 갸륵한 보부상군 선발대가 거침없이 진군을 하는데 어느 시러베아들놈이 의심을 하고 꾸물거리겠어? 한마디로 손발이 짝짝 맞은 거지, 뭘.

하여튼 우린 천하를 얻은 듯이 붕 뜬 기분으로 진군을 계속

했지. 얼마 후에 정읍천에 닿았어. 거기서 피와 땀으로 범벅이 된 몸을 씻고 무기를 다시 정돈했지.

정읍 관아를 들이친 것은 해질 무렵이었어. 관아를 점령하고 옥사를 부숴 무고한 죄수를 놓아 주었지. 귀신처럼 흩어지고 헝클어진 머리에다가 찢기고 해진 옷, 뼈만 남은 앙상한 몸. 갇혀 있던 사람들 모습은 차마 눈뜨고는 봐 줄 수가 없더라구. 도대체 뭐 그리 큰 죄를 지었다고.

그런 걸 보면 열 번을 고쳐 생각해도 우리 농민군이 들고일 어나 모든 걸 바로잡아야 해. 지금 농민군 아니면 누가 그런 일을 할 수 있겠어? 썩어 빠진 벼슬아치? 아니면 탐욕스럽고 무능한 양반? 그도 아니면 나라야 어찌 되든 자기 잇속만 챙기는 장사꾼, 보부상들?

보부상 얘기가 나왔으니 말인데 그 작자들도 딱하다니까. 괄시받고 빼앗기기는 저희나 우리나 똑같은데 그 빈대 속 같은 작은 이익 챙기자고 관군 쪽에 붙어? 더 웃기는 건 말야, 정작 관군보다도 지원군인 보부상이 더 지독스레 설친다는 거야. 닥 치는 대로 죽이고 빼앗고. 거치는 고을마다 완전히 쑥대밭을 만들어 놓는다는 거야.

그래서일 거야. 보복을 엄하게 금하는 우리 농민군이 거기 정읍에서는 보부상 점막을 불태워 버렸거든. 무고한 백성에게 함부로 행동하지 말라는 경고 같은 거지, 뭐.

그러고는 또 행군을 계속했지. 부지런히 걷는 사이에 해가 지고 달이 뜨고. 그래서 결국 여기 소성 삼거리까지 왔고 너희를 다시 만난 거야. 그러나 저러나 다시 만나니 참 반갑다, 야. 살아서 만나니 더욱 좋고 말이야. 너희도 그 싸움을 꼭 봤어야 하는데 정말 아깝다, 아까워.

내일은 흥덕을 거쳐 고창으로 간다는데……. 어쨌거나 난 요즘 이런 게 사람 사는 거지 싶다. 안 먹어도 배가 부르고 저절로 신명이 난다. 한마디로 살맛이 나는 거다, 살맛이."

따순 밥에 고깃국

쪽빛이다.

간밤에 내린 비가 서북쪽에서 날아온 황사 찌꺼기를 말끔히 씻어 버려 하늘은 온통 푸르렀다. 바람도 개운했다. 뜨겁지도 차갑지도 않아 상큼하기만 한 바람이 기분 좋게 옷깃을 스쳤다.

"어젯밤에 동학 농민군이 들어왔담서?"

"그렇다니께."

"그라면 뭐시냐, 여그도 딴 동네맹키로 못된 양반님네들 혼쭐 좀 나겄구만."

"아, 왜 안 그렇겄어. 인자부텀은 고창도 딴 시상이 되는 것이제."

밤새 큰 소리 한 번 안 내고 고창을 점령한 농민군이 궁금해서 사람들은 하나둘씩 농민군이 진을 친 모양성 주변으로 몰려들었다. 이미 성 아래쪽 들판에 큰 솥이 여러 개 걸리고 굵은 연기가 솟아오르고 있었다.

"밥을 허는갑네."

앞장선 매부리코가 중얼거렸다.

"그러게. 그러고 봉께 우리도 손 개고 있을 것이 아니라 집에 가서 김치라도 몇 쪽 퍼 내와야 할랑갑소."

옆에 선 키 작은 사내가 말했다.

"참말로 좋은 생각이구마. 우리가 요로코롬 맨입으로만 반갑다 헐 것이 아니라 뭔가 성의 표시를 혀야지."

"좋제. 우리 집에 묵은 된장이 쪼매 있는디. 까짓 거 단지째 들고 오지, 뭐."

"하이고, 참말?"

모두들 손에 손에 형편껏 먹을 것을 들고 와서 내미는 통에 금방 잔치판이 벌어졌다.

"자, 어서들 많이 드시요잉."

오랜만에 음식다운 음식을 하게 된 아낙들이 신명나게 치맛바람을 일으키며 모여 앉은 사람들을 헤치고 다녔다.

"싸게 싸게 드시요. 요것이 그려도 온 고창 사람들 정성 아니겄소. 말을 들어 봉께 농민군이, 떨치고 일어난 뜻도 좋지만

일 한번 경우 바르게 헌다고 헙디다. 많이 드시고 부디 이기소. 지발 이겨서 덕분에 하루를 살아도 사람답게 한번 살아 보게 해 주소."

사람들 사이를 헤치고 다니면서 국을 떠 주던 아낙이 수다를 떨었다.

은강이는 한쪽 구석에 앉아 묵묵히 밥을 먹었다. 총알이 스쳐간 허벅지가 아직도 욱씬욱씬했다. 얼핏 은강이의 표정을 보았는지 민들레가 수저질을 멈추고 걱정스러운 눈빛으로 은강이를 쳐다보았다. 민들레 모녀는 이제 아예 진영으로 옮겨 와서 부엌일을 거들고 있었다.

"참말로 이것이 꿈은 아니제? 나가 지금 살아서 괴깃국을 먹고 있는 것 맞제?"

은강이 옆에 앉아 국대접을 들여다보던 주먹상투의 말꼬리가 표나게 떨렸다.

"아따, 궁상은. 평생 소원이 누룽밥이라더니, 쌀밥에 괴깃국을 혀다 바쳐도 탈이요, 아 혀다 바쳐도 탈이여?"

후루룩 소리를 내 가며 국물을 마시던 주먹코가 퉁명스레 내쏘며 국그릇을 내려놓았다. 그러고는 코를 팽 풀었다.

"배곯고 앉았을 새끼들 얼굴이 떠올라서 가뜩이나 음식이 안 넘어가 죽겠구만서도."

주먹코의 말에 모두 움찔, 수저질을 멈췄다.

"아따, 그럴 거 뭐 있당가. 쌈터에 나온 남자들이 잘 묵고 잘 싸워 이기면 고향에 있는 새끼들도 금방 배불리 묵을 수 있다 안 허요. 잘만 허면 순식간이랑께요. 어서 드시요잉. 잘 묵어야 쌈도 안 허겄소? 그러라고 요로코롬 소를 잡아 잔치도 허는 거고."

퉁퉁하게 살이 오른 아낙이 재빨리 주먹코의 그릇에 국물 한 국자를 더 떠 넣어 주며 달래듯이 말했다.

"그란디 참, 이 소는 누가 낸 것이요?"

"아, 국 끓인 소 말여? 조기조기 큰 감나무 보이지라? 거기 그 집에 이 근방 땅을 모다 갖고 있는 만석꾼이 살지라. 그 집에서 내놨당께요."

"아따, 그 만석꾼 되게 급혔소잉. 도야지도 아니고 소를 내 놀 정도면."

이마에 검은 사마귀를 단 사내가 낄낄거리며 말했다.

"아, 이적까지 지가 헌 짓을 생각허면 급허지. 워쩔 거여? 누가 불이라도 확 질러 버리면."

텁석부리가 내쏘았다.

"오메 오메, 큰일 날 소리 허고 있네요잉. 대장헌티 무신 닦달을 당헐라고."

"당헐 때 당허드라도 헐 말은 혀야지."

턱석부리는 눈도 깜짝하지 않고 말을 잘랐다.

"참말로 요즘 일을 생각허면 꿈만 같어. 꼭 꿈만 같다닝께."

저만치서 다시 밥술을 뜨던 외쌍꺼풀눈이 말했다.

"누가 아니라나. 난 무엇보담도 맨 처음에 우리가 백산에 모였을 때 전 장군이 부근 관아에다 대고 곡식과 무기를 백산에 보내 달라고 요구하는 글을 띄웠다는 것이 통쾌하고 시원하구만."

"시원허고 통쾌한 일이 하나 둘이 아니지만서도 고것도 참 재미나는 일이었제? 나라와 백성을 구한 군대헌티 곡식과 무기를 보내라고 글을 띄웠으니 지깟 놈들이 보낼 것이여, 안 보낼 것이여?"

"그럼, 그럼. 보내면 두말없이 항복허는 꼴이 될 거고, 안 보내면 들이치겠다는 선전 포고를 받아들인 것이 될 팅께, 참말로 월매나 가슴이 뛰었을꼬?"

"아니헐 말로, 요즘 이게 사람이 사는 것이다 싶당께. 농민군 대회 다음 날부텀 태인과 원평, 부안을 순식간에 들이쳐 썩은 벼슬아치를 쳐 내고 죄도 없이 옥살이 하는 사람을 구해 주고…… 누렇게 부황이 든 사람들헌티 곡식을 나눠 줄 때는 참말…….

"난 말여, '전주를 향해 진격합시다!' 허는 전 장군의 호령만 생각허면 자다가도 벙싯벙싯 웃음이 나올 지경이라니께!"

"인자 조금만 더 기다리면 우리 손으로 만든 새 시상이 올 거구만! 반드시 오고 말 거구만!"

텁석부리가 눈을 빛내며 말했다.

어느 결에 뱃속이 그득하다. 밥 한 톨, 국물 한 방울 남기지 않고 다 먹었으니 보통 때보다 크게 호강하는 셈이다.

은강이는 수저를 놓고 천천히 자리에서 일어났다. 이제 전봉준 선생님을 만나러 가야 한다.

'나도 여기 있겠다고 말해야지, 연락병이든 기수든 아무튼 뭐든 하겠다고 말해서 허락을 받아야지. 꼭 받아 내고 말아야지.'

따라 일어서려는 민들레를 눈짓으로 말리며 은강이는 지휘소를 향해 느릿느릿 걸었다.

"아, 그란디 금구에서 기병을 헌 봉득이라는 이 친구가 아무튼 대단허더라 이 말이여. 나이는 열일곱밖에 안 줬는디 말 잘 타지. 칼 잘 쓰지. 아, 영락없는 장사더라니께!"

은강이는 문득 그 자리에 섰다.

"알고 보니 그 친구 부친이 다듬이 방망이 장수라는구만. 그려서 이 친구, 그 단단헌 박달 나무를 떡 주무르듯이 허면서 컸다는 거여. 하여간에 기운이 황소인데다가……."

입을 헤, 벌리고 이야기 장수 말에 귀를 기울이고 있는 충근이 아제 모습이 보였다.

'아이 장사가 또 있다구?'

복룡이 생각이 나서, 은강이는 무심결에 주위를 둘러보았다. 누군가가 은강이 속을 들여다보기라도 한 듯 말했다.

"아따, 아이 장사도 많구만요. 태인에서 왔다는 이복룡이도 굉장허다등만은."

또 다른 목소리가 장난스레 말을 받았다.

"누가 더 쎌란가?"

"글씨? 언제 쌈 한번 붙여 보면 재미날 틴디."

"쌈? 예끼, 이 사람!"

모여선 사람들이 와그르르 웃었다.

'아무리 농담이라도 그렇지…….'

은강이는 천천히 돌아섰다.

'여기 오니까 별사람을 다 만나는구나! 이 사람들이 모두 다 농민군 편이라는 말일까?'

"그래, 다리는 좀 어떠냐?"

절룩거리며 지휘소를 들어서는 은강이를 보자 전봉준은 안쓰러운 표정을 감추지 못했다.

"괜찮습니다, 훈장님. 아니, 장군님."

갑자기 뭐라고 불러야 할지 신경이 쓰여서 은강이는 공연히 멈칫거렸다.

"나야말로 괜찮다. 훈장이든 장군이든 아무려면 어떻겠느냐. 신경 쓰지 말아라."

은강이는 가만히 전봉준을 바라보았다.

"훈장님은, 조금도 달라지지 않으셨습니다."

"허허, 그래? 그거 듣던 중 반가운 말이구나. 필시 그리 많이 늙지 않았다는 이야기도 포함되렸다? 그건 그렇고 앉아라. 앉아서 편하게 이야기하자꾸나."

전봉준은 껄껄 웃으며 은강이 손을 잡아 자리에 앉혔다.

"이 애가 내 제자라오. 정은강이라고. 영리하고 샘도 많아서 언제나 깨치는 속이 제일 빨랐지. 이 애 같은 애들 때문에 가르치는 것이 재미났었지."

전봉준이 뒤쪽에 둥그렇게 둘러앉아 있는 부대장들에게 은강이를 소개했다.

"몇 살입니까? 눈매며 입 언저리가 당차게 생겼습니다."

"고집깨나 있어 보입니다, 그려."

부대장들은 앉은 자리에서 한 마디씩 했다. 은강이 얼굴이 벌겋게 달아올랐다.

그 모양을 본 전봉준은 은강이를 끌어안을 듯 어깨에 손을 얹으며 다시 한 번 껄껄 웃었다.

"그래, 내게 특별히 할 말이 있다고?"

"예."

"그래, 무슨?"

"저도 농민군이 되겠습니다. 허락해 주십시오."

은강이는 단숨에 말해 버렸다.

"뭐?"

전봉준의 말꼬리가 올라갔다.

"당치도 않다."

전봉준은 우선 이렇게 말해 놓고 일단 말을 끊었다.

"무섭고 힘든 세월이구나. 너 같은 어린아이마저 피를 보아야 하는 전쟁터에 나서겠다고 할 만큼."

"……."

"하지만 은강아, 그건 어른들 몫이 아니겠느냐?"

은강이는 고개를 숙였다.

'아닙니다. 이 전쟁은 어른만의 일이 아니라고 생각합니다. 이번 난리에 전 아버지를 잃었고, 집은 폐가가 되었습니다. 그리고……'

다시금 곤장을 맞던 때의 아픔이 되살아났다. 보리밭에 쓰러졌을 때 들리던 총 소리, 아기 울음소리. 허벅지에서 흘러내리던 더운 피……

생각지도 않은 눈물이 울컥 솟구쳤다.

'말을 해야 하는데. 뭐라고 잘 말씀을 드려야 하는데.'

그러나 그것은 생각일 뿐 도무지 눈물이 그쳐 주지를 않았다.

하는 수 없이 은강이는 그대로 고개를 들었다.

"총이나 칼로 사람을 죽이겠다는 게 아니라, 그저 아무 일이나……. 솔부엉이처럼 연락병을 하거나 고수나 기수, 그것도 안 되면 선생님 곁에서 심부름이라도 하게 해 주십시오. 아무튼 저도 이 일을 거들 수 있는 뭐든, 그게 뭐든……."

은강이 얼굴이 눈물로 번질거렸다.

전봉준은 은강이를 와락 품어 안으며 흐느낌이 잦아들 때까지 어깨를 다독이며 기다려 주었다.

뒤쪽에 앉아 있던 부대장 중에 젊은이가 나섰다.

"장군님, 그렇게 하시지요. 아까 말하던 작전에 저 아이를 기수로 쓰면 아주 좋겠습니다. 몸피도 작고, 영민한 듯하여 금방 가르칠 수 있을 것 같습니다. 더구나 정씨라면서요?"

"정말! 아주 안성맞춤이로군. 안성맞춤이야."

턱수염이 난 부대장이 짐짓 큰 소리로 맞장구를 쳤다.

한참 만에 전봉준이 은강이를 품에서 떼어 내며 얼굴을 똑바로 마주 보았다.

"그래, 그럼 한동안 여기 머무르도록 해라. 하지만 전투가 치열해지면……. 아무튼 우선은 짐을 이리 옮기고 내 곁에 있도록 해라. 네가 할 일을 생각해 보도록 하마. 그 대신……."

그 다음 말은 귀에 들어오지도 않았다. 은강이는 옷소매로 눈물을 훔치며 멋쩍게 씨익 웃었다.

"녀석!"

전봉준도 더 이상 말을 잇지 못한 채 다시 한 번 은강이의 어깨를 다독일 뿐이었다. 은강이는 고개를 꾸벅 숙여 보이고는 서둘러 지휘소를 나섰다.

'이제는 내가 간다!'

은강이는 이 말을 되뇌이고 되뇌었다.

하늘은 여전히 파랬다.

은강이는 또 한 번 눈가를 훔치며 심호흡을 했다.

그제야 진한 찔레향이 느껴졌다. 그 진한 찔레향이 어디서 나는지를 찾으려 은강이는 고개를 두리번거렸다. 찔레꽃은 온 성을 둘러싸고 있었다.

그 하얀 찔레꽃 무더기 덕에 모양성은 마치 꽃으로 둘러쌓은 성 같았다.

왁자지껄한 웃음소리가 들렸다. 따뜻한 한 술 밥에 이토록 고마워하고 즐거워하는 가난한 이웃의 웃음소리가 성 밖으로, 성 밖으로 번져나고 있었다.

칼노래

땅이 울린다.

발을 구르고, 박수를 치며 목청껏 환호성을 지르는 함평 사람들의 서슬에 구름마저도 멀찌감치 떠밀려 갔다. 순식간에 관아를 점령한 농민군의 행진이 그대로 함평 거리로 이어지고 있었다.

어깨가 딱 벌어진 팔 척 장신의 복룡이가 은강이를 어깨 위에 올려놓고 대열의 맨 앞에 섰고, 어깨 위에 올라앉은 은강이는 남색 기를 쥐고 군대를 지휘했다. 모든 농민군은 은강이의 뒤를 따랐다.

날라리패가 맨 앞줄에 서고, 오색기를 든 기수들이 그 다음에 섰다. 기수 뒤에는 북을 멘 고수들이, 그 뒤에는 험상궂은 탈을 쓴 사람 여남은 명이 커다란 칼을 어깨에 멘 채 뒤따랐다.

만여 명의 사람이 대열 맨 끝에서 행진을 했는데 부대를 표시하는 다섯 가지 색깔 수건을 머리에 나눠 쓰고 손에는 각기 죽창을 들었다.

"오메, 이 사람들이 참말로 농민군이랑가?"

뒤늦게 달려온 아낙이 업은 아이를 추스리며 소리를 높였다. 환호성 때문에 바로 옆에서도 말소리가 잘 들리지 않았다.

"아, 고것은 또 뭔 뚱딴지 같은 소리요? 밤새 곡하고 새벽에 누가 죽었냐고 묻는다더니만."

옆에 서 있던 주부코가 퉁명스레 소리 질렀다.

"지 말은 그랑께…… 농민군이라면 바로 엊저녁까지 우리 냄편맹키로 농사짓던 사람들일 틴디 으째 저리 씩씩허고 뭣이냐, 한나도 어색하지 않은지……."

아낙의 말에 비로소 주부코가 피식 웃었다.

"허긴 듣고 봉께 고 말도 일리는 있구만이라. 허지만 저럴라니 그 동안 월매나 고생들을 했겠소, 쯧쯧."

주부코의 말꼬리는 환호성 속에 묻혀 버렸다.

참으로 굉장한 사람들이다. 은강이는 복룡이 어깨 위에 올라앉은 채 길가에 겹겹이 모여들어 환호하는 함평 사람들을 바라보았다.

끝없이 만세를 불러제끼는 아저씨, 머릿수건을 벗어 흔드는 아주머니, 눈물이 글썽한 채 농민군의 입성을 바라보고 있는 할아버지, 아예 땅바닥에 주저앉아 펑펑 울며 넋두리를 해 대는 할머니…….

은강이는 고개를 들어 먼 산을 바라보았다. 애처로울 만큼 연한 초록빛이던 나무들은 어느 결에 무성하게 검푸른 잎을 달고 있었다.

"야!"

복룡이는 슬그머니 은강이 발을 잡아당겼다.

"아참!"

은강이는 재빨리 기를 머리 위까지 바짝 치켜들었다. 은강이 지휘에 따라 바로 뒤에 따라오던 날라리패가 양 볼이 터져 나가도록 날라리를 불어 댔다.

그것을 신호로 농민군 일부는 제자리걸음을 하고, 일부는 보폭을 넓히면서 진영을 입구(口)자 모양으로 만들었다.

"와아, 와!"

조금도 흐트러짐이 없는 농민군의 행군에 감탄한 군중이 또다시 한바탕 요란스레 환호성을 질렀다.

"아니, 저 꼬마가 누구여? 가만 봉께 저 꼬맹이가 대장인갑네?"

조개볼이 소리쳤다.

"그렇게 말여. 모다 저 애가 휘두르는 기를 보고 움직이고 있잖여?"

삐드렁니가 침을 튀겼다.

"신동인갑소. 그렇지 않으면⋯⋯."

"참말로 그 말이 꼭 맞아부렀소. 듣자닝께 저 아이가 보기에는 저렇게 쪼깐하고 별나 보이지 않지만 병법에, 천문에, 역술꺼정 모르는 게 없답디다."

주부코가 떠벌렸다.

"고것이 참말이요?"

"아, 참말이랑게요. 게다가 어디 고것뿐인 줄 아쇼?"

작달막한 키에 대머리가 주부코의 귀에 입을 바짝 갖다 댔다.

"아, 저 애가 정씨라고 안 허요?"

"정씨라니?"

주부코가 어리둥절한 목소리로 물었다.

"아따, 둔허기는⋯⋯."

대머리는 더욱 소리를 낮춰 속삭이듯 말했다.

"아, 정감록도 모르요? 거그 보면 남쪽에서 군대를 일으킨 정씨가 새 나라를 세운다고 써 있다 안 허요? 전 장군이 저 아이를 앞으로 내세우려고 일어났다는 말까지 있더구만."

"고것이 무신 벼락 맞을 소리여. 내뱉는다고 다 말인 줄 아남? 하늘이 전 장군을 도우려고 저런 신동을 보낸 것이지, 전 장군이 저 아이를 내세우려고 농민군을 일으켜? 당신 시방 말 다 한 것이여? 아, 말 다 한 것이여?"

주부코의 목에 단번에 퍼런 심줄이 돋았다.

"아따, 고만 소리에 어찌 그리 열을 내고 그란다요? 예를 들자면 고렇다는 것이제. 사실은 나도 고 말은 쪼깨 안 믿기오. 고것보담은……."

대머리는 대번에 말꼬리를 흐리며 허둥지둥 말을 이었다.

"또 들어 봉께 어떤 사람은 전씨를 정씨로 잘못 쓴 것이라고 하더만요. 발음도 비슷한데다가 그 정감록이라는 예언서가 겁나게 오래 전 책이라서 말이어라."

이윽고 은강이는 기를 든 오른손을 위로 쭉 뻗어 올렸다. 그러자 이번에는 우렁찬 북 소리가 둥둥둥, 울렸다. 농민군은 멈칫, 제자리에 서는 듯했다. 그 순간 고수와 기수, 날라리패가 두부가 잘리듯 반으로 갈라져 양옆으로 멀찌감치 자리를 비키고, 맨 앞에 섰던 농민군은 "진격!"을 외치며 앞으로 달려나갔다.

앞줄이 얼마만큼 달려나가다가 자리에 앉자, 그 다음 줄, 그 다음 줄이 연이어 돌격 대형을 취했다. 그 모양은 마치 일정한 간격을 두고 일어났다 스러지는 파도 같았다.

"와아!"

"와아!"

장관이었다. 모여선 군중은 할 말을 잃고 또 다시 소리를 질러 댔다.

'정말 이번에는 성공할까? 또 다시 임술년 때처럼 당하기만 하는 것이 아닐까?'

막동이는 팔짱을 낀 채 일찌감치 흥분해 버린 군중을 둘러보았다. 모두 정신이 나간 것 같았다. 아무리 주위를 둘러보아도 제 정신을 가진 사람은 막동이 자기밖에는 아무도 없는 것 같았다.

이상했다. 다른 곳은 몰라도 이 곳 함평은 이렇게 단번에 달떠 버릴 수가 없는 곳이라고 들었다. 삼십여 년 전의 그 악몽을 어떻게 잊을 수 있단 말인가? 듣기만 해도 끔찍한 그런 일을. 그런데 선비들까지 나와 농민군을 환영하는 대열에 끼어 있다. 그것도 백여 명씩이나.

임술년, 그러니까 1862년에는 전라도 땅 전체가 들썩였다. 스물여덟 개의 고을에서 농민 봉기가 일어났고, 그 중 함평이 제일 거센 편이었다. 그러나 결국 봉기는 실패로 끝이 났고 관아의 보복은 엄청났다.

함평 고을 전체가 '엄청나다'라고 표현할 수밖에 없는 피바다가 되었다. 무서운 것은 싸움터에 나가서 죽는 것이 아니었다. 그 뒤에 돌아올 험한 앙갚음이었다. 그런데……

'이 사람들은 정말로 이번만은 성공할 수 있다고 믿는 것일까?'

정말 승리가 확실하다면 함께할 수도 있다. 막동이는 다시 한 번 몰려 선 사람들을 둘러보았다.

며칠 전에도 작은아버지는 막동이를 불러 앉혀 놓고 말했다.

"딴 생각 하지 마라. 그 때는 내가 얼떨결에 그런 망령 든 소리를 했다만 그게 어디 말처럼 쉬운 일이냐? 신분 차별 없는 새 세상이라는 것이 피를 웬만큼 뿌린다고 올 듯싶으냐?"

막동이가 선뜻 대답을 하지 않자 작은아버지는 말꼬리에 힘을 주었다.

"개똥밭에 굴러도 이승이 좋다고 했다. 사람 취급을 받네, 못 받네 해도 재물로 보나 뭘로 보나 우리가 부족한 것이 무에 있느냐? 쌀섬이나 내놓았으니 할 만큼 했다. 너까지 나서지 않아도 돼."

그렇기는 하다. 이 세상 어떤 일도 목숨과 맞바꾸고 싶지는 않다. 더구나 작은아버지가 돌아가시면 삼백 석 재산은 모두

양자인 막동이 차지가 된다.

그러나…… 그러나, 단칼에 결정을 내리기에는 무언가 석연치 않다.

'그게 뭘까?'

농민군의 움직임을 보고 나서도 아무런 결정을 내릴 수가 없었다. 막동이는 재빨리 군중 속을 빠져 나왔다.

군중과 조금 떨어진 언덕배기에서 꼬부랑 할머니와 손자인 듯싶은 청년이 큰 소리로 다투고 있었다.

"이 철딱서니 없는 자슥아, 거기가 어디라고 가. 네까짓 자슥 죽든 말든 내 알 바 아녀! 허지만 이놈아, 농민군에 가면 너만 죽는 줄 알어? 이놈아 너는 몰라, 너는 모른다니께. 임술년 그 난리 때 우리가 얼마나 혹독허게 당했는지, 얼마나 피눈물을 흘렸는지. 지금이라고 달라질 것 같냐? 지금이라고 달라질 것 같어? 날 죽이고 가라. 이 늙은 햄미를 죽이구 가!"

노파는 젊은이의 손을 잡고 늘어졌다.

"할매요, 지두 다 알고 있다 안 허요? 그치만 어쩌겠어유? 젊은 놈이 지 목숨 하나 보존허자구 옳은 일에서 빠져유? 그러고 살아남아 뭐 해유? 그게 사람인가유? 지는 못 해유. 짐승 취급받고 사는 데 신물이 났어유. 분허구 억울혀서 간장이 녹아 나유. 지는 죽을래유. 하루를 살아도 사람같이 살다가 죽어 버릴래유!"

젊은이는 노파의 손길을 뿌리치고 군중을 향해 뛰어가 버렸
다.

"이놈아, 이 야속헌 놈아, 이놈아……."

꺽꺽 소리를 내며 어깨를 들썩이던 노파는 끝내 땅에 엎드
려 버렸다.

막동이는 젊은이가 뛰어간 쪽을 한참 동안 바라보았다.

'저 청년의 신분은 뭘까? 아무리 분하고 억울해도 나 같은
백정만큼이야 하겠는가? 돈으로는 대신할 수 없는 그 숱한 설
움들…….'

막동이는 천천히 군중을 향해 발길을 돌렸다.

은강이가 갑자기 기를 아래위로 흔들어 대기 시작했다. 그
러자 북과 날라리와 징이 한꺼번에 울기 시작했고, 모든 농민
군은 대열을 흐트러뜨리고 흩어졌다. 다음 순간, 군중 속으로
들어가 군중과 뒤섞여 버렸다.

얼어붙은 듯 그 자리에 남아 있는 것은 탈을 쓴 칼잡이들뿐
이었다. 갑자기 비어 버린 마당에 환한 햇살이 쏟아져 내리고
섬뜩한 침묵이 흘렀다.

그 때였다. 어디선가 노랫소리가 들린 것은.

때가 왔네. 때가 왔어.
한 번 가면 다시 못 오는 좋은 때가 왔네.

칼노래였다. 동학 교주 최제우가 지어 부르며 흩어지는 마음을 다잡았다는 칼노래에 맞춰 칼잡이들이 비로소 움직이기 시작했다. 칼춤이었다.

오랜 세월 한곳에 뜻을 둔 대장부에게
오만 년에 한 번 오는 귀하고 좋은 때가 왔네.

칼노래는 순식간에 입에서 입으로 번져 나갔고 칼춤은 자연스레 노랫가락에 춤사위를 맞췄다.

이럴 때가 바로 용천검 쓸 때가 아닌가?

어느 결에, 가사를 아는 사람이 나서서 먼저 노래를 하면 나머지 사람이 따라 부르는 형식이 되었다.

소매 짧은 장삼을 떨쳐 입고
세상 모든 부정과 악, 뿌리째 베어 버리세.

넓고 아득한 세상에서
내 한 몸 의지하여 칼노래 불러 보니…….
예부터 내려오는 이름난 장수가 따로 있으랴.
대장부 당해 낼 장사는 없으니
좋구나, 좋아.
이제 때를 만났으니…….

― 『주해 해설 용담유사』 중에서

번뜩이는 칼날들은 내리쪼이는 햇빛을 잘라 되쏘고 우렁우렁 울리는 노랫소리는 하늘에 닿았다.

아, 가슴이 뛴다

아, 가슴이 뛴다.

대포 소리가 뜸해지고 뿌옇게 일었던 흙먼지 앉았다. 하지만 맵싸한 화약 연기는 아직도 코끝을 뱅뱅 돈다.

"하하하! 아이고, 도대체 고것이 시방 뭔 꼴이라요?"

엉덩이는 하늘로 향한 채 머리만 풀숲에 박는 메추리처럼 웅크렸던 매부리코가 몸을 일으키다가 충근이 아제를 발견하고는 갑자기 손가락질하며 큰 소리로 웃어 댔다.

"그, 글씨……."

충근이 아제는 그래도 정신이 돌아오지 않는지 멍청한 표정으로 눈알만 뒤룩거리고 서 있다.

저고리 앞섶은 풀어 헤쳐져 가뭇한 젖꽂판이 그대로 드러났고 그나마 옷고름 한쪽은 어디론가 달아나 버렸다. 더 볼 만한 것은 자기 키만큼 큰, 북통처럼 생긴 닭장태에 양 손을 끼우고 그것을 허리 높이까지 엉거주춤 들고 있는 것이었다.

안에 갇힌 암탉들이 죽겠다고 푸드덕거리는 바람에, 머리에 몸에 온통 닭 깃털이 범벅이 되었는데도 충근이 아제는 닭장태에 양 손을 찔러 넣은 채 허리를 펴지 못했다.

대포 사격이 멈춘 듯한 기미를 보이자, 포를 피해 여기저기 엎드려 있던 농민군들이 언제 그랬느냐 싶게 여유를 부렸다.

"귀청 떨어져 나가는 줄 알았당께."

키다리가 옷에 묻은 흙을 털며 강 건너를 흘겨보았다.

"금매 말여. 대폰지 뭔지 뼹뼹 소리만 요란허다 뿐 당최 쌈에 도움이 안 되네!"

살짝곰보가 의기양양한 몸짓으로 맞장구를 쳤다.

"무신 철없는 소리여? 요것도 강이여. 그랑께 요번 참에는 강 폭 땜시로 우리가 요만치 무사혔던 것이여. 들판에서 맞부 딪쳐 봐, 피가 튀고 살이 찢겨!"

곱장다리가 을러멨다.

"댁네들 지금 포 얘기 허고 있는 거요?"

곱슬머리가 끼여들었다.

"저 포가 어찌하여 저러코롬 서리 맞은 배추 꼴을 하고 기운을 못 쓰느냐? 그 이유를 나가 알지!"

"뭐, 이유가 따로 있다는 이야기인 게라?"

살짝곰보가 양미간을 찌푸리며 심각한 표정을 지어 보였다.

"암면, 있고말고. 다른 것이 아니라, 사람들이 그러더만요. 전 장군이 도술을 부려서 대포에서 물이 나오게 혔다고. 그려서 외국에서 들여온 저, 뭐라더라? 아무튼 그 어쩌구 포가 저러코롬 삶아 놓은 호박꼴이라고."

곱슬머리가 능청을 떨었다.

"예끼, 여보슈!"

살짝곰보가 껄껄 웃으며 곱슬머리 어깨를 쳤다.

"아, 참말이라닝께 그러네! 도술을 부리지 않으면 양총에, 기관총에, 대포까지 있는디, 기껏해야 화승총밖에 없는 우리가 무신 수로 저놈들허구 붙을 수 있겠느냔 말이여!"

"허긴……. 대포나 기관총은 그만두고라도 그냥 총만 봐도 그려. 저놈들이 가진 양총에다 대면 우리가 가진 화승총은 총이랄 것도 없제……."

곱슬머리가 중얼거렸다.

그런데 매부리코는 살짝곰보와 곱슬머리 말에 별 관심이 없는 모양이었다.

"그러나 저러나 형씨, 시방 뭐 허고 있소?"

매부리코는 히죽거리며 충근이 아제 어깨를 툭 쳤다. 모두 말을 멈추고 충근이 아제를 바라보았다.

"으, 은강이 다, 닭죽이라도, 그, 그란디 포가 터, 터져서……."

사람들이 에워싸고 있으니 더욱 말문이 막히고 진땀이 났다. 충근이 아제는 은강이 생각을 했다.

그건 정말 멋진 일이었다. 은강이가 군대를 지휘하다니! 노상 업어 주고 가끔 한솥밥을 먹기도 한 은강이가 농민군을 지휘하다니!

깃발을 휘두르는 은강이 모습을 보고, 가슴이 뛰고 콧마루가 시큰했다. 공연히 머릿속에서 쇠구슬이 빙빙 도는 것 같았다.

그 경황 중에도 은강이를 든든히 먹여야겠다는 생각을 했다. 큰일을 하려면 아랫배가 빵빵해야 무슨 일이든 뱃심으로 밀고 나갈 수 있는 법이 아닌가?

온통 피난을 가 버려 텅 빈 마을을 지나쳐 오면서 충근이 아제는 내내 그 생각만 했다. 정말 한참 만에야 닭 생각이 났다. 장성에 이르러서 여러 집을 뒤진 뒤에야 닭 두 마리가 들어 있는 닭장태를 발견했다.

닭장태 안을 더듬어 막 닭 모가지를 비틀어 잡으려는 판에 천지가 울리며 벼락 치는 소리가 났다. 이것저것 켕기던 판이었다. 정신없이 내닫고 보니 이렇게 우스운 꼴이 되어 버렸다.

"아이고매. 이 양반! 으, 은강이가 누구여? 쌈터에서 닭죽을 걷어 맥여야 헐 정도로 대단한 사람이 대체 누구냔 말여?"

매부리코는 모여선 사람들을 둘러보면서 짐짓 목청을 높였다. 와그르르, 웃음이 터졌다.

"사람, 참! 이 양반이 언제 으, 은강이라고 혔어. 으으으은강이라고 하길? 은, 강. 아, 은강이라고 안 혀?"

누군가가 장단을 맞춰 주자 또 다시 웃음이 터졌다.

"아따! 으, 은강이고 금강이고 간에, 고것이 대체 누구라요?"

또 다른 목소리가 말을 바로 받았다.

"아, 누구긴 누구여⋯⋯. 나도 모르지."

한바탕 또 웃음바다가 되려는 판에 키다리가 무릎을 쳤다.

"아! 그러고 봉께 생각나네. 거 왜 있잖남? 며칠 전에 맨 앞에 서서 우릴 지휘허던 아이 말여. 그 애 이름이 은강이, 그래 정은강이라고 허더구먼!"

알맞은 순간에 그 중요한 사실이 생각나 주어서 키다리는 신이 났다.

"아, 그 신동이라는?"

살짝곰보가 재빨리 아는 척을 하고 나섰다.

"그란디 정말 대단허요. 잘은 모르지만도 열 살 겨우 넘어 보이는디 언제 그런 병법을 다 익혔다요?"

"하이고! 그랑께 신동이제 달래 신동이겠소. 갸가 금강산에서 왔다더만요. 하이고, 뭐라더라? 뭐라 해쌓던디……. 아무튼 이름도 괴상헌 무신 토사가 키웠다 안 허요?"

"아, 물론 그랬겠지라. 병법을 통달혀야 그 때 그 때 상황에 맞는 진을 짤 수 있을 턴디…… 도사님 밑에서 좀 수련을 쌓았겠소? 안 봐도 훤헌 일이제."

'아닌디……'

충근이 아제의 표정이 더욱 멍청해졌다.

은강이는 그냥 은강이다. 어렸을 적에는 걸핏하면 업어 주었고, 한 집에서 잠을 잔 날도 셀 수 없이 많다.

사부님 밑에서 도술을 닦은 적도 없고, 금강산에서 온 것도 아니다. 날마다 전 장군에게 다음 날 할 진세를 미리 배우고 수십 번씩 연습하는 것을 여러 번 보았다.

'민심을 휘어잡아야 헌다니께요. 저 사람들이 마음 기댈 곳이 있어야 안 허요? 하늘이 낸 신동 꼬마가 전 장군을 도와 준다고 뜨르르 소문이 나 불면 모다 월매나 든든허겠소? 애시당초 그렇게 소문이 나 버렸으니 아주 잘 되어 버렸다닝께요!'

구레나룻이 시커멓게 난 부대장이 은강이가 훈련하는 것을 함께 지켜보다가 하던 말이 생각났다.

"나, 난……."

어색하고 민망한 김에 충근이 아제는 몸을 뒤틀었다. 손을 빼내려고 꼼지락거려도 보았지만 어찌된 셈인지 잠금쇠가 열리지 않았다. 진땀이 확 나면서 얼굴이 달아올랐다.

"어, 어어……."

충근이 아제는 어찌할 바를 모르고 허둥대기만 했다.

"참, 사람들하고는……."

더 이상 보기가 딱했는지 살짝곰보가 나서서 닭장태의 잠금쇠를 떼어 냈다. 닭장태는 곧 열렸고 충근이 아제는 양쪽 손목을 번갈아 주무르며 숨을 몰아쉬었다.

"옴매 옴매, 요것이 뭣이당가?"

닭장태 안을 들여다보던 키다리가 소리쳤다.

"글씨……."

곱장다리는 말끝을 흐리며 닭장에 박혀 있던 쇠붙이를 빼냈다.

"아니…… 요것이 포탄 쪼가리 아녀라?"

모두 눈이 둥그레져서 포탄 파편을 이리저리 뒤집어 보았다.

"아니, 으째 요런 일이……."

그러나 생각해 보면 뻔한 일이었다. 충근이 아제가 닭장태에 손을 집어 넣고 있는 사이 바로 옆에서 포탄이 터졌다.

그 파편 하나가 충근이 아제 쪽으로 날아왔다. 그 쇳조각은 닭장태의 짚더미 뭉치에 꽂혔다. 그리고 그 짚더미 덕분에 충근이 아제는 가슴에 파편이 박히는 것을 막을 수 있었다.

"아따, 닭장태가 당신을 살렸구만이라!"

"왜 아니겠남? 이 안에 든 닭 새끼들 안 죽은 것 좀 보랑께!"

키다리가 호들갑을 떨었다.

"아이고매, 닭장태가 방패되아 버렸네!"

황룡천 싸움

이제 곧 농민군의 반격이 시작될 것이다.

농민군은 산 위에 진을 치고 앉아, 갑작스런 관군의 공격에 온통 수라장이 되어 버린 월평 장터를 묵묵히 내려다보았다.

포탄에 맞아 주저앉은 점포에서는 아직도 뭉클뭉클 검은 연기가 피어올랐고, 곳곳에 쓰러진 농민군의 허연 등판이 잔설처럼 희끗희끗 쌓였다.

복룡이는 슬그머니 장태를 움찔거려 보았다. 옆에 있던 막동이가 굳은 얼굴로 복룡이를 힐끗 쳐다보았다. 충근이 아제 덕에 한바탕 껄껄 웃고 지나쳐 버린 것을 무기로 만든 사람은 장흥 농민군 대장 이방언이었다.

이방언 장군은 짚과 대나무를 묶고 엮어 만든 닭장태를 김 장독보다 더 크게 키웠다. 전투가 벌어지면 장태를 굴리며 그 뒤에 몸을 숨기고 돌진하게 되어 있었다. 복룡이와 막동이만 둘이서 장태 하나를 다 차지했다. 다른 사람은 작은 것에 네 명, 긴 장태에 대여섯 명이 두 패로 나뉘어 붙어 눈알을 번득이고 있었다.

징징징.

농민군 쪽에서 진격을 알리는 징 소리가 나자마자, 기다렸다는 듯 저 쪽에서 대포가 날아왔다. 포가 터지는 곳마다 바위가 쪼개지고 나무가 우지끈 소리를 내며 부러져 나갔다.

"윽!"

미처 진격도 하기 전에 복룡이 바로 뒤에서 비명 소리가 났다.

"태수야!"

복룡이와 같이 농민군에 지원한 고향 친구의 몸이 해진 걸레쪽이 되어 솟아오르고 있었다.

"태수야!"

복룡이 눈에서 번쩍 불꽃이 튀었다.

"장태를 굴려라!"

복룡이는 울컥, 치밀어 오르는 눈물을 꿀꺽 삼키며 벼락같이 소리 질렀다.

기수가 힘차게 기를 흔들어 댔다.

'가자!'

복룡이는 얼핏 뒤를 돌아다보며 아랫입술을 깨물었다. 눈앞이 가물거렸다.

쿠르르륵.

장태는 잘 굴렀다.

"더 앞으로!"

복룡이와 막동이는 정신없이 뛰었다. 그 뒤로 삼백 개에 가까운 장태가 온 들을 메우며 관군을 향해 무섭게 굴러들었다.

막동이가 장성까지 농민군을 따라온 것은 농민군이 되겠다는 마음을 먹어서가 아니었다. 딱히 작정을 하지 못하고 농민군 진영 근처를 어슬렁거리다가 농민군이 훈련하는 모습을 보았다. 짚으로 만든 허수아비를 세워 놓고 찌르고 쏘는 훈련을 하는데, 가만히 보니 도무지 답답했다. 총알이 빗나가는 것은 둘째치고라도 칼이나 창을 제대로 잡을 줄도 모르는 사람이 반은 넘었다.

막동이는 본디부터 칼을 다루는 백정이었다. 게다가 돈을 써서라도 적당한 무관 벼슬을 하나 얻으려고 어렸을 때부터 정식으로 칼 쓰는 일 하나는 제대로 배워 온 터였다. 답답했다. 그래서 몇 마디 거든다는 것이 앞으로 떼 메어져 나가게 된 것이다.

그러다 보니 막동이 자신도 모르는 사이에 농민군이 되었고, 칼솜씨 하나로 순식간에 농민군 앞장을 서게 되었다. 원한 바는 아니었지만 일의 흐름이 저절로 그렇게 되고 보니 굳이 싫다고 할 생각도 없었다.

막동이는 이들을 자세히 살펴보고 희망이 있으면 남아 있을 것이고 죽을 일밖에 없어 보이면 언제든 떠나면 되리라는 계산으로 며칠을 지냈다. 얼마를 함께 지내게 될지는 막동이 자신도 알 수 없었다.

그런데 막동이의 발걸음을 쉬이 돌리지 못하게 하는 것 중 하나가 '접장'이라는 호칭이었다. 농민군들은 정말 양반, 상인, 아이, 어른, 여자, 남자 할 것 없이 모두 접장으로 통했다. 그것은 어쩌면 신분차이가 없는 새 세상의 모습이기도 할 터였다.

말뿐 아니라 생각과 행동에서 모두 평등하고 자유로운 세상, 어쩌면 이들이 정말 그런 세상을 불러올지도 모른다.

장태로 훈련을 하면서 농민군 대장들은 이렇게 명령을 내렸다.

"등에는 부적을 써 붙이고 앞 옷깃을 물고 엎드려서 장태를 굴려라. 그러면 적의 포탄이 침범하지 못할 것이다."

곰곰이 그 명령을 곱씹어 보고 나서 막동이는 이들 농민군

지도부가 만만한 상대가 아니라고 결론을 내렸다. 총알이 피해 간다는 부적을 붙이면 사람들은 매우 든든해 할 것이다. 또 옷 깃을 물게 한 것은 허리를 펼 수 없는 자세에서 농민군을 오로 지 앞으로만 달리게 할 것이다. 또 그것은 총알의 피해를 최소 한으로 줄일 수 있는 방법이기도 했다.

농민군은 훈련받은 대로 잘 움직였다. 대포가 서너 번 터졌 지만 장태를 멈추게 하지는 못 했다. 땀이 났다. 막동이는 숨을 헐떡이며 흐르는 땀을 닦았다.

얼핏 보기에 복룡이는 그다지 숨가빠하지 않는 것 같았다.

'뭐, 이런 녀석이 다 있어?'

막동이는 경황 중에도 약이 올랐다.

들판에는 보리가 한창 익었다. 갑작스레 들리는 요란한 장 태 소리에 보리밭 여기저기에서 종다리가 날카로운 소리를 내 며 날아올랐다.

드디어 장태는 들판을 내쳐 굴렀다. 온 들판이 출렁였다. 농 민군은 아직도 장태 뒤에 숨어 코끝도 보이지 않았다. 자신들 을 향해 미친 듯 굴러 오는 것이 무엇인지 알지 못한 채, 관군은 무턱대고 총질을 해 댔다.

드르르륵.

거리가 가까워지자 관군 진영에서 회전식 기관총이 불을 뿜었다. 하지만 기관총도 장태의 돌진을 막지는 못 했다.

웬만한 총탄은 매끄러운 대나무 줄기에 맞아 튕겨 나왔고, 빗맞아 장태를 뚫고 들어간 총알은 장태 안의 가득 찬 짚더미 안쪽에 쑤욱 박혀 버렸다.

"쏴라!"

맞총질을 할 만큼 거리가 가까워지자, 농민군은 장태 뒤에서 위로 고개를 내밀고 화승총에 불을 당겼다. 번갈아 장태 뒤에 숨을 수 있으니 탄약을 잴 시간이 있어서 좋았다.

원래 화승총은 총구를 세워서 가루로 된 탄약을 넣고 그것을 쑤시개로 꼭꼭 다진 다음 폭파선에 불을 붙여 쏘아야 하는 총이다. 그런 복잡한 과정을 거쳐야 하는 총으로, 총알이 쏟아지는 기관총이나 대포와 맞붙기는 참으로 어려웠다. 그런데 이번에는 한 패가 총을 쏠 동안 다른 패는 여유 있게 탄약을 잴 수 있으니 그것만으로도 훨씬 대적하기가 쉬웠다. 게다가 장태라는 든든한 방패가 있다. 농민군은 절로 힘이 솟았다.

"쏴라!"

복룡이는 부상당한 맹수처럼 소리를 지르며 양총을 쏘아 댔다. 황토재 싸움에서 관군한테서 빼앗은 양총이다. 복룡이는 포를 지키는 관군을 하나하나 쏘아 맞히며 장태를 포가 있는 쪽으로 밀고 갔다.

"얘가, 뭐 해?"

복룡이 생각을 눈치 챈 막동이가 몸을 버티었다.

"죽고 싶냐?"

"죽어도, 포를 빼앗아야지."

복룡이는 우악스레 장태의 방향을 돌렸다.

"이 자식이, 포 맞아!"

"안 맞아. 너무 가까워."

"기관총 안 보여?"

막동이가 장태 바퀴에 발을 걸었다. 복룡이는 넋 나간 사람 모양 같은 말만 되풀이했다. 아무것도 보이지 않는 모양이었다.

"포를 빼앗아야지, 죽어도!"

"이게!"

주먹이라도 한 대 올려붙이려던 막동이는 복룡이 표정을 보고는 입을 다물었다.

"미친 녀석! 그렇게 소원이면 너 혼자 죽어라!"

막동이는 재빨리 땅바닥에 엎드려 버렸다.

복룡이의 장태는 불침 맞은 황소처럼 내달았다.

"태수야, 태수야!"

적진을 향해 내달으면서 복룡이는 어릴 적 친구의 이름을 죽기 살기로 불러 댔다. 공중으로 솟구쳐 오르던 몸뚱이가 눈앞을 가득 채웠다.

복룡이는 미친 듯이 포의 사정거리 안으로 뛰어들어 갔다. 양총을 어깨에 걸머지고 칼을 휘두르며 대포 사수에게 달려드는 복룡이 얼굴은 염라대왕, 그것이었다. 살이 찢기고 피가 튀었다.

복룡이가 마침내 포를 차고 앉자, 젊은이들 몇이 나머지 포를 모두 차지해 버렸다.

"자식, 참말로 대단하네!"

막동이는 진심으로 탄복했다.

"꼭 죽고 싶어 환장한 놈 같네! 그런데 도대체 저런 괴물 같은 녀석이 어디서 굴러 왔대?"

송덕비의 사연

솔부엉이와 갑수는 걷고 또 걸었다. 처음에는 미리 써 준 격문을 여기저기에 나눠 주고 다녔지만, 관군의 기찰이 점점 심해져서 더 이상 그럴 수가 없었다. 더듬거리며 부분부분을 외워 주다 보니 어느 사이에 그 어려운 말이 가득한 격문 전체를 한 자도 빼놓지 않고 모두 옮길 수 있게 되었다.

사람이 모인 곳이면 어디든 갔다. 가서, 전봉준 장군의 '말씀'을 전했다. 가는 곳마다 하도 수십 번을 되풀이해서 이제는 자다가도 외울 지경이었다. 이렇게 무안, 장수, 무주, 담양, 창평 능주를 지나 충청도에 들어서니 어느 틈에 초여름이 되었다.

"아이고, 다리야. 좀 쉬었다 가."

솔부엉이는 갑수의 대답을 기다릴 것도 없이 길가에 아무렇게나 주저앉아 짚신을 벗어 던졌다. 날근날근한 짚신에서 풀썩 먼지가 일었다. 시원했다. 먼 숲에서 들리는 뻐꾸기 소리조차 한가로웠다.

"그런데 저게 뭐냐?"

솔부엉이 옆에 쓰러지듯 엎드려 있던 갑수가 엉거주춤 몸을 일으키며 손가락질을 했다.

"글쎄……, 비석 아냐?"

"그런데 웬 게 저렇게 많아. 스무 개도 넘겠는걸!"

갑수는 비석을 향해 천천히 다가섰다. 크기와 모양은 조금씩 달라도 모두 키를 넘는다.

"이게 다 무슨 비일까? 분명 한 사람 것은 아닌데……."

갑수는 손가락 끝으로 비석을 파내려 간 글자의 획을 더듬어 가며 중얼거렸다.

"뭐긴……, 송덕비 아니면 치적비겠지. 뭐가 어떻게 다른 것인지 잘 모르겠지만."

솔부엉이는 아주 수월하게 말했다.

"그래, 그럴지도……. 그런데 이렇게 비가 많을 정도면 이 고을은 살 만한 모양이지?"

"글쎄, 너무 살기 좋아서 우리가 애써 바람을 잡아도 아무도 농민군에 나가겠다고 나서지 않는 거 아냐? 물론 그건 쬐끔 기대하기 어려운 일이겠지만."

"……."

갑수가 아무런 대답이 없자 솔부엉이는 자리에서 발딱 일어났다.

"봐! 하나, 두울, 세엣, 네엣……."

열네 개까지 비석을 세던 솔부엉이 목소리가 별안간 커졌다.

"형, 저기 좀 봐! 저기 저 사람들 못밥 먹는 거 아냐?"

솔부엉이는 사람들 몇이서 빙 둘러앉아 무언가를 먹고 있는 산비탈을 가리키며 말했다.

"웬 모내기를 저리 빨리 한대? 아직 보리도 다 안 걷었구만."

"맞는 것 같은데? 저 논 모내기를 하는 중인 모양이야. 가자, 형. 가서 우리도 못밥 한 술 얻어먹자."

솔부엉이 목소리에 금세 생기가 돌았다. 갑수도 배가 고프던 참이라 두말할 필요가 없었다.

"아, 젊은이들, 어서 오시유!"

어느 결에 갑수와 솔부엉이를 발견한 모양인지 늙수그레한 아낙이 손짓을 해 댔다.

"요리, 요리 앉으시유."

둘러앉은 사람들이 조금씩 자리를 좁혔다.

"저, 이거 미안시러워서……."

앞뒤 말을 모두 자르고 대뜸 수저부터 받아 쥐는 솔부엉이와는 달리, 갑수는 그래도 나이값을 하느라 몇 마디 인사치레를 했다.

"미안시럽다니유. 아, 이즈막에 살기가 워낙 팍팍해서 그렇지 우리네 인심이 워디 그래유. 못밥 먹으려고 열흘 굶는다는 속담도 있지 않어유? 걱정 붙들어 매구 얼른 다가앉으셔유."

젊은 아낙이 꽁보리밥이 가득한 바가지를 갑수 앞으로 밀어주며 말했다.

살짝 데친 호박잎에다 풋고추와 날오이, 된장찌개뿐이었지만 솔부엉이는 저절로 입 안에 침이 돌았다.

"먼 길 가시는 모양이구려. 어디서 오는 길이유?"

반백의 사내가 수저를 내려놓고는 곰방대에 불을 붙였다.

"예. 전라도……."

오이를 와삭 베어 물며 무심코 대답을 하려던 솔부엉이가 갑수의 눈치를 살폈다.

"아, 그래유? 지도 방금 거기서 오는 길인디."

오른팔을 천으로 둥둥 싸맨 채 어렵사리 왼손으로 수저질을 하던 젊은이가 나섰다.

"이 양반이 농민군이시래유."

젊은 아낙이 끼여들었다.

"농민군이요?"

솔부엉이와 갑수는 한꺼번에 목소리를 높였다.

"농민군이 왜……."

"왜 싸움은 안 하고 여기까지 왔느냐 그 말이유?"

다친 오른팔이 느릿느릿 말을 이었다.

"엄니가 많이 편찮으시다는 거예유. 우리 부대에 메칠 전에 새 사람들이 왔는디 그 사람 중에 우리 동네 옥천 사람이 있드라구유. 워낙 병이 있으신 분인디…… 어쩌겠시유. 엄니 돌아가실 때 옆에 있어야 할 것 같아서……."

"그럼, 그 팔은……."

갑수 말에 다친 오른팔이 고개를 끄덕였다.

"야. 총알이 스쳤다나 봐유."

"어디서……?"

"황룡천 싸움에서 그랬지유, 뭐."

"농민군이, 졌소?"

아무 말 없이 부지런히 수저질만 하던 새우눈 사내가 말했다.

"아니유. 지기는유? 이겨두 아주 확실허니 이겼지유."

다친 오른팔이 여유만만하게 웃었다.

"다만 우리가 하도 쌈을 잘하니께 그놈들이 외국에서 사들여 왔다는 대포를 뻥뻥 터뜨리고 기관총으로 갈겨 대곤 해서 애를 좀 먹었지유. 미친 놈들! 지 식구들 죽이자구 남의 나라에서 무기를 들여와유? 그것도 비싼 돈 주고? 하지만 그래 봤자여유. 장태로 밀고 들어가서 아주 깨끗하게 이겨 줬다니께유."

다친 오른팔은 신이 나서 떠벌렸다.

"장태라면?"

"닭장태 말이여유. 그 닭장태를 가지고 어떤 장군이 방패를 만들었어유. 황룡천 싸움에선 그 덕을 아주 톡톡히 봤지유. 아주 대단했어유."

다친 오른팔은 제 말에 취해 스르르 눈을 감았다. 모두 제 생각에 빠져 잠시 말이 없었다.

"그런데 이 고을은 살기가 어떤지요?"

갑수가 조심스레 말머리를 돌렸다.

"송덕빈가 치적빈지가 저렇게 많은 것을 보니……."

갑수 말에 반백 사내가 희미하게 웃었다.

"한마디로 살기 더럽지. 오는 벼슬아치들마다 어찌나 우릴 못 살게 구는지 고을 원이 오자마자 치적비를 세우곤 한 거라네. 어떻게 다스리는지 미처 그 꼴도 보지 못하고 말일세. 저기 있는 것이 다 그렇게 생긴 치적비고 송덕비지."

할 말이 없었다. 솔부엉이는 문득 동네 아이들과 곧잘 하던 비석까기 놀이를 생각했다. 맞춰 쓰러뜨리려고 세워 놓은 납작하고 길쭉한 돌을 비석이라고 불렀다. 무심코 그렇게 따라 부르다가 어느 날 갑자기 이상한 생각이 들었다. 왜 하필 비석이라고 부를까? 아이들에게 물어보았지만 아무도 대답하지 못했다. 그런데 왜 지금 또 그 생각이 나는 걸까?

"진짜 송덕비는유, 바로 이거구먼유."

젊은 아낙이 논둑에 비스듬히 걸쳐 쓰러져 있는 커다란 돌을 쓰다듬으며 말했다.

"저기 저 산을 넘어가면 이 진사 어른이라고 계시거든유, 이 양반이 천 석 부자이신디, 어찌 그리 우리겉이 없이 사는 것들 사정을 속속들이 아시는지 참말로 그런 분은 다시 없을 거구먼유. 소작료 후한 것은 말할 것두 없구, 가뭄이다 홍수다 하면 온 고을 세금을 도맡아 내 주신다니께유. 이 비는 그 분 선친 것인데유, 그 어른도 똑같이 어려운 사람 속마음을 헤아려 주셨다는구먼유."

새우눈이 물었다.

"그런 분의 송덕비가 왜 이렇게 내박쳐져 있소?"

뻐끔거리며 담배 연기만 뿜어 대던 반백의 사내가 껄껄 웃었다.

"내 알려드리리다. 억울하고 답답한 우리네 사정에 귀 기울이고 들어 주실 건 들어 주시니 미륵불이 따로 없는지라, 사람들이 조금이라도 보답을 하고 싶어진 거유. 아무리 없이 살아도 사람 도리야 있는 법이니께. 그래서 보리쌀을 한두 주먹씩 모아서 그 분 송덕비를 세웠지. 물론 그렇게 돈을 모아서 비를 세운다는 것은 꿈도 꿀 수 없는 일이었지. 하지만 돌을 그만한 것으로 골랐고 석공조차도 그 분의 은혜를 크게 입은지라……."

반백의 사내가 말에 뜸을 들이는 동안 젊은 아낙이 또 끼여들었다.

"그런데 그 분이 그 소식을 듣고는 밤에 몰래 사람을 시켜 비석을 땅에 묻어 버리라고 했다는 거여유. 그만한 일로 살아 있는 사람의 비석을 세우다니 있을 수가 있는 일이냐고 하면서……. 그분의 아드님도 똑같지유. 지난봄에 논을 갈다가 이 비석이 나왔다는 소식을 듣고서도 도무지 알은 체를 안 하시는 거예유. 그래서 우리도 이걸 그냥 그대로 두고 있는 거예유. 바로 세워 놓으면 이 진사 어른이 또 땅에 묻어 버릴까 싶어서 그냥 두고 보면서 오며 가며 이걸 이렇게 쓸어 주고 댕기지유."

가슴이 짠하다. 갑수는 저 아래 논배미로 고개를 돌렸다. 두

루미 한 마리가 가늘고 긴 다리로 먹이를 찾아 두리번거리는 모습이 보였다.

"그러면 농민군은 계속 이기고 있다는 말이요?"

새우눈이 물었다.

"아, 그러믄유 이기구 있구 말구유. 싸움도 싸움이고 작전도 작전이지만유, 지가 보기에는 우리 농민군이 이길 수밖에 없는 이유가 또 있어유."

다친 오른팔은 이야기에 정신이 팔려서 서둘러 집에 가야 된다는 생각을 까맣게 잊은 듯했다.

"그게 뭔데요?"

솔부엉이 말투에 슬쩍 장난기가 비쳤다.

"농민군 대장님들이 뭐라고 허는 줄 알어유? 무조건 피를 보겠다고 덤벼드는 것이 아니여유. '싸움터에서도 할 수만 있으면 칼에 피를 묻히지 말아라. 그것이 제일 큰 승리다. 부득이해서 싸우는 경우가 생겨도 할 수만 있으면 사람 목숨을 해치지 말아라.' 늘 이렇게 가르쳐유."

"쳇! 사람을 안 죽이고 어떻게 전쟁을 해?"

솔부엉이가 입을 삐죽였다.

"아니, 아니여유. 농민군이면 다 지켜야 한다는 열두 가지 행동규칙이라는 게 있어유. 그 첫 번째가 뭔지 알아유?"

다친 오른팔은 모여 앉은 사람들을 죽 둘러보았다.

"항복한 사람은 구한다는 거예유⋯⋯.일곱 번째는 도망가는 사람은 쫓아가지 않는다는 거구유. 지가 우리 대장님한테 물었지유. 모조리 잡아서 죽여야 하지 않겠느냐구. 대장님이 말없이 저를 바라보시드니 한참 만에 이렇게 대답하시는 거예유. '관군이 누구여? 보리쌀 한 되 받아 식구들이랑 먹고살겠다고 되도 안 한 명령에 목숨 걸고 나온 불쌍헌 우리 형제들이여. 막말로 우리는 바른 세상 만들어 보겠다고 일어났지만 그 놈들은 뭣이여?' 아, 글쎄 이렇게 말씀하시드라구유."

모두 또 다시 말을 잃었다.

"아이고, 망할 놈의 세상⋯⋯."

한참 만에 늙은 아낙이 치맛귀를 뒤집어 코를 팽 풀었다. 아낙의 등 뒤에 매달려 있던 시난고난한 아기가 선잠을 깼는지 울기 시작했다.

아무도 전쟁을 원하지 않지만

"아따, 참말 날씨 좋다!"

이야기 장수 김모종쇠는 먼지도 묻지 않은 옷을 버릇처럼 탁탁 털어 내고는 댓돌 아래로 내려섰다.

"자, 이제부터는 정신 똑바로 챙겨. 청주목의 목사 정도 가지고 떨 것 없어. 내가 수십 번 하는 말이지만, 떨 것 하나도 없어. 아니다, 뭐가 잘못됐다 싶으면 입만 꾹 다물어 버려. 내가 다 알아서 할 테니까."

김모종쇠는 자신만만했다. 그래도 솔부엉이는 도무지 마음이 안 놓였다.

"뭣 하러 관아까지 부득부득 간다는 건지 모르겠네. 꽁꽁 묶어다 옥에 던져 넣기 딱 좋으라고."

솔부엉이는 갑수를 힐끗거리며 입을 내밀었다. 갑수를 꼬드

겨서 김모종쇠의 고집을 꺾었으면 해서였다. 그러나 갑수는 솔부엉이 편을 들지 않았다. 말없이 신을 신고 김모종쇠의 뒤를 따를 뿐이었다.

"아이고, 우리끼리 다녀도 충분한데 공연히 아저씨는 만나 가지고……."

솔부엉이는 이제부터 이야기 장수와 한동안 같이 지내야 한다는 것이 영 부담스러웠다.

"야, 이놈아. 콩알만 한 놈이 뭘 안다고 나서! 이번 일이 니까짓 것들이 해 낼 수 있는 일인 줄 알아?"

김모종쇠는 솔부엉이 머리를 한 대 쥐어박았다.

주막 뜨락에 뿌리 내린 굵은 사과 나무에서 하얀 사과 꽃이 흩날려 나비처럼 나풀나풀 날아다녔다.

"그런데 그 목사라는 사람이 우리 말을 안 들으면 그 땐 정말 어떻게 하지?"

솔부엉이는 또 다시 중얼거렸다. 김모종쇠는 솔부엉이 말을 못 들은 척 대답하지 않았다. 하는 수 없어서 따라가기는 하면서도 솔부엉이는 애가 탔다. 옥에 갇혀 곤장을 맞았던 옛날 생각이 나서 슬며시 소름이 돋았다.

마을 고샅을 벗어나 산비탈에 올라섰다. 들판 한쪽으로 나부죽이 엎드린 초가 위로 환한 햇살이 쏟아져 내리고 솔숲엔

송화 가루가 날리고 있었다.

솔부엉이는 자꾸만 입술에 침을 발랐다. 김모종쇠가 그 모양을 보고는 솔부엉이 어깨에 손을 얹었다.

"녀석! 걱정 말래도 그러네. 그 청주목 목사가 사람이 괜찮대. 게다가 못된 벼슬아치와 행패를 일삼는 양반들 이름을 적은 염찰기도 여기 있고, 전 장군의 이름이 들어간 격문도 한 장 갖고 있고 해서 아무리 목사라고 해도 함부로 대할 수는 없을 거라구."

솔부엉이는 대답 대신 조그맣게 한숨을 내쉬었다.

비탈을 내려서서 들판으로 들어섰다. 논으로 밭으로 조각난 들판은 색깔도 제 각각이었다.

한쪽에서는 누렇게 보리가 익었고, 다른 한쪽에서는 보리를 베어 내는 중이라 거뭇한 땅 색깔이 조금씩 늘어나는 중이었다. 또 한쪽에서는 모내기를 해서 파릇한 색으로 땅 위를 덧칠한 곳도 있었다.

"어?"

앞장서서 고개를 넘던 갑수가 그 자리에 섰다. 손바닥만 한 다랑논에서 한 계집아이가 소 대신 쟁기를 끌며 논을 갈고 있었다.

솔부엉이 또래쯤 되었을까?

아이는 한 걸음 옮길 적마다 늪에 빠지기라도 한 것처럼 허우적거리며 겨우겨우 앞으로 나아갔다. 금방이라도 쓰러질 것 같았다.

갑수는 망연히 서서 그 아이의 목에 도드라지는 퍼런 실핏줄을 바라보았다.

'개벽 세상이란…… 저런 모습은 안 보게 되는 거겠지.'

갑수는 문득 종노릇을 하던 김 부자 집의 고명딸 아란이가 생각났다.

'버선발에 먼지 한 톨 안 묻히고 사는 아란 아씨와 짐승 대신 논을 갈아야만 하는 저 아이…….'

마디 하나 없이 희고 앙증맞은 아란이의 손이 떠오르자 갑수는 가슴이 아렸다.

'그 손을 꼭 한 번 잡아 보고 싶었는데. 그래서 밤잠을 설친 날도 있었는데. 그건, 혹시 아란 아씨의 손이 너무도 곱고 보드라워 보여서였을까?'

그 때는 정말 그랬는지도 모른다는 생각이 들어서 갑수는 손바닥을 펴고 자신의 손등을 내려다보았다.

낮에 베인 자리와 불에 데인 흉터 말고도 거칠고 마디 굵은 자신의 손을 보면서 갑수는 불현듯 아란이와 아란이를 닮은 희고 고운 손을 가진 모든 사람이 미워졌다.

"형······."

뒤를 따라오던 솔부엉이도 쟁기를 끄는 아이를 보고는 얼굴이 굳어졌다. 민들레 생각이 났기 때문이다.

'민들레는 무사할까? 어떻게 하고 있을까?'

멀리서 보니 쟁기를 끄는 아이의 파리한 얼굴이 민들레를 닮은 듯해 솔부엉이는 한동안 멍청히 그 자리에 서 있었다.

고개를 넘고 자그마한 호수를 다 지나치도록 아무도 입을 열지 않았다. 대신 꾀꼬리가 호숫가가 쩌렁쩌렁 울리도록 큰 소리로 울어 댔다.

관아에 도착해서도 김모종쇠는 조금도 멈칫거리지 않았다.

"목사에게 전하시오. 전주성을 점령한 농민군 대장 전봉준 장군이 보낸 사람이 왔다고."

김모종쇠는 어느 새 말투를 의젓하게 바꿨다. 대문을 지키던 군졸이 눈을 크게 떴다.

"노, 농민군 장군이 보낸 사람이 왔다고유?"

김모종쇠는 대답 대신 군졸의 얼굴을 쏘아보았다. 그러고는 짤막하게 덧붙였다.

"서두르시오."

기겁을 하며 관아로 달려 들어간 군졸이 다른 군졸 몇 명을 달고 쏜살같이 뛰어나왔다.

"이리로······."

군졸들은 연신 허리를 굽신거리며 어쩔 줄 몰라 했다. 솔부엉이는 그제야 마음이 놓여 갑수를 돌아보며 보일 듯 말 듯 싱긋 웃었다.

'녀석!'

갑수도 그제야 굳었던 표정을 풀었다.

군졸들이 솔부엉이 일행을 안내하여 간 곳은 관아가 아니었다. 뒤편에 있는 은밀한 방이었다.

잠시 후, 목사가 들어섰다.

"청주 목사요. 먼 길 오시느라 수고하시었소."

"농민군 대장 전봉준 장군의 휘하에 있는 김모종쇠요. 전 장군의 격문을 전하러 왔소."

오가는 말 한 마디에도 팽팽한 긴장이 감돌았다. 솔부엉이는 앉은 자리에서 그대로 돌이 되어 버릴 것 같았다. 숨이 막혔다.

"음······."

김모종쇠의 격문을 받아 읽던 목사가 헛기침을 했다.

"그리고 여기······."

김모종쇠가 이번에는 두툼한 책을 내밀었다. 염찰기였다.

"으, 으음······."

목사는 또 한 번 목을 가다듬었다. 확실히 목소리가 떨리고 있었다.

"근처에 있는 양반과 벼슬아치의 악행을 적은 책이오. 바른 조치를 취해 주기 바라오."

김모종쇠는 한 치도 틈을 주지 않고 목사를 몰아붙였다.

"이곳도 역시 세금 독촉이 심하다고 들었소. 백성의 목숨과 생활이 영감 손에 달려 있는데 지금 모두를 죽이자는 것이오? 세금을 조금이라도 늦게 내면 벼슬아치가 백성을 잡아다가 곤장을 치고 형벌을 내린다 하니, 이 같은 흉년에 도대체 어쩌자는 것이오? 백성 모두를 죽이자고 작정하시었소?"

김모종쇠는 목사의 두 눈을 똑바로 쏘아보았다. 김모종쇠와 눈싸움을 하듯 시선을 겨루던 목사는 한참 만에 천천히 눈길을 돌렸다.

"내 힘만으로 이들을 다 바로잡을 수는 없소. 그러나 최선을 다하겠소. 약속하리다. 세금 문제도……."

목사는 잠시 말을 쉬었다.

"간단한 문제는 아니오. 어떻게든 힘써 보리다."

"고맙소. 그렇게 고쳐질 것으로 믿고, 이만……."

김모종쇠는 자리에서 일어났다.

"우리 농민군의 상대는 모든 양반이 아니오. 썩어 빠진 벼슬아치와 돈에 눈이 먼 일부 양반일 뿐. 들으니 영감은 웬만큼 민심을 얻고 있으신 듯한데 후에 적이 되어 만나지 않기를 바라겠소."

김모종쇠는 허리를 굽혔다.

청주 목사도 마주 몸을 굽히며 대답했다.

"농민군에 대해 들은 바가 있소. 내 비록 관에 몸을 담고 있으나 농민군의 뜻을 어찌 모른다고만 할 수 있겠소. 살펴가시오."

솔부엉이는 조심스레 방문을 열었다. 그러고는 재빨리 시원한 바깥 공기를 훅, 들이쉬었다. 비로소 살 것 같았다.

"아이구."

솔부엉이는 관아의 솟을대문을 나서자마자 온몸을 비틀며 양껏 기지개를 켰다.

"그런데 어떻게 그렇게 말을 잘해요, 하나 떨지도 않고?"

갑수가 새삼스레 놀란 얼굴로 물었다.

"떨기는……. 내가 원래 사당패 출신 아니냐. 재담도 하고, 노래도 하고. 몇 사람 목소리로 말하고 말투 바꾸는 것쯤은 손바닥 뒤집기보다 쉬운 일이지. 우째, 나 괜찮았는감?"

김모종쇠는 또 다시 익살을 떨었다.

"자, 이쪽은 대충 손을 봤으니 이번 참에는 우리 편…… 아니, 이럴 때는 우리 편이라고 해야 하나? 하여간 남이면에 있다는 동학 접주 손천민을 찾아 가더라고."

김모종쇠는 방향을 틀어 휘적휘적 걷기 시작했다.

"그런데 어째 좀 이상하네!"

솔부엉이가 고개를 갸웃거렸다.

"동학 접주라면 다 우리 농민군 편 아닌가?"

갑수가 솔부엉이 말을 받았다.

"글쎄, 그게 그렇게 간단한 문제가 아닌 모양이더라."

갑수의 얼굴이 이내 어두워졌다.

정말 그랬다. 이번 봉기에 참가한 사람 중에는 농민이 가장 많다. 그러나 모두 농민은 아니다. 선비도 있고 갖바치도 있고 광대도 있다. 어민과 산적, 기생도 있다.

이번 봉기에 참가한 사람 중에는 동학을 믿는 사람이 꽤 있다. 그러나 모두는 아니다. 스님도 있고, 천주교도도 있고, 무당도 있다. 게다가 동학교도라고 해서 다 이번 봉기를 환영하는 것은 아니다. 어떤 사람은 종교 차원을 넘어선 사회 개혁 운동과 조정에 대항하는 반정부 활동에 대해서 강력하게 반대했다.

오늘 만나러 가는 손 접주도 전쟁을 반대하는 사람이라고 들었다. 기도와 주문만이 이 세상을 바꿀 수 있는 방법이라고 믿는다는 것이다.

거기에 비교하면 언제까지 기도만 하고 있지 않고, 들고일어난 동학교도는 적극적인 편이다. 성급하다든가 싸움을 좋아한다고 함부로 말하는 사람도 있지만 적어도 갑수는 그렇게 믿었다. 이토록 피폐한 세상이, 썩어 빠진 세상이, 기도와 주문만으로 어느 세월에 달라질 수 있다는 말인가?

'그런 세상이 오기 전에 우리는 모두 죽고 말 것이다. 우리는 피를 흘리고라도 새로운 세상을, 바른 개벽 세상을 보아야한다.'

갑수는 진심으로 그렇게 생각했다. 더구나 오늘은 짐승 대신 쟁기를 끄는 여자 아이도 보았다.

백성의 생활이 이 지경이 되었는데도, 일부에서는 목숨을 내놓고 전쟁을 하는 동학 농민군을 동학을 어지럽히는 적이라고 몰아세우기까지 한다는 것이다. 봉기한 농민군의 바짓가랑이를 잡아당기는 꼴이었다.

사실 격문을 전하려고 여기저기 다니면서 보고 듣기 전에는 설마 했던 일이었다.

동학이라는 같은 테두리 안에서 똑같은 한울님을 믿고 있는 사람들이 아닌가?

"그런데 지금 만나러 가는 손 접주가 최 교주의 오른팔이라는 거야. 전쟁을 말리는 쪽의 강력한 지도자이고. 어떻게 보면 아까 목사를 만나는 일보다 이 일이 더 중요한 것 같아."

솔부엉이도 그 사이 많이 자랐다. 갑수의 말을 재빨리 알아 듣고 물었다.

"그러면 우리가 그 손 접준가 하는 사람도 설득해야 한다는 거야? 같이 싸우자고?"

갑수는 희미하게 웃었다.

"설득? 해 보긴 해야지. 잘 안 되겠지만."

갑수의 예상은 정확했다.

김모종쇠의 설명을 들은 손천민의 첫 마디는 "우리는 이러 한 전쟁을 원하지 않는다."였다.

"같은 편끼리 어쩌면 저렇게 말을 섭섭하게 한대? 참내, 그 러면 누구는 전쟁이 재미있고 좋아서 하나?"

대문을 나서자마자 솔부엉이가 투덜거렸다.

"기가 막혀서! 누구는 하고 싶어서 전쟁을 하느냐고?"

솔부엉이는 계속 구시렁거렸고 갑수와 김모종쇠는 말없이 먼 하늘만 바라보았다.

한 뿌리, 다른 가지

김모종쇠는 속리산 능선을 따라 걸었다. 좁다란 길 양쪽에는 철쭉이 야무지고 단단한 잎사귀를 달고 빼꼭하니 들어차 있고, 마을은 저 멀리 까마득하게 내려다보였다.

이틀 전, 김모종쇠는 갑수, 솔부엉이와 헤어졌다. 그들을 전주성으로 되돌려 보내고 자신은 방향을 경상도 쪽으로 잡아 부지런히 발걸음을 놀리는 중이었다.

호젓한 산길에서 혼자 움직였기에 김모종쇠는 마음 놓고 동학의 주문을 외며 걸었다. 머릿속이 복잡했다.

김모종쇠는 동학교도였다. 그것도 아주 열심인 축에 속했다. 이야기 장수라는 직업이 동학을 널리 알리기에 더없이 좋아서 사당패 수입으로 챙겨 놓은 손바닥만 한 논을 이웃에게 소작을 주고 아예 이야기 장수로 나섰다.

말할 것도 없이 이번 봉기에도 적극적으로 참여했다. 아무 것도 모르는 농민이, 사당패가 함께 일어선 이번 전쟁에 새 세상을 기다리고 한울님을 믿는 동학교도는 당연히 모두 참여해야 한다고 생각했다. 그것을 한순간도 의심하지 않았다.

그런데 그들은 생각보다 훨씬 완강하다. 도대체 어째서 이런 차이가 날까?

"참내, 원!"

김모종쇠는 입맛을 한 번 쩍 다시고는 하늘을 올려다보았다. 갑자기 목덜미가 섬뜩한 느낌이 들었기 때문이었다.

우박이었다. 김모종쇠가 고개를 올리자마자 기다렸다는 듯이 완두콩만 한 우박이 투닥거리며 쏟아져 내렸다. 금세 얼굴이 따끔거렸다.

마침 얼마 떨어지지 않은 곳에서 작은 오두막집을 발견한 것은 참으로 다행한 일이었다.

"계십니까?"

소란스러운 우박 소리에 지지 않으려고 김모종쇠는 목소리를 높였다. 안에서는 아무런 기척이 없었다.

"계십니까?"

이번에는 더 큰 소리를 냈지만 여전히 대답 소리는 들리지 않았다.

우박 알갱이가 점점 더 커지는 모양이었다. 목덜미가 아팠다.

"아, 아무도 없어요?"

김모종쇠는 더 이상 참지 못하고 문을 두드렸다. 그 순간 문짝이 맥없이 열렸다. 풀썩, 마른 먼지가 일었다.

'빈 집인가?'

그래도 밖에 서 있는 것보다는 나을 것 같아 김모종쇠는 얼른 집 안으로 들어섰다. 어느 틈에 옷이 젖었나 보다. 등줄기가 서늘해지면서 거푸 재채기가 나왔다.

자세히 보니 빈 집은 아닌 듯했다. 밖에서 보기와는 달리 방 안은 먼지 한 톨 없이 깨끗이 정돈된 상태였다. 시렁 위에는 이불 한 채가 얌전하게 개켜져 있고, 윗목 구석에는 여우꼬리비가 있다.

김모종쇠는 선 채로 방 안을 훑어보면서 먼지가 가라앉기를 기다렸다. 몸 어딘가에 묻어 있던 미처 녹지 못한 얼음 조각 몇 개가 바닥으로 소리를 내며 굴러 떨어졌다.

'이 방의 주인은 어떤 사람일까?'

시렁 한쪽에 놓인 얄팍한 책들에 눈길을 주면서 김모종쇠는 찬찬히 방 안을 둘러보았다. 외딴 곳에 숨어 살듯 살면서, 구하기 쉽지 않은 여우꼬리비까지 챙겨 놓고 산다. 시렁 위에 얹힌

책 몇 권도 어쩐지 이 방의 분위기와 잘 어울린다. 왠지 심상치 않은 느낌이 들었다.

"뉘시오, 주인도 없는 집에?"

등 뒤에서 들리는 노인의 말에 쨍, 하고 쇳소리가 묻어났다.

"죄송합니다. 산을 넘다가 우박을 만나 잠시 쉬어갈까 해서……, 아무리 불러도 대답이 없으시기에 빈 집이 아닌가 했습니다만……."

김모종쇠는 당혹스러웠다.

"이상한 사람이로군. 빈 집이든 아니든 남의 집에 신발을 신은 채 들어선단 말이오?"

노인의 말에 김모종쇠는 허둥지둥 신발을 벗었다. 노인의 말이 맞았다. 달리 대꾸할 말이 없었다.

"저, 죄송합니다. 저는 단지……."

김모종쇠의 얼굴이 일그러졌다. 노인은 문을 닫았다. 그러고는 책상다리를 하고 앉더니 두 눈을 감았다. 웅얼웅얼 주문을 외기 시작했다. 김모종쇠가 노인이 외고 있는 것이 동학 주문이라는 것을 깨달은 것과, 노인이 눈을 감은 채로 입을 연 것은 거의 동시였다.

"보아하니 우리 교도 같은데 여긴 무슨 일로 왔는가?"

어느 결에 노인의 목소리에는 무시하기 힘든 무게가 실려 있었다.

'누굴까, 이 사람은?'

노인의 말을 귓등으로 흘리며 김모종쇠는 노인의 얼굴을 찬찬히 뜯어보았다. 그러나 짐작조차 할 수 없었다. 노인이 다시 물었다.

"무슨 일로 왔느냐고 묻지 않는가?"

노인은 손짓으로 앉으라는 시늉을 했다.

"일은 무슨 일, 저는 그냥 산을 넘어가고 있었을 뿐입니다."

김모종쇠는 비로소 엉거주춤 자리에 앉았다.

"혹시 자네가 전봉준이 보낸 사람 아닌가?"

노인은 존칭을 생략하고 '전봉준'이라고 말했다.

"예?"

어지간한 일에는 놀란 표정을 드러내지 않는 김모종쇠였지만 이번 일은 정말 예외였다.

"손 접주의 연락을 받았네. 이러이러한 사람이 전봉준의 심부름을 하러 다닌다고. 그 곳에도 다녀왔다면서?"

"예, 그렇기는 합니다만. 어르신은……."

누구냐고 묻고 싶은데 차마 입이 떨어지지 않아서 김모종쇠는 말꼬리를 흐렸다. 그러한 김모종쇠의 속을 들여다보기라도 한 듯 노인이 빙긋이 웃으며 눈을 떴다.

"난 동학 교주 최시형의 오랜 친구일세. 마음을 터놓고 지내는 동지이기도 하고. 굳이 내 이름을 알고 싶은가?"

"아, 아닙니다."

김모종쇠는 자세를 고쳐 앉았다.

"사실 이 곳은 내 집이 아닐세. 한동안 신세를 지고 있을 뿐이지. 편히 앉으시게. 곧 이 집 주인이 돌아올 거야."

노인의 말이 끝나기를 기다렸다는 듯이 인기척이 들렸다. 건장한 청년이 성큼 들어섰다.

"손님이 계시면 저는⋯⋯."

무심코 집 안에 들어서다 김모종쇠를 발견한 청년은 바로 되돌아 나가기라도 할 듯한 자세로 고개를 숙였다.

"허허, 무슨 말을⋯⋯. 손님이 주인장을 밖으로 내몰다니 그런 법도 있는가?"

노인은 쭈뼛거리는 청년을 자리에 앉혔다.

"그래, 간 일은?"

청년이 대답을 머뭇거리자 노인은 다시 한 번 허허, 웃었다.

"괜찮네. 이 사람도 동학교도야. 아, 물론 우리와 조금은 생각이 다른 듯하네만."

노인의 말에 청년은 비로소 입을 열었다.

"지금 남접군의 사기는 하늘을 찌를 듯하다고 합니다. 황토재에서도 이기고 황룡천에서도 이긴지라 무서운 것이 아무것도 없다고 저희끼리 흰소리를 하는 남접군이 꽤 있다고 합니다.”

‘흰소리?’

김모종쇠는 청년의 말투가 마음에 들지 않았다. 그런 김모종쇠의 마음을 읽기라도 한 듯 노인이 물었다.

“그래, 자네 생각은 어떤가? 물론 이 썩은 세상이 바뀌어야 한다는 생각은 나도 하네. 하지만 지금이 무기를 들고일어나 전쟁을 벌여야 할 때라고 생각하는가?”

“삼십 년 간 어렵게 어렵게 이끌어 온 교단이 하루아침에 무너질지도 모른다는 걱정은 젖혀 두고라도 수많은 사람이 피를 흘리지 않겠는가?”

노인의 표정은 흔들림이 없었다.

“싸움에서 이길 승산을 말씀하시는 것입니까?”

이번에는 노인이 대답하지 않았다.

“물론 쉽지는 않으리라고 생각합니다. 피를 많이 흘린다고 새 세상이 오겠습니까? 그러나 우리가 할 수 있는 몫만큼은 조금씩이라도 이루어 가야겠지요. 그것이 전쟁이든, 기도든……. 저는 배운 것이 없어 잘 모릅니다만 동학의 가르침은 ‘사람은 곧 하늘이다.’ 라는 것이 아닌지요. 사람이 하늘처럼 섬김을 받고 사는 세상……, 그런 세상이 저절로 오겠습니까?"

목소리가 저절로 떨려 나왔다. 김모종쇠는 지금 자기가 마음 속에 있는 말을 잘하고 있는지 걱정스러웠다. 노인이 말을 받았다.

"그럼 전쟁을 통해서만 온다는 말인가?"

김모종쇠는 대답 대신 노인의 얼굴을 바라보았다.

노인은 한참 만에 다시 입을 열었다.

"물론 저절로 오지는 않겠지. 도인 한 사람 한 사람이 움직여야겠지. 그러나 그 움직임이라는 것이 전쟁이 아닐 수도 있잖은가? 동학 정신이 사람 가슴마다에 씨를 뿌리고 열매를 맺으면……. 그 땐 이미 우리는 새 세상, 개벽 세상에 있겠지."

김모종쇠는 가슴이 답답해졌다. 신발을 신은 채 가려운 발등을 긁고 있는 듯한 느낌. 꼭 그런 느낌이 들었다. 더 이상 말하고 싶지 않았다.

"예, 그렇겠지요."

김모종쇠는 말을 마치고 천장에 눈길을 주면서 전봉준 장군 부대로 빨리 돌아가리라고 마음을 바꿔 먹었다. 우박 소리는 여전했다.

전주 성문도 활짝 열리고

장이 서기 전부터 서문 밖을 어슬렁거리던 끝돌이 아버지는 그림자처럼 스며들어 동네 여기저기에 불을 지르고 다니는 사람들을 보았다. 한동안 비 구경을 하지 못한 터였다. 불길은 순식간에 번져 나갔다.

"어어?"

자세히 보니 불을 지르고 다니는 사람들은 관군이 분명했다. 금방 싸개통이 벌어졌다.

"아아니, 이놈들이? 불은 왜 질러!"

마을 사람들은 정신없이 달려들어 관군을 붙잡고 늘어졌다.

"이거 못 놔? 헐 수 없어. 명령이닝께!"

관군들은 달려드는 사람에게 무지막지하게 방망이를 휘둘렀다. 마을 사람들은 코피가 터지고 이마가 깨졌다.

"야, 이놈들아! 차라리 우리를 쥑여라. 감사가 뭣 땜시 갑자기 고런 미친 명령을 내린단 말잉가!"

마을 사람들은 죽기 살기로 매달렸다.

"아, 참말이여! 시방 농민군이 밀려 올 틴디 이 집을 내삐려 두면 지붕 위에 올라가서 총질을 헐 게 아니냔 말여!"

관군들은 이제 불 놓는 것을 말리는 동네 사람에게 총까지 겨누었다.

"물러서!"

여기저기 몸싸움이 벌어지는 중에도 불길은 점점 커졌다.

시뻘건 불길은 혀를 널름거리며 괴물처럼 모든 것을 삼켜 버렸다. 구름 기둥처럼 솟구쳐 오르는 시커먼 연기, 코끝을 찌르는 매캐한 냄새…….

끝돌이 아버지는 그 불지옥 속에 넋이 나간 사람처럼 서 있었다. 온 나라에 파다하게 퍼진 농민군의 소식을 듣고 끝돌이 아버지는 용기를 냈다. 농민군 대장이 한동네에 살던 전봉준 훈장이라고 했다. 거기 가면 어찌 됐든 살 길이 열리지 않으랴. 모여든 사람 모두에게 밥을 지어 먹인다던데, 한동네에 살던 정을 생각해서라도 굶기지는 않을 것 아닌가? 다랑논 한 마지기 없는 가난한 고향이었지만, 그나마 고향을 떠나고 나니 사는 일이 죽기보다 더 무섭고 고단했다. 자식들 거느리고 살아 낸다는 일이 정말 힘겨웠다. 아이들에게까지 온갖 궂은일을 다 시켜 보았지만 도무지 먹고살 수가 없었다.

'붙잡고 통사정을 하면 설마 굶어 죽게 버려두기야 할라구?'

수십 수백 번을 이렇게 중얼거리며, 끝돌이 아버지는 온 가족을 끌고 농민군을 찾아 나섰다. 한돌이는 열아홉 살, 두돌이는 열일곱 살, 끝돌이는 열한 살, 끝순이는 일곱 살, 끝끝돌이는 다섯 살이었다. 그런데 어렵게 어렵게 도착한 전주성이 이 모양이다.

"야, 네놈은 또 뭐여?"

누군가가 방망이로 끝돌이 아버지의 어깻죽지를 오달지게 내리쳤다.

'윽!'

끝돌이 아버지는 반쯤 돌아서다 그 자리에 주저앉아 버렸다. 관군이었다. 관군은 흥분한데다 불길에 달아오르기까지 해서 모두 얼굴이 벌겋게 익었다.

"뭐야, 이놈은? 왜 멍청허게 서서 불구경을 허고 있는 것이여? 이놈 이거 농민군 첩자 아니랑가?"

첩자라는 말에 끝돌이 아버지는 정신이 번쩍 들었다.

"아, 아니랑께요. 처, 첩자라니……."

그뿐, 끝돌이 아버지는 갑자기 가슴이 꽉 막혀서 입이 벌어지지 않았다.

"아니긴 뭣이 아녀? 이놈 얼굴 질리는 것을 봉께로 참말 수상허네!"

"그러게 말여. 무신 찔리는 구석이 있는 모양일시!"

"긴 말 헐 거 뭐 있어? 끌고 가!"

성질 급한 사팔눈이 끝돌이 아버지를 묶었다.

"아, 아니."

"아, 시끄러! 안이구 밖이구 헐 말 있으면 가서 혀!"

뱁새눈은 방망이로 어깻죽지를 다시 한 번 매몰차게 내리쳤다.

전주성을 향해 달리던 농민군은 갑작스레 치솟는 불길 앞에서 장승처럼 우뚝우뚝 섰다. 평화롭게 장이 서야 할 전주성 서문 밖이 온통 불바다다.

"쥑일 놈…… 김문현이를 잡아라. 감사 김문현이를 잡아!"

도리깨를 들고 달려 나오던 노인이 숨을 몰아쉬다가 제풀에 쓰러져 버렸다.

앞장을 섰던 털복숭이가 노인을 안아 일으켰다.

"김문현이라는 놈이 불을 지르라 혔다는디. 농민군이 지붕 위에 올라가서 성 안에 총질을 헌다고. 고렇다고 애먼 집에 불을 냐? 내 이놈을 찾아서 지옥꺼정 같이 갈 꺼여. 이 썩을 놈!"

노인의 얼굴이 푸들푸들 떨렸다.

말이 퍼지자 영문을 모르고 웅성거리기만 하던 농민군 얼굴에 대번 핏발이 섰다.

"관리가 그만 일로 멀쩡한 집에 불을 놔?"

"생짜배기로?"

"참말로 길길이 뛰다 복장 터져 죽을 일이구마. 아, 이 서문 밖에 집이 한두 채여? 자그마치 천여 채여, 천여 채!"

불길을 그치게 할 방법이 없었다. 그 천여 채의 집을 휘둘러 태우는 불길이 너무나 맹렬해서 도무지 손을 쓸 수가 없었다.

지붕이 우지끈 내려앉기 시작했다. 벽이 무너지고 담이 넘어졌다.

불타는 집 안으로 뛰어들려는 사람과 그것을 말리는 사람 사이에 난장판이 벌어졌다.

땅을 치고 통곡을 하는 사람, 넋 나간 듯 줄줄 눈물만 흘리는 사람, 고래고래 악을 쓰는 사람…….

막동이는 선 채로 하늘을 올려다보았다.

'이건 정말 해도 너무한다. 이런 썩어 빠진 세상에서 내 앞가림만 하겠다고 나서도 되는 것일까? 정말 그래도 죄받지 않을까?'

쿵중!

다그르르…….

갑자기 건너편 용머리 고개에서 대포 소리가 터지며 밭은 총 소리가 뒤를 이었다. 농민군은 꺼멓게 남은 잿더미 위에 쓰러지기도 하고, 아직 덜 사윈 불기를 발로 밟아 꺼 가며 포를 피해 다니기도 했다. 팔 물건을 지고 나온 장꾼과 서문 밖 거주민, 농민군이 뒤죽박죽 섞여 버렸다.

그 때 기운찬 징 소리가 울렸다.

누군가가 소리쳤다.

"신호가 왔다! 성문이 열린다!"

"성 안으로 가자!"

모두 주먹을 불끈 쥐었다.

"성 안으로 가자!"

장작을 지고 나온 장꾼은 장작더미에서 실팍한 장작 하나를 꼬나 쥐었다. 옹기장수는 옹기 짐을 벗어 버렸다. 대장장이는 어느 틈에 새로 벼린 칼을 죽창 끝에 묶어 들었다.

밀물 같았다. 전주성을 향해 밀고 들어가는 사람의 대열에는 농민군, 장꾼, 거주민이 따로 없었다. 그냥 파도일 뿐이었다. 끝없이 이어지는 성난 물결일 뿐이었다.

"워쳐케 성문이 저절로 열리는 것이여?"

북어쾌 몇 개를 등에 진 채 영문도 모르고 소용돌이에 휩쓸려 성 안으로 들어가던 사람이 물었다.

"오메, 안직도 뭐가 뭔지 모르는 요런 사람도 있구만이라!"

살짝곰보가 픽 웃었다.

"아따, 이 사람! 요것이 무신 거적문이다요, 저절로 열리게? 다 우리 펜 사람이 미리 가서 지름칠을 헌 것이제."

퉁방울눈이 어이없는 얼굴을 했다.

"우리 펜?"

"하이고매, 답답혀라. 아, 당신 시방 하늘 나라에서 뚝 하니 떨어졌소잉? 요판이 으떤 판인지 도무지 몰라라? 아, 저리 쪼깨 비키드라고! 횡허니 달려가서 얼릉 선화당을 말끔히 치워 놔야 헝께로!"

퉁방울눈은 북어를 진 사내를 오른팔로 슬쩍 밀어 내면서 뒤따라오는 매부리코에게 눈짓을 했다.

"내 뒤에 바짝 따라붙으소. 자, 가장께로!"

퉁방울눈은 빼꼭하게 들어 찬 군중 사이를 비집으며 내달았다. 칼이며 창을 든 사내 수십 명이 퉁방울눈을 뒤따랐다.

관군 몇 명이 우왕좌왕하고 있을 뿐 성 안은 이미 텅텅 비었다.

"전라 감사를 잡아라!"

성 안을 뒤지는 농민군의 외침이 여기저기에서 울렸다.

"뭔 일이랴? 이러다 천지가 개벽하는 새 시상이 참말로 오는 것인가?"

북어를 등에 진 사내가 어릿어릿 주위를 둘러보며 중얼거렸다.

회오리치듯 밀어닥치던 사람들 물결이 한소끔 가라앉은 다음에야 나팔 소리와 함께 농민군 본대가 서문 쪽에 나타났다.

"와아!"

"와아!"

농민군의 움직임에 따라 길이 열렸다. 군중이 소리를 질렀다. 은강이를 어깨에 얹은 복룡이가 여전히 농민군 맨 앞에 섰다. 날라리패, 기수, 고수가 차례로 뒤를 이어 걸었다.

깃발이 푸르르 날리고 길군악이 울렸다.

"어어?"

아버지를 찾아 나왔다가 농민군을 만난 한돌이와 두돌이가 거의 동시에 소리쳤다.

"은강이 아녀?"

은강이는 불안했다. 복룡이가 온몸을 부들부들 떨고 있기 때문이었다. 그 떨림이 고스란히 은강이에게 전해져 왔다. 불길이 휩쓸고 지나간 자리를 바라보던 복룡이 눈빛이 자꾸만 마음에 걸렸다.

사실 불길이 훑고 지나간 자리는 끔찍했다. 지진이 나기라도 한 듯 집들은 온통 무너져 내렸고 나무엔 푸른 기운이 남아 있지 않았다.

불길이 사그라든 한참 뒤까지도 가느다란 연기가 피어났고 달구어진 기왓장이 뒤늦게 툭, 투둑, 튀어올랐다.

농민군 대열이 서문 바로 못 미친 곳까지 왔다. 이제는 정말 은강이가 농민군을 지휘하기 시작해야 할 때였다.

그 때 재가 을씨년스럽게 날리는 빈 뜨락에서 앓는 소리를 내며 웅크리고 있던 강아지 한 마리가 비척비척 은강이 일행 쪽으로 다가왔다. 난 지 한 달도 채 지나지 않은 듯한 조막만 한 그 강아지는 길가까지 바짝 나와서 낑낑거렸다. 발에 채일 지경이었다.

"어이! 어이!"

농민군은 강아지를 쫓아 버리려고 했다. 강아지에게 눈길을 돌릴 만큼 눈앞의 풍경이 한가롭지 못했기 때문이었다. 그러나 강아지는 꼼짝도 하지 않았다.

강아지는 재를 온통 뒤집어써서 원래의 털 색깔을 알아볼 수 없을 지경이었고, 꼬리는 불에 그을려 발갛게 맨살이 드러나 있었다.

은강이 뒤를 따라오던 농민군이 하는 수 없이 강아지를 안아 올렸다. 이런 참상이 어찌 강아지뿐일까. 일행은 약속이라도 한 듯 애써 눈길을 돌리며 저절로 새어 나오는 한숨을 삼켰다. 행군은 계속되었다.

길군악이 울리기는 했지만 농민군의 표정은 돌처럼 딱딱했다. 길가에 늘어선 군중의 외침도 여느 곳과 달랐다.

"우우."

전주성 사람들이 내는 소리는 상처 입은 채 쫓기던 짐승이 죽음을 각오하고 적을 향해 돌아서며 지르는 으르렁거림 같았다. 그 사이 사이에 '김문현'이란 이름이 옹이처럼 박혀 있었다. 그러나 김문현은 이미 도망을 친 뒤였다.

서문에서 선화당까지는 그리 멀지 않았다. 싱거우리만큼 아무런 저항도 없었다. 미리 와서 자리를 잡고 있던 선발대는 청소까지 마쳐 놓고 농민군 지도부를 맞았다.

전봉준은 선화당에 자리를 잡고 앉자마자 맨 먼저 사사로운 보복을 엄격하게 금한다는 방을 붙였다. 일부 농민군이 지도부의 지시에 따르지 않고 제멋대로 양반, 벼슬아치에게 분풀이를 하기 때문이었다.

그 다음에는 창고를 헐어 곡식을 나눠 주었다. 무기고와 감옥 문을 열어 젖혔다. 한편으로는 사대문 안팎에 농민군을 배치하여 관군의 공격에 대비했고, 한편으로 전주 전보국을 점령했다. 그러고 나서 성 안의 부녀자를 모두 한 곳으로 모이게 했다.

"근디, 뭔 일이랴?"

광대뼈가 불거져 나온 아낙이 눈을 동그랗게 떴다.

"그렇게 말여. 인자부텀은 여자도 남정네맹키로 쌈허게 되능거랑가?"

아이를 가진 듯 배가 봉긋한 여인이 걱정스레 말을 받았다.

"아따! 우리덜이 뭔 쌈을 허겄소? 다른 일이 있겄제……."

"아, 정 급허면 혀야지 워째. 임진년 난리 때 행주산성인가에서는 여자가 모다 나섰다드만. 치마에 돌을 날라다 성 밖으로 굴리고, 펄펄 끓는 물을 쏟아 붓고."

민들레 어머니가 끼여들었다.

"허지만도 그 때랑 시방은 쪼깨 다르지 않은감유? 그 때야 어찌 됐든 일본놈헌티서 성을 지켜야 혔지만 시방은 여그 전주성에서 오래 어물거릴 것이 아니라 한양으로 훨훨 날개 돋친 듯이 쳐 올라가야 헐 턴디."

앳된 처녀가 보기보다 당찬 소리를 했다.

"허긴…… 우리 영민이 아부지헌티 들은 얘긴디, 우리 애 아부지가 농민군 대장이라, 조정의 벼슬아치가 군대를 재정비하기 전에 하루라도 빨리 쳐 올라가야 헌다는디. 전봉준 장군은 무신 생각을 허시는지. 게다가 인자 모도 내고 보리도 베야 헐, 질 바쁜 철이 코앞에 딱 맞닥뜨렸는디."

똥똥한 아낙이 미처 말을 끝내기도 전에 옆에 서 있던 처녀가 아낙의 옆구리를 찔렀다.

"저것이, 시방 노놔 주고 있는 저것이 뭐시랑가요?"

처녀 아이가 고개를 쭉 뺐다.

"포목 아녀요?"

"참말 그렇네. 근디 갑자기 웬 포목이랑가?"

아기 업은 아낙이 고개를 갸웃거렸다.

"농민군 옷을 지으랍니다."

앞에 섰던 아낙이 뒤를 돌아보며 조그맣게 말했다.

"농민군 옷?"

"아, 지금 때가 어느 때요? 거진 여름이 다 돼 가고 있잖은 감? 그란디 보다시피 농민군 남정네가 입은 옷은 쌈터에 나올 때 지어 입은 두꺼운 것 아녀라?"

"아따, 참말 그렇네! 어째 우리는 고기까지 생각을 못 혔을까, 속도 없이? 밥만 축내고 따라댕기맨시로 모다 지들만 가벼운 옷으로 갈아입었어야?"

민들레 어머니가 아낙들을 둘러보며 픽 웃었다.

"고런 생각 아무나 헌당가요?"

"그랑께 지금 우리 여자들 보고 밥값을 허라고 허는 말인 모양인디……."

뚱뚱한 아낙이 팔을 걷어붙였다.

"혀야지. 백 번 천 번이라도 혀야지."

"하다마다. 휘닥닥 지어서 산뜻허니 갈아입히자닝께. 힘이 뻗쳐서 허는 쌈마다 이기게스리."

그 때 어머니인 듯한 아낙이 처녀의 옆구리를 찌르며 큰 소리로 말했다.

"이것아, 옷 잘 맹글어! 그 옷을 어떤 총각이 입을 줄 알어? 정성으로 한 땀 한 땀 옷을 지어 입히면 귀신도 피해 간다는디……. 누가 알어? 그 덕에 살아나서 나중에 니 서방이 될지."

아무도 웃지 않았다. 대신 아낙들은 자기 몫의 포목을 가만히 끌어안았다.

흔들리는 사람들

끝돌이 아버지는 놓여났다.

농민군 첩자로 몰아 끝돌이 아버지를 끌고 다니며 전주성 서문 밖을 온통 분탕질 치던 관군은 곧바로 밀고 들어온 농민군에게 고스란히 잡혔다. 도망칠 시간을 놓친 때문이었다. 덕분에 끝돌이 아버지는 자연스레 농민군에 들어가 자식들을 불러들였다.

농민군이 전주성을 차지한 다음 날부터 초토사 홍계훈과 접전이 시작되었다. 세 번에 걸친 공방전에서는 뚜렷한 승패가 나지 않고 시간만 흘러갔다. 홍계훈이 막강한 화력을 아끼지 않고 써 댔기 때문이었다.

"우리 농민군은 무조건 이기기만 허는 줄 알았는디?"

이렇게 말하면서 심각한 표정을 짓는 사람이 생기기 시작했

다. 게다가 홍계훈은 무지막지하게 힘으로만 밀고 나오는 것도
아니었다.

**너희는 나라의 백성으로서 전봉준의 꼬임에 자기도
모르는 사이에 빠져 여기까지 왔으니 안타깝도다……
전봉준을 잡아다 바치는 자는 상을 내리고 모든 것을
용서해 주겠노라.**

며칠 전부터 홍계훈은 이런 글을 성 안 곳곳에 뿌려 댔다. 농
민군 진영은 조금씩 술렁거리기 시작했다. 그 술렁임에 기름을
부은 것은 잡힌 관군 중에 청나라 군인이 섞여 있다는 사실이
었다.

"청나라가 집안 싸움에 끼어들려는 것 아녀?"

"그라믄 우린 청나라하고도 싸워야 허나?"

끝돌이 아버지도 내내 마음이 편치 않았다. 자식들 배나 곯
리지 않겠다고 싸움터에 발을 들여놓았다. 그게 과연 잘 한 일
일까? 아차, 하는 날에는 온 가족이 떼죽음을 당할 판이었다.

5월 3일, 가뜩이나 뒤숭숭하던 판에 선봉장이었던 아이 장
수 이복룡이가 죽었다. 전봉준은 허벅지에 총상을 입었다. 전
주성을 둘러싼 네 번째 싸움에서였다.

'녹두 장군이 총에 맞았다!'는 곧바로 '녹두 장군도 총에 맞는구나!'로 바뀌었다.

순식간이었다.

이제 농민군 진영은 눈에 띄게 흔들리고 있었다.

"인자 봉께로 그 어른이 도술을 부려서 총알이 피해 간다는 것이 말짱 헛소리였는가벼!"

"글씨, 요새는 계속 우리 쪽 사람들만 뻥뻥 나가떨어지지 않는가 말여. 황학대에서도 그랬고 완산주봉에서도 그랬고. 어째 기분이 이상스럽다니께. 꿈자리도 뒤숭숭허고."

"그려. 아이 장사 이복룡이가 죽었다는 소리를 들으닝께 참말 맴이 아프대. 덩치만 컸지 눈빛을 보니 순한 송아지더만. 쯧쯧, 시상을 잘못 만나서⋯⋯."

"아, 시상을 잘못 만난 게 어디 그 아이뿐인가? 그나저나 우리는 인자 어찌 혀야 허는 것이랑가?"

"아닌 게 아니라 고것을 좀 깊이 생각혀 봐야 쓰것어. 좋은 시상 맹글자고 앞뒤 생각 없이 뿌르르 들고일어나긴 혔어도 요즘 돌아가는 판세가 수상쩍어 만약에 말이여, 만약에, 참말 농민군이 덜컥 져 버리기라도 헌다면⋯⋯ 그 땐 어찌 되는 것이여?"

"아따, 목소리 낮춰! 설마 그러기야 허겠는가? 그렇게 되면 조선 백성 모다 떼죽음이 날 틴디, 아무려면 하늘이 고로코롬 무심허실려고. 아이 장사 이야기만 혀도 그려. 김봉득이가 어제 왔다잖은가? 이복룡이 못지않은 장사가 또 나타났다니께!"

"아이 장사라니?"

"아, 왜 있잖어? 금구인가 어디에서 일어났다는. 말도 잘 타고 칼도 잘 쓴다고 혀서 우리가 이복룡이허고 쌈 한번 붙어 보면 어찌 되겠느냐고 우스갯소리도 허고 헌 그……, 여그 소식을 듣고 우리헌티 힘을 보탠다고 찾아왔다는구만."

맥이 풀리고 온몸의 기운이 쭉 빠져서 앉아 있을 수조차 없었다. 은강이는 초저녁부터 헌 옷가지로 얼굴을 뒤집어쓰고 드러누워 버렸다. 복룡이 형은 죽고 전 장군과 충근이 아제는 다 쳤다. 수없이 많은 사람이…….

끝돌이가 수저를 내려놓으며 속삭이던 이야기가 귓가를 뱅뱅 돌았다.

"우리 식구, 정말 안 해 본 일이 없어. 도둑질도 해 봤으니까. 그래도 배불리 먹어 본 적 없었어. 그런데 여기 와서 창자가 터지게 밥 한번 먹어 봤다니까. 아, 이제 살 것 같아!'

씨익 웃는 끝돌이 눈가에 얼핏 스치는 물기를 은강이는 똑똑히 보았다.

처음이 아니었다. 농민군에 와서 난생 처음 밥을 배부르게 먹어 보았다는 말을 들은 것이 세 번째였다. 주먹상투를 한 아저씨, 복룡이 형, 끝돌이.

그런데 이제 이 곳에도 쌀이 얼마 남지 않았다고 했다.

"아이 장사라고 힘쓰는 일은 모두 내 차진데, 밥덩어리는 항상 아이들 주먹만 하니……."

밥 먹은 뒤에도 냉수를 서너 바가지씩 마신다는 복룡이 형.

형이 죽었다.

'모두 사람이 아니라는 말인가?'

은강이는 그 가진 것 없는 백성에게서 약탈을 해 가고 함부로 불을 지르고 하는 벼슬아치들을 보고 그렇게밖에 생각할 수가 없었다.

"그렇다면 어째서 이 나라의 벼슬아치들은, 양반들은, 이렇게 짐승보다 못한 짓을 하는 겁니까? 어째서요? 모두 미쳤나요, 한꺼번에?"

복룡이를 땅에 묻고 나서 은강이는 다리를 다쳐 누워 있던 전봉준에게 울며 몸부림쳤다.

"복룡이 그 자식, 하는 짓이 수상쩍더라니까! 꼭 죽지 못해 안달이 난 놈 같더라구. 대포가 펑펑 터지는데도 피할 생각이 없어. 그러고도 안 죽으면 그게 이상한 거지. 꼭 앞이 안 보이는 놈처럼 미친 듯이 달려들더라구!"

막동이의 말이 아니더라도 짐작이 가는 일이었다.

'관군이 무턱대고 불을 지르는 꼴만 안 보여 줬어도 복룡이 형이 그렇게까지는 안 했을 텐데. 태수 형 죽은 지 며칠 되지도 않았는데 또 그 꼴을 보았으니…….'

은강이의 울부짖음을 듣고 전봉준은 눈을 감았다. 양미간에 세로로 깊은 주름이 새겨졌다. 한참 만에 눈을 뜬 전봉준은 천천히 말문을 열었다.

"물론 이 나라가 처음부터 이 지경이었던 것은 아니다. 이렇게까지 된 데는 복잡하리만큼 많은 이유가 있겠지. 어찌 됐든 사람이 사람답게 살 수 없다는 것은 정말 고통스러운 일이다. 그런 세상은 바뀌어야만 해. 정치는 썩을 대로 썩었고, 바른 말을 하고 본을 보여야 할 선비들은 제각기 나뉘어서 낡은 생각만 앞세우며 세력 다툼에 시간을 다 보내고……. 게다가 우리가 원치 않는 외국 세력은 기회만 생기면 우리를 넘보고, 등쳐먹고."

전봉준의 목소리는 착 가라앉았다.

"모두가 불안하기 때문이겠지. 정치가 엉망이니 나라 안이 온통 불안하고, 그러니 믿을 것이라고는 아무것도 없는 거지. 어쩔 수 없이 기회만 생기면 내 몫을 챙길 수밖에. 어떻게든 돈이라도 긁어 놓아야 살아남을 수 있을 테니까. 염치고 체면이고 양심을 돌아볼 여유가 없는 거지. 조금이라도 힘 있는 사람은 그 힘을 열 배, 백 배 발휘해서……."

그래서 농민군이 일어났고, 싸워야 한다는 것이었다. 싸워이겨야 한다는 것이었다. 그러나 은강이는 와락 무서운 생각이들었다.

'이러다가 새 세상이 오기 전에 모두 죽어 버리는 것이 아닐까?'

잠이 오지 않았다. 수군대던 사람들은 모두 밖으로 나간 모양이었다. 은강이는 신경질적으로 벌떡 일어나 앉았다. 억지로청한다고 잠이 올 리가 없다는 생각이 들었다.

장막 밖에서도 잠이 달아난 사람들이 삼삼오오 모여앉아 수런거리고 있었다. 막동이는 그 사람들 틈에 말없이 끼어 앉아있었다.

"그랑께 거의 처음부터 전투에 참가혀서 매번 이기기만 허던 사람들이 앞장서서 나갔는디도 와장창 깨져 버렸다는 이야기 아녀, 시방?"

주부코가 굳은 얼굴로 둘러앉은 사람들 얼굴을 훑어보았다.

"그렇다닝께. 우리맹키로 뒤늦게 따라붙은 사람에 비허면월매나 쌈을 잘허나 말여. 아주 여러 번 경험도 있고. 무기도쌈터에서 뺏아 놔서 우리보담 훨씬 안 나은가? 그란디도……."

코찡찡이가 버릇대로 콧마루를 찡긋거리며 말꼬리를 흐렸다.

"게다가 듣자닝께 그 홍계훈이란 작자가 고을마다 포수들을 모조리 긁어모아 몇 백 명을 만들고 있다는디."

토끼눈이 한숨을 내쉬었다.

"포수라고라?"

"그려. 포수말여, 포수. 짐승 잡는 포수. 평생을 총질로 밥을 벌어 온 포수 몇 백 명이 관군 쪽에 힘을 보태면……."

"시방, 고깟 것이 문제가 아니라닝께."

곱슬머리가 한숨을 내쉬었다.

"청나라가 오고 있단 말여, 청나라가."

모두 입을 다물었다. 막동이는 갑자기 찬물을 뒤집어쓴 듯 등줄기가 서늘해지는 것을 느꼈다. 마침 은강이가 지나가는 것이 보였다.

"야, 은강아!"

일어설 핑계를 찾지 못하던 막동이는 얼른 은강이 뒤를 쫓았다.

"잠이 안 와서 스님한테나 가 보려구……."

은강이는 말꼬리를 흐리며 희미하게 웃었다.

열한 살이라는 어린 나이를 전쟁터 한복판에서 보내면서 수 없이 많은 죽음과 좌절을 본 은강이의 표정을 보자, 갑자기 막동이는 날카로운 칼끝을 가슴에 받은 느낌이었다. 막동이는 아무 말 없이 한쪽 팔로 은강이의 어깨를 감싸 안았다.

따스한 체온이 가만히 전해졌다.

'난 무서워, 무섭단 말야!'

눈물이 나올 것 같아 어금니를 깨물면서 은강이는 속으로 외쳤다.

조르고 졸라서 겨우 싸움터에 섰다.

처음엔 날아갈 것 같았다. 특히 함평을 점령할 때의 기분은 말할 수조차 없을 만큼 기뻤다. 그러나 그 뒤에 들려오는 소문들이 마음을 무겁게 했다.

신동이라는 둥 하늘이 낸 병법의 천재라는 둥. 어떻게 해서 그런 말이 떠돌게 됐는지는 알 수 없지만 두렵고 부담스러웠다. 그나마 농민군이 신나게 이길 때는 괜찮았다. 솔직히 말하면 으쓱한 기분이 들 때조차 있었다.

그러나 총알도 피해 간다고 믿었던 전봉준도 부상을 입은 지금, 사람들이 자기를 어떻게 생각할까 겁이 났다. 죽음이 너무 가까이에 있다는 사실도 새삼스레 무서워졌다. 가까운 사람들이 하나하나 곁을 떠나고 있다.

어쩌면, 어쩌면 이 전쟁에서 농민군이 질지도 모른다. 만에 하나라도 그렇게 된다면, 처음으로 그런 불길한 상상을 하면서 은강이는 몸을 떨었다.

전봉준이 총에 맞았다는 사실을 알고 막동이는 이제 이 곳을 떠날 때가 되었다고 생각했다. 전쟁터에서는 누구든 부상을 당할 수 있다.

아니, 부상쯤은 아무것도 아니다. 한나절 뒤에 살아 있을지 어떨지를 아무도 장담할 수가 없다. 그런데 전봉준이 부상을 당했다는 사실에 모두 지나치게 호들갑을 떨고 있다.

그랬다. 막동이는 처음에 그것이 단순한 호들갑이라고 생각했다. 그런데 가만히 보니 그게 아니었다.

'그렇다면 이 사람들이 정말 믿고 있었던 모양이구마. 전봉준이 하늘을 날고 비를 부르며 총알이 피해 가는 도술을 부린다고.'

막동이는 기가 막혔다. 그런 맹목적인 믿음은 한 번 어긋나기 시작하면 끝장이다. 그런 위험한 곳에 뿌리를 두고 이 엄청난 일을 벌이다니……. 막동이는 별안간 전봉준이란 사람을 도무지 알 수 없다는 느낌이 들었다.

그 때 문득 주위가 소란스러워졌다.

"아, 뭣 땜시 못 나가게 허는 것이여? 무신 권리로?"

약이 잔뜩 오른 목소리가 고래고래 고함을 쳤다.

"권리? 이 양반 말씀 잘허시네. 이것 좀 보드라고. 여그 올 때는 댁네 맘대로 왔지만, 갈 때는 고로코롬 안 되는 것이여."

대답하는 소리도 날이 섰다.

"워째서? 워째서 안 된다는 거여? 내 맘대로 시작헌 농민군 노릇 내 맘대로 집어친다는디 어느 놈이 말이 많어?"

"집어쳐? 누구 맘대로 집어쳐?"

"내 맘대로다, 왜?"

"아이고, 이 양반아. 누군 목숨 안 아깝고 뒷목이 안 땡겨서 도망 안 가고 남아 있는 줄 알어? 사내 자식이 한 번 뜻을 세웠으면 죽기 전꺼정은 그려도 한번 온 힘을 다 혀서 매달려 봐야지. 그래, 고만 일에 꽁지를 내리고 도망을 쳐? 이리 오쇼. 당신 겉은 양반은 크게 창피 한번 당혀야 혀!"

불안감은 전염병처럼 놀라울 정도로 빨리 옮는 모양이다. 이 사람처럼 도망치려다 잡힌 사람이 벌써 여러 명이었다.

은강이와 막동이가 밤중에 들이닥치자, 긍휼은 붓을 든 채 아는 척을 했다.

"어서 오너라. 그런데 웬일이냐, 갑자기?"

은강이의 기분을 짐작하면서도 긍휼은 담담하게 물었다.

"그냥……, 그런데 뭘 하세요?"

긍휼이 쓰고 있던 것을 힐끔거리며, 은강이가 물었다.

"으응, 잘못된 법을 고쳐야 하지 않겠느냐? 그래서 그 초안을 잡아 보려고."

"봐도 돼요?"

건성으로 물으며 초안을 들여다보던 막동이는 정신이 번쩍 들었다. 백정에 관한 이야기가 있어서다.

'천민의 대우를 개선하고 백정의 머리에 씌우는 패랭이를 벗게 할 것.'

그 앞뒤로 탐관오리를 없앨 것, 노비 문서를 태워 버릴 것, 청춘과부의 재혼을 허락할 것, 토지를 기준대로 나누어 경작할 것 등의 놀라운 사항이 많이 있었지만 막동이한테는 백정 이야기가 가장 먼저 눈에 띄었다. 이럴 때 작은아버지 말을 듣고 글이라도 깨쳐 둔 것이 얼마나 다행인가 하는, 생각이 들었다.

처음 그 문안을 본 순간, 막동이는 정말 고맙고 반가운 생각이 들었다. 가슴이 뛰었다. 그러나 그것도 잠시일 뿐 기가 막혔다.

'도대체 이 사람들은 어떻게 생겨먹은 사람들인가? 농민군의 사기는 순식간에 땅에 떨어지고 도망병이 심심찮게 생겨나고 있는 판에 뭐? 고쳐야 할 법의 초안을 만들어?'

빈대 잡자고 초가삼간을

"아시지요? 한양에서 청나라 군대를 정식으로 불러들인 걸?"

갑수의 첫마디였다. 전봉준은 무겁게 고개를 끄덕였다.

김모종쇠와 헤어져 충청도와 전라도 일대 나머지 지역에 격문을 전하고 돌아오던 솔부엉이 일행은 둔포에서 도망쳐 왔다는 젊은 관군을 만나 함께 전주성으로 왔다. 청년은 청나라 군대가 상륙하는 것을 보고 농민군에게 이 사실을 알려 주려고 도망쳤다고 했다.

"지금 아산만 둔포에는 청나라 군대 천오백 명이 이미 와 있습니다요. 저는 비록 아무것도 배운 것이 없지만 대감이라는 사람들이 어쩌면 일을 이렇게 하는가 하는 생각이 들었습니다요. 아니, 세상에 아무리 막마음을 먹어도 그렇지. 어떻게 자기 백성을 잡아 죽이자고 남의 나라 군대를 끌어 온다는 말입니까 요. 우연히 이 글귀를 보고는 그만……."

청년은 고개를 숙인 채 어깨를 들썩였다. 전봉준은 그가 내 미는 종이쪽지를 받아 들었다. 조선 조정이 청나라에 군대를 요청하는 글을 옮겨 적은 것이라고 했다. 글씨가 서투른데다가 서두르기까지 한 모양이어서 읽어 내려가기가 힘이 들었다.

"……전라도에 있는 태인, 고부 등 고을에 사는 백성들은 사 납고 교활해서 평소에 다스리기 어려웠습니다. 요즘 동학교도 들이 무리 만여 명을 모아 십여 고을을 공격하고 또 북쪽으로 전주성을 함락했습니다……. 아직도 난리가 계속되어서 청국 조정에 근심을 끼치는 것이 너무 많습니다. 청국 군대의 힘 을……."

전봉준은 종이를 와락 구겨 쥐었다.

"아니, 이런 문서를 어디서 손에 넣었느냐?"

전봉준의 목소리는 노기를 띠었다. 기가 막혀서 더 이상 읽 어 내려갈 수가 없었다. 자기 백성을 사납고 교활하다고 표현 하고 청나라 군대를 요청하다니. 정말 이런 사람들이 나라를 다스리고 있다는 말인가? 전봉준은 이 문서에 쓰어진 글을 차 마 믿을 수가 없었다. 믿고 싶지 않았다.

"예, 제 누이가……."

청년은 마른침을 꿀꺽 삼켰다.

"제 누이가 기생이온데, 하루는 청군과 함께 온 관군의 술시중을 들었다 합니다요. 마침 누이가 맡은 녀석이 이 문서를 가지고 있던 터라 그 자를 술에 곯아떨어지게 해 놓고……."

전봉준은 말없이 청년의 얼굴을 쏘아보았다.

"차, 참말입니다요. 어떻게 감히 이런 엄청난 일을……."

전봉준을 마주 쳐다보는 청년의 눈가에 그렁그렁 물기가 돌았다.

"그래…… 고맙다. 바삐 오느라고 모두 고단하기도 할 테니 좀 쉬도록 해라."

전봉준은 주변 사람을 모두 물리쳤다.

생각을 정리해야 했다.

나라에서 정식으로 청나라에 군대를 보내 달라고 요청했다면 문제는 간단하지 않다. 농민군은 관군 외에 청나라와도 싸워야 하는 것이다. 그렇게 되면 문제는 또 있었다. 바로 일본이다.

청나라와 일본은 만일 조선에 중대한 일이 생겨 한쪽이 군대를 보내면 나머지 나라도 자동적으로 군대를 보낼 수 있다는 조약을 저희들끼리 멋대로 맺어 놓았다.

일본의 군함이 인천에 들어와 있다는 정보를 듣고 영문을 몰랐는데 일이 이렇게 진행된 모양이었다. 겉으로는 '일본 상인과 거류민을 보호한다.'는 것이었지만 일본의 속셈은 뻔했다. 어떻게든 이 전쟁에 끼어들어 우리 나라를 통째로 집어삼키려는 것이었다.

조선 정부가 청나라에 군대를 요청하는 것을 기다리기라도 했다는 듯이, 일본은 재빨리 군대를 보내 왔다. 이미 청나라 군대의 몇 배나 되는 칠천 명이 서울과 인천 사이에 배치되었다고 한다.

'어찌해야 하는가?'

전봉준은 가슴이 답답해졌다.

전봉준의 장막을 나오면서 갑수와 김모종쇠는 버릇처럼 하늘을 올려다보았다. 도대체 한울님은 무엇을 하고 계신가. 저절로 긴 한숨이 나왔다.

그러나 오랜만에 끝돌이와 은강이를 만난 솔부엉이는 마냥 신이 났다. 아직도 바스라진 재가 먼지처럼 날리고 있는 전주성의 어두운 분위기를 알아채지 못한 듯 눈치 없이 떠들어 댔다.

"야야, 야, 인마! 너 안 죽고 살아 있었어? 뭐 했냐? 그 동안 어디 살았어? 뭐 먹고 살았냐구? 그리구 여긴 어떻게 알고 기어 왔냐, 어떻게?"

솔부엉이는 몇 번씩이나 끝돌이 얼굴을 들여다보며 어깨를 두드려 댔다.

"야, 너야말로 어딜 그렇게 돌아댕기다 이제사 왔냐?"

끝돌이도 웃으며 솔부엉이의 손을 찾아 쥐었다. 지난 일들이 스쳤다. 밤도망을 치던 날 하늘에 걸려 있던 스산한 초승달과 칼날 같던 바람. 나중에 생각해 보니 그 바람 속에서 얼어죽지 않고 살아난 것은 온 가족이 실타래처럼 엉켜 서로를 부둥켜안고 잠을 쫓으며 깨어 있었기 때문이었다. 아아, 그 날 이후의 고생은 생각하기도 싫다. 끝돌이는 어금니를 물었다.

"아참, 그런데 은강아! 넌 왜……."

솔부엉이는 그제야 은강이의 표정을 힐끔거렸다.

"응, 아냐. 머리가 좀 아파서."

은강이는 고개를 저었다.

"간 일은 잘하고 온 거지?"

문득 더욱 쓸쓸하고 허전해지는 것을 애써 참으며 은강이가 물었다.

"간 일? 으, 으응…… 그럼 다 잘 전했지, 뭐. 아, 글쎄 오면서 세어 보니까 우리가 들른 곳이 자그마치 열 군데가 넘더라! 모두 다 잘됐어. 그런데……."

한껏 기가 살았던 솔부엉이는 청주목에서 만난 손 접주가 생각나자 자기도 모르게 목소리를 줄였다.

솔부엉이 일행을 만난 자리에서만도 손 접주는 "동학의 이름으로 나라를 어지럽혀서는 안 된다."는 소리를 열 번도 더 넘게 했다. 그러며 전봉준에게 전하라고 했다.

"때가 오지 않았으니 함부로 행동하지 말고 진리를 찾아 하늘의 뜻을 어기지 않는 것이 좋을 것."이라고.

손 접주의 목소리와 표정이 생생하게 떠오르면서 솔부엉이도 별안간 가슴이 답답해졌다.

"저, 복룡이, 복룡이 형이…… 죽었어."

입 안에 침이 바짝 마르기라도 한 것처럼 왠지 혀가 잘 돌아가지 않는 느낌이어서 은강이는 그 짧은 말을 하기도 힘이 들었다.

"……"

갑자기 할 말이 없어서 서로를 멀뚱멀뚱 바라보고만 있는데 종 소리가 들렸다.

"가자, 밥 시간이야."

은강이가 먼저 몸을 돌렸다.

주먹밥을 한 덩어리 받아 들고 엉덩이 걸칠 곳을 찾던 은강이는 막동이가 끝돌이 아버지를 데리고 담장 밑의 구석진 곳에서 무언가를 이야기하는 것을 보았다. 두 사람의 표정이 유별

났다. 막동이는 지나치게 굳어 있었고 끝돌이 아버지 얼굴은 상기되어 있었다. 그러나 그 표정에 어울리지 않게 목소리는 낮았다.

'무슨 이야기를 저렇게 심각하게 할까?'

무심코 지나치려던 은강이는 막동이가 어저께도 저렇게 굳은 표정으로 턱석부리 부대장과 으슥한 곳에서 이야기를 나누고 있었다는데 생각이 미쳤다.

'무슨 일일까?'

은강이는 불쑥 궁금해졌다. 그러나 다음 순간 귀찮고 번거롭다는 생각이 들어서 막동이를 피해 뚝 떨어진 곳에 자리를 잡았다.

막동이는 조심스레 하던 이야기를 결말짓고 있었다.

"내가 또 다시 말하지만 산 목숨은 살아야 하지 않겠느냐 말이요. 그러니⋯⋯."

막동이는 말을 멈췄다.

"아, 물론 그렇제. 그랑께 저 뭐냐⋯⋯."

끝돌이 아버지는 입술에 침을 발랐다. 전주성에 도착하던 날 관군이 자신을 농민군의 첩자라고 몰아세우던 일이 생각났다. 그 섬뜩하고 아득한 기분은 절망감이었다. 첩자라는 말이 주는 두려움이었다.

그런데 지금 막동이는 관군의 첩자 노릇을 하자고, 그래서 농민군을 팔아넘기자고 부추기고 있는 것이다.

막동이는 한 마디 한 마디에 오금을 박았다.

"헛소리들 말라고 하시오. 나도 한때는 착각을 했지만 이제 생각해 보니 총 한 방 제대로 못 쏘는 농사꾼이 천이 모인들 만이 모인들 무슨 힘이 있겠소. 싸움에서 한 번 졌다고, 전 장군이 허벅지에 총 한 대 맞았다고 농민군 안 하겠다고 내빼는 사람이 얼마나 많소? 난 이미 포기했소. 며칠 전에 보니, 그 스님, 궁휼이라는 스님이 뭘 쓰고 있더라구요. 농민군이 말하는 새 세상이 오면 고쳐야 할 법을 적고 있다고 그러더라구요. 참 좋은 말 많더군요. 하지만 그게 다 웃기는 짓거리 아니겠소?"

막동이는 공허하게 웃었다.

"망할 놈의 세상. 거기 보니 천인의 대우를 개선하고 백정의 머리에 씌우는 패랭이를 벗길 것이라고 합디다. 처음엔 몰랐는데 그 글귀를 들여다보고 있으니까 속에서 울컥 치미더라고요. 젠장, 새 세상이라는 것이 그렇게 쉽사리 오겠소? 더구나 이런 사람들을 가지고? 청나라 군대랑 일본 군대가 손 놓고 앉아 구경만 한답니까?"

"그, 그도 그렇지라……."

끝돌이 아버지는 아니라고, 막동이 네가 틀렸다고 말할 수가 없었다. 아이의 얼굴이 차례로 떠올랐다.

'참말로 아비라는 것이 지지리도 못났다. 살아 보려고 애써 기어 온다는 것이 온 가족을 끌고 죽을 자리를 찾아온 꼴이 아니더라고? 머슴을 살든 도둑질을 허든 세상에 스며들어 살게 둘 것을 뭣 헌다고 중뿔나게 새끼들을 끌고 여기까지 왔으까?'

도망치려다 붙잡힌 농민군이 끌려올 때마다 끝돌이 아버지는 발등을 찍고 있는 중이었다.

"방법이 없는 것이 아니라니까요."

막동이는 다시 말을 끊었다.

"엎어 버립시다. 큰 고기 하나 몰고 가서 저쪽에 찰싹 붙어 버리자구요. 우린 할 수 있어요. 끝돌이 아버지는 전봉준이하고 잘 알지 않아요?"

은근한 눈빛으로 끝돌이 아버지를 바라보던 막동이는 고개를 돌리며 새삼스레 투덜거렸다.

"젠장, 몸에 짐승 피 좀 안 묻히고 살을랬더니…… 이 사람들 믿고 있다가는 내 손자의 손자까지도 백정으로 남아 온몸을 짐승 피로 범벅을 하고 살아야겠더구만!"

끝돌이 아버지는 눈 돌릴 곳이 없어 막동이의 시선을 따라갔다. 그러나 막동이의 시선이 향해 있는 곳은 허공이었다. 끝돌이 아버지는 말없이 자리에서 일어섰다.

‘전봉준을 넘겨 버립시다. 지금처럼 좋은 기회는 다신 없을 거요. 전봉준 측근 몇 사람은 우리가 이미 움직여 왔소. 다 잘 될 거요. 아저씨는 전봉준을 유인하기만 하시오. 나머지는 우리가 다 알아서 하리다.’

막동이 말이 살아 있는 날벌레처럼 귓속에서 붕붕거렸다.

"개떡 겉은!"

끝돌이 아버지는 누구에겐가 욕이라도 푸지게 해 대고 싶었다.

"개떡 겉은!"

끝돌이 아버지는 다시 한 번 중얼거렸다.

‘분에 넘치는 엄청난 것을 바란 적은 단 한번도 없는디 세상 살기가 어찌 이렇게 징글징글헌고? 아이고, 아이고, 이 빌어먹을 놈의 시상!’

끝돌이 아버지는 취한 듯 비틀거렸다.

휴전

"이 자식, 죽여 버릴 테다!"

갑수는 다짜고짜 막동이의 아래턱에 주먹을 날렸다.

"더러운 놈!"

코피가 터져서 막동이 얼굴이 금방 피범벅이 되었다.

"나쁜 놈! 짐승만도 못한 놈!"

갑수는 미친 듯이 주먹을 휘둘렀다.

'니가 뭔데, 니까짓 게 뭔데…….'

숨이 가빠서 미처 말이 되어 나오지 못하는 것을 솟구치는 눈물과 함께 꿀꺽 삼키며, 갑수는 몸을 떨었다.

'우리 모두를 죽이려고 해!'

갑수는 전봉준 생각만 하면 가슴이 아렸다.

전봉준은 안팎으로 막다른 골목에 몰려 있다. 오죽했으면 농민군 지휘자 회의가 열릴 때 손가락으로 점을 치면서 사흘 뒤에 좋은 소식이 있을 것이니 동요하지 말고 자신을 믿고 따르라고 했을 것인가. 만약 전봉준이 여기서 쓰러지면 농민군은 모두 죽는다. 한바탕 피바람이 휘몰아친 뒤 세상은 예전처럼 엉망진창인 채로 굴러갈 것이다.

끝돌이가 솔부엉이와 이야기 중에 우연히 아버지 잠꼬대에 대한 이야기를 했다. 끝돌이 아버지가 식은땀을 흘리며 '첩자'라는 말을 입에 올린다는 것이었다. 옆에서 그 이야기를 들은 은강이가 며칠 전에 본 막동이와 끝돌이 아버지의 이야기를 하고, 뭔가 미심쩍은 생각이 든 갑수가 막동이의 뒤를 쫓다가 무턱대고 성급하게 달려들었다.

"나쁜 놈!"

고래가 뭍에 오르면 개미가 깨문다던가. 심각하게 흔들리는 농민군부터, 청나라와 일본까지 심상치 않게 돌아가는 이 어려운 때에 아주 가까운 곳에서 전봉준을 팔아먹자는 더러운 흥정의 씨가 자라는 눈치였다.

전라도 최대의 관문이자 호남의 심장부인 전주성을 함락함으로써 한양으로 치고 올라갈 든든한 발판을 마련했는데도, 어째서 곧바로 쳐 올라가지 않고 시간을 끌고 있느냐는 비난에 대해 전봉준은 대답하지 않았다.

그러나 갑수는 짐작하고 있었다. 그 복잡한 사정 말고도 북접 사람들이 도무지 움직이지 않고 있다는 것을. 빨리 쳐 올라가야 일이 될 텐데, 그래야 새 세상이 열릴 텐데. 남접만으로는 힘에 부치고 상대는 시간이 흐를수록 점점 더 강해지고. 이러한 때에 막동이가 전봉준에게 덫을 놓으려고 한 것이다. 그 사람이 가장 외롭고 고단한 바로 이 때에.

갑수는 이를 갈았다.

"나쁜 놈! 짐승보다 못한 놈!"

갑수는 눈을 감다시피 하고 주먹을 휘둘렀다. 그러다가 어느 순간, 문득 주먹질을 멈추고 막동이를 바라보았다.

"이 자식이……."

그제야 막동이는 옷소매로 코피를 닦으며 자리에서 일어섰다.

"짐승 같은 놈이라고?"

막동이의 입술이 일그러졌다.

"그래, 인마. 난 짐승 같은 놈이다. 대대로 짐승 피 값으로 밥을 먹어서 짐승을 닮아 버렸다. 그래서, 그래서……."

생각지 않게 목소리가 떨려 나와서 막동이는 입을 다물어 버렸다.

갑수도 멈칫했다. 짐승 피 값으로 밥을 먹었다는 말이 가슴에 박혔다.

"그래, 어디 한번 맘껏 쳐 보라니까! 아쉬울 것 없는 세상, 네 덕에 홀쩍 떠나게스리!"

그제야 갑수는 막동이가 마주 덤벼들지 않고 고스란히 맞고만 있었다는 것을 깨달았다. 체격은 비슷했지만 막동이는 갑수처럼 뚝심으로 일만 해 온 것이 아니었다. 나름대로 무술로 다져진 몸이었다. 혹시 먼저 한 대 맞았다 해도 계속해서 코피가 터지고 이빨이 부러지도록 당하기만 할 사람이 아니다.

갑수는 멍청하게 막동이를 바라보았다.

"둔탱이 같은 놈! 정작 일을 꾸밀 때는 낌새조차 못 채더니 다 정리하고 나니까 이제 와서……."

막동이는 입 안에 고이는 피를 뱉어 내며 중얼거렸다.

"야, 인마! 홍계훈이한테 온 답신 내용도 못 들었냐? 곧 싸움이 끝나게 되었다니까! 평화 조약이 맺어진다고! 잘만 하면 가만히 있어도 다신 사람 취급 못 당하는 천덕꾸러기 노릇 안 해도 되게 생겼는데, 내가 얼 빠졌다고 사람 피를 보겠냐? 나같이 계산속 빠른 놈이?"

막동이의 말을 얼른 알아들을 수가 없어서 갑수는 잠시 눈만 껌벅이고 있었다.

"가 봐! 가서 자세히 알아보라니까! 나도 일단 사람 팔아먹을 궁리는 건 어치웠으니까, 그 걱정은 말고!"

허둥지둥 돌아서는 갑수의 뒷모습을 보고 막동이는 쓴웃음을 지었다.

막동이는 처음부터 큰 기대 없이 농민군에 휩쓸렸다. 얻는게 없으면 곧바로 떠날 것이라 마음먹고 시작한 일이다. 요즘 전봉준이 부상을 입고 농민군 진영이 어이없이 흔들리는 모습을 보고 떠날 때가 왔음을 느꼈다. 그래서 조용히 이곳을 떠나리라 마음먹었다.

그런데 노승 긍휼이 써 내려가던 글을 들여다보다가 속에서 열불이 확, 치밀었다.

'하네, 안 하네 해도 농민군에게 조금은 기대를 했는데, 일을 이렇게 형편없는 지경에까지 몰고 와서 그런 꿈같은 이야기를 하다니!'

꿈이었다. 막동이가 볼 때 농민군 지도부는 섣불리 전쟁판을 벌여놓고 도무지 될성부르지도 않은 꿈을 꾸고 있다.

'망해라! 망해 버려라. 아주 확실하게 망해 버려! 그런 꿈 따위는 꾸지 못하게!'

막동이는 적개심을 걷잡을 수 없었다.

'그렇지만 난 더 이상 너희처럼 꿈만 꾸지는 않을 거다. 백정의 핏줄이라는 꼬리표를 떼어 달라고 너희에게 기대지 않는

다. 내 손으로 한다. 무슨 일이든.'

그렇게 결심을 하고 실로 엄청난 일을 꾸몄는데 금방 또 일의 판세가 달라졌다. 홍계훈과 전봉준 사이에 화약을 맺자는 이야기가 급진전하고 있다 한다. 그래서 막동이는 재빨리 손을 털었다. 꾸미려던 일을 모두 뭉개 버리고 없던 일로 하기로 했는데 뒤늦게 갑수가 이렇게 끼어든 것이다. 막동이는 상처 난 볼따구니를 손등으로 누르며 천천히 발을 옮겼다.

갑수는 득달같이 궁휼에게 달려가며 생각했다.

'정말 화약이 이루어질까? 그러면 우리는 어떻게 되는 걸까? 막동이는 어떻게 이런 일을 알아 냈을까?'

그러나 갑수는 궁휼에게 가지 못했다. 선화당 앞에 사람들이 빼곡하게 들어차 있어서였다. 선화당에는 젊은 부대장이 나서서 홍계훈의 글을 읽는 중이었다.

"……한 집안에서 총칼을 겨눈 것은 형제끼리 서로 싸우는 것과 다름없는 일이로다. 동학교도가 적어 올린 여러 가지 조목은 모두가 우리 뜻과 다름이 없는지라 임금께 바로 청을 올려 실시케 하리라."

만세 소리가 터졌다.

"아니, 이것이 뭔 소리여, 갑자기?"

이제 막 온 키다리가 코를 벌름거리며 두리번거렸다.

"뭔 소리는? 인자 전쟁이 끝났다는 얘기지."

새우눈이 말꼬리를 끌었다.

"끝나요? 전쟁이?"

갑수는 넋 나간 사람처럼 되물었다.

"아, 그려, 끝났다닝께!"

새우눈의 입이 벌어졌다.

"누, 누가 이겼는디?"

키다리는 아직도 영문을 모르겠다는 얼굴이었다.

"아따, 이 사람! 누가 이기기는. 이 만세 소리도 안 들린당가? 부대장이 읽은 대로 아녀? 우리가 내놓은 개혁안을 모다 받아들여서 다 고치겠으니께 지발 죽창 내려놓고 집에 가서 새끼들 보듬고 조용히 살라고 사정 사정허고 있잖어, 시방?"

곱슬머리가 끼여들었다.

"그란디 어찌 일이 요로코롬 갑자기……."

"갑자기가 아녀. 우리 겉은 피라미들은 몰러서 그렇지 그 동안 여러 차례 서신이 왔다갔다혔었다는구먼. 항복을 허고 성을 비워라, 못 헌다, 느그들이 우리가 내건 조건을 받아들이기 전에는 절대 못 물러선다 해감시롱."

"그려서 결국 나라에서 우리 뜻을 받아들이기로 혔다는 것이여."

"그란디 어쩐 일일까잉. 즈그들이 워째서 고로코롬 호락호락 우리헌티 양보를 혔을까잉?"

키다리가 고개를 갸웃거렸다.

"그야, 즈그들이 파 논 함정에 즈그들이 빠진 꼴이지 뭣이랑가. 우리를 때려잡자고 청나라 군대를 불러들였는디 부르지도 않은 일본군꺼정 벌써 인천에 와 있다잖은가? 잘못허면 두 나라가 우리 땅을 갈라 먹게 생겼는디. 후딱후딱 집안 싸움을 그쳐야 안 허겄는가? 그래야 남의 나라 놈들을 돌려보내제."

새우눈이 아는 척을 했다.

"그라믄 우린 인자 워쩐다냐?"

"워쩌긴. 성을 비워 주고 무기를 내려놓고 집에 가는 것이제."

"참말, 참말 집에 가도 된다고라?"

키다리는 금방 목이 메었다.

"이 사람, 아그들맹키로 집 타령은! 시방 집이 문제여?"

"그, 그라믄……."

"하이고, 이 사람아! 말허자믄 인자 새 시상이 열리는 것이여, 새로운 시상이! 탐관오리를 쫓아 내고, 노비문서를 태워 버리고, 상인과 천인을 차별하지 않고 관리를 바르게 뽑고……."

키다리는 멍하니 새우눈의 입만 쳐다보았다.

"차 참말 고로코롬 될꺼나?"

"암먼! 그랑께 농민군에 참가혔던 사람도 다 그냥 놔둔다는 것이여. 뭣이냐, 우리의 안전을 보장한다는 무신 표도 노놔 준다고 안 혀, 시방? 아, 옛날 같았어 봐. 요런 일이 어림 반 푼 어치나 있었겄는가?"

새우눈은 득의만만한 표정으로 되물었다.

"고, 고렇제……."

키다리는 허둥지둥 고개를 끄덕였다.

"고것이 다 우리 농민군의 힘이 많이 자라서 된 것이여. 옛날맹키로 마구잡이로 밀어붙여서만은 안 되겠구나 허는 생각을 헌 것이랑께. 아무튼지 전 녹두 어른은 참말 대단헌 분이랑께. 아, 오늘이 그 분이 점을 쳐 보고 예언한 사흘째 날 아니더라고. 그란디 딱 허니 이런 일이 생겼구만."

곱슬머리가 새삼스레 감격스러운 목소리로 입을 열었다.

"누가 아니라나. 피도 안 흘리고 좋은 시상이 올 거 아니겄는가? 우리도 좋고 즈그도 좋고. 이보다 더 좋은 일이 어디 있을까잉."

"참말 전봉준 장군은 하늘이 낸 분이여, 암만 그렇고말고."

둘러선 사람들이 고개를 주억거렸다.

'사람 맘이란 게 다 이런가? 어쩌면 이렇게도 간사스러울 수가……. 이 사람들이 조금 전까지만 해도 농민군에서 빠져 나가려고 안달하고, 동료를 팔아넘겨 볼까 기웃거리기도 한, 바로 그 사람들 아닌가?'

대번에 달떠 버린 주변 사람 표정을 바라보던 갑수는 마음이 복잡해졌다. 갑수만큼 머릿속이 복잡한 사람이 또 하나 있었다. 막동이었다.

갑수와 멀찌감치 떨어진 구석진 곳에 서서 무심한 듯 상처 난 얼굴을 소매 끝으로 꾹꾹 눌러 대기만 하던 막동이는 고개를 저었다.

'이게……, 아닌데? 이놈의 화약이라는 것이 자세히 듣고 보니 아무것도 아니잖아! 꼭 실시하겠다는 것도 아니고 임금께 바로 청을 올려 실시케 하리라고? 말씀이나 한번 드려 보겠다는 얘긴데, 그렇다면 아직은 정말 아무것도 아니라는 말씀이네!'

참말로 달라질 거나

그럼에도 불구하고 화약은 맺어졌고, 농민군은 또 다시 해산했다.

1월 10일에 일어났던 첫 번째 봉기는 3월 3일 해산했다. 치밀한 준비가 부족했던 농민군 측 사정에다 신임 고부 군수 박원명의 설득 때문이었다.

그러나 농민군은 십여 일이 지난 3월 20일 재기병을 선언했다. 그리고 오늘 다시 전주 화약을 맺었다. 청나라와 일본이 전쟁에 개입하려 했기 때문이었다.

5월 7일 전주성에서 맺어진 화약으로 농민군은 모두 무기를 내려놓고 고향으로 돌아가 곳곳에 집강소를 세웠다. 관군은 일부 군사만 전주성에 남겨놓고 모두 한양으로 떠났다.

전봉준은 직속 기마부대와 함께 전주성을 출발해 태인으로 가는 중이었다. 스무 명 정도로 이루어진 직속부대는 막동이를 빼고는 거의 다 봉기 처음부터 함께 전투에 참가했던 사람들이었다.

뒤에 농민군 본대에 참가했고, 아이 장사라고 온통 떠들어 댔던 것에 비해 별다른 전과를 올리지 못한 김봉득은 화약이 맺어지기 전에 운봉을 점령하러 떠났다. 그리고 보란 듯이 어렵지 않게 운봉을 점령했다는 소식을 전해 왔다.

갑수는 며칠 앞서 고향 고부로 내려갔다. 솔부엉이도 갑수를 따라갔다. 은강이는 갑수가 서둘러 고향으로 내려간 것이 막동이 때문이라고 믿었다. 은강이는 전봉준의 마음을 알 수가 없었다. 분명 그 동안에 막동이가 한 짓을 알고 있을 텐데 조금도 내색하지 않고 있기 때문이었다. 거기다 이런 때 이렇게 함께 움직이기까지 하지 않는가 말이다.

태인을 코앞에 둔 주막에 도착한 것은 전주성을 출발한 지 사흘째 되던 날 해거름 무렵이었다. 주막에 닿자마자 대여섯 명을 빼고는 모두 방에 가로세로로 누워 버렸다.

은강이는 툇마루에 걸터앉아 하늘을 올려다보았다. 가을날처럼 크고 푸른 하늘가엔 잠자리 떼가 원을 그리며 날아다니고 논두렁에는 호박꽃 노란빛이 산뜻했다. 은강이는 조심스레 주근깨의 옆구리를 찔렀다.

"참말 대단한 일이야, 그렇지?"

사흘 동안 참고 참았던 말이었다.

"……."

주근깨는 말없이 은강이 얼굴을 바라보았다.

"뭐가? 집강소 말이야?"

은강이는 고개를 끄덕였다.

"그란디 난 말이시 고 집강소라는 것이 뭣인지 잘 모르겄구만이라."

왕눈이가 커다란 눈을 끔뻑거리며 어릿한 표정을 짓자 꺼병이가 목소리를 높였다.

"일 쪼깨 허자는 사람들을 불러 모아 놓고 집강에게 일을 맡기는 게 집강소라 허는 것 아니겄어?"

"어랍쇼! 제법일세!"

주근깨가 빙긋이 웃었다.

전봉준은 고을을 점령할 때마다 반드시 농민군 쪽 사람을 몇 명씩 골라 내어 앞으로 내세웠다. 접주, 혹은 접사로 불리는 그들은 농민군 본대가 떠난 뒤에도 그 고을에 남아 농민군과 연락하면서 농민군의 활동을 뒤에서 도왔다.

말없이 댓돌 한쪽에 걸터앉아 있던 쌍꺼풀눈이 끼여들었다.

"어쨌거나 한마디로 그 집강소를 키운다는 것 아녀? 처음

출발할 때처럼 단순히 그 고을 민원을 처리하거나 치안을 담당하는 일 정도가 아니라 본격적으로 나서서……."

가슴이 벅차올라 쌍꺼풀눈은 말을 다 마치지 못했다.

"그 나선다는 것이……."

얼른 말을 받기는 했지만 은강이도 마찬가지였다. 몇몇 고을 지나치면서 보니 너나 할 것 없이 모두가 공중에 붕 떠 있었다. 정신없이 부산하게 움직이는 중에도 둘만 모이면 번갈아 눈을 찡긋거리며 수군댔다.

'참말 인자부텀은 뭔가가 달라지긴 달라질 모냥이랑께!' 하면서.

'사실은 거의 믿기 어렵다. 그렇다……. 농민이 실제 정치를 한다니! 군수를 도와서 고을을 다스리게 된다니!'

쌍꺼풀눈의 말을 듣고 보니 은강이는 또 다시 숨이 탁 막혔다. 어지러웠다.

실제로 그런 일이 일어날 수 있을까?

"그럼…… 농민군에 나왔던 사람들이 다?"

고을의 크고 작은 일을 처리하는 자리에 의젓하게 앉아 있는 갑수의 모습을 떠올리면서 은강이가 물었다. 은강이 머릿속에는 단호히 돌아서 걷던 갑수의 각진 어깨가 내내 떠나지 않고 있었다.

전주 화약을 앞뒤로 갑수는 변했다. 또 다시 말수가 적어졌고 불뚝거리며 화를 잘 내는 예전의 모습으로 되돌아갔다. 흥흥, 콧방귀를 뀌며 누구의 말도 들으려고 하지 않았다. 은강이는 그런 갑수의 마음을 어렴풋이 알 것도 같았다.

"다는 무슨……."

주근깨는 픽, 웃으며 자리를 털고 일어섰다.

"자, 인자 너도 쪼깨 쉬어라. 금방 저녁상이 들어올 것이고 저녁을 먹자마자 바로 태인으로 갈 것잉께."

은강이는 그 자리에 팔베개를 하고 누웠다. 노곤했다.

'갑수 형은 어떻게 하고 있을까? 봉득이 형은?'

전투에 참가했으니, 그것도 지휘자로 참가했으니 집강소에서는 아주 높은 사람이 되었을지도 모른다. 은강이는 그 두 사람의 달라진 모습이 자꾸만 궁금해졌다. 그러다가 살짝 꽃잠이 든 모양이었다.

"도련님, 도련님."

꿈인 듯 생시인 듯 부르는 소리가 들렸다. 그러나 은강이는 손끝 하나 움직일 수가 없었다.

'누가 나를 부르는 것일까?'

은강이는 애써 몸을 움직여 보려고 했지만 뜻대로 되지 않았다.

"인나. 밥 묵어야제."

이번에는 누군가가 몸을 흔들어 댔다. 은강이는 그제야 가까스로 눈을 떴다.

"자, 후다닥 한 술 뜨자. 고개만 넘으면 태인이랑께. 어르신들은 벌써 채비가 대충 끝났단 말이시."

된장을 풀어 넣은 배추국이 시원했다. 은강이는 텁텁해진 입 안을 행궈 내지도 않은 채 느릿느릿 수저를 놀렸다.

"도련님, 도련님!"

밖이 소란스러웠다. 은강이는 수저를 입에 문 채 고개를 들었다. 잠결에 들은 그 소리였다. 뭐라고 묻기도 전에 주근깨가 낄낄 웃었다.

"참, 세상이 변허긴 많이 변헌 모양이랑께. 저 야단을 허는 걸 보면."

"그러게나 말이시. 아주 재미난 시상이 되아 부렸어."

퉁방울눈도 맞장구를 쳤다.

"암만 시상이 변혔다고 혀도, 그 도령인지 뭔지는 참말 철도 안 들었소 그려. 아, 고로코롬 떵떵거리는 집안 막내동이가 그 천한 소리꾼이 되겠다고 헌다니 아, 어느 얼빠진 양반 나리가 그러라고 허겄는가 말여."

"그러게. 한마디로 여드레 삶은 호박에 씨알도 안 멕히는 소리제."

"마른하늘에 날벼락이고."

영문을 몰라 하는 은강이 얼굴을 보고 꺼병이가 밥풀을 튀기며 설명했다.

"저기 저 밑에 사 대조 오 대조가 내리 참판 벼슬을 혔다는 양반댁이 있겄다! 아, 그란디 그 댁 막내 도령이 소리꾼이 되겄다고 집을 나갔다지 뭔가? 글공부도 웬만허고 인물도 쓸 만허고 마음 씀씀이도 모지락스러운 구석이라고는 없어서 애부터 어른꺼정 그 집안 식구가 모다 이뻐헌다는디 아, 오늘 나가 버렸댜."

"그래서 지금 그 도령을 찾느라고?"

"그렇다닝께. 그 도령이 인자 겨우 열두 살인디……."

꺼병이는 남은 국을 후루룩 소리 내며 마셔 버렸다.

"나가 그 집 하인헌티 자세히 들었는디 말여, 저쪽 뒷산 어디에 쪼간한 굴이 있다는구만. 폭포도 있고. 이 도령이 가끔 그 안에 들어가서 소리 연습을 헌 모양이라. 고걸 누가 일러바쳐 갖고는……."

꺼병이는 장난스레 말꼬리를 길게 늘였다.

"그리서?"

퉁방울눈이 입 안에 든 음식을 꿀꺽 삼켰다.

"보나마나지 뭘. 죽지 않을 만큼 종아리를 맞었당께. 바로 어지께 저녁에 말여. 아, 그란디 이 도령이 오늘 없어져 뿌린 것이여. 서당에 간다고 나가서는 영 깜깜 무소식이라는 거여."

꺼병이는 짐짓 심각한 표정으로 두어 번 고개를 저었다.

"아, 고 다음보텀은 나도 들었는디……."

주근깨가 끼여들었다.

"그 뒤에 봉께, 그 도령이 편지꺼정 써 왔다더구만. 거기에, '듣자니 이제 양반 상놈이 없는 새 세상이 되었다는데 저는 제가 하고 싶은 일을 하려고 집을 나갑니다. 용서하십시오!'

아, 이렇게 씌어 있더라는 거여. 그 집 노마님은 거품을 물고 쓰러지고 집안은 벌집 쑤셔놓은 꼴이 되었제."

꺼병이가 다시 말을 받았다.

"더 대단한 사실은, 그 도령이 '이제 전라 감사 김학진 어른께서도 구습을 깨는 일에 앞장설 농민군의 집강소를 인정하셨다니' 혔다는 것이여."

꺼병이는 잠시 쉬었다가 다시 말을 이었다.

"시방 막 이 생각이 났는디, 잘못허면 이거 한 대 맞을 소린디……."

꺼병이는 일부러 한껏 주눅 든 표정을 지으면서 능청을 떨었다.

"그리고 봉께 양반은 뭐가 달라도 다르긴 헌 모양이여. 우리 겉은 놈들은 나이 열두 살에 그렇게 똑 소리나게 야물지 못혔었거들랑. 아무리 어른끼리 허는 이야기를 주워들었다 혀도 고런 생각을 아무나 허겄나 말여?"

"예끼, 이 사람!"

주근깨가 꺼병이의 머리통을 쳤다.

듣기만 하던 은강이는 밥상에서 물러나며 비로소 한마디 했다.

"그런데 그 집강소가 고을마다 다 생기는 것인지……."

"글씨, 온 나라에 다 생길 수야 있겠는감? 우리 농민군이 버티고 있는 전라도에는 대충 다 생길 것이라고 허더구만. 다른 데야……."

"이 친구야, 전라도에만 다 생겨도 고것이 어디랴?"

그 때까지도 막동이는 듣고만 있었다.

'모두 흥분해서 나대고 있지만 사실 집강소에서 뭘 얼마나 할 수 있을까? 이 사람들이 흥분하고 있는 것처럼 정말 고을 일에 끼어들 수 있을까?'

아무리 한때 농민군이 대단했다 해도 어쨌든 이미 흩어진 다음이다. 농민군 간부 몇 명이 남아 있다 해도 고을고을마다 버티고 있는, 고집 세고 막무가내인 양반들을 제치고 무슨 일을 얼마나 할 수 있을 것인지 막동이는 도무지 의심스러웠다.

더구나 순간적으로 일을 해결할 수 있는 무력 대신 평화적인 타협을 통해서 오백 년이 넘게 내려온 양반, 상놈의 구별을 없앨 생각이라니, 도무지 될 것 같지 않았다.

한편으로는, 그렇게 한마디로 잘라 말하는 것은 위험한 짓일지도 모른다는 생각도 들었다. 살다 보면 때로는 믿을 수 없을 만큼 쉽게 문제가 풀리는 일이 간혹 있기도 하는 것이 세상살이다. 지금 저 밖을 소란스럽게 만든 열두 살짜리 도령인가 뭔가만 봐도 그렇다.

아무리 소리가 좋고 노래를 부르고 싶다한들 예전 같으면 어림 반 푼어치도 없는 일이 아니겠는가?

농민군이 아직 눈에 보이게 이루어 놓은 것은 없지만 말로라도 양반 상놈이 따로 없다는 소리를 쉽게 해 대다 보니, 어린아이까지도 듣네 안 듣네 해도 그 영향을 받은 것이 아니겠는가 말이다.

'그러다 보면 혹시 만에 하나라도……'

막동이는 벽에 등을 기댄 채 눈을 감았다.

집강소에 억울한 일을……

바람이 불었다.

민들레는 냇가에서 빨래를 하고 있었다. 콧등에서는 땀이 송골송골 났지만 손가락 사이를 빠져 나가는 물살이 상쾌했다. 팡팡 소리가 나게 방망이를 두드릴 때마다 미끄러지듯 달아나 곤 하는 송사리 떼는 방망이질을 멈추면 이내 다시 새까맣게 물가로 몰려나와 부산스레 우우 옮겨 다녔다.

민들레는 빨랫감을 헹구는 사이사이 바로 마주 보이는 관아 문을 유심히 바라보고 있었다. 지금 관아에는 집강소가 설치되 어 들고나는 사람이 참으로 많았다. 그 중에는 민들레 모녀가 문간방을 얻어 살고 있는 집 할아버지의 아들도 끼어 있었다.

전주 화약이 맺어지고 농민군이 해산을 하고 나자 민들레 모녀는 갈 곳이 없었다. 한참을 궁리한 끝에 그들은 봉득이가 대장이 되었다는 운봉으로 왔다. 거기에 죽은 줄 알았던 살붙이가 살고 있다는 이야기를 얼핏 들었기 때문이다.

그러나 막상 와 보니 아무도 없었다. 그렇다고 해도, 굳이 다른 곳으로 옮겨갈 곳도 없어서 민들레 모녀는 그 곳에 살며 닥치는 대로 품을 팔기 시작했다. 민들레도 그 동안 많이 자라서 어머니를 따라 나서면 반 몫의 품값 정도는 챙길 수 있었다. 오늘도 아기를 낳은 집에서 빨래품을 얻어 일을 하는 중이었다.

오늘 새벽, 집을 나갔다던 할아버지의 아들 김개똥이 돌아왔다. 김개똥은 이 고을을 쥐락펴락하는 이 주사네 큰아들과 같은 날 사라졌다고 했다. 들리는 말로는 김개똥이 이 주사의 아들을 죽였다고 하지만 아무도 그 사실을 정확히 아는 사람은 없었다.

사건은 아이들 싸움에서 시작되었다. 무슨 이유에서인지 이 주사의 손자와 김개똥이 아들 소똥이가 코피가 터지게 싸웠다. 상처는 비슷했지만 이 주사네 집에서는 펄펄 뛰며 시비를 걸어 왔다. 엉터리 같은 이야기를 만들고 불려서 소똥이를 잡으려고 했다. 김개똥이 아들을 다치지 않게 하려고 손이 발이 되게 빌자 그 쪽에서 내놓은 것이 선산을 넘기라는 것이었다.

말이 넘기라는 것이지 이건 그냥 날로 먹겠다는 소리였다. 얼마되지 않던 땅덩어리나마 이 핑계 저 핑계로 다 빼앗기고 마지막 남은 것이 선산이라고 했다.

김개똥은 그러마 하고 반승낙을 해 놓고 이 주사의 아들을 꼬여내 손봐 주고는 소똥이를 데리고 고향을 떠 버렸다. 소문은 무성했지만 그 후 아무도 두 사람을 보지 못했단다. 그 후 이 주사의 아들도 영영 돌아오지 않았다.

그러나 김개똥 부자가 떠나자마자 선산은 결국 빼앗겼다. 선산뿐이 아니었다. 남아 있는 가족이 당한 수모와 닦달은 상상을 넘었다. 김개똥이 아버지는 고문 끝에 다리를 절게 되었고, 어머니는 심장병이 생겨 움직이지 못하게 되었다.

그런데 그 개똥이가 돌아온 것이었다. 한여름날 옥수숫대처럼 껑충 자란 아들 소똥이를 앞세우고. 김개똥은 마을에 들어서자마자 집에 들러 부모님에게 큰절만 한 번 한 뒤 두말도 하지 않고 관아로 갔다. 소문을 듣고 몰려든 김개똥의 친구들이 같이 따라나섰다.

안의 일이 궁금해서 관아 문 앞을 빙빙 돌던 소똥이가 지루해졌는지 슬그머니 민들레 곁으로 와서 말을 걸었다.

"이름이 뭔데?"

아이는 잔돌을 시내에 던져 넣었다. 민들레는 아이 얼굴을 힐끗 바라보았다.

"민들레."

민들레는 소똥이의 얼굴이 꼭 마른 명태를 닮았다고 생각했다. 아이는 한참 말없이 앉아 있더니 불쑥 말했다.

"우리, 농민군에 갔다 왔다."

농민군이라는 말을 듣고 민들레는 자기도 모르게 고개를 번쩍 들었다.

"김개남 장군님 밑에 있었는데, 쌈터에도 가고, 사람 죽는 것도 아주 많이 봤다."

민들레는 물 속에 손을 넣고 물살을 거슬러 손가락을 활짝 폈다. 제법 센 물살이 손샅을 간질이며 지나갔다.

"넌 몇 살이니?"

민들레가 처음으로 입을 열었다.

"여덟 살."

한창 자라느라고 그런 모양이었다. 아이 얼굴은 볼수록 아래위를 살짝 잡아당겨 늘여 놓은 것처럼 약간 길쭉했다.

"엄마는?"

"안 계셔. 누나는 아빠가 없지?"

아이는 비로소 '누나'라는 말을 했다.

"아버지가 선산을 꼭 되찾는다고 했어. 누나도 알지, 그 이야기?"

"그래."

민들레는 빨래를 하나씩 짜서 함지박에 담았다.

"모두 다 고친다고 했어. 잘못된 것은 모조리."

아이의 말에 민들레는 대답하지 않았다.

그 때 관아 문 쪽이 시끌시끌해졌다.

"축하허네, 축하혀!"

"시상에, 빼앗겼던 선산을 되찾다니 그럴 수도 있긴 있구 만!"

"참말 좋은 일이여. 그래, 얼마나 좋당가?"

김개똥을 둘러싼 채 사람 여럿이 우르르 몰려나오고 있었 다.

"살다 봉께 이런 시상도 만나는구만. 아따 기분 좋은거!"

앞장서서 나오던 키다리가 옆에서 따라오던 매부리코의 등 짝을 떡메 소리가 나게 쳤다.

"어쿠!"

졸지에 등짝을 맞은 매부리코는 그 자리에 허리를 꺾고 주 저앉았다. 그 모양이 우스워서 모두들 배를 잡고 웃었다. 앙금 이 하나도 없는 웃음이었다. 정말 오랜만에 유쾌했다.

"저 못된 놈들이 참말 많이도 일을 저질러 뻐렸소잉."

자춤발이가 이 주사네 집 방향으로 손가락질했다.

"인자 집강소가 생겼응께 억울헌 일이 있으면 와서 고하라

헝께 온 고을사람이 다 나서요. 아, 억울한 사연 없는 사람이 단 한 사람도 없는 것 같드라닝께."

배불뚝이가 공연히 주먹을 여기저기 휘두르며 호들갑을 떨었다.

"거둬들인 곡식보다 소작료를 더 많이 내라고 했다, 보리쌀 한 말을 빌었는데 이 년 새에 쌀 한 가마니가 됐다, 딸을 억지로 데려가서 종을 삼았다, 대대로 내려오는 가보를 빼앗았다, 남의 묘를 파헤치고 자기네 묏자리로 썼다……."

"특히 말여, 박봉양인지 뭔지 허는 저 양반은 안 끼는 디가 없더구만. 이것저것 게워 내고 물어낼려믄 참말 창자가 다 녹을 거여."

"그러니, 이참에 농민군이 요로코롬 집강소를 열었으니 망정이지 안 그랬으면 어쩔 뻔헌 것이여? 그 억울하고 분통 터질 일을 누가 다 들어 주겠어?"

키다리의 말에 자춤발이가 피식 웃었다.

"들어 주긴! 팔자 좋은 소리 허고 있네. 아, 언제 우리 겉은 놈들 사정을 들어 준 시절이 있었는감? 머리털 나고 단 한 번을 그 비슷헌 얘기도 들어 본 적이 없구만은!"

자춤발이가 입술을 비틀었다.

"자, 됐네, 됐어. 얘기는 못 들었지만 우리가 시방 고런 꿈

겉은 시상에서 살고 있잖은가? 그라믄 됐지 뭘. 자, 가세. 가서 막걸리 한잔 혀야지?"

개똥이 아저씨가 점잖게 자춤발이의 등을 밀었다.

"다행이야. 일이 잘된 것 같아서."

민들레는 함지박을 한켠에 밀어놓고 아이에게 손짓을 했다.

"이리 와 봐. 너, 덥지?"

민들레는 땟국이 흐르는 아이의 목덜미를 씻겨 주어야겠다고 생각했다.

"자, 이리 오라니까. 내가 깨끗이 씻겨 줄께."

민들레는 의외로 부끄럼을 타는 아이의 손목을 잡아끌었다.

"자, 앉아 봐. 아예 윗저고리를 벗을래?"

아이는 얼굴을 살짝 숙이고 고개를 저었다. 민들레는 살며시 비어져 나오는 웃음을 참으며 손바닥에 물을 담아 아이 얼굴을 씻기기 시작했다.

"사실은 말야, 이건 비밀인데, 누나도 농민군에 있었어. 전봉준 장군 부대에. 지금 저 안에서 일하고 있는 김봉득도 잘 알아."

"정말?"

아이 눈이 둥그레졌다.

"그럼 아주머니랑 같이 농민군 했어?"

"그럼. 그 부대에서 밥도 짓고 옷도 짓고……."

"히힛. 누나는 애면서 어머니들이랑 똑같이?"

아이는 이제 마치 친누이라도 대하듯 허물없이 굴었다.

"그래, 거긴 싸움터였잖아. 아이라고 어리광만 부리고 있을 수는 없잖니?"

민들레는 이제 아이의 목을 오른쪽 왼쪽 번갈아가며 문질렀다.

"그런데 거기서 넌 뭐 했니? 아무리 그래도 싸움터에 있기는 넌 너무 어리잖아."

민들레는 자연스레 아이의 코끝을 살짝 잡았다. 아이도 스스럼없이 훙, 소리나게 코를 풀었다. 민들레는 비로소 이상한 기분이 들었다. 아무리 남의 집에서 살았지만 아직 험한 일을 해 본 적이 없었다.

은강이 아버지가 사람을 거칠게 다루지도 않는데다가 조금이라도 험한 일은 민들레 어머니가 다 해치워서 민들레에게까지 차례가 오지 않았다.

'내가 오늘 처음 본 아이의 코를 풀다니…….'

그런데 이상한 것은 그것이 하나도 더럽다거나 어색하다는 느낌이 들지 않았다.

'한집에서 살게 될 아이라서 그럴까?'

그것이 전부는 아닌 것 같았다.

민들레는 아이 얼굴을 맑은 물에 여러 번 헹궈 주고 나서야 아이를 놓아 주었다.

"너 먼저 집에 가라."

민들레는 한결 훤해진 아이 얼굴을 보며 함지박을 옆구리에 꼈다. 가는 길에 빨래를 주인집에 널어 주고 가는 것이 낫겠다는 생각이 들어서다.

아기 엄마는 아마 잠이 든 모양이었다. 집안은 조용했다. 혹시라도 곤한 잠을 깨울까 봐 민들레는 발끝으로 걸어 뒤뜰로 갔다. 빨래를 거의 다 널 무렵 문득 사랑 쪽에서 두런거리는 소리가 들리는 듯했다.

"어르신이 시키는 대로 준비는 다 되었겠지?"

"그럼요, 형님. 귀신도 모르게 다 엮어 놓았지요."

"틀림없는 거지? 정말 귀신도 몰라야 해!"

"아, 그렇다니까요. 제깟 놈들이 꿈엔들 짐작이나 하겠어요? 지금 눈에 보이는 게 있겠냐구요. 하늘이 돈짝만 한 것 같겠지요."

'무슨 소리일까?'

민들레는 빨래 널던 손길을 멈추고 그 자리에 가만히 서 있었다. 갑자기 방문이 벌컥 열렸다.

"게 누구냐?"

"예, 저…… 빨래를 좀 널어 드리고 가려고……."

민들레는 말끝을 흐렸다. 날카로운 눈빛의 젊은이가 민들레를 아래위로 훑었다.

그러고는 곧 아무렇지도 않게 말했다.

"그래? 그렇다면 빨리 하고 가거라."

"예."

민들레는 재빨리 함지박을 챙겨 들고 돌아섰다.

"형님, 저 애가 뭘 들은 건 아닐까요?"

민들레가 시야에서 완전히 사라지고 나자 젊은이가 걱정스러운 표정을 지었다. 그러나 나이 든 쪽은 훨씬 여유만만했다.

"아닐 걸세. 우리가 구체적으로 뭘 얘기한 적이 있는가? 아무 얘기도 한 적이 없어. 박봉양의 '박'자도 입에 올리지 않았는걸! 소작인의 '소'자는 물론이고 말야."

"그랬던가요? 그렇다면 정말 다행입니다만."

비로소 젊은이가 긴장된 얼굴을 풀었다.

"아무튼 서둘러야겠어. 더 이상 상것들이 설쳐 대는 꼴을 보아 주기도 정말 지겹고 시간을 끌면 아무래도 새나가기도 쉬울 테고."

"게다가 박봉양 어른의 호령이 대단하지 않습니까? 어떻게 더 끌겠어요?"

젊은이가 말을 받았다.

"하긴. 자, 이제 준비는 완벽하게 끝났겠다! 내일 아침부터는 이 속 뒤집어지는 꼴을 더 이상 보지 않아도 되겠군."

"아, 그럼요, 형님. 물론 그렇게 되어야지요."

젊은이는 방문을 닫았다.

혼례식

"아따! 여기도 또 혼례가 있는 모양이네!"

솔부엉이는 이맛살을 찌푸리며 갑수의 눈치부터 살폈다. 이
번에도 보나마나 억지 혼례일 터였다. 지나오는 길에 이런 혼
례를 만난 것만도 벌써 다섯 번째였다. 농민군 출신인 신랑이
억지로 치르는 강제 혼례.

이런 혼례는 대개 번갯불에 콩 볶아 먹듯 이루어지곤 했다.
신부 쪽의 결혼 의사도 묻지 않고 혼인 날도 잡을 새 없이 자신
이 쓰던 머릿수건을 신부로 삼고 싶은 사람이 살고 있는 대문
에 걸어 두면 그만이다. 이런 혼례는 정말 이전까지는 꿈에도
상상하지 못하던 것이었다.

더구나 신랑은 대부분, 나이가 들지 않은 농민군 부대 상민
이고 신부는 거의 양반댁 규수였다. 그것은 혁명이고 보복이었

다.

　농민군이 완전히 장악한 지역에서 일어나는 이러한 앙갚음식 결혼은 또 다른 문제의 씨앗이 되었다. 보복이 두려워 죽지 못해 결혼을 허락하는 양반들은 속으로 이를 갈았다. 하긴 당연한 일이었다. 하늘과 땅이 뒤바뀌지 않은 다음에야 어떻게 금이야 옥이야 귀하게 기른 딸을 무식하고 천한 상민과 혼인시킨다는 것인가? 그것은 정말 하늘이 무너지는 일이다.

　'오냐, 이놈들! 네깟 놈들 세상이 가면 얼마나 가겠느냐. 세상이 또 한 번 뒤집혀 이 미친 세상이 가고 나면 내 네놈들을 그냥 두지 않을 것이다.'

　부리던 종에게, 사람 취급 하지 않던 천민에게 누이와 딸을 빼앗긴 양반댁 남정네들은 치욕스러움에 몸을 떨었다. 그런 꼴을 볼 수 없다면서 스스로 목숨을 끊은 선비도 있었다. 이런 마구잡이 억지 결혼이 곳곳에서 이루어졌다.

　갑수는 마음이 급했다. 어쩌면…… 갑수의 머릿속에는 아란 아씨의 뽀얀 얼굴이 어른거렸다.

　"우리……, 구경하고 갈까?"

　솔부엉이는 또 다시 갑수의 표정을 힐끔거리며 눈치를 보았다.

　"부침개라도 한 쪽 얻어먹고 가자, 뭐!"

솔부엉이는 투정하듯 말했다. 갑수는 마지못해 고개를 끄덕이며 발을 옮겼다.

"참말, 요런 시상이 올 줄 어느 귀신이 알았겠소?"

"종이 상전댁 애기씨를 마누라로 삼다니, 이거 참말 우리덜이 모다 꿈꾸는 것 아녀?"

"아따! 요로코롬 생생헌 것이 무신 꿈이다요? 정 안 믿기면 나가 한번 꼬집어 볼까, 요렇게?"

뒤쪽에 서 있던 구경꾼 아낙들이 서로 옆구리를 찔러가며 킬킬거렸다.

신부는, 신랑이 종 살던 강 부잣집 고명딸이었다. 죽지 못해 올리는 혼례지만 강 부자 부부는 눈에 넣어도 아프지 않을 고명딸이기에 행랑어멈을 시켜 혼례를 준비했다.

상 양쪽에는 대나무와 소나무를 꽂은 화병을 놓았고 가운데는 대추와 밤을 담았다. 파릇한 나물이 한 가지 상에 올랐고 신랑 신부가 마실 술은 찹쌀로 빚은 것이었다.

다리를 묶인 채 산 채로 상에 오른 닭은 불안스레 눈알을 뒤룩거리며 푸드득거렸다.

예사 혼례가 아니어선지 둘러선 사람들 표정도 참으로 여러 가지였다. 말하나마나 신부 쪽 강 부잣집 사람들은 거의 벌레 씹은 얼굴이었다. 남정네는 그나마 억지로라도 참고 있었지만 여자들은 달랐다. 눈물을 추스르지 못하는 것이 초상집에라도 온 꼴이었다.

그것이 차츰차츰 상민들의 비위를 긁었다.

"참말로 배알 꼴려 못 보겠구먼. 무신 초상났어, 시방? 우리가 쪼깨 심허지 않나 혔었는디, 질질 울어쌓는 꼴을 봉께로 다시 오장이 확 뒤집어지는구먼. 아, 눈물은 왜 짜, 이 좋은 날?"

얼금뱅이가 빈정거렸다.

"아, 어찌 안 울겠는가? 자네도 생각을 좀 해 보드라고. 쥐면 꺼질까 불면 날아갈까 키운 애기씨를 사람 축에도 못 드는 우리 겉은 상놈 헌티 줄라니께 아, 억장이 무너져 내리지 않겠는가 말이시. 당연허지 당연허고말고. 모르긴 몰라도 아마 귀하고 높으신 분들 입장에서는 차라리 죽는 것이 나을 것잉께!"

총냥이가 가뜩이나 뾰족한 입을 더욱 앞으로 내밀며 말꼬리를 끌었다.

갑수는 고개를 숙인 채 바닥에 깔린 돗자리의 왕골 수를 셌다. 피하려고 해도 사람들이 이러쿵저러쿵 떠드는 소리를 듣지 않을 수 없었다.

어떻게 사는 게 잘사는 걸까? 요즘은 정말 막막하고 온몸이 나른했다.

시키는 일만 *끄덕끄덕*하고 주는 밥이나 얻어먹고 살 적에는 물론 그런 생각조차 해 보지 않았다.

농민군에 참가한 뒤로 한동안은 뭔가를 좀 알 듯도 싶었다. 그런데 시간이 더 흐르면서 내 편, 남의 편을 가리지 않고 하는 짓들이 갑수의 비위를 건드렸다.

'옳은 건 옳은 거고 틀린 건 틀린 거지 뭘. 틀린 건 싫은 소리도 들어야 하고 옳은 건 칭찬을 받아야 마땅하지. 당연히 그래야지.'

그러나 세상은 갑수 생각처럼 반드시 그렇게 흐르는 것 같지만은 않았다. 사람 같지 않은 짓을 예사로 하는 저쪽 사람들은 그렇다 치고라도 바르고 옳은 생각 하나로 뭉쳤다고 생각했던 농민군이 하는 짓도 문제가 적지 않았다.

돈이 많은 집을 무조건 죄인 취급하며 사사로운 보복을 하는 사람이나, 고분고분하지 않은 양반 집에 불을 지르는 사람도 있었다.

그러나 갑수가 가장 참을 수 없었던 것은 너무나 쉬이 자기와 한편이었던 동료를 버리려 했던 사람들이었다. 그 중에서도 막동이. 돌이켜 생각해 보아도 갑수는 도무지 막동이를 용서할 수 없었다.

그런데 그 막동이가 아무 일도 없었다는 듯 농민군 핵심부에 계속 남아 있었다. 다른 일도 아니고 전봉준을 팔아먹으려

고 했는데, 자신에게 붙은 백정 꼬리표를 떼어 내기 위해 농민
군 모두를 관군에 넘겨 버리려고 했는데, 그런데……

갑수는 전봉준을 이해하고 싶었다. 그릇이 커서, 너그러워
서 그런 모양이라고 생각하려고 애썼다. 막동이도 불쌍한 녀석
이니 한 번 봐 주었는지 모른다는 생각도 해 보았다. 아니면 언
젠가 정말 한번 혼을 내 주려고 기회를 보고 있는지 모른다는
생각까지 해 보았다. 그러나 이거다, 싶은 것은 아무것도 없었
다.

'혹시, 만에 하나……'

그런 생각이 얼핏 머리에 떠오른 것만으로도 갑수는 비참한
기분이 되었다. 어쩌면 전봉준이 힘이 없어서인지도 모른다.
너무나 쉽게 흔들리는 군중을 보고, 외국 군대에 비해 무기라
고 말하기도 쑥스러울 만큼 형편없는 장비를 떠올리고, 도저히
말이 통하지 않는 이 나라 지도자들을 생각해 보고…….

그러면 정말 힘이 빠질 만도 하다. 도대체 무슨 기운이 남아
돌아 누구를 벌하고 누구를 바로잡아 줄 수 있다는 말인가. 만
사가 귀찮고 덧없겠지.

그러나 그렇다고 해도 전봉준까지 그러면 안 된다. 다 그래
도 전봉준은 그럴 수 없다. 갑수는 그렇게 믿었다.

이것저것 생각해 본다 해도 아무튼 막동이와 얼굴을 부딪치

는 것이 싫었다. 견딜 수가 없었다. 그래서 갑수는 고향으로 가려고 한다. 그런데 상황은 점점 더 나빠졌다.

온 전라도 바닥이 온통 농민군 세상이 된 것까지는 좋다. 농민군 출신 사람들이 집강소를 차고 앉아 이것저것 일처리를 하는 것도 좋다. 그러나 평소 처신이 엉망이어서 동네 개라고 따돌림을 받던 사람까지 농민군에 휩쓸려 설쳐 대는 것은 정말 그냥 넘길 수가 없는 일이었다. 옳지 않다.

길 닦아 놓으니 문둥이가 먼저 지나간다고 바른 세상 만들자고 목숨 내놓고 싸우다가 정신을 차리고 보니 별것이 다 세상을 휘저어 대고 있었다. 아마 지금 혼례를 올리고 있는 저 신랑도…….

"아, 좀 조용히 허드라고. 신부 나오잖는감."

신랑 바로 뒤에 서 있던 물퉁이가 계속 입을 다물지 않는 얼금뱅이의 옆구리를 쳤다.

"아따, 어찌 되었든 새색시는 참말 곱구먼."

키다리가 속없이 헤벌쭉 웃었다.

"곱긴 이 사람아! 눈이 퉁퉁 부었어."

눈썰미가 좋은 총냥이가 핀잔을 주었다.

갑수는 양쪽에서 부축을 받으며 신랑을 향해 걸어가는 신부를 바라보았다. 먼저 눈에 뜨인 것은 족두리에서 늘어뜨린 구슬이 걸을 때마다 찰랑찰랑 흔들리는 것이었다.

갑수는 얼른 시선을 돌렸다. 울어서 부어오른 신부의 눈을 보고 싶지 않아서다.

"교배례!"

주례의 소리에 갑수는 정신을 가다듬었다. 신랑은 손을 씻고 자리에 섰다. 신부가 큰절을 두 번 하고 신랑이 답례로 절을 하고 그것이 다시 한 번 반복되고…….

솔부엉이는 마당 한구석에 쭈그리고 앉았다. 뭐라고 해도 저런 짓은 좀 심하다. 그런 생각을 한 것은 솔부엉이만이 아닌 모양이었다.

"시상에!"

강 부잣집 높은 문턱을 나서던 꼬부랑 할아버지가 씹어 뱉듯 말했다.

"무덤을 파는구먼!"

허리가 굽은 노인도 고개를 저었다.

"들어 봉께 쪼깨 문제는 문제인 모양이드라고. 어떤 곳에선가는 양반과 그 동네 아전들이 쑥덕거려서 하루아침에 집강소를 걷어치워 버리고 수성소라는 걸 차려 왔다고 허더랑께."

좀더 나이가 덜 들어 보이는 노인이 마치 자기가 수성소를 차리기라도 한 듯 민망한 표정을 지었다.

"왜? 조따위 짓들을 혀서?"

꼬부랑 노인이 강 부잣집을 턱짓으로 가리켰다. 아무도 대답하지 않았다.

"카악!"

꼬부랑 노인은 요란스레 가래를 뱉었다. 한참 만에 염소수염을 한 노인이 물었다.

"수성소는 또 뭣이여?"

"고것은, 그랑께…… 농민군이 댕기는 곳마다 차려 놓곤 하는 집강소허구는 완전히 반대랑께. 아, 고것이 농민군을 때려잡자는 모임이라고 허더라고!"

잠시 침묵이 흘렀다. 노인들은 딴청을 부리듯 제각기 시선을 돌렸다.

"허긴. 어디서도 박봉양이라는 양반이 제 소작인들을 윽박질러 집강소로 쳐들어가 농민군허구 쌈을 했단 소리를 들었응께. 농민군이 형편없이 졌다더구만. 농민군 쪽에 섰던 사람들은 또 한 번 줄초상을 치르고 있다고 허더랑께."

"농민군은 이런 어거지 겉은 일을 안 헐 줄 알았는디……. 저런 놈들이 참말 농민군이란 말여? 쌈허는 근처에도 안 가 본 엉터리 아녀? 설사 아무리 그렇드라도 으째 저리 생각이 짧고 싸가지 없는 짓을 헐 수 있을까잉? 저런 짓을 허면……."

꼬부랑 할아버지가 다시 한 번 큼큼거리며 가래를 돋워 올렸다.

"아따, 이 사람. 큰일을 허다 보면 저런 건달이 끼어들기도 허고 뭐 그런 게 아니겠는가? 이렇게 쪼깐한 일 갖고 트집 잡지 말고 농민군이 헌 큰일을 보라니께. 아, 전라 감사도 농민군 집강소를 정식으로 인정허고 자기는 뒤로 물러앉았다고 허잖던가. 드물게 저런 일도 있기는 허지만 이리 좋은 세상은 없었어. 농민이 참말로 나서서 고을을 다스리고 있잖은가? 조금만 기다려 보세. 이런 자잘한 일은 전 장군 그 어른이 어련히 알아서 잘 처리하시려고."

나이가 덜 들어 보이는 노인이 꼬부랑 할아버지를 달래듯 차근히 말을 풀었다.

"자, 열 내지 말고 집에나 가자닝께. 공연히 흥분하면 건강에도 아주 나쁘단 말이시!"

노인의 말은 정확했다. 그로부터 얼마 지나지 않아 전봉준은 전라도 일대에 통문을 보내 사사로이 날뛰는 일부 농민군에 대해 엄중히 경고했다.

통문

지금 우리가 이렇게 떨쳐 일어난 것은
오로지 백성의 어려움을 해결하자는 것인데
경솔한 무리가 떠돌며 멋대로 날뛰면서
포악하게 굴어 마을마다 고통 소리가 높다.
이러한 잘못은 아무리 작은 것이라도
그대로 넘기지 말고 반드시 보고하라.
이들은 어진 일을 하지 않고
도리어 살기 좋은 세상이 오는 것을
방해하는 사람들이니…….

청나라와 일본

5월 3일. 청나라 왕봉조가 일본 무쯔 무네미쯔에게

…… 최근 조선에서 일어난 난 때문에 우리 나라 조정에서
는 특별히 군대를 먼저 조선으로 보내어 난을 누르고 주모자들
을 사로잡았으며 협박에 못 이겨 뒤따른 자들은 흩어 버린 다
음 곧바로 되돌아온 일이 있었기에 일본에 급히 알립니다…….

5월 5일. 일본 고무라가 청나라 총리아문에게

…… 지난 1885년 4월 18일 일본과 청나라가 맺은 조약에는
두 나라가 만일 조선에 군대를 보내게 되면 상대방에게 그 내
용을 알린다는 내용이 있습니다. 최근 조선에서 일어난 난으로
우리 나라에서는 어쩔 수 없이 군대를 보내게 되었으므로 이러

한 내용을 알려드립니다…….

5월 6일. 청나라 총리아문이 일본 고무라에게

…… 우리 나라가 군대를 보내어 도와 준 것은 조선 정부가 원해서이며, 난이 가라앉자 곧바로 군대를 되돌려 왔습니다. 그러나 일본이 군대를 보내려는 이유는 상인을 보호하자는 것뿐입니다. 처음부터 특별한 일도 없는데 거듭 군대를 보내는 일과 또 조선에서 도움을 요청할 생각도 없는데 군대를 조선 땅 깊숙이 들여보내는 일은 올바른 일이 아닙니다. 만약 우리 나라 군대가 행군 중에 갑자기 일본 군대와 마주치게 되면 양국 군대는 서로 법이 다르고 말도 통하지 않으므로 예기치 못한 일이 일어날까 두렵습니다. 이러한 내용을 속히 살펴서 사고가 일어나지 않도록 하시기 바랍니다…….

일본 고무라가 청나라 총리아문에게

군대를 보낸 것은 우리가 잘 알아서 판단한 일입니다. 땅에는 경계를 정해 놓은 곳이 없고, 또 가지 말아야 할 곳이라면 당연히 가지 않으면 될 것입니다. 또한 우리 나라 군대는 엄격한 훈련을 받았으므로 꼭 청나라 군대와 문제가 생긴다고 볼 수는 없습니다…….

5월 16일. 일본 무쯔 무네미쯔가 청나라 왕봉조에게

…… 지금 청나라와 우리 나라는 동학교도를 없애기 위해 군대를 보냈는데 난이 이미 가라앉았으므로 이제는 마땅히 조선 조정을 대신해 정치를 정비해야 합니다. 우리 두 나라에서 는 각각 대신을 뽑아 조선에 보내어 조선의 나랏일을 맡아야 합니다…….

청나라 왕봉조가 일본 무쯔 무네미쯔에게

…… 귀하가 보낸 문서를 받아 보고 그 내용을 즉시 황제께 아뢰었더니 '조선의 내란은 이미 가라앉았으므로 다시금 우리 나라 군대를 외국에 보내어 고생시킬 이유가 없으며, 정치는 조선 조정 스스로가 알아서 할 일이지 우리가 간섭할 일이 아 니다.'라고 하셨습니다. 일본은 이미 조선을 자주국으로 인정 하면서 어찌하여 조선의 일에 간섭하고자 합니까. 이런 일은 정상적이 아님이 분명합니다…….

5월 22일 일본 무쯔 무네미쯔가 청나라 왕봉조에게

…… 조선에서 난이 일어나 커지게 되면 우리 나라도 피해를 입게 됩니다. 일본은 조선에서 결코 군대를 철수하지 않을 것입니다…….

폭풍전야

제멋대로 조선에 주둔한 일본군의 태도는 점점 더 방자해졌다.

전주 화약 이후, 조선은 일본에게 정식으로 군대를 되돌려 갈 것을 요구했다. 그러나 그들은 콧방귀도 뀌지 않았다.

일본은 청나라를 조선에서 밀어 내고, 조선을 고스란히 집어삼킬 궁리를 했다.

마침내 그들은 남의 나라인 조선의 정치까지 간섭하며 내정 개혁을 요구하고 나섰다. 갈수록 태산이었다.

한편으론 일본 무사 수십 명을 풀어 전봉준을 비롯한 농민군 지도자를 만나 다시 기병하라고 부추겼다.

작게는 일본군이 조선에 남으려고 했으며, 크게는 그 참에 청나라와도 전쟁을 벌여 조선을 완전히 장악하자는 속셈이었다.

그러나 쉽지 않았다. 농민군 지도부가 가벼이 몸을 움직이려 들지 않았기 때문이었다.

그러자 일본은 좀더 강력한 방법을 찾아냈다.

이번에는 정말 엄청난 일을 벌였다.

6월 21일 밤, 경복궁에 무기를 갖춘 일본군 수천 명이 함부로 들어왔다.

일본군은 한밤중에 포까지 쏘아 대며 경복궁에 쳐들어왔고 흙먼지로 범벅이 된 군화를 신은 채 조선의 국왕이 쉬고 있는 방 안에 들어왔다. 일본의 조무래기 관리에 불과한 오오토리는 바로 코앞에서 칼을 뽑아들고 조선의 왕을 위협했다.

그들이 요구한 것은 그들이 조선의 정치에 관여하기 쉽도록 흥선대원군에게 나라를 맡길 것, 새로운 내각을 구성할 것, 군대를 해산할 것 등 실로 기가 찬 것이었다.

그러나 일본군의 말은 그대로 시행되었다. 김홍집 등으로 이루어진 친일 내각이 들어섰다. 대원군이 나라를 다스리기는 했지만 이미 허수아비 신세였다.

곧이어 일본은 청나라에 선전포고를 했다. 7월 1일의 일이었다.

조선 팔도가 술렁였다. 이제 조선은, 조선을 집어삼키려고 조선 땅덩어리에서 벌이는 남의 나라 사이의 전쟁을 멀거니 바라보고만 있어야 할 운명에 처해 있었다. 더욱이 조선은 그 싸움에서 이기는 쪽에 통째로 먹힐 것이다.

그런 어수선한 때에 남원에서 농민군 대회가 열린다는 통문이 돌았다.

7월 15일, 전라도 농민군이 속속 남원으로 모여들었다.

"오메 오메, 반가운 거."

얼금뱅이를 비롯한 몇이 마치 제 손님이라도 되는 듯 꾸역꾸역 모여드는 농민군을 마중하면서 하루 종일 성문 앞에서 수선을 떨었다.

한여름 햇살이 바늘 끝처럼 따가웠다. 먼 길을 달려온 농민군들의 옷은 땀에 젖어 몸에 휘감겼다. 그러나 아무도 더위를 가지고 시비하는 사람은 없었다.

은강이도 한쪽 그늘에 앉아 삼삼오오 짝을 지어 몰려드는 농민군을 바라보았다.

더러는 동네별로 무리를 지어 오기도 했는데, 그 모습은 예전에 본격적인 전투를 앞두고 백산에 모여 농민군 대회를 벌이던 때와 비슷했다.

차일이 쳐졌고 풍물판이 벌어졌다. 조금 다른 것이 있다면 모여드는 사람 하나하나의 얼굴 표정이었다.

그 때의 분위기가 신열에 들떠 얼굴이 벌겋게 달아오른 듯한 느낌이었다면 지금은 아주 기분이 좋아 보였다. 조금 들떠 있는 듯하기도 했지만 그것은 자기도 모르게 배어 나오는 자신감 때문이었다.

고을 양반의 무리와 싸우기도 하고 관군에게 밀려나기도 했지만, 사실 한두 군데를 빼면 전라도 전 지역이 농민군 지역이 되었다.

거기서 농민군은 집강소를 설치해 밀린 민원을 처리하고 치안을 해결했으며 악법을 고쳤다. 지금 모여드는 농민군은 이미 그런 놀라운 일을 몸으로 겪은 사람들이었다.

시간이 지나면서 우왕좌왕하던 농민군은 지역별로 모여 앉았다. 단상에 선 농민군 대장들의 소개로 남원 농민군 대회가 시작되었다.

소개가 끝난 뒤, 젊은이 하나가 단상으로 올라갔다. 젊은이는 깍듯이 허리를 굽혔다.

"저 친구는 누구여, 난데없이?"

군중 속에서 두런거리는 소리가 생겼다.

"먼저 제 소개를 하겠습니다."

젊은이는 오른손으로 자신의 앞가슴을 두어 번 두드리며 한 발 앞으로 나섰다.

"저는 사실 이런 자리에 이렇게 나올 수 없는 몸입니다. 바로 얼마 전까지만 해도 평양에서 관군으로 있으면서 여러분과 총질도 한 사람이니까요."

"뭐시여?"

젊은이의 말에 여기저기서 큰소리가 났다.

"하지만 오해는 하지 마십시오. 이제는 여러분과 똑같이 농민군이 되었으니까요. 이제 그 자초지종을 차근히 말씀드리겠습니다."

젊은이는 잠깐 말을 쉬었다.

"저 왜놈들이 경복궁에 쳐들어왔을 때 저는 그 자리에 있었습니다. 그 날 밤은 마침 우리 군 오백 명이 대궐을 지키고 있었습니다. 그래서 그 무지한 놈들이 하는 짓을 아주 가까이서 보았습니다. 그 놈들이 우리 상감마마께 무슨 짓을 했는지, 어떻게 우리 군대의 무기를 뺏고 해산시켰는지는 구태여 말씀드리지 않겠습니다. 하지만 여러분……."

젊은이의 목소리가 떨렸다.

"우리 쪽에서는 아무도 나서지 못했습니다. 한마디 항의도 하지 못했습니다."

청년은 이제 거의 울먹였다.

"여러분, 여러분. 도대체 우리는 왜 이렇게 살아야만 합니까? 도대체 어쩌다 이렇게······."

대회장은 순식간에 숙연해졌다.

"젠장맞을! 아, 그랑께 우리 농민군이 나서야 안 허겄소?"

"암먼. 고렇고말고."

"갑시다. 우리가 나서서 저 못된 무리를 한 방에 쓸어 버립시다!"

텁석부리가 소리를 지르며 자리에서 벌떡 일어났다.

"갑시다!"

"그려. 모다 가더랑께!"

모여 앉았던 농민군도 제각기 자리에서 일어났다.

목청껏 우, 소리를 질러 대며 발을 굴렀다. 곧바로 한양으로 쳐 올라가기라도 할 듯한 기세였다.

흥분은 좀처럼 가라앉지 않았다.

마침내 전봉준이 나섰다.

"여러분! 지금 나라의 형편이 정말 딱한 지경에 와 있습니다. 안에는 자신의 이익을 위해서 무슨 짓이든지 하는 썩어 빠지고 몰염치한 관리가 판을 치고 있고, 밖으로는 호시탐탐 침략의 기회를 엿보는 청나라와 일본에 둘러싸여 있습니다.

나라의 운명이 바람 앞의 촛불 같은 이 때에도 벼슬아치들은 아직도 정신을 차리지 못하고 백성을 괴롭히고 있습니다.

여러분 우리가 해야 합니다. 우리 농민군만이 이러한 때에 문제를 해결해 나라를 위기에서 건지고 도탄에 빠진 백성을 구할 수 있습니다."

"와아, 와!"

농민군은 하늘이 무너져라 함성을 질렀다.

"그러나 여러분!"

전봉준은 말을 이었다.

"지금 우리 모습은 어떻습니까?"

말을 끊은 전봉준의 시선은 모여선 군중을 오른쪽 끝에서부터 훑어나갔다.

"아따, 고것은 또 무신 소리당가?"

배불뚝이가 중얼거렸다.

"아, 무신 소리는 무신 소리겄어?"

키다리는 공연히 두어 번 코를 훌쩍였다.

"우리는 지금, 아주 중대한 시점에 와 있습니다. 조선 팔도 온 백성을 모두 우리 편으로 끌어들이든가, 아니면 모두와 적이 되든가 하는 갈림길에 서 있습니다."

옆에 서 있던 손화중이 말을 받았다.

"여러분! 여러분이 할 일은 '농민군 세상이 참말 살기 좋은 세상이구나.' 하는 소리가 백성 입에서 저절로 나오게 하는 것입니다.

양반은 양반대로 상인은 상인대로 억울한 일이 없는 세상이 되어야 한다는 말입니다. 어느 한쪽이 분하고 억울하다면 그것은 이미 잘못된 세상입니다."

"이 친구야, 장군님들 말씀 잘 들어 보더라고!"

땅딸이가 옆에 서 있는 딸기코의 어깨를 툭 쳤다.

"너맹키로 고로코롬 천둥에 개 뛰듯 설쳐 대면 될 일이 아무것도 없다, 그 말씀이셔, 시방."

'천둥에 개 뛰듯'이라는 표현이 우스워서 은강이는 경황 중에도 픽, 소리를 내며 웃었다.

"내가 뭘……."

딸기코의 얼굴이 보일 듯 말 듯 붉어졌다. 땅딸이는 그런 딸기코를 무시한 채 말을 이었다.

"무신 말이냐 허믄, 양반을 너무 지나치게 닦달허믄 되려 우리가 당헐 수 있다는 거여. 안 그렇겠냐? 급허믄 쥐도 고양이를 문다는디……. 양반이 으떤 사람들인디 언제꺼정 우리헌티 당하기만 허고 있었어? 아니헐 말로 우리가 한참 일본과 한판 붙었는디 저 싸가지 없는 양반들이 들고일어나서 우리 뒤통수를 치믄 어쩌겠능가 허는 말이라구!"

딸기코는 입을 열지 않았다. 은강이 생각에도 땅딸이가 하는 말이 아주 틀린 것 같지는 않았다.

전봉준의 말이 이어졌다.

"여러분! 이제 우리 더 이상 필요 없는 적을 만들지 맙시다. 하지만 잊지는 맙시다! 맹세합시다! 우리는 백성과 한 배를 탄 농민군이라는 사실을. 그리고 때를 기다립시다. 모든 불의를 깨끗하게 치워 버릴 수 있는 시간을. 그 때가 오면 우리 모두 지금처럼 자리를 털고 일어납시다! 일어납시다, 여러분!"

땅딸이는 다시 딸기코의 옆구리를 집적거렸다.

"그랑께 진즉에 이 형님 말씀 들으라고 안 혔냐? 너맹키로 양반이라믄 씨라도 말릴 것마냥 눈 감고 미친드끼 뎀벼들믄 될 일도 안 된다 그 말이여! 슬슬 얼르고 뺨치고 해 감시롱 일이 되게끄름 혀야지. 큼큼, 알겄능가, 동상?"

땅딸이는 끝내 농지거리였다.

정말 큰 비가 한바탕 쏟아질 모양이었다. 끈끈하고 후텁지근한 열기가 온몸의 물기라는 물기는 다 뽑아 낼 듯 기승을 부렸다.

대추야 열려라

비는 쉽사리 내리지 않았다. 긴 가뭄이 계속되었다.

전봉준은 남원 농민군 대회가 있은 지 이틀 뒤에 무주 집강소 앞으로 통문을 보냈다.

방금 외구가 대궐을 침범했다.

국왕이 욕을 당했으니, 마땅히 달려가 목숨을 걸고 의로써 싸워야 하나 저 도적들이 바야흐로 청나라와 전쟁 중이어서 기세가 매우 날카롭고 강하므로 갑자기 맞서 싸웠다가는 그 화가 나라에 미칠지도 오른다. 조용히 물러나 형편을 살펴본 뒤에 기세를 올려 대책을 취하는 것이 좋을 것이다.

바라건대 반드시 근처 각 접주에게 통문을 돌려 서로서로 상의해 각자 생업에 종사하고 난동을 부리거나 소동을 일으키지 못하게 하라.

　이렇게 일렀는데도 알아듣지 못하고 계속 문제를 일으킨다
면 해당 지역의 접주는 감영에 보고하여 용서하지 말고 엄하
게 처단하라.

　　　　　　　　　　　　　　　　　　　7월 17일 좌도 도집강

　한낮은 조금 지났지만 아직도 햇살은 뜨거웠다. 장치기놀이
(나무로 둥글게 깎은 공을 밑동이 뭉툭한 막대기로 쳐서 미리 파 놓
은 구멍에 넣는 놀이)에 정신이 없는 아이들은 햇살 따위에는 신
경 쓰지 않았다.

　"자, 은강아, 니가 몬저 치드라고."

　코찡찡이가 막대기를 은강이한테 건넸다.

　"좋아. 자, 간다!"

　은강이는 막대기로 나무공을 힘껏 쳤다.

　"와, 잘 날아간다. 니 공이 전봉준 장군이든가?"

　코찡찡이와 왕눈이는 팔짝팔짝 뛰었다. 공은 저만치까지 시
원스레 날아갔다.

　"와, 와 들어갔능가? 들어갔어?"

　왕눈이가 구멍으로 공이 들어갔는지 확인하려고 달음질쳐
갔다.

"아니. 잘 날아가긴 했는데, 들어가지는 않았어."

은강이는 고개를 저었다.

기분이 나빴다. 전봉준 장군의 이름을 붙인 공이 잘 날아가고 잘 들어가야 하는데…….

심심한 아이들이 생각해 낸 새로운 놀이가 '동학 장치기'였다. 공 하나하나에 전 장군, 김 장군, 일본군 관군의 이름을 붙여 치는 놀이였다. 아이들은 누구도 자기 공에 일본군이나 관군 이름을 붙이지 않았다. 농민군 대장의 성씨를 따서 공에 이름을 붙여 놓고는 누가 제일 먼저 구멍에 잘 들어가는가를 내기하곤 했다. 장치기에서 이기는 공이 진짜 싸움에도 이길 거라며. 아이들은 서로 자기 공에 전봉준 이름을 붙이고 싶어했고, 오늘은 은강이가 전 장군 공을 가졌다.

"다음은 니 차례여."

왕눈이가 코찡찡이를 툭 쳤다.

"나는 김 장군이다."

코찡찡이가 호기롭게 소리쳤다. 공은 쭉 뻗어 날아서 구멍에 빨려 들 듯 들어갔다.

"으떠시냐?"

코찡찡이가 콧물을 훌쩍이며 어깨를 폈다.

"워쩐 일이래?"

"워쩐 일은?"

코찡찡이가 다시 한 번 으쓱였다.

"야들아, 다음 참에는 김 장군이 이길 것인갑다. 그치?"

"하이고매 참말로!"

"야, 넌 이게 참말이라고 믿냐?"

아이들이 서로를 치며 낄낄거렸다. 그 때 문간에서 인기척이 났다.

"이리 오너라."

은강이는 장치기 막대기를 든 채 문 앞으로 달려갔다.

"뉘시온지요?"

"전봉준 장군님이 여기 계시느냐?"

낯선 사람 셋이 대문으로 들어서며 물었다.

"그렇습니 다만……."

"가서 아뢰어라. 일본에서 손님이 오셨다고."

은강이는 고개를 들어 그들의 얼굴을 훑어보았다.

"어서!"

조선인인 듯한 사람이 재촉을 했다.

"예."

은강이는 한달음에 달려 댓돌 위에 섰다.

"저, 손님이 오셨습니다."

댓돌 구석에서 들리던 때 이른 귀뚜라미 울음소리가 인기척에 뚝 그쳤다.

"그래?"

대답과 동시에 방문이 열렸다.

"저, 일본인이라고……."

은강이는 전봉준의 얼굴을 올려다보았다.

"……"

전봉준은 서너 걸음 떨어진 곳에서 삿갓을 벗어 들고 고개를 까딱 숙이는 일본인들을 말없이 바라보았다. 그들의 발치께에 빨갛고 노란 채송화가 가득 피어 있었다.

"전 장군님께 드릴 말씀이노 있어서 왔스므니다. 잠시만 시간을 내 주시면 어떠시겠는지요."

그 중 나이가 들어 보이는 뱀눈의 사내가 한 발 앞으로 나섰다. 뱀눈은 혀로 입술을 재빨리 핥았다.

"들어오시오."

전봉준은 마음을 정한 듯 몸을 비켜섰다.

"저, 이 곳 전주는 참으로 경치가 좋스므니다. 음식도 좋구요."

뱀눈은 너스레를 떨며 방 안을 휘 둘러보았다.

"고맙소."

방 안은 단정했다. 보료 옆에는 간단한 책상이 있고 윗목에는 책장이 있을 뿐 다른 것은 없었다.

"에, 또 지난번에도 우리 일본 사람을 만난 적이 있다고 들었스므니다만……."

"네, 그랬지요."

전봉준의 대답은 짧았다.

"우리는 귀국에 아주 관심이노 많스므니다. 그래서……."

뱀눈은 말꼬리에 살짝 웃음을 얹었다. 전봉준은 뱀눈을 말없이 바라보며 다음 말을 기다렸다.

"우리는 조선과 잘 지내고 싶스므니다. 그래서 지금, 조선의 형님 나라입네 하며 조선 살림살이를 간섭하는 청나라와 전쟁을 벌이고 있스므니다. 제가 듣기론 우리가 전쟁을 벌이기 전에 장군님께 우리 일본과 손잡고 청나라를 조선에서 몰아 내자는 제안을 했었다는데……."

"그랬소. 내가 거절했소."

전봉준은 담담하게 대답했다.

"왜요? 왜 그러셨스므니까?"

뱀눈이 안타깝다는 듯 목소리를 높였다.

"나는 청나라만큼이나, 아니 어쩌면 청나라보다도 훨씬 더 귀국 일본이 우리 나라에 위험하다고 생각했기 때문이오."

"아니, 어째서……."

뱀눈의 얼굴이 일그러졌다.

"귀국의 상황에 대해 들어 알고 있소. 갑자기 산업이 발달하고 있어 곳곳에 공장이 들어서고, 그 공장을 돌리는 데 필요한 원료를 구해야 하고 다 만든 제품을 팔아야 할 형편이란 걸말이오. 또 호전적인 당신네 나라 무사, 사무라이라고 하던가요? 그 사무라이들이 칼을 휘두를 곳이 필요하다는 것도. 당신네 나라 사람이 볼 때 그러한 일을 하기에 우리 조선이 가장 알맞은 땅이고 만만한 땅이라는 것까지도 말이오."

잠깐 말을 쉬었다가 전봉준은 다시 말을 이었다.

"우리는 당신들의 생각에 동의할 수 없소. 당신들이 더 잘살기 위해 이웃한 우리 조선을 희생시키려 한다는 것, 우리가 가만히 당하리라 보시오?"

전봉준은 의연했다.

"희생이라니요? 말씀이 좀 섭섭하므니다."

뱀눈은 입꼬리를 비틀며 웃었다. 자리를 고쳐 앉은 뱀눈이 말을 이었다.

"조선은 참으로 잠재력이 많은 나라라고 생각하고 있스므니다. 또 그만큼 문제도 많은 나라라는 생각도 들었스므니다. 그래서 말인데, 농민군이 지금 일어나면 우리 일본은 장군을 도와 썩은 조선 조정을……."

"말을 삼가시오!"

전봉준은 목소리를 낮췄다.

"지금 우리 조선은 당신들이 이미 알고 있다시피 어려움이 많소. 부끄럽지만 그것은 사실이오. 나라의 힘은 약하고 벼슬아치들은 부패했소. 힘 있는 나라들이 조선을 엿보고 있고 백성들은 지치고 분노에 차 있소. 설사 그렇다 해도 그것은 우리의 문제요. 우리 손으로 해결해야 할 우리 문제란 말이오. 도대체 당신들이 뭔데 남의 나라 내정에 이토록……."

전봉준은 말을 멈췄다. 분노로 가슴이 터질 것 같았다. 잠시 말을 쉰 뒤에 전봉준은 천천히 말을 이었다.

"더구나 지금 우리는 나름대로 조금씩 나아지고 있는 중이오. 나라 안팎의 여러 문제를 개혁하고 있단 말이오."

"아, 물론 맞스므니다. 하지만……."

"당신이 무어라고 하든 난 지금 농민군을 일으키지 않을 것이오. 당신들 일본군이 우리 조선에 군사를 주둔시킬 핑계를 찾고 있다는 것을 잘 알고 있소. 의도하진 않았지만 지금 내 나라 땅에서 청일 전쟁이 일어난 것만 해도 천추의 한이 되오. 돌아가시오. 당신네 나라로 돌아가란 말이오. 지금 우리가 곳곳에 설치하고 있는 집강소가 전국에 퍼져 잘 운영되기만 한다면 우린 다시 전쟁을 할 필요가 없소. 돌아가시오."

전봉준은 몸을 일으켰다.

"그리고 가서 전하시오. 경거망동하지 말라고. 우리 일은 우리가 최선을 다해 해결할 것이오. 우리를 마음대로 좌지우지 하려는 당신들 짓을 보고 있지만은 않을 것이오. 가서 똑똑히 전하시오. 그럼 이만……."

"아니, 저……."

뱀눈이 엉거주춤 일어섰다. 전봉준은 단호하게 몸을 돌렸다.

"글쎄요. 우리 일본의 제의를 단칼에 거절하시다니, 그것도 몇 번씩이나. 참으로 전 장군은 놀라운 사람이라 생각하므니다. 그러나 언젠가는 후회할 날이 올지도 모르지 않겠스므니까?"

뱀눈은 돌아서는 전봉준 등 뒤에 비수처럼 말을 던졌다.

"안녕히노 계십시오."

뱀눈 일행은 일제히 고개를 한 번 숙이고는 미련 없이 방을 나섰다.

은강이는 알아들을 수 없는 일본말을 소곤거리며 마당을 나서는 그들의 뒷모습을 바라보았다.

"은강아, 잘봐 두어라. 자신의 이익을 위해 다른 이를 희생시키려는 사람들이다. 우리는 싸워야 한다. 그것이 일본이든 청나라든 조선의 양반이든……. 남을 딛고 서서 자신만을 챙기려는…… 그런 생각을 쳐부숴야 한다. 이 세상 어느 누구도 다른 사람을 희생시킬 권리는 없어."

어느 틈에 다가온 전봉준이 은강이의 어깨를 다독였다.

"저, 그럼, 장군님. 이제 전쟁은 정말 없는 건가요?"

은강이는 전봉준을 향해 고개를 돌렸다. 전봉준은 껄껄 웃으며 은강이의 볼을 툭, 쳤다.

"왜, 좋으냐?"

"……"

"아마 그리 되긴 쉽지 않을 것이다. 일본이 우리를 가만 두지 않을 것이야. 다만 지금은 지켜볼 때라는 것이지. 우리 집강소도, 조선 조정도, 청나라와 일본도. 다 꼼꼼히 살펴보고 신중하게 일을 처리해야 한다는 것이지. 공연히 이용당할 필요는 없으니……."

전봉준은 하늘을 올려다보았다.

"그런데 일본 사람이 여러 번 왔었나요?"

"……"

"일본 사람들은 정말……."

전봉준이 대답을 해 주지 않자 은강이는 조금 무르춤해져서 혼잣말처럼 중얼거렸다. 그런 은강이 머리를 쓰다듬으며 전봉준이 입을 열었다.

"이런 이야기까지 어린 네게 말하지 않으려 했는데, 알고 싶다니 이야기해 주마. 하긴 어찌 생각해 보면 너 같은 아이도, 아니 너 같은 아이들이야말로 사실을 정확히 알아야 하겠지. 그래야 판단도 정확히 할 수 있고……."

전봉준은 은강이한테 앉으라는 손짓을 했다.

"얼마 전에는 청나라에서 사람이 왔더구나. 자기 나라와 손잡고 일본을 조선에서 몰아 내자고. 얼마 지난 다음에는 일본에서 사람이 왔었다. 자기들과 손잡고 청나라를 몰아 내자고. 또 얼마 지나지 않아서는 조선 조정에서 한 어른이 사람을 보냈더구나. 자기와 손잡고 조선 조정의 일부 대신들을 몰아 내자고."

전봉준을 바라보았다.

"내가 어찌 했는지 궁금해서 그러느냐?"

전봉준은 은강이를 마주 보았다.

"허허허. 나는 물론 그들을 다 거절했다. 그랬더니 지금 일본에서 또 사람이 온 것이다. 이번에는 농민군더러 다시 싸움을 일으키라고? 허허허허. 어찌 보면 일본인이 제일 집요하고 끈질긴 것 같구나. 하긴 다른 이들은 그럴 상황조차 안 되긴 하지만……."

전봉준의 웃음소리는 쓸쓸했다.

"하지만 장군님 말씀대로 집강소가 더 많아지고 더 잘 운영된다면……."

"그래, 그렇다. 정말 우리는 지금 그런 대로 잘 해 나가고 있다. 다만 일본이 우리를 가만두지 않을 것 같아 그것이 좀……. 지금 집강소에서는 처음의 혼란이 가라앉고 아주 잘 해 나가고들 있지 않으냐? 우리는 우리 자신을 믿어야 한다. 그런 믿음이 없으면 아무것도 안 돼."

전봉준은 자신에게 다짐하듯 말했다.

"참! 김 장군 공이 제일 잘 날아갔다고?"

한참 만에 전봉준이 웃음 띤 얼굴로 물었다.

"예…… 저……."

쑥스러워진 은강이가 마주 웃었다.

"그래, 김 장군 공이 제일 잘 날아갔단 말이지……."

전봉준은 혼잣말을 흘리며 방 안으로 들어갔다.

은강이는 마당 한켠에 있는 대추나무에 눈길을 돌렸다.

대추 잎은 기름칠을 한 듯 윤기가 돌았다. 가뭄이 들어도, 홍수가 나도 대추나무는 대추 열매를 달았다. 그 열매가 실하든 실하지 못하든 그것은 대추나무의 문제였다. 감나무의 문제는 아닌 것이다.

　'대추야 열려라, 크고 달게 열려라.'

　은강이는 어렸을 때 대추나무 주위를 돌며 불렀던 노래를 떠올렸다.

　'대추야 열려라, 크고 달게 열려라.'

　은강이는 속으로 부르고 또 불렀다.

꿈결 같은 세상

"우린 시방 꿈을 꾸고 있는 것이여."

"맞당께로. 우선 양반님네랑 말이거니 대거리를 헐 수 있다니, 요것이 꿈이 아니고 뭣이겄어?"

"아, 조선 오백 년을 내려오는 동안 우리 할배의 할배 때부터 꿔 오던 꿈 아니겄능가?"

"그렇제. 감히 이루어지리라고는 꿈도 꾸지 못허던 꿈 말여."

"그랑께 말여, 암만 생각혀 봐도 우리 겉은 거헌틴 참말 요즈음이 꿈이지 싶다닝께. 집강소에서 허는 일들이 말여. 딴 것은 모다 집어 던져 버리고라도 아무도 우리헌티 함부로 말허는 사람이 없다, 요런 말 아니드라고. 일곱 살 양반 도령이 팔십 먹은 사람헌티도 말을 함부로 했었잖은가 말여. 딴 디는 으젼지 몰러도 요기는 고런 것이 잘되아서……."

"말버릇을 못 고치는 양반 중에는 아예 벙어리 흉내를 내 입을 닫은 채 사는 사람도 생겨났다능거 아녀. 동학에 입도헌 양반 나으리가 우리를 스스럼 없이 즈그들허고 똑같이 접장이라 불러 주는 것을 봉께 참말……."

"난 말여 이제야 소가죽을 벗고 사람으로 태어난 것 같다닝께."

"고런 뜻에서 나가 담배 한 대 꼬실려야겠구만."

"예끼, 이 사람!"

"나가 보기에는 집강소에서 장리쌀 때문에 진 빚을 탕감해 준 것보담 서로를 고렇게 불르라고 헌 것이 더 큰일 같구먼."

"아따, 요즘 순이 아범 뱃구레가 불룩허니 살 만항가 본디? 새끼들이 배를 곯아 굶어 죽게 생겼던 옛날에도 고것이 더 큰일이었는감?"

"고 말이 맞구만. 그 때 저 사람 얼굴색이 워쨌는 줄 기억나능가?"

"워쨌는디?"

"잘 뜬 메주 덩이 같었다닝께. 고것도 굳기 전에 시렁에서 떨어진 메주 덩어리 말여!"

"뭣이여?"

"하하하하."

"고것 참 말 되네!"

"아, 그럼. 나가 말 안 되는 소리 허는 걸 봤능가?"

"아, 그란디 말여. 어젠가 그젠가는 꿈에 난데없이, 돌아가신 어머니가 뵈질 않겠어?"

"자네 어머니? 워쩐 일이래?"

"고걸 으찌 알겠어? 제사 때가 아닐 때는 한 번도 나타나신 적이 없는 분이 웬일이신가 허고, 꿈 속에서도 가슴이 뜨끔허더란 말여."

"암만. 고랬겄제. 그려서?"

"그래, 내가 물었당께. 아. 그랬더니 이 양반, 빙그레 웃으시는 것이여. 그란디 그 얼굴이 그리 편안해 보일 수가 읎더랑께. 그라고는 '놀랠 것 없다. 난 암시랑토 않으니. 니가 배 안 곯고 맘 편히 지내는 것이 보기 좋아서, 참말로 보기 좋아서……' 아, 눈물이 그렁한 눈으로 요렇게 말씀하시질 않겠어?"

"오메, 맘 아픈 거."

"그려. 사실 말이야 바른 말이지, 우리가 태어나서 은제 한 번 시방맹키로 맘 편한 적이 있었당가?"

"맞당께로."

"맞기는 뭣이 맞어? 시상 많이 좋아지긴 혔지만 맘이 편할 것은 또 뭣이 있어? 아, 시방 조선 백성치고 맴 편할 사람이 누가 있다고?"

"조선 백성이 으째 맴이 안 편혀?"

"이 사람아, 농민군 덕에, 집강소 덕에 우리 겉은 사람도 배들 곯지 않게 되고 사람 대접도 쪼깨 받고 허는 시상이 되았지만도 시방 우리 조선이 워찌 돌아가능가?"

"워찌 돌아가는디?"

"여기저기 떠도는 소금 장수 말을 들이닝께, 평양이랑 한양은 시방 엄청나다더라닝께."

"엄청나다니, 뭣이?"

"아, 지난달에 왜놈덜이 우리 궁궐에 지들 멋대로 들어가서 상감마마를 협박해 즈그들이 시키는 대로 일을 허게 혔다잖은가. 그라고 이틀 뒤인가 사흘 뒤인가, 풍도에서 청나라 군함을 박살내 버렸다는 것이여."

"그려? 왜놈들 참말 대단하요잉. 고 엄청시런 청나라 군함을……."

"그려? 나도 그 야그는 얼핏 듣긴 들었는디, 고 풍도라는 디가 워디랑가?"

"아산만 근처에 있는 섬이라 하덩만."

"아산만? 거기라믄 우리 나라 아니드라고?"

"아따, 이 사람 참말 고 동안 워디 갔다 온 것이여?"

"넋 나간 사람이구만. 청나라 놈덜이랑 일본 놈덜이 조선 땅에서 조선 집어삼키는 일을 놓고 전쟁을 벌인다고 고 동안 우리가 월매나 가슴을 쳤었는디."

"아, 저 사람은 내버려 두랑께. 따로 초근히 설명해 주덩가 아니믄 풍도로 보내 버리드라고. 조선 백성이 워째 고 정도 일도 몰르고 있을 수 있단 말여. 고것이 시방 넘 일이여?"

"그려. 이 친구 몰매라도 맞아야 정신을 차리겠구만."

"아이고, 이 사람들, 보고 배운 거 읎응께 모를 수도 있는 것이제 고렇다고 모지락스럽게 몰매는……."

"아, 시끄러워, 이 사람아! 고것은 고렇고 평양이랑 한양이 워쨌다고?"

"티격태격허던 고놈의 나라끼리 칠월 초하루에 정식으로 선전포고를 혔담서? 시방 청국군 천오백이 평양에 진을 치고 있다는 것이여. 말이 쉬워 천오백이지 그 많은 돼놈이 득실거리며 난리를 쳐 싸니 사람이 살 수 있겠느냐 이 말이여. 한양에서는 한양에서대로 일본놈 천오백이 설쳐 대고……."

"참말 이 노릇을 워째야 하는 것이랑가?"

"이 사람아, 자네가 걱정헌다고 쥐뿔이나 나아지겄능가? 자네 헐 일이나 혀!"

"이 사람이 시방 무신 말을 고로코롬 헌디야? 나 겉은 놈이야 아무 힘도 읎지만 그래도 마음을 쓰고 걱정허는 것이 사람이고 이 나라 백성이제, 자네는 무신 말을 고로코롬 싸가지 읎이 허능가?"

"싸가지? 아니, 자네야말로 말이 쪼깨 심헌 것 아녀? 참자 참자 허닝께 참말……."

"심혀, 뭣이 심혀?"

"아, 고만들 둬! 시방 우리끼리 말꼬랑지 잡고 시비허게 생겼능가, 사람들도 참……."

"그려, 그려. 그란디 일본놈이 편을 들어 줘서 생겼다는 개화파 정부에서 헌다는 개혁은 워쩌될 것 같웅가?"

"개화파?"

"고것을 누가 알겄능가? 양반 상놈 차별이 없어진다니. 잘은 몰러도 높은 양반이 농민군 말을 들어 주기로 혔는갑제."

"농민군 말도 들어 주는 척허고 왜놈 비위도 맞춰 주고."

"고것은 또 뭔 소리랑가?"

"아, 그래서 인자부텀은 과부도 혼자 살지 않아도 된다등만. 지가 혼인허고 싶으믄 혼인헐 수 있다는 것이여. 앞으로는 열녀문 보기 어려워질 거라등만."

"잘된 일이제 뭘. 남자는 첩까정 델꼬 살믄서 여자는 긴긴

318

세월 혼자 살라고 헌 것이 애시당초 심한 것이었제 뭘."

"사람들도 참 과부가 새로 시집갈 수 있게 된 것도 야그거리 지만 나라 살림허는 기구가 죄 바뀐다잖어."

"좀 따라헌다등만."

"서양식은 세금을 좀 달리 내는감?"

"좋게 바뀌는 것이야 백 번 좋은 일이지만, 서양 것을 따라 헌다닝게 쪼깨 껄쩍찌근허구만. 그냥 허든 대로 허면서 나쁜 점을 고치면 안 될랑가?"

"아녀. 이왕지사 고칠라믄 확 뜯어 고쳐야 헐 거여."

"그려도 넘을 따라 헌다는 것은 쪼깨……."

"또 있다등만. 인자는 식구 중에 누가 역적질을 혀도 삼족을 멸한다등가 허는 일은 없어진다등만."

"그려? 고것은 잘허는 일 겉구만. 사실, 애비가 잘못혔다고 마누라나 젖먹이 어린애꺼정 죽이는 것은 좀 모지락스러운 것 같어. 아, 고것들이 무신 죄가 있겄어?"

"탐관오리 중의 탐관오리인 민영환도 쫓겨났담서?"

"잘되았구만. 고런 놈은 그저 삼족을 멸해야 허는 것인 디……."

"아따, 이 사람. 금방 삼족을 멸하는 일은 안 허기로 혔다니 께 뭔 딴소리여?"

"참 고랬던가? 나가 시방 다 살은 모양이여. 말허고 돌아스 믄 잊어버린당께!"

"다 살기는 이 사람! 이 좋은 시상을 두고…….."

"그런가, 참?"

"암만, 죽은 사람만 억울허지."

"그려. 그라고 참, 세금도 돈으로 낸다든디?"

"그려? 그람 인자는 굶어 가면서 기껏 세금 내노니께 나르 다가 배가 뒤집혀서 다시 내야 되는 일은 읎겄구만."

"고렇겄제."

"고렇긴 뭐가 그려? 배가 뒤집히는 대신 도적을 만나겄제. 으슥한 산길에서 화적떼를 만나 다 털렸다, 아 요렇게 말허믄 서 다시 내라고 하잖을까?"

"아따 참, 자네는 머리도 좋소. 자네가 군수 허지 그러능 가?"

"군수 좋제. 허라믄 못 헐 줄 알고?"

"아따, 이 사람. 농담도 못 허겄네 그려. 아, 군수는 아무나 혀?"

"왜 못 혀? 나라도 시켜 주믄 허겄네."

"아녀, 아녀. 생각혀 보면 말여, 고것이 생각보담은 그리 어 려운 일이 아닌지도 몰른당께. 모르는 것은 알 만헌 사람들헌티 묻고, 남헌티 뭣을 시킬 때는 내가 싫은 것은 안 시키믄 되잖겄는가? 아무리 똑똑헌 사람도 시상 일을 모다 알 수는 없는 일일 테고, '내가 싫으믄 남도 싫고, 내가 좋으믄 남도 좋아할 것이다.' 요리만 생각허믄 탈날 것이 읎지 않겄능가?"

"그려. 듣고 봉께 자네 말도 아주 틀린 말은 아니시."

"아, 요런 친구가 군수허믄 참말 요기가 극락이겄구만. 안 그려?"

"맞당께로."

"아, 웃지들 말어. 시방 집강소가 바로 여그 아니겄어?"

"따지고 보믄 그렇제. 마을의 크고 작은 일을 처리하는 집강이라는 사람이 과거 시험을 본 양반이란 소리도 못 들었고, 예전부터 벼슬 나부랭이를 허던 사람만 뽑아 놓았다는 소리도 못 들었고, 그라고 봉께 꼭 이 친구처럼 옳은 말허는 사람이나 행동을 바로 허는 사람이 나선 것일 거여."

"그랑께 한양은 한양대로, 지방은 지방대로 조금씩 시상이 나아지고 있기는 있는 것이제?"

"나아지는 것인지……."

"아니랑께. 나아지기는 허는 것 같어. 한양에서 허는 개혁이란 것에 왜놈이 참견을 했고 결국은 왜놈이 우리를 집어삼키는 것을 도와 줄 위험이 있다는 소리가 떠돌기는 떠돌드만……."

"아, 고것이야 우리가 정신만 바짝 채리믄 되지 않겄능가?"

"정신을 바짝 채린다고라?"

"물론 그렇기는 그렇제. 허지만 자네도 겪어 봤겄지만 고놈의 정신이라는 것이 그리 쉽게 채려지등가?"

"그렇기야 허제."

"고건 고렇고, 농민군은 인자 워쩐다등가?"

"워쩌긴. 아직은 때가 아니라는 것이제. 왜놈, 뙤놈 허는 짓을 두고 보믄서 고놈들을 우리 땅에서 내몰 연구를 우선 허고 있다등마. 얼마 안 있으믄 추석인께 곡식도 여물고 허믄……."

"여물믄?"

"아따, 이 사람. 뭘 그리 꼬치꼬치 물어? 농민군이야 다 우리 겉은 농사꾼인디, 부지깽이 손도 아쉽다는 추수철 앞두고 전쟁 벌일 수 있능가? 거기다 그 많은 군인 먹일 양식도 문제고……."

"참말, 자네는 아는 것도 많으이. 군수는 저 친구가 허고 농민군 대장은 자네가 해야 될랑갑소잉."

"뭣이여? 예끼, 이 사람!"

"허허허."

"껄껄껄."

고향으로 돌아가다

하늘이 푸르렀다.

비가 살짝 스쳐가기만 했는데도 세상은 아기 살처럼 맑고 깨끗했다.

"아함!"

솔부엉이는 기지개 끝에 숨을 맘껏 들이쉬었다. 발걸음이 가벼웠다. 이제 이 고개만 넘으면 고향이다.

온 산을 흔드는 매미 소리 사이사이 뻐꾸기가 한가롭게 울었다. 바람이 고운 새의 깃털 같은 자귀꽃술을 간질이고, 참등꽃 향기를 온 산에 흩뿌렸다.

"첫 번째 자세, 탐마세."

어디선가 아이들 목소리가 들렸다.

키가 껑충한 아이가 왼쪽 팔을 들었다가 오른팔을 세우고 왼팔은 옆으로 내려 끼면서 세웠던 오른팔로 어깨를 딱 쳐서 동작을 취했다.

"저게 뭐지?"

솔부엉이는 눈이 휘둥그레져 나무 그늘 아래서 무술 흉내를 내며 노는 아이들을 바라보았다.

"칠성권세!"

왕눈이가 외치며 자세를 취했다.

"택견인 모양인데, 아주 제법인걸!"

갑수가 빙긋 웃었다.

왕눈이는 양쪽 손을 빨래 짜듯 감아 쥐고 뒤이어 바른손과 왼쪽 발길질로 앞을 한 번 호되게 찔렀다.

"와, 멋있다. 우리도 농민군에 가면 저것 좀 배우자, 형!"

솔부엉이가 큰 소리로 떠들어 댔다. 그 바람에 무술 흉내를 내던 아이들은 머쓱해져서 이내 슬금슬금 흉내를 그쳤다.

"아이고매, 창피하게스리. 원제 저 사람들이 왔당가?"

왕눈이와 키다리는 키득거리며 산길을 달려 내려갔다.

"녀석들, 참!"

어디서 배웠는지 말을 붙여 보려던 갑수도 웃고 말았다.

"형, 저기 좀 봐! 저기 저 밭은 누가 농사를 지었을까? 우리도 없는데, 고생 좀 했겠는데?"

솔부엉이는 빨간 고추가 탐스럽게 달린 산비탈 밭을 가리켰다. 김 부자네 밭이었다.

"글쎄. 남은 사람들이 애썼겠네."

갑수 얼굴이 가볍게 달아올랐다. 김 부자를 떠올리자마자 자신도 모르게 머릿속을 스쳐가는 얼굴 하나. 그 얼굴이 점점 크게 다가왔다. 그러나……

'김아란. 다시는 너를 아씨라 부르지 않겠다.'

갑수는 먼 들판에 눈길을 주며 되뇌었다.

지치고 쓸쓸할 때마다 달큰한 젖 냄새와 찝찔한 땀 냄새가 뒤섞인 야릇한 냄새가 꿈인 듯 생시인 듯 코끝을 스치곤 했다. 어머니 살 냄새였을까? 그러나 어머니는 가물가물한 냄새로만 떠돌 뿐 형체가 전혀 없었다. 아무리 애를 써도 얼굴이 생각나지 않았다.

'눈이든, 코든, 입이든, 하다못해 손가락 생김이라도 떠올라 준다면 얼마나 좋을까?'

그러나 어머니는 한 번도 나타나 주지 않았다 그 대신 언제부터인지 아란이 얼굴이 눈앞에 떠오르곤 했다. '보고 싶다'고 생각한 것이, '사무치게 보고 싶다'고 생각한 것이 얼마나 되었을까, 지난 몇 달 동안?

눈이 부셨다. 솔부엉이는 눈살을 찌푸리며 하늘을 올려다보왔다. 햇살이 조금씩 따가워지고 있었다. 솔부엉이는 손차양을 만들어 이마에 대고 마을을 내려다보았다.

달라진 것 같았다. 고향을 떠나 객지를 떠돈 것은 불과 몇 달 뿐인데도 고부는 정말 많이 변한 듯했다. 이상했다. 초가의 이엉 빛깔도 떠날 때와 달라진 듯싶고, 송아지 우는 소리도 그랬다. 하다못해 물 맛도 예전과 다른 것 같았다. 왜 그럴까?

"아, 아니 요것이, 요것이 누구랑가?"

지게에 꼴을 한 짐 베어 지고 오던 배불뚝이가 솔부엉이와 갑수를 알아보고는 지겟대를 휘둘러 대며 아는 체를 했다.

"또남 아배, 얼릉얼릉 좀 와 보드라고. 아, 갑수랑 솔부엉이가 온다닝께!"

배불뚝이는 저만치 뒤따라오는 사람들한테 소리쳤다.

"뭣이여? 갑수?"

또남 아배는 생각할 것도 없이 지게를 벗었다. 또남 아배가 마음만 바빠 허둥거리자 옆에 섰던 짝코가 지게 작대기를 빼앗듯이 낚아채 대신 지게를 받쳐 주었다.

마음이 급했다. 또남 아배는 허청허청 달려가며 소리쳤다.

"야, 갑수야! 갑수야, 이눔아!"

또남 아배는 갑수와 솔부엉이를 양쪽에 얼싸안고는 등판을 철썩철썩 두드려 댔다.

"모다 괜찮은 것이여? 아, 몸은 성한 것이여?"

또남 아배는 재빨리 갑수와 솔부엉이의 아래위를 훑었다.

"예. 그럼요, 아저씨."

대답하는 갑수 목소리도 축축하게 젖었다.

"참말…… 을매나 고생이 많았겠능가? 이 얼굴 끄실린 것 좀 보소."

또남 아배가 솔부엉이 얼굴을 쓸었다.

"고생은 무슨……."

솔부엉이는 살짝 혓바닥을 내밀었다. 거짓말이 아니었다. 집도 없이 떠돌아다니는 것이 고되지 않은 것은 아니었지만 농민군을 따라다니는 일이 머슴살이보다는 훨씬 좋았다. 여기저기 펄펄 다닐 수 있었고 배곯는 일도 드물었다. 무엇보다도 종놈이라고, 어리다고 함부로 대하는 사람이 없었다.

"아따, 요 녀석 좀 보게? 키는 아래위로 쭉 잡아늘인 것 모냥 자랐음서 허는 짓은 영판 그대로랑께!"

혀를 빼무는 솔부엉이를 보고 배불뚝이가 쥐어박는 시늉을 했다.

"나만 그래요? 아저씨도 영판 그대로구만 뭘!"

솔부엉이는 갑수 등을 방패 삼아 한 발짝 물러나면서 배불뚝이를 약 올리듯 히히, 웃었다.

"뭐시여?"

"그려, 그려. 니 말이 맞다. 니 말이 맞어."

갑수와 솔부엉이를 둘러싼 마을 사람들이 기분 좋게 껄껄 웃었다.

"여기서 이럴 것이 아니라, 얼릉 집에 가자. 우리 동리도 느그들이 없는 새에 엄청시리 변했구먼."

"그려. 집에 가서 자리잡고 앉아 야그 좀 들어야제?"

곰보가 지겟짐을 추스르며 먼저 발길을 돌렸다.

'집? 집이라니?'

솔부엉이와 갑수의 눈이 부딪쳤다. 눈치를 채고 배불뚝이가 피식 웃음을 터뜨렸다.

"아, 괜찮을 것이여. 요즈음이 으떤 시상이냐. 누가 감히 느그들헌티 뭐라 허겄어. 요것이 다 느그들이 나서 싸운 덕에 요리 되았는디."

분위기를 알아챈 또남 아배는 모처럼 환하게 웃었다. 그러나 '요런 시상이 월매나 오래 갈지는 모르겠지만.' 이라는 말을 꿀꺽 삼키느라 웃음을 문 입술 끝이 묘하게 일그러졌다.

"자, 가드라고."

또남 아배가 앞장서고 갑수는 지게를 대신 졌다. 마을 사람들이 하던 일을 미뤄 두고 주춤주춤 또남 아배 뒤에 옆에 붙어서 걸었다.

"근데 뭐가 그리 엄청시리 달라졌는데요?"

갑수의 말이 끝나자마자 짝코와 평발이 기다리기라도 한 듯 한꺼번에 입을 열었다가 겸연쩍은 듯 허허 웃었다. 그 틈을 타 배불뚝이가 나섰다.

"무엇보담도 말여. 나가 삼 시 세 끼를 꼬박꼬박 챙겨 먹는다는 것 아니드라고. 죽이든 밥이든 아무튼 끼니를 안 걸른다닝께."

배불뚝이가 배를 툭툭 치며 웃었다.

"뭐라고요?"

갑수는 어리둥절한 표정을 지었고 솔부엉이는 입을 삐죽였다.

"치, 그게 뭐가 그리 큰일이에요?"

솔부엉이 말에 배불뚝이가 엄숙한 얼굴로 말했다.

"요놈아, 세 끼 챙겨 먹는 것은 내 나이 사십이 가깝도록 첨 있는 일이다 고런 말이여. 우리 아버지도 고런 세월 못 살았고. 그란디 고것이 큰일이 아니라고?"

"그럼, 그럼. 아무튼 물 아닌 건더기로 세 끼 채우는 것은 평생 첨허는 호강이고, 양반이 접장 하고 불러 주며 반말허지 않는 것도 평생 첨 있는 큰일이고. 큰일이 엄청시리 많응께, 자리

잡고 앉아 차근차근히 듣더라고."

"또 있다닝께. 큰일을 말허기로 허믄 아란 애기씨 일도 작은 일은 아니시? 안 그런가들?"

왼손잡이는 일행을 둘러보며 천연덕스레 능청을 떨었다. 모두 웃었지만 갑수의 얼굴은 순식간에 굳어졌다.

"아란…… 애기씨가…… 왜요?"

남 몰래 마음 쓰이던 일이 정말 일어났는가 싶어 갑수는 정신이 아뜩해졌다. 더듬거리는 갑수와는 달리 대답하는 쪽은 야속할 만큼 담담했다.

"고것이 어찌 되었는가 허믄 말여, 저 건넛말에 사는 장쇠라는 청년이 아란 애기씨헌티 늑혼을 청했단 말이시."

왼손잡이가 말에 뜸을 들이는 사이에 또남 아배가 끼여들었다.

"늑혼이 뭣이여? 농민군 청년이 마음에 드는 양반 애기씨네 대문에 지가 쓰고 댕기던 머릿수건을 걸어 놓으믄 사흘 안에 꼼짝도 못허고 그 총각헌티 시집가야 허는 거 아녀? 아란 애기씨가 고런 일을 당했단 것이여, 시방?"

"그래서요? 그래서 어찌 되었는데요?"

또남 아배는 숨 가쁘게 물어 대는 갑수를 이해할 수 없다는 듯 쳐다보았다.

"아따, 갑자기 얼굴이 왜 그려? 아무튼 어찌 되았는가 허믄, 애기씨가 막무가내로 딱 짜르드라는 것이여. 죽으믄 죽었지, 고런 혼례는 헐 수 없다고 말여. 허지만 아무리 그려도 고것이 맘대로 거절허고 말고 헐 수 있는 자리여? 장쇠가 안 된다고 함서 어거지로 혼례를 올리려 항께 은장도꺼정 꺼내 들었다는 것이여. '나는 이미 혼인을 약속한 사람이 있다. 그 사람이 농민군에 가서 기다리는 중이다.' 허고 말여. 그라고는 야물딱지게 덧붙였다는 것이여. '만약 싫다는 나와 억지로 혼인하려 한다면 그 사람이 돌아와서 당신을 가만 두지 않을 것이다. 당신들이 말하는 새 세상이라는 것이 결국은 신분과 관계 없이 사랑하는 사람과 살 수도 있는 세상 아니겠느냐. 마음에 맞지 않는 사람과 한평생을 살아야 한다면 온갖 법을 다 고친들 그것이 무슨 소용이냐!' 허고 말여."

윈손잡이는 말끝에 허허, 웃음을 달았다.

"참말 입이 다물어지지 않는 이야기라닝께. 워찌 고로코롬 똑똑헌 것이랑가?"

"아무튼 말여, 그렇게 똑 부러지게 해 대 뿌렸으니 고 장쇠라는 녀석이 워쩌겄어? 차일피일 메칠째 날짜만 보내고 있는 중이제."

이제야 일이 돌아가는 모양을 알 것 같았다. 갑수는 마음을 가라앉히려고 심호흡을 하며 먼 하늘을 바라보았다.

'누굴까? 아란이가 말하는 그 사람이 누굴까?'

갑수의 귀에 그 다음 말은 아무것도 들리지 않았다.

"참말, 요즘 젊은 사람들은……헐 말이 없당께로. 아무리 요즘 시상이 아이도 어른맹키로 얕잡아 보지 않고 여자도 남자맹키로 살 수 있다고 혀도 어찌 그리 사리에 맞게 말을 잘허능가 말여. 참말 대단헌 애기씨라닝께!"

또남 아배는 고개를 설레설레 저었다.

"그래 왔으니 얼매나 야그가 많았겄냐? 참 대단헌 애기씨라는 둥, 농민군에 갔다는 그 청년이 누구냐는 둥. 그란디 고 사람이 누군지는 안즉 우리도 몰러. 우리끼리 아무리 찔고 까불며 떠들어 봐도 애기씨가 고것이 누군지는 입도 뺑끗 안 허니 말여. 아무리 달래고 윽박질러도 눈썹 하나 까딱 안 헌다는 것이여."

"아따 독허기도 헌 거!"

마을 사람들은 서로 말에 끼여들지 못해 안달이었다.

"그란디 참, 갑수야 너 짐작 가는 디 좀 없다냐? 아, 넌 한 집에 살았고 농민군에……."

여기까지 말하던 짝코가 말끝을 흐렸다. 갑수의 표정을 보고서였다.

"갑수, 너…… 혹시……."

또남 아배는 걸음을 멈추고 갑수를 똑바로 바라보았다.

"왜요?"

갑수는 멍청한 얼굴로 되물었다.

"형!"

솔부엉이는 갑수의 옆얼굴을 보면서 가만히 소매 끝을 잡아당겼다.

'이것이 좋은 소식일까, 나쁜 소식일까?'

갑수는 정신을 가다듬으려고 또 한 번 깊이 심호흡을 했다.

"아무튼 요즘 시상이라는 것이 말여……."

누군가의 말을 귓등으로 들으며 갑수는 마음을 다잡아 먹었다.

'아무튼 난 다시는 널 아씨라고 부르지 않는다, 절대로.'

그러면서 갑수는 생각했다.

'아아, 아란이를 어떤 얼굴로 만나야 하는가. 첫마디를 어떻게 떼야 하는가.'

그러는 사이에 그들 일행은 이미 마을을 둘러싼 논밭을 지나 고샅으로 들어섰다.

"아니, 요것이 누구랑가?"

"그러게 말여, 요것이 참말 누구랑가?"

마당가에서, 외양간에서 뛰어나오며 내는 반가운 탄성이 마을 안쪽으로 번져 나갔다.

솔부엉이는 남몰래 은강이네 쪽을 힐끗거렸다. 멀리서도 인기척이 없어 보였다.

채울 수 없는 그리움

"시방 전 장군이랑은 다들 워디서 뭘 허고 기신 것이여?"

"것보담도 느그들은 그 동안 워찌 살은 것이여?"

"쌈은 원제 다시 시작혀?"

미처 자리를 잡고 앉기도 전에 질문이 쏟아졌다.

"아따, 이 사람들! 뭣이 그리 급혀? 아, 숨이나 좀 돌리고 나서 말을 물어도 물어야제."

또남 아배가 살짝 이맛살을 찌푸렸다.

"참말, 고렇고만이라."

"먼 길을 왔을 테고, 아직 아침을 안 먹었으믄 배에서 꼬르륵 소리가 나고도 남을 시간인디…… 느그들, 밥은 워쨌냐?"

배불뚝이가 멋쩍게 웃으며 물었다.

"치, 아저씨는! 아 고향이 바로 코앞인데 뭐 한다고 돈 주고 밥을 사 먹어요? 우리가 무슨 돈이 있다고."

솔부엉이 대꾸에 성급하게 물어 대던 사람들이 쑥스러운 얼굴로 어색하게 웃었다.

"니 말이 맞다. 우리덜이 공연시리 맘만 급해가지고설랑……."

평발이 말꼬리를 흐리며 몸을 일으켰다.

"배고플 팅께 우선 한술 뜨고 잠도 한잠 자고……. 자, 가세. 우릴랑은 저녁이나 묵고 놀러 오지 뭘……."

모두 평발을 따라나섰다.

"밥도 밥이지만……."

마을 사람들이 자리를 비켜 주자마자 또남 아배가 어렵게 입을 열었다.

"느그들, 쥔, 어른께, 인사는, 안, 드려도 되는 것이여?"

"인사요?"

갑수는 앉은 자리에서 고개를 들었다. 또남 아배와 눈길이 부딪쳤다.

"암만 그려도 왔다는 인사는……."

또남 아배는 갑수의 눈길을 피하며 중얼거리듯 말했다. 갑수는 그런 또남 아배를 물끄러미 바라보다가 순순히 고개를 끄덕였다.

"예, 그러지요."

솔부엉이도 쫄랑쫄랑 갑수 뒤를 따라나섰다.

그들이 아란이를 정면으로 맞닥뜨린 것은 주홍 능소화가 온통 담장을 뒤덮은 꽃밭을 돌아 광 쪽으로 막 발을 떼는 순간이었다.

"어!"

솔부엉이는 갑수의 팔꿈치를 잡아당겼다. 갑수는 굳은 표정으로 그 자리에 섰다.

"저…… 잠깐, 나 좀…… 할 이야기가……."

아란이는 자신이 머물고 있는 별채 쪽으로 몸을 돌렸다. 갑수는 천천히 그 뒤를 따랐다. 대여섯 걸음 발을 옮기던 아란이는 다시 그 자리에 섰다. 갑수와는 여전히 몸을 등진 채였다.

"사실은……."

아란이의 목소리는 작고 낮았다.

"장쇠라는 사람이 내게 혼인을 하자고 해서…… 엉겁결에 다른 사람하고 혼인을 약속했다고 했는데……. 그 사람이 농민군에 갔다고……."

아란이는 천천히 몸을 돌렸다.

그렇게 보아서 그런지 아란이의 눈가가 불그스레했다.

그것만으로도 갑수는 가슴이 아렸다. 입을 열면 자신의 마음을 들킬 것 같아 갑수는 화난 사람처럼 여전히 입을 꾹 다물고 있었다.

"그런데 이제, 이렇게, 이렇게 돌아왔으니……."

'이렇게 돌아왔으니? 그렇다면 정말 나를?'

갑자기 머리통을 뭔가로 세게 얻어맞은 것 같아서 갑수는 보일 듯 말 듯 고개를 흔들었다. 그런 갑수의 모습을 보았는지 아란이의 얼굴색이 하얗게 변했다. 다음 순간 아란이는 도망치듯 별채를 향해 뛰었다.

"아, 아……."

그제야 뭔가 말을 하려고 갑수는 입술을 달싹거렸다. 그러나 그뿐, 말이 되어 나오지 않았다.

"형! 형!"

기다리다 지친 솔부엉이가 다가와 갑수를 흔들었다.

"혼자서 뭐 해? 사랑에 가 본다면서……."

갑수는 말없이 걸음을 옮겼다.

혼날 일을 저지른 강아지처럼 솔부엉이는 지레 기가 죽은 채 갑수를 따라 주춤주춤 댓돌 아래에 섰다.

'너, 이 녀석! 왜 자꾸 내 얼굴을 흘끔거리는 거야?'

배들벌에서 봉기가 있던 날, 아란이는 이렇게 쏘아붙였다. 그런데 오늘은 '이렇게, 이렇게 돌아왔으니…….' 하고 중얼거렸다.

'어느 쪽이 진심일까?'

아란이의 말이 머릿속에서 뒤죽박죽 엉켰다. 갑수는 또 다시 머리를 흔들었다.

또남 아배는 심호흡을 두어 번 하고 나서 입을 열었다.

"저, 어르신! 갑수와 솔부엉이가 돌아왔는디 잠시 인사를……."

또남 아배 목소리는 떨리고 있었다.

"……."

말매미가 아주 가까이에서 쩌렁쩌렁 울었다. 양 손을 맞잡은 또남 아배 그림자가 우쭐, 댓돌에 다가섰다.

"어르신!"

또남 아배는 다시 한 번 방 안을 향해 고개를 숙였다. 방문은 열리지 않았다. 대신 고함 소리가 튀어나왔다.

"인사라고? 그놈들이 내게 인사를 하겠다고?"

방 안에서 내지르는 목소리는 푸들푸들 떨리고 있었다.

"고얀……. 고얀 놈들……."

김 부자는 더 이상 말을 잇지 못했다.

"……."

갑수는 아무 말도 머리에 들어오지 않았다.

'그렇기도 하겠지.' 하는 생각만 들었다. 날 때부터 아쉬움이라든가 어려움이라든가 하는 것과는 거리가 먼 사람들. 그런 사람에게 농민군이 일어났다는 건 분명 하늘과 땅이 맞붙어 돌아가는 충격이었을 것이었다.

'더구나 상놈 출신 농민군한테 딸을 빼앗길지도 모르는 기막힌 일을 당한 판에 저럴 수도 있지. 저 양반 입장에서 보면 그러기도 하겠지.'

갑수는 어렵사리 너그러운 척 마음을 가라앉혔다.

'아란이를 생각해서라도……'

방 안에서 들리는 소리는 더욱 커졌다.

"인사라니, 제멋대로 집을 뛰쳐나가 난리에 가담했던 종놈이 낯짝을 들고 내게 인사를 하겠다는 것이야? 종이고 상전이고 다 없어지는 새 세상이 열렸다는 넋 나간 놈들 말을 듣다 보니, 이제 저런 것도 사람 새끼라고 그 흉내를 내고 싶어진 모양이지? 상대할 수 없는 것들 같으니라구!"

고개를 숙이고 있던 갑수 표정이 조금씩 변했다. 목덜미서부터 얼굴 전체가 붉게 물들었다.

갑수는 어금니를 물었다.

'참아야지.'

그러나 김 부자의 호령은 수그러들지 않았다.

340

"흥, 뭣이라고? 사람이면 다 똑같은 사람이지 날 때부터 종은 무엇이며 양반은 무엇이냐고? 짐승 같은 놈들! 이놈들아, 하늘이 무섭지도 않으냐?"

'짐승 같은 놈들? 하늘이 무섭지 않으냐고?'

갑수는 자기도 모르게 고개를 번쩍 들었다. 어느 틈엔가 흰자위는 벌겋게 물들었고 콧구멍은 벌렁거리고 있었다. 갑수는 먼 하늘을 바라보면서 천천히 심호흡을 했다. 그리고 입을 열었다. 목소리는 낮았다.

"방문 좀 여시지요. 인사뿐 아니라 드릴 말씀이 좀 있습니다."

갑수는 침착했다.

끊어 치듯 하는 한 마디 한 마디에는 가을 독사처럼 빳빳하게 독이 올랐다. 아란이 얼굴이 머릿속을 휘젓고 다녔다. 갑수는 젖 먹던 힘을 다해 이빨을 물었다.

방문이 벌컥 열렸다.

"어르신 말씀대로 이제는 종도 상전도 없는 세상이 되었습니다. 그런데 이 댁에는 왜 아직도 종이 남아 있는 것입니까?"

갑수는 고개를 세워 들었다.

"뭣이야, 이놈아? 네가 지금 내게 시비를 걸자는 것이냐?"

벌겋게 달아오른 얼굴. 달걀을 삼킨 구렁이처럼 꿈틀거리는 목울대. 갑수는 그런 김 부자를 똑바로 바라보았다. 살집이 두둑한 김 부자의 얼굴 위로 희고 고운 아란이 얼굴이 겹쳐졌다.

"종은, 종은 이제 없어진다고 했습니다. 아니, 없어졌답니다. 이 나라 높은 나으리들이 그리 하기로 했다면서요?"

갑수는 가까스로 아란이 얼굴을 머릿속에서 밀어 내며 소리쳤다.

"뭣이야? 이놈! 이 짐승 같은 놈! 내 집에서 썩 나가지 못할까?"

김 부자가 던진 놋쇠 재떨이가 갑수의 이마를 스치고 땅바닥에 굴렀다. 갑수의 오른쪽 이마가 찢기면서 순식간에 붉은 피가 주르르 흘러내렸다.

"아이고매, 이를 워쩌……."

솔부엉이는 삐죽삐죽 울음을 터뜨렸고 또남 아배는 어쩔 줄 모르고 콩 튀듯 튀었다.

"뭔 일이랑가?"

"뭔 일이 생겼는디 피를 보고 요런당가?"

동네 사람이 하나 둘씩 모여들었다.

"뭔 일은. 이 집 주인장께서 '나라의 법을 절대 지키지 못하겄다.' 시방 요렇게 말허고 있구만이라."

황룡천 싸움까지 참가했다가 다리를 다쳐 돌아왔다는 왕방울눈이 큰 소리로 비아냥거렸다.

"뭣이여? 고것이 대체 뭔 소리랴?"

"나가 들어 봉께 말여, 얼마 전에 개혁안인지 뭔지가 나왔담서? 고것이 뭣이여? 나는 보고 배운 것이 읎는 상놈잉께 잘은 모르겄지만도 고것이 아마 인자부텀은 양반 상놈 구별을 없애 뿐다고 법으로 땅 땅 만들어 버린 것 아니드라고?"

"그려. 고렇다고 허드라닝께."

뱀엄지손가락이 고개를 끄덕였다.

"맞제?"

"아따, 그럼! 맞고말고."

"아, 근디 이 집 주인장은 고것을 인정헐 수 없다믄서 요로코롬 고래고래 소리를 질르고 있는 것 아니드라고!"

왕방울눈의 목소리는 여유만만했다.

"고것이 무신 여드레 삶은 호박에 이빨도 안 들어가는 소리랑가?"

"아니, 나라 전체가 다 고로코롬 허기로 혔다는디, 혼자서 안 된다고라?"

키다리가 말꼬리를 끌며 뚝뚝 소리가 나도록 불량스레 고개를 돌려 댔다.

"그려어?"

"그려도 되는가아?"

"안 될 틴디?"

"암만! 두말 허믄 개소리지라. 나라를 다스리는 높은 분덜 말을 거역허믄 아니 되고말고."

둘러선 동네 사람들도 왕방울눈 못지않게 유들유들 받아넘겼다.

"곤장을 맞어야 헐랑갑소, 잉?"

"암만, 피떡이 되도록 맞어야 정신을 차리제."

"아녀, 아녀. 이번 참에도 돈 몇 푼 던져 줘 어물어물 처리해 버리겠제. 양반 살 때에다 대믄 요번에 드는 돈은 돈이랄 것도 없을 틴디……."

"히힛. 고런 방법이 있었구만이라. 자네가 저 양반헌티 좀 알려 주지 그러는가?"

모여선 사람 속에서 키득거리는 웃음소리가 새어 나왔다.

"아, 아니. 저, 저것들이……."

홧김에 몸을 벌떡 일으키던 김 부자는 비틀, 하더니 몸을 벽에 기댔다.

"으, 으……."

얼굴이 사과처럼 붉어진 김 부자는 잇새로 신음을 흘렸다. 그러고는 썩은 짚단처럼 풀썩 쓰러져 버렸다.

"아, 아니, 어르신!"

또남 아배는 또 한 번 풀쩍 뛰어올랐다. 멈칫거리던 집안 식구가 안채에서 사랑채에서 뛰어나왔다. 그 속에 아란이도 있었다.

"아버님!"

눈물을 떨어뜨리던 아란이는 김 부자가 방으로 옮겨지자 천천히 갑수를 향해 몸을 돌렸다.

눈물이 그렁그렁한 채 갑수를 쏘아보는 아란이 눈빛은 심장을 칼끝으로 찌르는 듯 날카로웠다.

그 눈길을 뿌리치듯 갑수는 돌아섰다. 이뿌리가 볼에 드러나 보일 정도로 어금니를 맞문 채였다.

노래하고 싶다

전봉준 일행이 금구, 김제, 태인, 장성, 담양, 정창, 옥과, 창평, 순창을 거쳐 남원에 있는 솟을대문 집에 닿은 것은 이슬이 채 마르지 않은 아침 무렵이었다.

"여보시오!"

"여보시오."

주근깨가 대문 앞에서 목청껏 소리쳤다. 잔칫집이 아닌 듯한데도 이른 아침부터 노랫소리, 가야금 소리, 장구 소리가 담밖으로 넘쳐 났다.

'어화둥둥 내 사랑!'을 부르며 한껏 신이 난 판소리 춘향가 사이사이에 '홍보가 기가 막혀, 아이고 형니이임!' 하고 잔뜩 늘여 빼는 진양조의 애절한 가락도 뒤섞였다. 같은 소절을 반복하는 가야금 소리와 장구 소리, 거기에 '얼쑤!' 하는 추임새도 더해져 주위는 온통 요란했다.

"아따, 여그가 소리 배우는 댁이라 허등만 참말 달르긴 달르요잉. 요 기맥힌 소리 좀 들어 보랑께!"

주근깨가 혀를 내둘렀다.

"암만 다르제. 다르고말고. 이 댁 주인 양반이 어디 보통 소리꾼인감? 소리를 듣는 귀신 겉은 귀하며 싹수 있는 소리를 길러 내는 너른 품이 조선 팔도에서 이 양반을 당헐 사람이 읎제. 나가 몰르긴 몰러도 시방 이 댁에서 먹고 자믄서 소리 공부허는 제자만 혀도 열 명이 훨씬 넘을 것이구만."

왕눈이가 눈을 껌벅이며 은강이 옆구리를 찔렀다.

"그나저나 갑자기 판소리 허는 이 댁엔 왜?"

은강이가 물었다.

"이 댁 주인어른허고 우리 장군님허고는 각별한 사이라잖은가? 남원에 왔다가 이 댁에 안 들르믄 이 댁 어른이 섭섭타 허지!"

주먹상투가 헤벌쭉 웃었다.

"그라고 돈도 많이 내 줄 것이고."

주근깨가 웃으며 한쪽 눈을 찡긋했다.

그 때 대문이 열리고 젊은 사람 둘이 튀어나왔다.

"어서 오시제라. 주인어른께서 기둘리고 계시는구만이라."

문을 연 젊은이 둘이 깊숙이 고개를 숙였다.

"자, 어서 들어가시지라."

오른쪽에 선 사람이 얼른 앞장을 서고 나머지 하나는 눈치 빠르게 전봉준이 타고 온 말고삐를 잡았다.

히힝!

낯선 사람이 고삐를 잡는 것이 꺼려진다는 듯 말이 고개를 뒤로 뻗치며 울었다.

"자, 들어가자."

전봉준이 웃으며 말 목덜미를 쓰다듬어 주었다. 그제야 말은 고개를 바로하고 걸음을 옮겼다.

"아무튼 이 녀석은."

막동이는 가볍게 웃으며 말 엉덩이를 토닥였다.

집 안은 넓었다. 담장 한쪽에는 아이 머리통만 한 연초록빛 박을 주렁주렁 단 박 덩굴이 지붕을 향해 손을 뻗치고 있었고, 대문을 지나 마당 오른편엔 우물이 있었다.

일행이 인사를 하고 손을 씻으며 부산을 떠는 사이 마당에는 어느 틈에 멍석이 깔렸다.

물기 묻은 손을 바지에 쓱쓱 문질러 닦으며 주먹코는 가뜩이나 큰 코를 벌름거렸다.

"킁킁. 아따, 꼬소한 기름 냄새! 식전부터 전을 부치는가, 기름 냄새에 창자가 다 녹네 그려!"

판소리 사설을 흉내 내며 가락을 붙이는 주먹코 말에 둘러앉은 사람들이 유쾌하게 웃었다.

방마다 노랫소리, 음악 소리가 그치더니 문이 열리고 사람들이 마당으로 내려섰다.

쌍꺼풀눈이 외치듯 큰 소리로 말했다.

"요놈의 주둥아리! 떡 줄 사람은 생각도 안 허는디 김칫국부텀 마신다더니만, 입 안에 군침 도는 것 좀 보랑께!"

쌍꺼풀눈이 익살스럽게 웃으며 자신의 입을 툭 쳤다.

사람들의 웃음소리가 더욱 커졌다.

음식상은 금방 왔다. 쌀알을 거의 볼 수 없는 잡곡밥이긴 했지만 밥은 그릇마다 고봉으로 담겼고, 비린 것은 없었지만 싱싱한 상추와 가지나물, 된장찌개가 맛깔스러웠다.

"워매, 워매 내 나고 요렇게 맛난 아침은 처음이랑께!"

볼이 미어지게 상추쌈을 밀어 넣으며 주먹코가 호들갑이었다. 또 한 번 웃음바다가 출렁였다.

"그런데 넌 몇 살이야?"

자신과 얼추 비슷한 나이일 거라는 짐작으로 은강이는 마주 앉아 밥을 먹고 있는 사내아이한테 물었다.

"열두 살."

"그래? 나랑 동갑이네!"

은강이는 신기한 듯 활짝 웃었다.

옆자리에 앉은 뻐드렁니가 끼여들었다.

"우리 어르신께 소리를 배우는디, 이름이 진규라고, 소리를
아주 잘혀!"

그러고는 얼른 말꼬리를 달았다.

"이래 뵈도 양반댁 도련님이랑께. 소리 공부 허겄다고 집을
나왔다지만."

"그래요!"

은강이 목소리가 커졌다.

진규는 말없이 씨익 웃었다.

"뭐니 뭐니 혀도 사람이라는 것은 지가 허고 싶은 일을 허면
서 한시상 살아야 허는 것 아니겄능가? 노래를 부르고 싶은 사
람은 노래로 벌어 묵고살고, 넘 웃기는 디 재주가 있는 사람은
광대짓허믄서 살고, 글 많이 읽고 넘 가르치는 것 잘허는 사람
은 훈장질허믄서 살고."

"왜 아니겄는가. 고것이 바로 사람 사는 시상이고, 우리가
꿈꾸는 새 시상이지."

주먹코 목소리가 가늘게 떨렸다.

'이 애가 혹시 태인에서 들은 그 양반집 도련님⋯⋯.'

은강이는 잠시 수저질하는 것도 잊고 진규 얼굴을 뚫어지게 바라보았다.

"야야, 어르신들 볼일 보시는 동안 우리, 계곡에 고기 잡으러 갈래?"

막동이가 옷소매로 입가를 문지르며 물었다.

"고기 잡으러? 그래도 돼?"

은강이 목소리에 반가움이 묻어났다.

"되고말고. 오늘 하루는 너희랑 놀아 주라고 하셨는걸! 밥 다 먹었으면 얼른 가자."

막동이는 기세 좋게 따라오라는 손짓을 하며 앞장을 섰다.

"그래. 잠깐만!"

은강이는 주발을 입에 대고 밥을 쓸어 담듯 허겁지겁 밀어 넣었다.

"같이 갈래?"

은강이는 몸을 일으키려다 말고 진규한테 물었다.

"아, 같이 가자닝께. 어르신께서 오늘 하루는 쉬어도 좋다고 허셨단 말여."

주먹코가 미처 대답할 시간도 주지 않고 진규 손을 잡아끌었다.

막동이는 싸리 바구니도 챙겨 들었다.

"가자!"

모두 신이 났다. 발에 날개를 단 것처럼 발걸음이 가벼웠다. 하늘엔 고추잠자리가 둥그렇게 원을 그리며 날았다. 티 하나 없이 맑고 깨끗한 하늘. 그 하늘을 뒤로 하고 서니, 세상 모든 것이 맑고 깨끗했다. 산도, 들녘도, 아이들도. 어느 틈에 해가 머리 꼭대기까지 올라와 있었다. 햇살에 눈이 부셨다.

"아따, 뜨겁다잉. 얼릉 뛰어가장께!"

왕눈이가 앞장서서 달리기 시작했다.

"좋아!"

"뛰드라고!"

총각 서너 명에 어린아이 서너 명이 앞서거니 뒤서거니 논 둑길을 달려가자 지나가던 사람들이 길을 비켜 주며 소리쳐 물었다.

"무신 일이여? 뭔 일 있는 것이여?"

"아니요. 아무 일도요!"

은강이는 내쳐 달리며 큰 소리로 대답했다. 대답 끝에 웃음이 비어져 나왔다. 상쾌했다. 정말 오랜만에 느껴 보는 이 기분. 이대로 땅 끝까지 달려가고 싶었다.

"헉헉, 야, 우리 오늘, 고기 실컷 잡아서 점심 때 끓여 먹자, 응?"

숨이 턱까지 차오른 막동이 얼굴에도 웃음이 가시지 않았다. 막동이는 은강이 어깨를 치며 숨을 몰아쉬었다.

투닥투닥.

풀밭을 울리는 발소리에 등 푸른 메뚜기가 푸르륵 날아올랐다. 주먹만 한 땡감이 파랗게 열린 감나무가 드문드문 서 있는 밭 언저리를 지나자 나무가 빼곡해지면서 물 소리가 들렸다.

"헉헉, 아이고, 인자 고만 뛰드라고."

왕눈이가 그대로 주저앉을 듯 갑자기 달리기를 멈췄다.

"그려, 잠깐……."

주먹코도 우뚝 섰다.

"아, 아이고. 내가 그 사이에 폭삭 늙은 모양이다. 이 정도 뛰었다고 이렇게 숨이 차니……."

막동이가 키득거렸다.

"아따, 요 친구가 농담을 다 헐 줄 아네!"

왕눈이가 헤벌쭉 웃었다.

"자, 이쪽으로 가드라고. 이쪽은 덩굴이 많아서 사람들이 잘 안 오는 곳이랑께."

뱀엄지손가락이 벽처럼 막아 선 칡덩굴을 헤치며 앞장을 섰다. 물 소리가 조금씩 커졌다.

"그런데 여기는 어떤 고기가 많아요?"

은강이가 주먹코를 바라보았다.

"다 있제 뭘. 피라미도 있고, 열목어도 있고……. 메기 큰 놈은 내 팔뚝만 헐 것이여!"

뱀엄지손가락이 자신의 팔목을 쭉 펴 보였다.

"야야, 메기도 메기지만 여기 산딸기 좀 보드라고. 아따 많기도 허네!"

"익기도 참말 잘 익었다, 야!"

왕눈이가 연신 산딸기를 입에 따 넣으면서 소리쳤다.

"뱀 나올라. 발 밑 조심들 허고."

주먹코가 산딸기를 우물거리며 말했다.

"아따, 여기 고기 좀 있겠는디! 물이 꽤 깊어!"

앞장 선 왕눈이가 어느 틈에 짚신을 벗고 계곡물에 발을 담갔다.

"와! 고기 크다!"

부산스레 물을 헤치고 다니는 고기가 생각보다 큰 것을 보고 은강이가 눈을 휘둥그레 떴다.

"자, 얼룽얼룽 신발 벗고……."

막동이는 바짓가랑이를 걷어 올렸다.

"아따, 물 참말 차고만이라. 쪼깨 있으믄 발 시리겄어."

"쪼깨 있으믄이 뭣이여? 난 시방 발이 떨어져 나가는 것 같구만."

왼손잡이가 엄살을 부렸다.

"자자, 인자 고기를 잡아제?"

뱀엄지손가락이 제법 큼직한 바위를 가리키며 막동이한테 말했다.

"자, 요 바위 뎅이가 워떻겄어?"

"좋지."

막동이와 뱀엄지손가락은 끙끙 힘을 모아 희끄무레한 바위를 들어 올렸다.

"자, 느그들은 구경만 허지 말고, 고기가 떠올르믄 얼릉 건져야 헌다잉."

뱀엄지손가락이 다시 한 번 다짐을 했다.

"걱정 붙들어 매고 바위 뎅이나 잘 던지랑께!"

주먹코가 퉁을 놓았다.

"자, 조심조심."

물이끼가 낀 돌이 많아서 발밑이 미끌거렸다. 물살도 제법 셌다.

막동이와 뱀엄지손가락은 균형을 잡으려고 애쓰면서 조금씩 깊은 곳으로 발을 옮겼다.

"조기, 조기. 거무튀튀한 조 바위 뎅이 밑에 고기가 좀 있을 것 같지 않은감?"

뱀엄지손가락 말에 막동이는 고개를 끄덕였다.

"자, 하나, 둘, 셋!"

막동이와 뱀엄지손가락은 동시에 거무튀튀한 바위에다 들고 온 돌덩이를 떨어뜨렸다.

"앗, 차거!"

사방으로 물이 튀면서 돌이 부딪치는 둔중한 소리가 울렸다. 그 순간, 얼핏 보아도 열 마리 가까운 고기가 하얗게 떠올랐다. 갑작스러운 충격에 고기가 잠시 정신을 잃은 것이었다.

"와! 많다!"

쭈빗거리던 진규가 신이 나서 자기도 모르게 소리쳤다.

"줏어! 얼릉 줏어 담으랑께!"

뻐드렁니가 소리쳤다.

"얼릉얼릉!"

둘러섰던 아이들은 정신없이 고기를 싸리 바구니에 담았다.

"빨랑 혀. 요놈들이 정신 채리믄 다 놓친당께로!"

"불쌍헌 놈들. 요놈들도 시방 우리맨치로 정신이 읎을 것이여."

막동이가 고기를 바구니에 던져 넣으며 말했다.

"우리가 워째서? 정신이 읎는 것은 우리가 아니라 요런 시상이 오리라고는 꿈에도 생각 못 헌 양반님네겠제, 안 그려?"

"맞어, 맞어. 우리야 요런 시상을 기둘리고 기둘린 것이고, 양반님네야 절대 고렇지 않고말고."

바구니 안에서 펄떡이는 고기를 바라보며 은강이는 생각했다.

'잠시 정신을 잃었다고? 잠시…… 그렇다면 다음에 올 세상은……?'

은강이는 잠시 마음이 복잡했다.

햇살은 점점 더 따가워지고 있었다.

옛날에 옛날에

들판에는 갖가지 곡식이 제 빛깔대로 익어 가고 있었다. 날이 갈수록 햇살은 점점 투명해지고 하늘은 끝 간 데 없이 높아갔다.

은강이는 바람에 서걱이는 수숫대를 헤치며 수수밭에 들어섰다.

심심하다고 몸을 비트는 아이들한테 전봉준이 올게심니(추석 무렵에 벽에 걸어 놓고 다음 해 풍년을 기원하는 데 쓸 잘 익은 곡식)를 마련해 오라고 일거리를 준 것이다.

"형! 요것이 어떨랑가?"

어느 틈에 용현이가 수숫대를 헤치고 고개를 삐죽이 내밀었다.

"요기, 요쪽 것이 더 잘 익은 것 같지 않은감?"

수수 이삭을 따려는 듯 위로 풀쩍 뛰어오르며 용규가 은강이를 돌아보았다.

은강이는 빙긋이 웃으며 수수 이삭을 바라보았다. 수수알이 영근 모양새는 별로 차이 나 보이지 않았다.

"둘 다 아주 잘 익은 것 같은데! 이것도 한 주먹 자르고 저것도 한 주먹 잘라 넉넉하게 하지 뭐."

은강이는 두 아이의 머리를 쓸어 주었다. 안쓰러웠다. 몇 달 만에 아버지를 만나 정신없이 웃고 떠드는 이 아이들은 전봉준 아들들이었다.

전라도를 다 돌고 태인 평사리로 오면서 전봉준은 정읍으로 시집간 큰딸한테 맡겨 둔 용규와 용현이를 데려왔다.

몇 달 동안 구석진 골방 안에서만 생활했던 아이들의 핏기 없는 얼굴은 이 곳으로 온 지 며칠 되지 않아 구릿빛으로 변했다.

"아부지, 우리 이리 함께 있으니 참말 좋다잉."

일곱 살짜리 용현이는 시도 때도 없이 전봉준의 품에 파고들며 말했다.

"그래……."

그럴 때마다 전봉준은 용현이 등을 쓰다듬으며 먼 하늘을 바라보았다. 은강이는 마음이 복잡했다. 돌아가신 아버지가 새록새록 보고 싶었다.

"워이, 워이, 요런 놈의 새 새끼들! 감히 누구 떡을 뺏어 묵
을라고!"

용규가 오른손을 휘휘 저었다. 그러고는 참새가 앉아 있는
수숫대를 잡고 흔들어 댔다. 참새가 놀라 날아올랐다.

"야야, 수숫대 부러지겄다."

용현이가 팔을 붙잡아 용규를 말려 놓고는 물었다.

"야야, 근디 웬 떡?"

용규는 대답 대신 뾰족한 덧니를 드러내고 히히 웃었다.

"아, 요것이 뭔 곡식이여?"

제법 거드름을 피는 어른 흉내로 용규가 능청을 떨었다. 은
강이는 저절로 웃음이 나왔다.

"수수지 뭣이긴 뭣이여."

"수수로 뭣을 허는디?"

"야가 참말……."

용현이는 누굴 놀리나 싶은 표정으로 용규를 빤히 바라보았
다.

"며칠만 있으믄 내 생일 아니여. 요번 참에는 수수팥떡을 해
준다고 새엄니가 나랑 단단히 약조를 했단 말이시. 그랑께, 요
수수가 내 떡 아니드라고."

시침을 뚝 뗀 용규는 다시 한 번 수숫대를 흔드는 시늉을 했다.

"아이고, 난 또 무신 소리라고. 이놈, 아야, 수수팥떡 니 혼자 실컷 묵어라. 방귀가 뿡 나오도록."

용현이가 입을 삐죽이며 웃었다.

은강이는 수숫대를 옆으로 쓰러뜨려 이삭을 잘랐다. 벽에 걸기 좋도록 길게 잘랐다.

싸움터에 나서기 전에 살던 전봉준의 집은 불타 없어졌다고 했다. 관군이 불을 질렀다. 그래서 아무도 몰래 이 곳 평사리로 옮겼다.

'우리 집은 어떻게 되었을까?'

은강이는 요즘 들어 자꾸 집 생각이 났다. 용현이와 용규, 평범한 아버지 같은 전봉준의 모습……

'이 식구들이 그냥 이렇게 살아갈 수는 없을까?'

올게심니를 마저 잘라 오면서 은강이는 자꾸만 가슴이 저렸다.

처음엔 얼떨결에 싸움터에 끼어들었다. 그 다음엔 아버지의 복수를 하고 싶었다. 그 다음엔 이 일이 정의로운 일이기 때문에 뭐든 거들리라 생각했다. 그 때는 죽음이 가까이에 있다는 사실이, 자신도 죽을 수 있다는 사실이 두려웠지만 참고 또 참았다.

그런데 지금 전주 화약이 맺어진 뒤에 달라진 사람들 모습을 보면서 '산다는 것이 무엇인가?' 하는 생각이 자꾸만 들었다. 산다는 것은, 사람으로 산다는 것은 무엇인가? 무엇이 우리를 사람으로 살지 못하게 하는가?

은강이는 이삭이 든 꼴망태를 다시 한 번 추슬렀다. 논두렁을 가면서도 아이들은 그냥 걷지 않았다.

"야, 우리 메뚜기 잡아 뽂아 묵자."

그리 좋은 생각이 왜 이제 났는지 모르겠다는 듯 용현이는 자신의 머리를 툭, 치며 혼자 웃었다.

"조오은 생각."

용규도 얼른 논가에 붙어 섰다. 은강이는 하늘을 올려다보았다. 해는 서편에 기울었다.

메뚜기가 여기저기에서 튀어 오르고 있었다. 세 명이 달려들면 한 대접쯤은 금방 잡을 수 있을 것 같았다.

타닥, 타닥.

아이들이 논에 들어서자 메뚜기는 더 정신없이 튀어 올랐다. 바람이 불 때마다 벼 포기가 이리저리 몸을 뒤척였다.

"자, 한 마리."

"또 한 마리."

용현이와 용규는 시합하듯 메뚜기를 강아지풀에 꿰었다. 얼마 지나지 않아 셋은 모두 강아지풀 끝까지 메뚜기를 꿸 수 있었다.

"그만 가자. 어머니가 기다리시겠어."

은강이가 먼저 논에서 나왔다. 용현이와 용규는 콧노래를 불러 가며 앞서거니 뒤서거니 은강이와 걸었다.

"형! 어디 가지 말고 우리랑 같이 살어, 응? 새엄니네 갔다가 딴 디 가지 말고 다시 와야 혀!"

용규가 머루 알같이 까만 눈으로 은강이를 올려다보았다. 은강이는 또 다시 가슴 한쪽이 찌르르했다.

은강이는 전봉준의 부인인 동골댁의 친정에 심부름을 다녀오기로 되어 있었다. 동골댁이 여동생과 반보기를 하려는 날짜와 시간을 알려 주러 가는 길이었다.

꽃 피는 봄날이나 볕 좋은 가을날이 되면 자주 만나기 어려운 일가 친척의 부인들이 두 집의 중간쯤 되는 경치 좋은 곳에서 만나 음식을 나누며 하루를 즐기는 것이 반보기였다.

남자들은 형제간이나 부모 자식 간에 크고 작은 일이 있을 때마다 왕래를 하지만 시집살이에 몸이 매인 여자들은 친정 식구를 볼 기회가 별로 없었다. 그래서 생긴 풍습이기도 했다. 이즈음처럼 세상이 뒤숭숭하고 살기가 팍팍할 때는 반보기조차 쉽지 않았다.

더구나 전봉준의 식솔은 더 어려웠다. 전봉준은 그런 마음을 헤아리고 동골댁에게 여동생이라도 한번 만나라고 해 두었다.

"어이, 요놈의 닭!"

용규는 사립문을 들어서자마자 달려 들어가 멍석 위의 닭을 홰홰 쫓았다. 말리느라 늘어놓은 호박 고지가 여기저기 흩어졌다.

"왜, 이번에는 또 뭣이여? 이번에도 또 니 떡이여?"

용현이가 용규를 놀렸다. 용규는 조금도 기죽지 않았다.

"암만. 우리 새엄니가 조것을 넣어서 맛나게 호박떡 만들어 준다고 했거들랑. 안 그려요, 엄니?"

용규는 앞치마에 양 손을 문지르며 부엌을 막 나서는 동골댁한테 능청스레 눈짓을 했다.

"아따, 참말 내는 니헌티 졌다, 졌어!"

용현이는 고개를 설레설레 저었다.

"하하하."

용규가 큰 소리로 웃어 젖혔다. 은강이도 웃고, 용현이도 웃고, 동골댁과 전봉준은 영문도 모르는 채 따라 웃었다. 용규 웃음소리가 제일 컸다.

굴뚝에서 저녁 짓는 파란 연기가 한가로이 솟아올랐다. 서쪽 하늘을 물들이고 있는 노을이 고왔다.

보름이 얼마 남지 않은 달과 검은 하늘에 점처럼 박혀 반짝이는 별들이 푸르스름한 황금색으로 빛나고, 마을을 둘러싼 풀밭에서는 풀벌레 소리가 자못 요란했다.

약 냄새가 온 집안에 가득했다. 전주성에서 총상을 입은 전봉준의 다리를 치료하느라 달이는 약이었다. 동골댁의 간호가 극진해서인지 약이 효험이 있어서인지 전봉준의 다리는 이제 많이 나았다. 아이들은 반쯤 누워 전봉준의 이야기를 들었다.

"옛날에 옛날에 만적이라는 사람이 살았더란다. 만적이는 종이었어. 만적이 주인은 아주 높은 벼슬아치였고. 만적이는 기운이 세고 머리가 좋은 사람이었지.

똑똑한 만적이는 종이라는 자신의 신분을 생각하고 또 생각했단다. 밥을 먹으면서도, 모를 심으면서도, 꼴을 베면서도. 그러던 어느 날 만적이는 뒷산에 나무를 하러 가서 동네 종들을 불러 모아 놓고 말했지.

'우리는 왜 날 때부터 죽을 때까지 종살이를 해야 합니까? 무슨 잘못으로, 우리는 평생 소나 말처럼 일만 하면서 사람대

접 못 받고 살아야 합니까?'

　모두 만적이 말이 맞다고 생각했어. 그 때나 지금이나 남의 집 종으로 산다는 건 사람으로서 할 짓이 아니었거든. 너희도 알지? 종 한 사람 값이 얼만지? 소 한 마리로 종 다섯 사람을 살 수 있는 것을?

　문제는 만적이 말처럼 아무것도 잘못한 게 없는데 평생을 그렇게 살아야 한다는 거였어. 만약 도둑질을 했거나, 사람을 다치게 했거나, 아니면 게을러서 종이 될 수밖에 없었다면 그렇게 억울하지는 않았을 거야. 잘못을 저질러 벌을 받아야 한다면, 그 벌로 남의 집 종살이를 해야 하는 거였다면 말야.

　억울하다는 것. '나는 억울하다.'란 생각이 드는 것. 그것만큼 견딜 수 없는 게 또 있겠니? '내 의지와는 전혀 상관없이 날 때부터 '너는 이 곳에서 이런 일을 하면서 살아야만 한다.'고 정해져 있는 것. 만적이는 그걸 참을 수가 없었던 거야.

　'왕이나 벼슬아치는 처음부터 씨가 따로 있습니까? 누구든 기회가 닿고 능력이 있으면 왕도 될 수 있고 대감도 될 수 있는 겁니다.'

　만적이는 말했어. 그러고는 뜻이 같은 종들을 몰래 불러 모았단다. 그들은 모여서 궁리를 했지. 어떻게 하면 종의 신분을 벗고 평범한 사람으로 살아갈 수 있을까, 집에서 기르는 소, 돼

지보다도 더 가혹한 대우를 받으면서 살 수는 없다고 말야. 하지만 아무리 생각해도 뾰족한 방법이 없었어. 어떤 양반도 '우리를 종에서 놓아 달라.'는 요구를 들어 줄 리 없었으니까.

마침내 그들은 결심했단다. 주인을 죽이고, 궁궐로 쳐들어가기로. 그런데 그만 배신자가 생긴 거야. 누군가가 주인한테 만적 일행의 계획을 일러바쳤던 거지. 일행은 무참히 강물에 던져졌단다.

양반 상놈을 미리 정해 놓고 가르는 신분 제도에 불만을 가진 건 상놈 출신 사람이 대부분이었지만 드물게는 양반도 있었어. 그 중에 정여립이란 사람이 있었지.

정여립은 어려서부터 기골이 장대하고 영민했단다. 과거를 보고 벼슬에 올랐지만 벼슬살이에 그리 마음을 쓰지 않았어. 그러다 벼슬을 버리고 고향으로 내려와 제자들을 가르치면서 온갖 계층 사람과 친해졌단다. 자신은 양반이었지만 신분과 관계없이 사람을 좋아했던 거지…….

정여립은 한 달에 한 번 사람들과 함께 무술을 단련하고, 크게 잔치를 베풀었더란다. 이런 행동이 알려지면서 누군가가 정여립이 반역을 꾀한다고 일러바쳐서 죽임을 당했단다.

신분 제도에 상놈 못지않게 억울하다고 느끼는 사람들이 또 있지. 그 사람들이 서자야. 양반 자식이면서도 첫 번째 부인을 어머니로 두지 못한 사람, 반쪽 양반 말이다. 그들은 본부인의 자식이 아니어서 아무리 똑똑하고 용감해도 벼슬을 할 수 없었어. 평생 일다운 일을 하지 못하고 살아야 했던 거야. 그 사람들도 상놈 못지않게 억울하고 답답했을 거 아니냐?

허균은 서자의 사정을 잘 이해한 양반이었어. 어린 시절 훈장님이 서자였거든. 뛰어난 시인이면서도 서자라는 이유로 평생을 불행하게 살아 온 스승을 보면서 허균은 언젠가는 이런 불합리한 신분 제도를 뜯어고치리라 결심했던 거지. 허균은 어렸을 때부터 믿을 수 없을 만큼 총명했단다. 한 번 본 글은 모두 외웠다는 거야. 그런 허균이 마음먹고 쓴 소설이 『홍길동전』이다.

홍길동은 서자였어. 정말 출중한 인물이었지. 그러나 아무리 뛰어난 인물이라 해도 서자인 홍길동에게 주어지는 일은 없었어. 결국 홍길동은 부패한 벼슬아치를 털어 가난한 백성을 도와 주는 큰 도둑이 되었지. 물론 도둑이 되는 게 바람직한 일은 아니지만 아무튼 허균은 그런 방법으로 잘못된 법을 비판한 것이야.

이 아버지도 그 사람들 말이 맞다고 생각한다. 사람을 짐승처럼 사고팔고, 주인 마음대로 죽이고 때리고……. 그건 같은 사람으로서 해서는 안 되는 일이거든.

자, 그건 그렇고 용규, 너 홍길동 이야기 알지? 아버지한테 이야기 좀 해 줄 테냐?"

전봉준은 말머리를 돌리며 눈을 감았다.

"예, 아부지."

용규는 신이 나서 이야기를 시작했다.

"옛날에 옛날에……."

반보기

나들이옷으로 곱게 차려 입은 동골댁이 한쪽 손에 보따리를 들고 조용한 걸음으로 은강이 뒤를 따랐다. 은강이는 얇고 작은 멍석을 들고 앞장섰고, 용현이와 용규는 은강이 옆에서 새끼 제비처럼 재재대며 걸었다. 산기슭에는 온통 보랏빛 구절초가 가득했다.

실핏줄이 비칠 만큼 살결이 흰 동골댁의 양 볼이 발갛게 달아올랐다. 먼 길을 걸어서만은 아니었다. 조금 있으면 부안으로 시집간 뒤 십여 년 동안이나 얼굴을 못 본 동생을 만난다는 설렘 때문이었다.

동골댁은 자식도 없이 십 년을 홀몸으로 살아오다가 이즈음 개가를 했다. 예전 같으면 꿈도 꾸지 못할 일이었지만, 세상이 바뀌어 새로 지아비와 아들 둘을 얻었다. 새로 만난 지아비가 반보기를 한번 다녀오라며 먼저 말을 꺼내 주었다. 남편을 떠올릴 때마다 동골댁은 가슴 한쪽이 따스해지면서 어디선가 환한 햇살이 비쳐 드는 느낌이었다.

"아, 언니, 여기야. 여기!"

동골댁은 퍼뜩 정신을 차렸다. 혼자 생각에 골똘해 있었던 모양이다. 서낭당 옆 솔밭에서 달려오는 이는 참으로 오랜만에 만나는 여동생이 틀림없었다.

"아이구, 언니⋯⋯."

두 여인은 서로 얼싸안았다.

"참으로 오랜만이우."

여동생은 동골댁 손을 잡아끌고 미리 펴 둔 자리로 갔다.

"너는⋯⋯."

동골댁은 얼른 동생 얼굴을 살폈다. 웃을 때마다 보조개가 곱게 패던 얼굴. 냇가의 자갈처럼 동그랗고 야무졌던 동생 얼굴에도 주름이 잡히고 새치 몇 오라기가 생겼다.

"모두 별일 없지? 김 서방도?"

동골댁은 허둥지둥 제부의 안부를 물었다. 제부가 농민군에 들어가 싸움터에 있다가 돌아왔다더란 말을 은강이한테서 들었었다.

"응, 뭐 그냥⋯⋯. 그나저나 언니는⋯⋯?"

여동생은 업은 아이를 내려놓으려고 포대기를 풀었다.

"으앙!"

잠이 깼는지 아이가 앙칼지게 울음을 터뜨렸다.

"애, 옥아, 동생 좀 봐라."

여동생은 큰딸아이한테 아이를 건네고는 흩어졌던 머리카락을 쓸어 올렸다.

"막내도…… 딸이야……."

딸만 넷. 아들을 낳지 못했으니 쫓겨나도 할 말이 없을 여동생 형편이, 그 마음고생이 보지 않아도 훤했다. 동골댁은 얼른 보따리를 풀어 아이들한테 건넸다.

"은강아, 저쪽 나무 그늘에 멍석 깔구, 이거 나눠 먹어라. 싸우지들 말고!"

"으와!"

찬합에 든 약과며 과일을 보고 아이들 입이 함지박만 하게 벌어졌다.

"형부는 어때, 언니?"

여동생은 얼굴 한 번 보지 않은 전봉준한테 형부란 호칭을 붙이기가 쑥스러운지 잠시 멈칫거렸다. 재혼인데다가 혼인을 한 지 얼마 안 되었고, 더구나 난리통이라 아직 동골댁 가족은 아무도 전봉준을 보지 못했다.

"응, 상처는 다 나아 가."

동골댁은 여동생에게 약과 하나를 집어 주었다. 상처가 낫고, 추수를 끝내고, 더 많은 사람이 모여들면…… 동골댁은 마음이 어지러웠다.

"그나저나…… 살기는 어떠니?"

"그렇지, 뭐……."

여동생은 픽 웃었다.

"그보다도 언니, 언니는 신수가 좋아 보이우. 형부가 잘해 주는 모양이지?"

"얘는……."

동골댁은 새댁처럼 얼굴을 붉혔다.

동골댁의 첫 남편은 혼례를 올린 지 석 달 만에 세상을 떠났다. 정 붙일 아이 하나 없이. 두려웠다. 남편의 장례를 치르고 방문 앞에 서니, 끝도 없이 이어지는 어둡고 숨 막히는 동굴에 서 있는 것 같았다.

'한 번 남편을 잃은 여자는 두 번 다시 혼례를 올릴 수 없다.'

조선 여자에게 채워진 족쇄였다. 이유를 물을 수도 없고 예외도 없는 족쇄. 수백 년 동안 여자를 꼼짝 못하게 옭아매던 족쇄.

'남자는 두 번 세 번 장가갈 수 있다. 그러나 여자는 안 된다.'

'남자 양반은 모두 공부해서 성현의 가르침을 본받아야 한다. 그러나 여자는 안 된다.'

'남자는……. 그러나 여자는 안 된다.'

여자를 묶어 두는 족쇄는 한둘이 아니었다. 그런데 요즘 그 족쇄가 하나 둘씩 끊어지고 있었다.

"그런데 언니, 과부가 재혼을 할 수 있게 농민군이 법을 고친다는데……."

여동생은 약과를 우물거리며 동골댁 얼굴을 빤히 쳐다봤다.

"혹시 형부가 언니한테 장가가고 싶어서 그런 거 아냐?"

"아니, 얘가?"

동골댁이 얼굴을 붉히며 하얗게 눈을 흘기자 여동생은 배를 잡고 깔깔거렸다.

"아이구, 재밌어. 아이구, 재밌어. 늙은 언니 놀려 먹는 게 이렇게……."

여동생은 웃다, 웃다 끝내는 딸꾹질에 기침까지 해 댔다.

"그만 웃고 물이라도 좀 마셔라. 자!"

동골댁이 물을 건네는데 여동생의 둘째, 셋째 딸이 여동생 등 뒤로 살금살금 다가왔다.

"와!"

두 아이는 한꺼번에 고함을 치며 여동생의 어깨에 매달렸다.

"아이고, 이 기집애들!"

여동생은 셋째 딸 등짝을 퍽 소리 나게 쳤고 아이들은 깔깔대며 도망쳤다.

"엄마! 구월이는 커서 백마 탄 여장수가 되고 싶대!"

"엄마! 언니 쟤는 양반 집 첩이 될 거래!"

"아니, 저 기집애들이!"

여동생은 앉은 자리에서 벌떡 일어섰다.

"아이구, 놔 둬라. 철없는 애들이 한 소리 갖구 뭘……."

"아니, 암만 철이 없어두 할 소리가 있고 못 할 소리가 있지."

"그나저나 그게 무슨 소리냐, 백마 탄 여장수라니?"

"언니, 그 소문 못 들었수? 딸꾹!"

여동생은 흥분이 가라앉자 다시 딸꾹질을 했다.

"무슨 소문?"

"아, 농민군에 딸꾹, 여자 대장이 있다는 말 말이우."

"여자 대장?"

"아, 그렇다니까. 딸꾹!"

여동생은 딸꾹질을 멈추게 할 요량으로 숨을 멈추고는 고개를 끄덕였다.

"아, 그 여자 접주는 백마를 딸꾹, 타고 다닌다고 하더라고. 총 쏘기, 활 쏘기를 남자 뺨치게 한다는데? 따, 딸꾹!"

"정말?"

"아이구, 이놈의 딸꾹질."

여동생은 가슴을 퉁퉁 치면서도 이야기를 쉬지 않았다.

"그럼, 정말이랍디다. 그 백마에는 딸꾹, 날개가 달렸는데 보통 때는 날개를 접고 있지만 여주인이 위, 위험할 때는 딸꾹, 날개를 펴고 하늘을 난다는 거유."

"……"

"아, 정말이래요. 딸꾹. 그 여자 대장이 지금 공주 어딘가 비밀 장소에서 싸움 준비를 하고 있대요. 딸꾹! 그 밑에 모인 남자가 수천 딸꾹, 수만이라든데?"

'기어코 싸움이 다시 벌어지려나?'

동골댁 얼굴이 순간 어두워졌다. 그러나 차마 그렇게 말할 수는 없었다.

"여자가…… 지휘를 할 수 있을까?"

동골댁은 겨우 물었다.

"참내, 언니는 무슨 딸꾹, 말을 그렇게 하우? 배우면 하는 거지. 딸꾹! 더구나 언니 같은 사람이 그렇게 딸꾹, 말을 하면……."

여동생은 다시 자기 가슴을 쳤다.

"우리 동네 뺑덕어멈은 말이우. 딸꾹, 남자도 남자지만 우리 여자야말로 이번 싸움에 나서야 한다고 침을 딸꾹, 튀긴다우."

"여자가?"

"아, 사실 딸꾹, 여자가 사람 취급 받고 살았수? 근데 동학이라는 것이 사람을 하늘 딸꾹, 받들듯이 받드는 것이라, 동학이 쌈에서 이기면 인자 우리 여자도 딸꾹, 사람 취급 받으면서 살수 있을 거라고……."

여동생은 열이 올라 목소리를 높였다.

동골댁은 부끄러웠다. 동네 아낙도 이런 생각을 하며 살고 있는데 농민군 대장, 그것도 조선 최고의 농민군 대장 아내가 남편이 전쟁에 나가지 않을 수는 없을까, 조바심치고 있다니.

휴, 동골댁은 이마에 솟는 땀을 옷고름으로 눌렀다. 그러나 붙잡고 싶었다. 세상을 다 준다 해도 남편을 다시 싸움터에 내보내고 싶지는 않았다. 정 붙일 사람 없이 혼자 사는 것, 되풀이하고 싶지 않았다. 꿈에서도 그러고 싶지 않았다. 아아, 동골댁은 가만히 한숨을 내쉬었다. 이대로 산 속으로 들어가 화전이라도 일구며 네 식구 오순도순 살 수만 있다면……

동골댁은 술래가 되어 숨어 있는 아이들을 찾아 여기저기 뛰어다니는 은강이 뒷모습을 멍하니 바라보았다.

"못 찾겠다. 나와라! 못 찾겠다. 나와라."

은강이는 손나팔을 하고 소리쳤다.

"와하하하. 형, 바보. 나 여기 있는디!"

용규가 활짝 웃으며 풀숲에서 나왔다.

햇살은 아직도 환하고 숲길엔 꽃향기가 여전했다.

백양사에서

눈이 부셨다. 은강이는 누운 채 가만히 눈을 떴다. 깜박 꽃잠이 들었던가 보다.

햇살이 나뭇잎 사이를 비집고 내려와 눈을 찔러 댔다. 얼마나 잤을까? 해가 설핏 기울었다.

은강이와 전봉준 일행이 백양사에 온 지도 거의 열흘이 다 되었다. 백양사에 오기 전, 이제는 외삼촌이 살고 있다는 인천으로 가야 하지 않겠냐고 했지만 은강이는 고개를 저었다.

외삼촌이 인천 어디에 살고 있는지 확실히 알 수도 없었을 뿐더러 섣불리 인천으로 갔다가 농민군과 인연을 아주 끊게 될지도 모른다는 생각 때문이었다.

농민군은 다시 일어날 준비를 하고 있었다. 집강소 활동으로, 양반 상놈의 구별이 서서히 깨지면서 조금씩 조금씩 살 만

한 세상으로 변해 갔다.

농민군 활동에 양반들과 일본은 안절부절못했다. 조선 양반들은 조상 대대로 누려 오던 기득권을 유지할 수가 없었다. 일본은 조선 백성이 자기끼리 잘못된 것을 고치고 나름대로 오순도순 살아가는 것을 그대로 놓아 둘 수 없었다. 그래서는 조선을 침탈할 수 없기 때문이었다.

일본은 조선 조정에 점점 심하게 간섭하면서 농민군을 없애고, 농민군이 진행하고 있는 개혁을 중단시키려 날뛰고 있었다. 일부 조선 양반들은 그런 일본에 빌붙어 기득권을 유지하려 했다.

농민군은 다시 무기를 들 수밖에 없었다. 전봉준은 상처를 치료하며 기다렸다. 추수가 끝나기를 기다렸고, 북접 사람이 참여하기를 기다렸고, 더 많은 농민군이 모이기를 기다렸다.

이제 기다림은 끝났다. 전봉준은 백양사에 지휘 본부를 설치하고 근처 유지들에게 식량과 돈을 요청했다. 은강이와 충근이 아제는 그 심부름을 하고 있었다. 은강이는 몸을 일으켰다. 내일은 광산 김씨 문중에 갈 차례였다.

'그들은 어떻게 나올까?'

맨 처음, 울산 김씨 문중 둘째 아들인 김 진사를 찾았을 때가 생각났다.

김 진사는 생각보다 젊었다.

꼿꼿한 앉음새로 전봉준 장군의 글을 읽고 난 첫마디가 '어디 계시느냐?'는 물음이었다. 백양사와 전주성을 왔다갔다하면서 근처 고을을 두루 다니신다는 말에 김 진사는 보일 듯 말 듯 고개를 끄덕였다.

"일간 내가 한번 찾아뵙겠다고 전해라. 건네 드릴 것도 있고 하니."

말이 끝난 듯하여 몸을 일으키려는 은강이에게 김 진사는 문득 덧붙였다.

"그런데…… 넌 몇 살이냐?"

은강이는 멈칫 그 자리에 섰다.

"예…… 저……."

김 진사의 속마음을 알 수가 없어서 은강이는 말꼬리를 흐렸다.

은강이를 말없이 바라보던 김 진사는 밖에다 소리쳤다.

"게 누구 없느냐? 이 아이에게 점심을 먹여 보내도록 해라."

'점심? 이 사람은 무슨 생각으로 이런 말을 하는 것일까?'

그러나 그 다음 순간 자기도 모르게 눈물이 쿡 솟았다. 은강이는 고개를 숙이며 이를 사리물었다.

참으로 오랜만이었다. 이런 밥상을 받아 본 것이, 더구나 혼자서 밥상을 받아 본 것이 얼마 만인지 기억조차 가물가물했다. 전봉준 집에서도 밥상에 밥을 먹었지만 늘 아이들과 함께였고 찬이 소박했다.

아주 어렸을 때부터 들판에 서서, 혹은 강가에 쭈그리고 앉아, 대충 대충 시장기만 속이며 살아 온 것 같았다. 음식은 매끄럽게 목을 넘어가는데도 자꾸만 목이 메어 은강이는 연거푸 물을 마셨다.

어머니가 보고 싶었다. 아버지가 보고 싶었다. 은실이가 보고 싶었다. 민들레가 보고 싶었다. 복룡이 형도…….

'이상하다. 왜 서러운 마음이 드는 것일까?'

은강이는 마치 이 세상에 혼자만 남아 있는 듯 가슴 한쪽이 서늘했다. 막 상을 물리는데 떠꺼머리총각이 들어서더니 보따리를 은강이 앞으로 밀어 놓았다.

"갈아입을 옷……."

총각은 상을 들고 나갔다.

'김 진사는 어떤 사람일까?'

은강이는 한동안 옷 뭉치를 물끄러미 바라보았다.

세상에는 참 여러 부류의 사람이 어우러져 사는 것 같았다. 탐학을 일삼았던 고부 군수 조병갑, 안핵사로 부임해 와 온 고부군을 지옥으로 만들어 놓았던 이용태 같은 벼슬아치가 있었다. 돌아가신 은강이 아버지 같은 양반도 있었고, 김 진사 같은 이런 양반도 있다. 또 전봉준 장군과 손잡고 일하는 김학진 전라 감사 같은 벼슬아치도 있다.

'무엇이 사람을 제각기 다르게 만들었을까?'

은강이는 옷 뭉치를 만지작거리며 한참 동안 그렇게 앉아 있었다.

'나는 어떤 사람이 될까?'

은강이는 새삼스레 그 때 얻어 입은 옷을 만져 보았다. 옷은 아직 고운 때도 묻지 않았다. 발이 곱고 부드러운 무명이어서 느낌이 아주 좋았다.

"은강아, 혼자 뭐 하냐? 같이 좀 거들지 않고!"

은강이는 깜짝 놀라 고개를 들었다. 막동이가 이마에 흥건한 땀을 훔쳐 내며 소리를 지르고 있었다.

막동이는 요 며칠 김학진 감사 명으로 각지에 있는 곡식을 나르는 운량관으로 일하면서 완전히 다른 사람이 되었다. 농민군 일에 그렇게 열심일 수가 없었다.

막동이는 어찌어찌하다 보니 농민군이 되었고, 한때는 전봉준을 관군에게 팔아먹을 생각도 했었다. 그러나 전봉준은 그 사실을 아는 척하지 않았을 뿐 아니라 막동이를 아주 가까이 두고 중요한 일을 맡겼다.

어느 순간, 막동이는 깨달았다. 전봉준이 자신의 잘못을 용서하고 자신을 믿고 있다는 것을.

집을 나서면서 전봉준은 막동이를 불렀다.

"내 식구를 부탁한다. 이건 내가 목숨을 건 싸움터에 나가면서 내 식구만 살리자는 것이 아니다. 내가 싸움터에 있을 때 혹시라도 볼모로 잡히기라도 한다면……. 막동아, 내가 집을 나선 뒤 나도 모르는 곳에 내 식구를 데려다 다오. 있는 곳은 너밖에 알지 못하도록 하고."

그 때 전봉준은 뒷짐을 진 채 이렇게 말했다.

얼굴을 볼 수는 없었지만 막동이는 그 때 전봉준이 눈물을 흘리고 있다는 걸 알았다. 어금니를 맞물듯 힘주어 깍지 낀 전봉준의 양 손이 그렇게 말하고 있었다.

그 말대로 막동이는 전봉준의 식구를 아무도 모르는 곳에 데려다 놓고 백양사로 왔다. 백정 마을에. 전봉준은 식구 이야기를 입에 올리지 않았고 막동이는 이제 전봉준과 함께 있으리라 마음먹었다.

물건은 예천에서 온다고 했다. 산 위에서 내려다보면 전라도 전역에서 모여드는 곡식이 마치 개미가 줄지어 먹이를 물어 나르는 모습처럼 고물고물했다.

"아따! 은제 고로코롬 챙겨 놨디야?"

주먹코가 한쪽 벽을 가득 채운 보릿자루를 대견한 아들놈 궁둥이 두드리듯하며 히죽 웃었다.

쌓여 있는 것은 곡식만이 아니었다. 대나무를 모아들였고, 볏짚과 삼 껍질, 판자를 거두어 모았다. 대나무는 쪼개서 장태를 만들었고 삼 껍질은 밧줄이 되었다. 모두 짬짬이 짚신을 삼았다. 몇 켤레씩 봇짐에 챙겨 놓지 않은 사람이 없었다. 가을 옷도 만들어 갈무리해 놓고, 두건과 발싸개도 여러 장씩 마련했다.

은강이는 천천히 궁둥이를 털고 일어났다. 내일 일이 계속 마음을 무겁게 했다.

'양반이 다 김 진사만 같으면 얼마나 좋을까?'

"인마, 이것 좀 저리로 날라!"

막동이는 느릿느릿 다가서는 은강이 머리를 가볍게 쳤다.

"응."

힘을 쓰려고 해 보았지만 보릿자루를 혼자 들기에는 힘에 부쳤다. 은강이는 보릿자루 한쪽 귀퉁이를 들어 올리려다 다시 내려놓고 말았다.

"아이고, 이 녀석! 너 점심 굶었냐?"

짐짓 퉁바리를 주는 막동이 목소리가 상기되어 있었다.

"야! 은강아, 너 김학진 감사 별명이 뭔지 알아?"

그래 놓고는 무엇이 우스운지 저 혼자 킬킬 웃었다. 은강이
는 어리둥절한 얼굴로 눈만 멀뚱거렸다.

"도인 감사란다, 도인 감사."

왜 그런 말이 떠도는지 알 듯했다. 은강이도 비시시 웃음이
나왔다.

일본군이 경복궁을 무단으로 침입한 직후, 김학진은 병조판
서로 임명되었다고 했다. 그러나 김학진은 병조판서로 부임하
는 대신 전봉준 장군에게 사람을 보내 '나라를 위협하는 적에
게 대항하기 위해 함께 힘을 합해 전주를 지키기로 약속하자.'
고 제의했다는 거였다.

김학진은 구체적인 제안을 덧붙이기까지 했다. '첫째, 폐정
은 모두 뜯어고칠 것이다. 둘째, 농민군이 편안히 생업에 종사
할 것을 보장한다. 억울한 일이 있으면 집강을 통해 호소하라.
셋째, 무기를 돌려주기만 하면 다른 일엔 책임을 묻지 않겠다.
넷째, 올해 각종 세금은 낱낱이 면제해 주겠다.'는 내용이었다.
거기에 더해서 김학진은 자신의 집무실인 선화당을 전봉준에
게 내어 주었고, 각 고을 원에게 글을 보내 농민군 집강소 활동
을 적극 도와 주라는 지시를 내렸다.

그러니 도인 감사라는 별명이 붙을 만도 했다. 어떻게 그런

사람이 조정의 벼슬에서 쫓겨나지 않는지 알 수 없었다.

"그 양반은 한양에다 뭘 먹였대요?"

옆에 있던 도끼눈이 끼여들었다. 도끼눈의 말을 무시한 채 막동이는 저 혼자 신명이 나서 목소리를 높였다.

"지금 여기가 서울에 계시는 양반님네가 볼 때는 아수라 난장판이 아니겠냐? 그러니 지금 같은 때 어느 멍청이가 전라 감사를 하겠다고 나서겠어? 더구나 웬만큼 어쭙잖은 인사는 그 날로 당장 목줄이 떨어질 거고. 그래, 고르고 골라 찾아 낸 사람이 지금 저 아래 있는 김학진 감사였단다. 감사를 제수(임금이 바로 벼슬을 시킴)한다는 어명이 떨어지자 김학진은 그 자리에 엎드린 채 일어서지 않았더란다. 끝내는 편의종사를 허락한다는 말을 듣고 나서야 '성은이 망극하오이다. 어명을 받자옵고 한 치도 틀림없이 거행하겠나이다.'라고 했더란다."

막동이는 침을 한 번 꿀꺽 삼키고 나서, 모여선 사람을 둘러보며 의기양양하게 말을 이었다.

"모두 편의종사라는 말이 뭔 말인지 잘 모르지? 암만, 늬들은 잘 모를 것이다."

오늘 막동이는 정말 이상했다.

'무엇 때문에 저렇게 흥분한 것일까?'

은강이는 멍하니 막동이 얼굴을 바라보았다.

나이에 어울리지 않게 구레나룻이 무성한 청년이 막동이 어깻죽지를 퍽, 소리 나게 쳤다.

"아따, 이 친구가 오늘 뭘 잘못 먹은 모양인갑네! 어찌 그리 사설이 긴고?"

기습을 당한 막동이의 무릎이 풀썩 꺾였다. 모여선 청년들이 큰 소리로 웃어 젖혔다. 막동이도 유쾌하게 웃었다.

요즘만 같으면 정말 농민군 할 만했다. 가는 곳마다 가진 것을 내놓았다. 농민군 뜻에 동조해서 선선히 내 주는 사람, 썩 내키지는 않지만 농민군 위세에 눌려 마지못해 내놓는 사람, 끝까지 거부하다가 김학진 전라 감사의 전령을 듣고서야 씩씩거리며 요구하는 것을 내놓는 사람도 있었다.

막동이는 고분고분하지 않은 사람이 좋았다. 금방이라도 받아칠 듯 뻣세게 나오던 양반이 꼬리를 내리고 이쪽 말에 따를 때의 기분이라니! 막동이는 운량관 일이 새록새록 재미났다. 오늘도 그랬다. 꼬장꼬장하기로 유명한 예천 양반들을 어르고 달래서 곡식과 피륙을 받아 내어 싣고 오는데 저절로 휘파람이 나왔다.

"선친께서는 무슨 일을 하셨는가?"

곡식 몇 섬을 나눠 주면서 방 안까지 불러들여 한껏 거드름을 피우던 한 양반 얼굴이 떠올랐다. 선친? 막동이는 그 순간 심술이 나서 말했다.

"소를 잡으셨지요. 때로는 개도 잡았구요."

"개, 개를?"

그 양반의 표정을 막동이는 죽어도 잊지 못할 것 같았다.

"주실 것 있으면 어서 주시지요. 저도 빨리 가서 가업을 이어야 하거든요."

개백정한테 양곡을 빼앗기는 양반 얼굴……. 다시 생각해도 재미있었다. 자기도 모르게 피식 웃음이 나와서 막동이는 얼른 말에 끼여들었다.

"편의종사라는 건 말야."

구레나룻이 조금 빨랐다.

"나도 그제 주워 들은 얘긴디, 그 편의종산가 허는 것이 일을 모다지 맘대로 헐 수 있는 거라등만."

"지 맘대로 허다니?"

"긍께, 감사나 사또 같은 양반이 뭔 일이 있으믄 한양에 계신 높은 양반헌티 보고하게 되어 있는 것 아니겠소? 높은 양반이 결정허는 대로 시행허기도 허고. 근디 그 문제라는 것이 크고 긴박한 일인 경우엔 그 벼슬아치가 알아서 판단허고 일의 가닥을 추려 간다는 것이지."

구레나룻이 말을 마치고 수염을 만졌다.

"그랑께, 참말 엄청시런 힘을 가지게 되겠소!"

"그렇다니께. 시방 저 도인 감사도 고런 막강헌 힘을 가졌응께 싹쓸이를 혀도 시원치 않을 농민군을 돕고 있어도 모가지가 성한 것이다, 요런 말이지라."

은강이는 비로소 이해가 갔다.

'편의종사? 그런 것을 임금께 당당히 요구할 수 있는 사람, 김학진이라는 사람은 정말 어떤 사람일까?'

"자, 자 새소리 그만 하고 얼릉 이것 좀 날러! 시방 우리가 고렇게 한가헌 입장이 못 된다닝께!"

은강이는 그 중 작아 보이는 보릿자루를 들었다. 보리 한 자루가 이렇게 무거운가? 허리가 당겨서 몸을 일으키기도 어려웠다. 열댓 걸음쯤 옮겼을까?

꽈광!

난데없이 고막이 터질 듯한 엄청난 소리가 들렸다.

"아이쿠!"

순식간에 십수 명이 바닥에 나뒹굴었다.

"아니, 도대체……."

다음 순간, 엉겁결에 땅에 엎드려 눈만 뒤룩거리던 사람들이 불침 맞은 곰처럼 튀어올랐다.

후끈한 열기와 함께 불길이 치솟고 있었다.

"불이야!"

"불이야!"

"아이고, 내 다리!"

"옴마, 이 피!"

백양사 뜰은 금방 수라장이 되었다.

은강이는 어깨를 짓누르는 보릿자루를 밀어내 버리고 일어섰다.

불길이 빠르게 곡식 더미를 먹어 들어가고 있었다.

"어찌 된 판이랑가?"

"아, 아니, 저 친구랑 저 친구가 부딪쳐서 저 친구가 넘어진 것까지는 봤는디, 그 다음에 뭐가 꽝! 하더랑께."

눈썹 밑에 사마귀를 단 사내가 한쪽 팔을 감싸며 침을 튀겼다.

"그냥 자빠지기만 혔는디, 이런 난리가 났다는 말여, 시방?"

퉁방울눈이 가뜩이나 큰 눈을 부릅떴다. 눈자위가 시뻘겋게 충혈되어 있었다.

"아, 아니, 어찌 내헌티 그런 눈을 한당가?"

사마귀의 표정이 일그러졌다.

"어뜬 쳐 죽일 놈이 곡식 자루에다 넣으라는 곡식은 안 넣고 화약을 넣은 것이여?"

"아, 어뜬 썩을 놈이 내논 것이낭께?"

안짱다리가 이를 갈았다.

"시끄러! 그런 건 나중에 챙기고 다친 사람들 빨리 저쪽으로 보내 놓고 불이나 꺼!"

막동이가 얼굴에 흐르는 피를 닦으며 소리 질렀다.

"오메 오메, 생목심 겉은 양식 다 타겠네!"

"아이고, 아이고!"

이리 뛰고 저리 뛰었지만 오랜 가뭄 끝이라 모두 바싹 말라 있었다. 불길은 곡식뿐 아니라 사람들 마음까지 숯덩이로 만들면서 널름 널름 모든 것을 삼키고 있었다. 알 만한 사람은 다 알고 있었다. 그 곡식이 예천에서 온 것이라는 것을.

시간이 흐르면서 불길은 차차 수그러들었지만 모여선 사람들 얼굴은 조금도 펴지지 않았다.

그들의 눈 속에 또 다른 불씨 하나가 새파랗게 타오르고 있었다.

모래밭에 형제를 묻고

끝돌이는 가만히 앉아 사마귀를 보았다. 사마귀는 천천히 몸을 돌렸다. 앞가슴을 똑바로 펴고 풀무치를 향해 눈을 부라렸다. 다음 순간 톱니 같은 앞다리 두 개를 번쩍 치켜들었나 싶었는데 이미 풀무치의 허리를 낚아챘다. 그러고는 목덜미를 덥석 베어 물었다.

"야!"

끝돌이는 풀무치 집을 마구 흔들어 댔다. 사마귀는 정말 징그러운 놈이다. 다른 곤충처럼 풀잎으로 만족하지 않고 꼭 남의 살을 뜯어먹고 살다니.

'그뿐인 줄 알어? 한 마리를 더 잡아다가 같이 넣어 둬 봐. 저 녀석들은 얼마 안 가서 서로 잡아먹는단 말여.'

맞다. 끝돌이는 무턱대고 풀무치 집을 흔들어 사마귀를 쓰러뜨렸다. 풀무치는 이미 죽어 있었다.

"느그 형들헌티 뭔 일이 읎어야 헐 틴디……."

끝돌 어미는 마당으로 들어서며 대뜸 한숨이었다.

"그랑께 뭐라등가? 양반들이 은제까지 우리헌티 당허기만
허겄냐구!"

뒤따라 들어온 얼금뱅이 아낙도 양미간을 찌푸렸다.

퉁퉁한 아낙이 업고 있던 아이한테 젖을 물리며 혀를 찼다.

"그러니 인자 증말 큰일 난 것 아니여?"

얼금뱅이 아낙이 요란스레 한숨을 내쉬었다.

"허지만 무소식이 희소식이라잖든가. 다시 생각혀 보면 우
리가 너무 걱정을 해쌓는지도 모른당께. 별일 아닝께 안즉 소
식이 읎는 것 아니겄어?"

퉁퉁한 아낙이 애써 웃음을 지었다.

"그라고 말여, 이번 일 말고는 이즈막에 양반허고 크게 부딪
치는 일은 없었잖은가?"

"뭔 소리여? 쌈이 난 것만큼 큰일이 있는가? 그라고 꼭 눈에
뵈는 큰 사고가 터져야 부딪치는 것이여? 아, 양반이라는 작자
들이 시방 으떤 기분으로 살고 있는가?"

"그려. 고 말이 맞구먼. 으젼지 요 메칠 분위기가 심상찮았
다닝께."

끝돌이는 말없이 툇마루에 걸터앉았다. 누렁이가 슬그머니 다가와 옆에 앉았지만 끝돌이는 아는 체하지 않았다.

"어디서 들으닝께 양반네가 은밀하게 사람을 모은 것이 꽤 오래 되었다등만."

"아, 그랬다드라구. 존 말헐 때 즈그들 편에 안 들어오믄 참말 가만 두지 않는다고 어르고 뺨치는 성화가 보통 아니었다잖어. 소작인허고 하인이 꼼짝도 못허고 쫄래쫄래 나래비를 섰다는 것이여. 더 기가 차는 것은 그 사람들도 이름을 집강소라고 붙였다는 거여."

"그렁께, 시방 그 두 집강소 사이에 쌈이 붙었다는 거 아니겄소? 참말 뛰다 죽을 노릇이구마."

끝돌이는 풀무치 집을 마당가에 던져 버리고는 슬그머니 방 안으로 들어갔다.

끝돌이네가 경상도 예천 땅으로 흘러 들어온 것은 노승 긍휼 때문이었다.

무슨 이야기 끝에 그런 이야기가 나왔는지 기억할 수 없지만 긍휼 곁에 앉아 있었던 끝돌이와 은강이는 긍휼의 속세 적 이야기를 들었다.

"사실, 난 그 아이를 마음 속으로 좋아했지. 내겐 친동생이 없었어. 누이 하나뿐이었지."

긍휼이 '그 아이'라고 말하는 것은 배다른 동생, 서자 동생
이었다. 긍휼은 원래 예천 터줏대감인 양반댁 자제였다. 영리
하긴 하지만 심약한 아이였던 긍휼이 열두 살 때 일이었다.

"그 녀석은 정말 믿기지 않을 만큼 똑똑했지. 내가 글 읽는
소리를 듣는 것만으로도 나보다 먼저 더듬더듬 외웠으니까. 녀
석은 그렇게 어깨 너머로 소리를 외우는 것만으론 성이 차지
않았던 모양이야. 어느 날 사랑에 있는 책을 들어 내다가 내게
들켜 버렸어. 난 별 생각 없이 그 일을 고자질했고, 집안은 온
통 난리가 났었지. 아이는 죽지 않을 만큼 혼쭐이 났고…….

그 일이 있은 다음부터 아이는 꼭 바보가 된 것 같더구나. 나
만 보면 슬슬 피하기도 했고. 얼마 뒤에 아이와 그 애 엄마가
감쪽같이 밤 도망을 쳐 버렸지. 그리고 며칠 있다가 그들 모자
가 우리 집에서 그리 멀리 떨어지지 않은 저수지 모래밭에서
죽은 채 발견되었다고 쑥덕거리는 소리를 들었지.

그런 다음부터 난 가끔 꿈에서 그 모자를 만났어. 허허, 이상
하지? 한 번도 내게 형이라 부르지 못했던 그 아이가 꿈 속에서
는 아주 다르더구나. 형, 형 하면서 스스럼없이 날 부르는 게
야. 책을 좀 보여 달라고 떼를 쓰기도 하고. 그런데 그 애 엄마
의 울음소리가 들리는 거야. 아이가 마당에 쓰러져 소나기 매

를 맞고 있을 때, 아이 엄마는 정말 무섭게 악을 써 댔었거든. 나리, 나리 그 어린 것이 책을 읽고 싶어한 것이 무에 그리 죽을 죄입니까? 나리, 나리 그 하찮은 것도 나리의 나리의······."

긍휼은 말을 멈췄다.

"그래, 그 애도 우리 아버님의 자식이었던 거야. 그 아이 엄마는 그 소리가 하고 싶었던 거겠지. 사람이 그토록 처절하게 짐승처럼 울 수 있다니. 그것도 이제까지 기침 소리 한 번 내지 못하고 살던 사람이.

난 지금까지도 가끔 그 울음소리에 시달리곤 하지. 몇 년 뒤에 나는 과거를 본다고 집을 떠났고, 그러고는 다시 돌아가지 않았지. 내 마음대로 여기저기를 돌아다니다가 어느 날 머리를 깎고 중이 되었어. 그러다 다시 동학쟁이가 되었고. 허허, 어떠냐? 재미있냐?"

그러나 그 때 아무도 마주 웃지 못했다.

긍휼의 그런 사연을 들은 지 얼마 뒤 우연히, 아주 우연히 예천에 있는 긍휼의 집 소식을 들었다. 부모님은 오래 전에 돌아가시고 온몸에 흉한 피부병이 걸려 친정으로 돌아와 홀로 살던 누이가 하나 남은 피붙이인 긍휼을 찾다가 얼마 전에 죽었다는 이야기였다. 마침 전주 화약이 맺어진 뒤라 긍휼은 끝돌이네에게 같이 가기를 권했다.

"상황이 어떨지는 잘 모르지만 예천 집엔 방이 많으니……."

그 말이 맞았다. 덩그러니 큰 집이 을씨년스러웠다. 더구나 농민군 보복이 한바탕 훑고 지나간 뒤였다.

경첩이 떨어져 나간 문짝을 고치고, 허리까지 자란 뒷마당의 잡초를 뽑고, 무너져 내린 처마 끝을 통나무로 버텨 놓고 며칠을 보냈다.

그 동안 농민군들이 지나가던 안동 부사를 가마에서 끌어내려 패대기친 사건이 일어났고, 백양사 폭발이 터졌다.

그리고 어제, 구산 마을에서 농민군 집강소와 양반 집강소인 민보군 사이에 싸움이 벌어졌다. 끝돌이와 끝순이, 끝끝돌이, 끝돌 어미를 남겨 놓고 끝돌이 형들은 싸움판으로 달려갔다.

그들은 아직 돌아오지 않았다. 끝돌 어미와 동네 아낙들은 하루 종일 일손을 놓고 집 안팎을 들락거리며 전전긍긍하고 있었다.

'하루해가 왜 이리 길까?'

끝끝돌이와 끝순이는 낮잠이 들었다. 어느 틈엔가 어른들은 어디론가 사라져 버렸고 혼자 남은 끝돌이는 불안하고 궁금해서 견딜 수가 없었다.

햇살이 환하게 쏟아지는 텅 빈 마당가에 쪼그리고 앉아 부산하게 움직이는 개미떼를 하릴없이 바라보기도 하고, 툇마루에 누워 까치 울음소리를 세면서 생각을 다른 곳으로 돌리려 애를 썼지만 소용 없었다.

'이럴 때 아버지라도 계시면 얼마나 좋을까?'

끝돌이는 아버지가 보고 싶었다. 아버지는 요즘 무척 바빴다.

일을 하고 다니는지 걸핏하면 집에 돌아오지 않았다.

문득, 이렇게 앉아만 있을 것이 아니라 여기저기 쏘다니다 보면 형들 소식을 들을지도 모른다는 생각이 들었다. 갑자기 조급해진 끝돌이는 늦은 점심을 먹는 둥 마는 둥하고 집을 나섰다.

'금곡접 사람이 주동이라드만.'

'아, 곡식 대신 화약을 담아내 왔다는 것이여. 고것 땜시 백양사에 모여 있던 농민군이 엄청 상했다는 것이고. 일곱인가 여덟이 죽고, 서른 가까이 여기저기 찢기고 다쳤다는데, 거의가 금곡접 사람들이라대.'

끝돌이는 불안한 얼굴로 수군거리던 동네 사람들 말을 떠올리며 논둑길로 들어섰다.

여름이 뒷걸음질치고 있었다. 일 년 내내 사람들은 목말랐

고 세상에는 흙먼지만 가득했는데도 벼는 나락을 품었다. 양지
쪽에 있는 밤나무는 벌써 밤송이 몇 개를 벌려 반들반들한 알
밤을 여기저기에 뱉어 놓았다.

탁, 타닥.

끝돌이가 논둑에 들어서자 메뚜기가 여기저기서 튀어 올랐
다.

"아이고, 아이고……."

끝돌이는 소리 나는 쪽으로 고개를 돌렸다. 산 너머 어디쯤
에서인지 통곡 소리가 바람결에 묻어 왔다. 머리끝이 곤두서는
불길한 예감 때문에 끝돌이 얼굴이 하얗게 질렸다. 끝돌이는
뛰기 시작했다. 햇살이 너무 따가웠다. 어지러웠다.

강변에는 사람이 많았다.

"아이구, 내 새끼들, 아이구, 아이구……."

웅성거리는 사람을 헤치며 들어가던 끝돌이는 그 자리에 우
뚝 서 버렸다.

어머니였다. 통곡하는 사람 중에 어머니가 있었다.

바람이 불었다. 바람이……. 끝돌이는 텅 빈 눈길로 먼 산을
바라보았다. 형들이 보고 싶었다. 따져 보면 그리 오랜 날이 지
난 것도 아닌데 형 얼굴이 까마득했다. 걸핏하면 머리통을 쥐

어박곤 하던 두돌이 형, 언제나 별말 없이 조용히 웃기만 하던 한돌이 형, 그 형들이 한꺼번에 죽었단다. 그것도 모래밭에 산 채로 묻혀서.

'모래밭에 산 사람을 묻으면 시간이 얼마나 지나야 죽을까? 죽을 때는 얼마나 숨이 답답하고 힘들까? 아아, 사람을 그렇게 죽일 수 있는 사람은 도대체 어떻게 생겼을까?'

끝돌이는 며칠째 새벽까지 마당가에 걸터앉아 있곤 했다.

그렇게 멍한 중에서도 줄곧 머리를 떠나지 않는 생각이 하나 있었다.

'잘못했다고 말하면 놓아 줬다는데, 왜 형들은 끝까지 버티다 죽음을 당했을까?'

눈 멀거니 뜨고 생매장을 당하면서도 '농민군이 아니면 우리 같은 사람은 어떻게 살아가야 하느냐.'고 숨을 거둘 때까지 소리소리 질렀다는 사람들. 양반 집강소 사람들은 그 열한 명을 모두 한천 냇가에 살아 있는 채로 파묻어 버렸다. 그 열한 명 중에 한돌이 형과 두돌이 형이 끼어 있었다.

그 날 이후, 어머니는 몸을 추스르지 못했다.

'아버지가 돌아오시면 어떻게 말해야 하나?'

끝돌이는 고개를 저었다. 아버지는 당분간 돌아오시지 못할 거였다.

어제 벌어진 전투에서 농민군이 완전히 패했다. 쓰러진 농민군 시체가 동남평 논을 뒤덮었다고 했다.

그리고 오늘, 일본군이 들이닥쳤다.

굵은 장대비

더는 견딜 수 없었나 보다.

찌는 듯한 더위에 밤잠을 설치고 일어난 아침, 툭툭 굵은 빗방울이 떨어지기 시작했다. 추석을 넘긴 지 며칠이 지났다. 투둑투둑 장난처럼 떨어지던 빗방울이, 비가 오는가 하고 하늘을 쳐다보던 고개를 미처 돌리기도 전에 굵은 장대비가 되어 무섭게 내리꽂혔다.

쏴아, 쏴아!

빗소리가 마치 바람 부는 날 파도 소리 같았다.

번쩍, 번쩍.

우르릉 꽝!

번개와 천둥이 굵은 비 사이에 끼어들었다.

"그려, 그려, 맘껏 쏟아지랑께. 지저분헌 것들일랑 깨끗이

헹구고 쓰잘떼기 없는 것들일랑 모다 떠내려 보내 버리게스
리."

톳마루에 앉아 땅이 푹푹 패는 빗줄기를 바라보며 얼금뱅이
가 중얼거렸다.

"참말 속이 시원하구마. 도대체 요로코롬 시원허게 뿌리는
비를 은제 보고 첨인 것이여?"

집 주인인 염소수염이 곰방대에 담배를 채워 넣었다.

"비가 시원허게 내리기는 혀도 참말로 시원헌 것을 치믄 이
까짓 비가 다 뭣이겠소?"

얼금뱅이가 벽에 등을 기댔다.

"이리 장허게 쏟아지는 비가 시원한 축에도 못 든다? 그럼
댁은 뭘 생각허고 고런 말을 허는 것이요?"

염소수염은 곰방대를 문 채 얼금뱅이 얼굴을 바라보았다.

"장허기로 말허믄 농민군이 들고일어난 것을 꼽아야 허지
않겠는가 생각허는디……."

염소수염은 말꼬리를 흐리는 얼금뱅이 말을 냉큼 받았다.

"어, 그라믄 노형도 동학에 입도를?"

"노형도?"

얼금뱅이는 재빨리 무릎을 꿇고 앉았다.

"요로코롬 만나 뵈니 참으로 반갑구만이라. 그란디 접장은

404

워디로 가는 길이지라?"

염소수염은 재빨리 호칭을 접장으로 바꾸었다. 농민군끼리는 서로를 그렇게 부르도록 되어 있었다. 염소수염은 마주 무릎을 꿇으며 물었다.

"하동에서 농민군이 군사를 일으킨다고 혀서 지리산을 넘었당께요."

방문을 열어 놓은 채 방구석에 말없이 누워 있던 갑수와 솔부엉이는 얼굴을 마주 보았다. 그들도 지금 그 곳으로 가는 중이었다.

"형, 저 사람한테 말해서 우리 같이 가자."

솔부엉이가 속삭이듯 말했다.

그 때 방 한쪽에 누워 있던 사람이 끄응, 앓는 소리를 했다. 갑수는 무릎걸음으로 곁으로 다가갔다. 끄응, 그 사람은 다시 한 번 조그맣게 소리를 냈다. 오른쪽 어깨가 피에 젖었고 이마며 볼은 온통 땀투성이였다. 시커멓게 색이 죽은 입술에는 허옇게 침버캐가 끼었다. 짧고 굵은 손가락은 이불자락을 움켜쥐고 부들부들 떨었다.

"이 아저씨가……."

'이대로 죽는 게 아닐까?'

솔부엉이는 와락 무서운 생각이 들었다.

"참말, 장헌 생각을 허셨구만이라. 그란디 그 전에도 쌈에 참가헌 적이 있능감요?"

염소수염 말에 얼금뱅이는 고개를 끄덕였다.

"아녀요. 쌈터엔 처음인디⋯⋯. 아, 요런 시상에 안직도 정신을 못 채리는 놈을 잡다 혼쭐을 내놓고는 줄행랑을 쳤지요, 뭘."

"정신을 못 차리다니?"

"아, 일본으로 쌀을 빼돌리는 놈덜 말이지라. 시상이 바뀐 것을 지놈들 눈으로 똑똑허니 보믄서도 돈이 뭔지, 고런 짓을 안직도 허드라니께요. 쌀을 빼돌리믄 우리 백성은 뭣을 먹고 사느냐 말이어라. 그래서 우리 동네 집강소 사람덜이 바닷가에 지켜 섰다가 배를 뒤지곤 혔는디, 아, 물론 쌀이 나오믄 모다 압수혔지라. 아, 그렸는디, 고놈덜이 앙심을 품고 일본놈이랑 짜고 한밤중에 집집마다 불을 놔 버린 것이요. 정신을 채렸을 때는 이미 고놈덜은 도망쳐 버린 뒤고, 이런 짐승만도 못헌 것들을 내 나라 땅에서 쫓아 내 버리지 않으믄 내 성을 갈고 말겄다고 맘먹고 이렇게⋯⋯."

얼금뱅이는 한숨을 내쉬었다.

"참말 잘허셨구만. 내는 일본놈덜이 조선 천지에 얼기설기 놓은 전선을 끊어 묵는 재미에 한동안 아주 푹 빠져서 살았구만이라."

"전선이라고라?"

얼금뱅이가 되물었다.

"맞소. 왜놈들이 전선이라는 걸 길을 따라 쭉 연결해 놨는 디, 고것으로 움직이지도 않고 연락을 한다는 거 아니겠소."

"움직이지도 않고 연락을? 워떻게요?"

"나도 잘은 모르는디, 뭐 봉화나 북 소리맹키로 신호를 전달 허는 것인갑소. 암튼 고것 땜시 조선 사람은 며칠을 달려가 전 헐 말을 한순간에 전헌다닝께요. 고것이 참말 온 조선에 있으 믄 우리가 워찌 고놈덜허고 한판 붙겠소? 고런 점 땜시 죽기로 돌아댕기믄서, 왜놈이 고 전선이라는 것을 이어 놓으면 끊고, 이어 놓으면 끊고⋯⋯ 완전히 숨바꼭질허는 재미였다닝께요."

염소수염이 생각만 해도 통쾌하다는 듯 큰 소리로 웃었다.

빗발은 여전히 기세를 누그러뜨리지 않았다. 담 밑에 피어 있던 과꽃 몇 포기가 쏟아지는 빗줄기를 감당하지 못하고 옆으 로 누웠다.

쿠르릉 쾅!

천둥소리도 그치지 않았다.

끄응, 앓는 소리를 내던 굵은손가락이 힘겹게 입을 열었다.

"고, 고맙, 소."

굵은손가락이 숨을 몰아쉬며 가까스로 말을 이었다.

"나는 이미 트, 틀린 것 같으니 이, 이 총을 좀……."

굵은손가락이 몸을 들썩이는 흉내를 냈다. 갑수는 몸을 들치고 배 밑에 있는 총을 집어 냈다.

"조, 조령에서 이, 일본놈들한테 잡혀 길 다, 닦는 인부로 일하다가 어, 어렵게 참말 어렵게 이, 이 총을 구했는데……. 하, 한 번 제대로 써 보지도 모, 못 하고……. 총알이 두 발이나, 두 발이나 더 있는데……."

굵은손가락은 마른 입술을 핥았다.

"노, 농민군에 가서 워, 원수를 가, 갚으려고 했는데……."

굵은손가락 눈초리에서 눈물이 비쭉비쭉 흘렀다.

"내 대신, 저, 접장이……."

갑수의 손을 찾아 쥐었던 굵은손가락의 손이 툭 떨어졌다.

솔부엉이는 겁먹은 눈으로 갑수를 쳐다보았다. 갑수는 천천히 고개를 저었다.

"기진해서 잠이 든 모양이야."

갑수는 몸을 일으켰다.

비는 계속 쏟아졌고 마당엔 물이 차기 시작했다.

"내가 보기엔 저 양반 살아나기 어려울 것 같소. 피를 너무 흘렸어."

염소수염이 안쓰러운 표정을 감추지 못했다.

"뭔 사연이 있어서 농민군 진지를 찾아가는 모양인디, 총까지 가지고……."

얼금뱅이가 고개를 갸웃거렸다.

"그런데 어쩌다 들짐승을 만났을까?"

염소수염과 얼금뱅이의 말을 귓등으로 흘려들으면서 갑수는 말없이 엄지손가락으로 총신을 더듬었다.

갑수는 쏟아지는 빗줄기를 바라보았다. 비는 그렇게 하루 낮 하룻밤을 꼬박 내렸다.

가뭄이 끝난 것이다.

놓쳐 버린 꿈길

"참말 다시 전쟁이 시작되는구만이라."

배불뚝이는 풀숲에 몸을 더욱 바짝 숙였다.

"하모. 농민군이 다시 일어나네, 안 일어나네 말도 억수로 많더만 결국 요리 됐네예."

쌍꺼풀눈이 어금니에 힘을 주었다.

"아, 김개남 장군은 다시 전쟁을 시작한다고 벌써 선언을 했다드구만. 우리라고 가만 있을 수 있겠는가?"

사마귀가 중얼거리듯 말했다.

'우리는 살기 위해서 일어났습니다. 우리 것을 착취하고 우리를 사람 취급하지 않기 때문에 무기를 들었습니다. 지금, 우리는 또 다른 모습으로 우리를 노예로 삼으려는 저 일본의 야욕에 치를 떱니다. 역사 이래 우리 민족은 언제나 그들의 침략에 시달려 왔습니다. 임진년에 있었던 그들의 침략을 다시 두고 볼 수는 없습니다.

섬진강가에 엎드려 진격 명령을 기다리고 있는 농민군들 귀에는 김인배 총대장의 연설이 아직도 쟁쟁 울렸다.

"참말, 이 나라 백성 짓 드러워서 못 해 먹겠다니께. 양반인지 개다리 소반인지하고 싸우기도 죽을 맛인디, 인자 또 쪽발이라니."

"시끄러워! 입 다물고 진격 준비나 혀."

대머리가 말 한 마디 한 마디를 씹어 뱉듯 했다.

농민군 수만이 하동을 공격하기 위해 섬진강가로 향하고 있다는 사실을 안 하동부사는 대구로 도망쳤다. 이런 상황에서 양반들은 민 포대장을 뽑고 통영에서 대포를 구해다 방어 태세를 갖추었다.

이번 출병은 전주 화약 이후 처음 있는 전투였다. 순천과 진주를 축으로 십만이 모였고, 그 동안 각종 군비를 비축해 왔다. 그러나 정작 무기는 보잘것없었다. 그렇다 해도 이번 싸움은 질 수 없었다. 이것이 시작이었다.

이들은 모두 백산 봉기 때부터 김인배를 따라 전쟁판에 나선 사람들이었다. 다른 것은 몰라도 난데없이 날아와 십수 명을 한꺼번에 쓰러뜨리는 대포에는 당할 재간이 없다는 것을 충분히 경험한 사람들이었다.

"어떻게 하든 요놈의 섬진강을 건너 영남에 발판을 마련해야 혈 틴디……."

곰보는 마파람에 게 눈 감추듯 주먹밥을 해치우고는 손등으로 입가를 문질렀다.

"암, 그래야 일본놈들이 진을 치고 있다는 부산도 확 쓸어버리고, 고놈들을 즈그들 섬으로 되돌려 보내지. 안 그러냐, 꼬마 접장아?"

왼손잡이는 공연히 솔부엉이 머리를 툭 쳤다.

"예? 아, 예."

솔부엉이는 건성으로 대답하고는 갑수를 쳐다보았다.

"그런데 형, 정말 내가 이 총을 쏴도 되는 거야?"

'그러다 정말 사람이 죽으면 어떻게 해.'

솔부엉이는 애써 그 말은 삼켰다.

갑수는 말없이 고개만 끄덕일 뿐이었다.

'너무해.'

솔부엉이는 원망스러운 눈길로 갑수를 쳐다보았다.

솔부엉이가 품에 넣고 있는 것은 살쾡이한테 당했던 굵은손가락이 남기고 간 권총이었다.

갑수는 결국 묻지 못했다. 굵은손가락이 정작 쏘고 싶었던 것은 누구였는지. 그는 총을 남긴 채 떠났다. 갑수는 그 총을 솔부엉이한테 주었다. 어렵사리 총알 다섯 발을 구해 넣어서.

"야, 인마. 너도 무기가 있어야지. 이런 전쟁 한복판에서 빈손으로 왔다갔다할 수는 없잖아. 어린애라고 총알이 피해 가지는 않아."

갑수는 차마 솔부엉이의 커다란 눈을 마주 바라볼 수가 없어서 똑바로 앞만 바라보았다.

'여기까지 데리고 오는 게 아닌데······.'

솔부엉이가 한사코 갑수를 따라 나서기도 했지만 달리 솔부엉이를 맡길 곳도 없었다. 하늘 아래 어느 곳에도 솔부엉이 몸뚱이 하나 맡아 줄 곳이 없었다.

'딱한 녀석!'

갑수는 착잡해지는 마음을 가눌 수가 없었다. 갑수는 꿈쩍도 하지 않고 앉아 뚫어지게 앞만 바라보았다.

진격 명령이 곧 떨어질 것이다.

전주 화약이 맺어지고 싸움이 일단락되었을 때 갑수와 솔부엉이는 서둘러 고부로 돌아갔었다. 변한 것은 사람들이었다. 어떤 사람은 온 종일 웃음을 달고 살았고, 어떤 사람은 제 손으로 목숨을 끊었다. 또 어떤 사람은 말을 잃었다.

갑수는 막무가내로 김 부자에게 종주먹을 들이대어 모든 하인을 속량시켰다. 말로는, 혹은 법으로는 노비 제도를 없애고 하인을 속량시킨다고 했지만, 몇 백 년을 내려온 제도가 하루 아침에 시행될 수는 없었다. 주인이 속량을 거부하기도 했고, 드물게는 노비가 속량을 사양하기도 했다. 어차피 달리 갈 곳도 없었고, 먹고살 방법도 없기 때문이었다.

김 부자 집에서도 몇몇은 속량을 원하지 않았다. 또남 아배도 그 중 하나였다. 또남 아배는 농민군을 믿지 않았다. 백성들 힘을 믿지 않았다. 무지렁이들이 들고일어난 봉기 따위가 조선 팔도에 영원히 자리 잡으리라고는 손톱만큼도 기대하지 않았다.

갑수는 원하든 원하지 않든 김 부자 집의 모든 하인을 위협까지 해 가며 모두 내쫓았다. 또남 아배는 며칠을 뭉그적거린 끝에 지리산에서 화전이나 일군다면서 집을 나섰다.

그 뒤 갑수는 남원 대회에 참가했고 그 길로 지리산으로 방향을 틀었다. 말로는 또남 아배를 보러 간다고 했다. 그러나 어디서 또남 아배를 만날 수 있다는 말인가? 그는 하동에서 싸움이 벌어질 거라는 소문을 들었다. 그래서 지리산을 넘어 여기까지 온 것이다.

솔부엉이는 어제 밤 부적 시범을 보여 주던 영호대도소 김인배 총대장 얼굴이 떠올랐다.

작전 회의를 끝내고 돌아온 대장들은 부대원들한테 부적을 한 장씩 나누어 주었다.

김인배 총대장이 나섰다.

"자, 이런 경우를 대비해서 영험한 부적을 준비해 두었소. 잘 보시오."

김인배는 수탉을 잡아다 가슴에 부적을 붙이고는 백 걸음쯤 떨어진 곳에 놓고 사격술이 뛰어난 사람을 불렀다.

"이 사람이 총을 세 발 쏠 것입니다. 그러나 수탉은 절대로 다치지 않습니다. 포탄은 물론 총알도 맞지 않는다 이 말입니다. 여러분은 이 모양을 똑똑히 보고 내 말을 믿으시오. 내 말을 믿어야 합니다."

김인배 말에는 무게가 실려 있었다. 어느 결에 웅성거리던 소리가 가라앉고 주위는 찬물을 끼얹은 듯 조용해졌다. 자신을 향해 시선을 집중시키고 있는 농민군 부대를 마주 보는 김인배의 눈빛은 농민군 한 명 한 명을 찌를 듯 날카로웠다. 입술은 단호하게 다물려 있었고 눈썹은 꿈틀 일어섰다.

솔부엉이는 넋을 잃고 김인배 총대장을 바라보았다. 김인배 장군의 얼굴은 문득 오래 잊었던 아버지가 생각나게 했다.

'우리 아버지는 어떤 사람일까? 장군님 나이가 스물넷이라 든데, 아들은 있을까? 저렇게 젊고 멋진 장군이 아버지라면 얼

마나 좋을까?'

그러나 다음 순간 솔부엉이는 금방 정신이 났다. 지금은 전쟁 중이며 자신은 전쟁터에 있다는 것에 생각이 미쳤다. 주위를 둘러보니 분위기가 자못 비장했다.

"뭣이여?"

"부적이라고라?"

김인배 총대장 말에 처음에는 몇 마디 농담을 헤실거리던 사람들이 입을 다물었다.

침묵이 흘렀다. 바늘 떨어지는 소리도 들릴 만큼 조용한 순간 탕, 탕, 탕 일정한 간격을 두고 세 발의 총 소리가 울렸다.

총알은 수탉의 털끝 하나 건드리지 못했다.

"와!"

농민군들은 발을 굴렀다.

그들은 부적의 효험을 믿었다. 아니 믿고 싶었다. 젊은 총대장 김인배의 마음을 읽었고, 뜻을 함께했다.

그 밤으로, 농민군은 두 패로 나뉘어 이동했다. 한쪽은 하동부 남쪽으로 다른 한쪽은 하동부 북쪽이었다. 갑수와 솔부엉이는 북쪽으로 배속되었다.

"형, 나 그 부적 두 개 붙이면 안 될까?"

솔부엉이는 자리에 누운 채 갑수에게 속삭였다. 갑수는 대답하지 않았다.

"그런데 형, 나 같은 어린애한테도 효험이 있을까? 정말 안 죽을까?"

솔부엉이는 갑수의 대답을 기다리지는 않았다. 그냥 혼자 묻고 대답하고 했다.

"형, 나 아직 죽기는 너무 어리잖아? 아직 장가도 못 가봤는데. 히힛, 하긴 형도 매일반이지만."

짐짓 장난스럽게 말하던 솔부엉이 목소리가 어느 새 착 가라앉았다.

"형, 이대로 밤이 계속되면 좋겠다, 그치? 그러면 싸움 안 해도 되고······."

말꼬리에 한숨을 달아 쉬더니 솔부엉이는 한참 동안 말이 없었다.

"형, 형은 지금 누가 제일 보고 싶어?"

솔부엉이는 그렇게 물으며 민들레를 떠올렸다.

'민들레는 지금 어디 있을까? 살아 있을까? 내가 준 공깃돌은 버렸을까?'

갑수는 여전히 대답하지 않았다.

'나는 아란이가 보고 싶지 않다. 나는 아란이가 보고 싶지 않다. 나는 아란이가 보고 싶지 않다.'

떠오르는 아란이 얼굴을 밀어내며 갑수는 수십 수백 번 이렇게 되뇌었다. 그러나 아란이 얼굴은 마치 숨바꼭질하듯 사라졌다가 나타나고 사라졌다가는 다시 나타나곤 했다.

'그렇게 떠나는 게 아니었는데……'

날이 밝으면 전투에 참가하고, 다시는 아란이를 볼 수 없을지도 모른다는 생각에 갑수의 가슴은 뻐개질 것 같았다. 말이라도, 말이라도 한마디 했어야 했다.

"형, 전쟁은 언제 끝날까? 전쟁이 끝날 때까지 우리가 아는 사람들이 다 살아 있을까?"

한참 있다 솔부엉이는 몸을 뒤척이며 돌아누웠다. 졸음이 와서인지 목소리가 가늘어졌다. 조금 떨리는 듯도 했다.

"형, 비밀 하나 알려 줄까? 내 소원 말야. 내 소원이 뭐냐 하면…… 미역국을 한 대접 실컷 먹어 보는 거야. 쇠고기 국물에 미역을 좀 많이 넣어서 건더기가 빡빡한 미역국 말야. 내 생일에……. 울 엄마가 끓여 주는 미역국……."

솔부엉이는 말을 채 마치지 못했다.

이윽고 솔부엉이의 고른 숨소리가 들렸다. 갑수는 솔부엉이가 덮은 누더기가 다 된 무명 조각을 여며 주었다. 먼 곳에서 컹컹, 개 짖는 소리가 들려 왔다.

새벽은 유난히 빨리 왔다.

"야, 이거 하나 더 붙여."

대충 봇짐을 꾸리고 있던 솔부엉이한테 갑수는 부적을 내밀었다.

"어? 그래."

반색을 하며 손을 내밀던 솔부엉이는 문득 갑수를 쳐다보았다.

"그럼, 형은?"

"있어."

"어디?"

"이 속에!"

갑수는 저고리 앞섶을 툭 쳤다.

"거짓말! 어디 봐!"

솔부엉이는 혀를 날름 내밀었다.

"짜식이 버릇없이. 있다면 있는 줄 알아, 인마!"

갑수는 솔부엉이 머리통을 일부러 호되게 쳤다.

"알았다, 뭐!"

찔끔한 솔부엉이는 얼른 저고리 앞섶에 부적을 달았다.

미처 아침을 먹기도 전에 명령이 떨어졌다.

"섬진강을 건너 하동을 점령하라!"

징징징.

드디어 출전이었다.

"와!"

농민군들은 파도처럼 나아갔다.

'우리는 죽지 않는다.'

총알이 쏟아지고 대포가 터지는 싸움터에 구식 화승총 하나를 가지고 달려들며 농민군들은 스스로에게 주문을 걸었다. '우리는 죽지 않는다. 죽을 수가 없다.' 김인배 총대장 말을 생각하면서, 그 눈빛을 떠올리면서, 시든 배추처럼 살아가는 고향의 가족을 생각하면서 미친 듯이 내달았다.

그러나 솔부엉이는 옴쭉도 할 수가 없었다. 양총 소리와 대포 소리가 얼마나 큰지 머리가 터질 것 같았다.

"형! 형!"

솔부엉이는 갑수의 옷자락을 잡고 늘어졌다.

"내 뒤에 바짝 따라와. 몸을 낮추고. 앞으로 가야 돼!"

갑수가 악을 썼다.

"어서, 인마! 안 그러면 죽어!"

꽈과광!

드르륵, 다다다.

두어 걸음 옮길 때마다 총 소리와 포탄 소리가 천지를 흔들었다. 그 때마다 옆에서, 앞에서 사람들이 나가둥그러졌다. 사방에서 피가 튀었다.

"아, 장우야!"

갑수 앞에서 내닫던 털북숭이가 쓰러졌다. 갑수가 털북숭이한테 달려갔다. 순간, 솔부엉이는 갑수의 옷자락을 놓쳤다.

"아아, 형!"

솔부엉이 입에서 절망스런 신음이 새어 나왔다.

"장우야!"

갑수가 털북숭이를 안아 올렸다.

드르르륵.

꽈광!

포탄 소리는 점점 더 잦아졌다.

물에 빠진 듯 허우적거리며 갑수한테 다가가던 솔부엉이는 한순간 멈칫 그 자리에 섰다. 가슴이 뜨거웠다. 솔부엉이는 자신의 가슴을 내려다보았다. 가슴에서 피가 솟아 저고리와 부적에 빠르게 번져 가고 있었다. 동시에, 소름이 돋을 만큼 쩌릿한 통증이 등줄기를 따라 지나갔다.

"혀, 형!"

솔부엉이는 천천히 앞으로 꼬꾸라졌다.

그러나 솔부엉이 목소리는 갑수를 불러 세우지 못했다.

솔부엉이는 엎드린 채 땅바닥을 보았다.

왼쪽 가슴에서 쏟아지는 붉은 피가 땅을 적시고 있었다. 솔부엉이는 손을 뻗어 허공을 움켜쥐었다. 손에 잡히는 것은 아무것도 없었다.

"야!"

그제야 솔부엉이를 발견한 갑수가 절망스레 소리를 지르며 달려왔다.

"혀, 형, 나, 나 좀 사, 살려 줘. 나, 난 아직……. 윽! 형……. 나 아직……."

갑수가 떨리는 손으로 솔부엉이 등에서 봇짐을 떼어 냈다. 몸을 위로 향하게 돌리자마자 솔부엉이 몸은 축 늘어졌다.

"나, 난……."

울컥, 더운 숨을 쏟아 내는 솔부엉이 입술이 푸르르 떨렸다.

"부엉아, 솔부엉아!"

갑수는 솔부엉이 몸을 마구 흔들었다. 뜨거운 눈물이 피에 젖은 솔부엉이 가슴에 떨어져 피와 섞였다.

"혀, 형! 나, 난 아직……."

미처 말을 다 하지도 못한 채 솔부엉이의 고개가 툭 떨어졌다. 갑수는 솔부엉이를 와락 품에 안았다.

순간, 갑수의 귀에는 포탄 소리 따위는 들리지 않았다. 솔부엉이가 속살대고 있었다.

'형! 내 소원이 뭔 줄 알아? 미역국을 한 대접 실컷 먹어 보는 거야. 쇠고기 국물에 미역을 좀 많이 넣어서 건더기가 빡빡하게 울 엄마가 끓여 주는 미역국……'

'아아!'

갑수는 으스러질 듯 솔부엉이를 끌어안았다. 솔부엉이 몸은 아직 따뜻했다. 말이 물려 있는 입술선도 그대로였다.

갑수의 각진 어깨가 파도처럼 출렁였다. 갑수는 다시 한 번 피가 나도록 입술을 깨물며 솔부엉이를 품에서 떼어 냈다. 그런 다음 솔부엉이를 바로 누이고 목에 걸었던 수건을 풀어 이불처럼 덮어 주었다.

"가라. 좋은 세상에 가라."

갑수는 입 안에 고이는 찝찔한 피를 꿀꺽 삼키며 돌아섰다. 그러고는 총이 든 봇짐을 어깨에 메고 달렸다.

미친 듯이 달렸다.

드르르륵.

콰과광!

총 소리와 포탄 소리는 끝없이 이어졌다.

부적 때문인가, 아니면 주문 때문인가. 섬진강 하동을 몇 시간 만에 점령했다. 농민군은 여세를 몰아 영남 방향으로 진격을 계속했다.

마침내 9월 18일, 영호대도소 소속 농민군은 진주성을 점령했다.

가 보세 가 보세

"와하하하!"

"참말로 다행이랑께."

"하모, 암만 그래도 우린 같은 나라 백성이고 같은 동학도 아닌가?"

대청마루에, 마당가 멍석 위에 삼삼오오 모여 앉아 이야기를 나누고 있는 사람들 얼굴은 오랜만에 유쾌했다. 사립문 양쪽에서 보초를 서는 사람이 이야기에 끼여들어도 아무도 탓하지 않았다.

그 동안 봉기에 소극적이던 북접이, 남접과 함께 전쟁에 참가한다는 소식 때문이었다. 농민군으로서는 펄쩍 뛸 만큼 기쁜 소식이었다.

전주 화약으로 진정되었던 농민 봉기는 다시 불붙기 시작했다. 갑오년에 들어서 시작된 개혁이 제대로 실행되지 않았고 일본은 한반도 침략 의도를 점점 더 노골적으로 드러냈다.

이제 농민군은 백성의 힘으로 개혁을 이루고, 외국 세력을 몰아내야 한다고 뜻을 모았다.

가 보세 가 보세
을미적을미적
병신 되면 못 가리.

휴전은 깨지고 각 고을의 농민군들이 노래를 부르며 속속 삼례로 모여들었다.

전봉준은 전라도에서 가장 큰 역참이 있는 삼례를 재차기병의 거점으로 삼고 전국에 통문을 띄웠다. 거리마다 방이 붙었다.

'삼례로 집결하라.'

'농민군이 기병한다.'

삼례에는 군마가 넘쳐났다.

"아따, 그 야그 좀 해 보시오잉. 내는 같은 스승 아래서 공부허기는 혔지만 우리와는 뜻이 다른 나쁜 놈들이다, 해 감시롱 우리를 치겠다고 나섰던 북접 사람들이 워째서 고로코롬 맴이 돌아섰는지 참말로 궁금허당께."

"아, 안 돌아설 수가 있간디? 나라 꼴이 요로코롬 한심허게 돌아가는디 워찌 손 개고 앉아 바라만 볼 수 있겄냐고 입 달린 사람은 다 한 마디씩 허는 것이라. 오죽허면 봉기를 거부허는 접주 집에 돌이 날러 들었겄소?"

안짱다리가 아는 척을 했다.

"그려? 고런 일이 있었구만이라."

"고것만이 아녀. 관군이 일본군허고 짜고 농민군 씨를 말린 다는 것 아니드라고."

대머리가 얼굴을 찌푸렸다.

"그건 또 무신 소리여?"

퉁방울눈이 물었다.

"아따, 이 양반. 소식이 깜깜한 밤중이네! 사실 우리끼리는 남접이네 북접이네 해 가면서 구분하지만 관군이 볼 때는 다 똑같은 동학도라 이거요. 죽산을 공격한 이두황인가 하는 작자 는 동학의 디귿자만 봬도 다 죽였답디다. 온 마을이 한꺼번에 풍지박살이 났대요."

화기애애하던 분위기가 금세 무겁게 가라앉았다.

"자, 그런 칙칙한 얘기 그만하고 이 고구마나 드슈, 자."

어느 틈에 화톳불에 고구마를 묻어 왔는지 고구마가 아주 잘 익어 있었다. 곱슬머리는 군고구마를 서너 개씩 담아 끼리 끼리 둘러앉은 자리마다 갖다 주었다. 냄새가 구수했다.

"참말, 달도 밝네!"

고구마 껍질을 벗기다 말고 대머리가 하늘을 올려다보았다.

"젠장맞을! 손바닥만 한 땅뙈기라도 농사지어 먹게 내버려 만 둬 주면 을매나 좋을꼬? 꽁보리밥이라도 좋으니 세 끼 밥만 때우며 식구들이랑 오순도순 사람답게 살 수만 있다믄 목숨 걸 고 쌈박질헐 일도 없을 텐디……."

아무도 입을 열지 않았다. 대머리와 왼손잡이는 말없이 고 구마를 먹었고 퉁방울눈은 달을 바라보았다. 몇몇은 뻑뻑 곰방 대를 빨았다.

은강이는 고구마를 입에도 대지 않은 채 멍석 한 귀퉁이에 누웠다. 하늘에는 온통 별이었다.

이번에야말로, 농민군은 한양으로 진격할 것이었다.

'농민군은 한양으로 진격한다. 일본군은 물론 중앙의 벼슬 아치들을 쳐 없애, 조선의 주권을 회복할 것이며 백성의 삶을 도탄에서 건지리라.'

은강이는 눈을 감았다.

'도탄에서 건지리라.'

'백성의 삶을 도탄에서 건지리라.'

통문에 써 있던 문구가 머릿속에서 뱅뱅 돌았다.

'어째서 백성은 이렇게 살 수밖에 없는 것일까? 무엇이 그들을 그토록 지독한 도탄에 빠뜨린 것일까?'

백성을 다스리는 벼슬아치는 모두 많이 배운 사람들이었다. 그들은 인간의 도리나 예절을 철들기 전부터 공부하고 익힌 사람들이었다.

'사람이라면, 자신과 똑같이 입 달리고 코 달리고 붉은 피가 흐르는 사람들을 아무 거리낌 없이 짐승 취급할 수는 없을 것이다. 그들도 처음부터 그렇지는 않았을 텐데, 왜 그렇게 변했을까? 무엇이 그들을 변하게 만들었을까?'

은강이는 솔부엉이를 생각했다. 솔부엉이가 죽었다고 했다.

'정말 죽었을까?'

갑수를 따라 전쟁터에 나섰다가 총에 맞았다는 솔부엉이. 은강이는 이제 사람이, 가까운 사람이 죽었다는 말에도 그리 크게 놀라지 않았다. 그러나 솔부엉이의 죽음은 달랐다. 솔부엉이의 두 눈이 눈앞에 선했다. 말꼬리를 맺지도 못하고 숨을 거뒀다는 솔부엉이.

'솔부엉이가 끝내 하지 못한 말은 무엇이었을까?'

밖이 조용하니 방 안의 소리가 얼핏얼핏 들렸다.

방 안에서는 전봉준, 김덕명, 이방언, 오지영, 최경선, 조준구, 송일두, 손여옥, 최대봉 등 남북접 농민군 대장이 모여 회의를 하고 있었다. 오지영과 함께 북접 지도자를 설득하러 갔던 김모종쇠와 김학진의 운량관 노릇을 하는 막동이도 구석에 자리를 잡고 앉아 귀를 쫑긋 세웠다.

막동이는 오늘 김학진의 귀띔대로 위봉산성에 보관되어 있는 무기를 농민군 쪽으로 가져오는 길이었다.

"허, 그만하면 화약은 한동안 걱정하지 않아도 되겠습니다."

이방언이 수염을 쓸었다.

"김학진이라는 양반, 참 고맙습디다 그려."

"그럼요. 지금 우리 형편에 신식 대포에다 포탄 서른 발, 거기다 양총 수백 자루면 얼마나 큰 힘이 됩니까?"

김덕명이었다.

"그렇다마다요. 무기를 구하려고 관고를 털어 봐도 창이나 칼이 고작이에요. 어쩌다 화승총 몇 자루 있는 곳도 있지만 손질을 안 해서 총알이 밑으로 샐 지경이라니까요."

"허허. 총알이 밑으로 샌다구요? 이제 보니 이 접주님이 말씀을 아주 재미있게 하시는군요."

"사실 이게 어디 웃을 일입니까? 나라의 장래가 정말 걱정입니다. 하나부터 열까지 제대로 된 것이 하나도 없으니……."

"그러니 우리가 다시 나설 수밖에요."

"다시 기병을 하긴 해야 할 텐데 그 시기 때문에 많이 생각했었지요."

전봉준의 말에 최경선이 고개를 끄덕였다.

"그렇습니다. 전주 화약이 맺어지고 나서도 여기저기서 충돌이 있지 않았습니까? 예천에서 그랬고 안동, 의성, 강릉, 상주, 용궁, 충주, 성주……."

"하루도 조용한 날이 없었지요. 영호대도소 김인배 장군이 하동에서 기병을 했고 영월, 평창, 정선 농민군들이 강릉부 관아를 점령했고."

"결국 지금이 가장 적기인 듯합니다. 관군과 일본군에게 시간을 너무 많이 준 게 아닐까 하는 생각이 들기도 하지만, 추수를 끝내 놓지 않고는 기병을 할 수 없었으니까요. 더구나 이제야 북접군이 함께 나서 주었구요."

"자, 자, 지난 이야기는 이쯤들 해 두시고, 하루빨리 한양으로 진격할 방법을 세우시지요."

또 다시 어색한 분위기가 될까 봐 오지영이 부러 너스레를 떨었다.

"지금은 우리 모두 한양으로 치고 올라갈 형편이 아닙니다. 아까 이야기한 대로, 우선 전 장군이 올라가시면 저와 이방언

장군은 후방을 지키면서 각 지방 민보군과 일본군을 경계하는
것이 좋을 듯합니다. 가능하면 김개남 장군도 빨리 참여할 수
있게 하구요."

최대봉의 말에 모두 고개를 끄덕였다.

"오늘은 밤이 늦었으니 이야기를 대충 마무리 짓고 하루 이
틀 더 기다려서 병력을 늘린 다음 각자 맡은 곳으로 움직이도
록 합시다."

전봉준이 말을 정리했다. 모두 자리에서 일어났다.

"은강아, 잠깐 들어오려무나."

전봉준이 숙소로 가려는 은강이를 불러 세웠다.

"갑수한테 들었다. 솔부엉이가…… 잘못되었다면서?"

전봉준의 목소리는 낮았다.

'예.'

은강이는 속으로만 대답하고는 대답 대신 고개를 숙였다.

한동안 둘 다 입을 열지 않았다.

한참 만에야 전봉준이 뚜벅 입을 열었다.

"인천에 산다는 네 사촌 형 경혁이가 다녀갔다. 널 데려오라
고 외삼촌이 보내셨다더구나. 네 동생 은실이와 외숙모가 널
얼마나 보고 싶어 하겠느냐."

은강이는 말없이 전봉준의 이야기를 듣기만 했다.

"이제 그만 집으로 돌아가는 게 좋겠다. 내가 그 동안 네게 너무 무심했구나. 이렇게 위험한 곳에 널 계속 있게 하다니. 내 일이라도 당장 돌아가거라. 자세한 위치는 내가 잘 알아 놓았으니."

뜻밖의 말에 은강이는 고개를 들었다.

"경혁이라는 그 친구는 역관을 따라 일본에 다녀온다고 하더구나. 이왕 가는 길이고 좀처럼 하기 어려운 걸음이니, 일본인이 사는 모습이나 생각을 꼼꼼히 살피고 오라고 이야기해 주었다. 할 수만 있다면 그들을 통해 서양 문명도 익히고."

"그렇지만 장군님……."

은강이는 말문이 막혔다.

"네 마음은 충분히 안다. 하지만 은강아, 너 같은 아이들은 살아남아야지. 지금 우리 나라가 왜 이런 지경에 처할 수밖에 없었는지, 젖먹이 아이부터 팔십이 다 된 노인까지 왜 이런 피바람에 휩쓸려야 하는지 생각해 보아라. 더 나아가서 어떻게 하면 네 자식들은 이보다 더 나은 세상에 살 수 있을지, 그 때를 빨리 오게 하기 위해 네가 지금 무엇을 해야 할지 생각해 보란 말이다. 은강아, 죽는 것만이 다가 아니다. 너에게는 네게 맞는 일이 따로 있을 것이다. 그걸 찾도록 해 봐라. 어른들이 해야 할 일은 어른들에게 맡기고."

전봉준의 말은 간곡했다.

가을바람에 문풍지가 부르르 몸을 떨었다.

한참 만에 은강이는 자리에서 일어났다.

"네, 장군님, 그렇게 하겠습니다."

그러나 그 순간 은강이는 속으로 '그래서 그걸 알아낼 때까지 집에 돌아갈 수가 없습니다.' 하고 말을 이었다.

'여길 나가야지. 다른 장군 밑으로 가야겠어.'

은강이는 짚신을 꿰며 마음을 다잡았다.

경상도에서, 강원도에서, 황해도에서

9월 2일. 농민군, 경상도 하동 점령.
9월 4일. 농민군, 강원도 강릉 점령.
9월 4일. 농민군, 강릉 관아를 점령.

그 날 저녁, 강릉부 전체가 떠들썩한 잔치판이 벌어졌다. 쇠가죽 네 귀퉁이에 말뚝을 박고 그 안에 쌀을 넣어 불을 지폈다. 쇠가죽은 밥솥으로 썼다.

"히야, 정말 맛있겠소. 밥에서 쇠고기 냄새가 나잖겠소?"

두꺼비손이 헤벌쭉 웃었다.

"참말, 쇠고기 국도 못 먹어 본 놈이 쇠고기 밥이라니……."

"하이고, 말도 말더라고요. 아까 봉께 저 접장 침 넘어가는 소리가 워찌나 큰지 쩌그 뒷간에서도 들리더라닝께요."

사마귀가 허풍을 떨며 손에 들었던 막걸리를 얼른 입 안에 쏟아 넣고 부침개 접시를 받았다.

"참, 살다 보니 이런 날도 다 있고……."

"그렇지요? 접장이나 나나 살아생전에 이런 날이 있을 줄 짐작이나 해 봤소?"

외꺼풀눈이 껄껄 웃었다.

"이렇게 쉬운 것을……."

주먹코가 코를 팽 풀었다.

"누가 아니랍니까. 죽을 각오를 단단히 했더니만 강릉 관아를 이웃 동네 마실 오듯 쉽사리 들어오니 어째……."

더벅머리가 뜨거운 국물을 후르륵 소리 나게 마셨다.

"그러게 말요. 나도 이 동네 양반이 이렇게 인심이 후한 게 맘에 걸려요. 농민군 한 명한테 쌀 한 되씩을 주었으니 그게 얼마요? 조상 대대로 겪어 왔지만 양반이라는 작자들, 이런 사람들이 아닌데……."

주먹코가 고개를 저었다.

"하이고! 아니면 뭐란 말이오? 워낙 우리 쪽 기세가 등등하니 그렇겠지."

외꺼풀눈이 김치 한쪽을 찢어 입 안에 넣으면서 가볍게 눈을 흘겼다.

"하긴······."

"자자, 술맛 떨어지는 소리 그만 하고, 좀 드쇼. 좀 뭣한 말
이지만 내 평생에 쇠고기국은 처음이오. 아무 생각 말고 맛있
게 먹읍시다."

곱슬머리가 주먹코의 잔에 막걸리를 가득 따랐다.

"그, 그럽시다. 젠장."

주먹코는 벌컥벌컥 막걸리를 들이켰다.

9월 5일. 농민군, 강릉 관아 동문에 방문을 내걸다.

"좀 주무셨소? 난 한잠도 못 잤는디."

고추상투가 아침부터 배를 쓸어내렸다.

"왜요?"

하품을 늘어지게 하며 방을 나서던 주먹코가 잠이 덜 깬 눈
으로 고추상투를 바라보았다.

"아, 왜는 왜겠소? 난생 처음 괴기국을 먹어 놓으니 뱃속이
놀라서 밤새······."

고추상투는 아직도 뱃속이 편치 않은지 이마를 못 폈다.

"이 나이에 멀건 쇠고기 국 한 대접 먹었다고 뱃속이 놀래
이 야단이니······. 뒷간에 앉아 이 생각 저 생각을 허니 처량허

기도 허고 화딱지도 나고……."

"맞소. 울화통 터져 죽을 일이지요."

외꺼풀눈이 맞장구를 쳤다.

"어려서부터 내가 길러 낸 소만 해도 수십 마리요. 아주 어
렸을 땐 새벽부텀 꼴 먹이러 들로 산으로 다니고, 좀 커서는 아
침에 눈 뜨면 소여물부터 끓이고, 더 자라서는 내 손으로 새끼
도 여럿 받아 냈소. 그란디 말이요, 애써 키워 놓으믄 양반헌티
줄 일이 생기더랑께. 세금으로 걷어 가고, 죄를 탕감해 준다고
뺏어 가고, 한 번도 소를 키워 내가 쓰고 싶은 디 써 본 적이 없
었소. 단 한 번도 말여."

고추상투는 먼 산을 바라보았다.

"휴……."

주먹코가 한숨을 쉬었다.

"이제들 일어나셨어요, 접장님들? 오늘 날씨 참 좋지요?"

더벅머리가 사립문을 들어서며 밝은 목소리로 물었다.

"날씨? 좋고말고!"

외꺼풀눈이 묘한 얼굴로 고개를 끄덕였다.

"왜요? 무슨 일 있어요?"

"일은 무슨 일. 그란디 젊은 접장은 신새벽부텀 워딜 갔다
오는겨."

고추상투가 애써 표정을 바꿨다.

"예. 관아 동문에 방문을 내걸었다길래 구경 갔다 와요."

더벅머리는 선선히 대답했다.

"뭔 방인디?"

"오늘부터 대장님들이 회의를 해서 세금을 줄인대요. 탐학한 양반의 토지와 재산을 모조리 거둬들인다는데 정말 그렇게 될까요?"

더벅머리는 못내 믿기지 않는 표정이었다.

"그람, 이 사람아! 대장님들이 한다면 하는 거야! 농민군이 어떤 사람들인가?"

외꺼풀눈은 호기롭게 더벅머리의 어깨를 치고 돌아섰다.

'아이고, 속 시원하다. 네놈들도 좀 당해 봐라.'

외꺼풀눈은 차마 입 밖으로 소리 내어 말하지는 못 하고 혼자 킬킬거렸다.

9월 6일. 농민군, 이회원의 집을 친다고 선언하다.

"무엇이라? 그 불한당 같은 놈들이 감히 내 집을 치겠다고 공공연하게 떠들어 댔단 말이지?"

이회원은 주먹으로 장침을 탕탕 쳤다.

그는 근동 땅 오천여 마지기를 차지하고 있는 큰 지주였으며 승지 벼슬을 하고 있었다.

"가당치 않은 것들……. 내 이것들을 그냥……."

아흔아홉 칸짜리 선교장은 이회원에게 단순한 집이 아니었다. 조상에게 물려받았고 자손 대대로 물려 주어야 할 부귀와 권력의 상징이었다.

"아버님, 역정만 내실 때가 아닌 듯합니다. 속히 대책을……."

큰아들 말이 아니더라도 이회원의 머릿속은 이미 부산하게 움직이고 있었다.

"자, 우선 이걸 그놈들한테 보내라."

이회원은 엽전 삼백 꾸러미를 방바닥에 던졌다.

"쌀도 백 말쯤 챙겨서 함께 보내도록 하고."

아들이 어리둥절한 표정을 짓자 이회원이 채근했다.

"우선 놈들을 안심시켜야지. 어제도 한바탕 잔치를 벌였다는데 오늘은 더 걸쭉한 판이 벌어지게 술도 넉넉히 보내 줘라. 그리고 각 촌에 연락해서 우리한테 동조해 농민군을 습격할 사람을 점심 무렵까지 이리 모이도록 시키고."

말을 마친 이회원은 깊숙이 기대 앉아 눈을 감았다.

'있을 수 없는 일이야. 상것들이 자기들도 사람임을 주장하다니. 감히 양반을 욕보이고, 나라의 살림에 참견을 해? 불학무

식한 상것들이 언제부터 감히 이런 방자한 생각을…… 쯧쯧쯧
쯧……. 이 나라의 장래가 어찌 되려고 이러는지.'

이회원은 착잡한 마음으로 생각에 골똘했다.

9렬 7일. 농민군, 습격을 받고 강릉부에서 퇴각하다.

장대비가 내렸다. 하늘이 낮게 내려앉았다. 주위는 온종일
어두웠다. 축축하고 음습한 공기는 밤이 되자 으스스한 냉기가
돌았다.

들리는 것은 빗소리뿐이었다. 농민군들이 나누어 숙소로 정
한 점막 주위에서 코 고는 소리, 잠꼬대 소리가 낮게 흘러 나와
빗소리에 스몄다. 번을 서는 보초마저 총을 껴안고 앉은 자리
에서 꾸벅꾸벅 졸았다. 썰렁한 기운을 잊으려고 다들 막걸리
한 잔씩을 돌려 마신 탓이었다.

그 때였다. 갑자기 점막 주위에 수백 개의 그림자가 솟았다.

"와!"

그림자는 단숨에 점막을 둘러쌌다.

"죽여라!"

이회원의 신호를 시작으로 사방에서 총 소리가 터졌다. 농
민군들은 소스라치게 놀라 잠에서 깼다.

"쏴라."

"으윽!"

이어지는 총 소리와 비명 소리가 빗소리와 뒤섞였다.

"으, 으악!"

또남 아배는 자다 말고 벌떡 일어나 앉았다. 사나운 꿈이었다. 망나니가 칼춤을 추며 자꾸만 달려드는 꿈. 목이 탔다.

'저게 무슨 소리지?'

자리끼를 마시던 또남 아배는 방문을 열었다.

총 소리, 비명 소리, 말 울음소리도 저만치에서 들렸다. 또 싸움판이 벌어진 것이 분명했다.

"젠장헐! 조선 팔도에 조용한 곳이 한나도 없구먼."

또남 아배는 침을 퉤 뱉었다.

또남 아배는 사는 날까지 김 부자 집에서 그냥저냥 살고 싶었다. 그러나 갑수가 하도 야단을 해서 그 집을 나올 수밖에 없었다.

처음에는 화전이나 일구려고 지리산으로 방향을 잡았다. 하지만 지리산에 가까이 갈수록 겁이 났다. 화적떼, 농민군, 유랑민들이 우글거리고 있었다. 또남 아배는 그저 조용히 살고 싶었다. 그래서 강원도로 오는 길이었다.

'여기도 조용허기는 틀린 모양이여.'

또남 아배는 아예 설악산 깊은 골짜기로 들어가기로 마음을
먹었다.

봉기는 전국에서 일어나고 있었다.

9원 9일. 농민군, 경상도 성주 점령.

9월 17일. 농민군, 경상도 용궁현 점령.

9월 22일. 농민군, 경상도 상주·선산 점령.

9월 27일. 농민군, 황해도 해주 점령.

가을 강 언덕에 달이 뜨고

"아저씨, 빨리 빨리."

은강이는 나뭇가지를 헤치고 충근이 아제 손을 잡아끌었다.

"하아하아."

가쁜 숨을 몰아쉬는 충근이 아제 손은 땀에 젖어 축축했다.

"자, 여기!"

길을 잃었다. 보이는 것은 눈 앞을 가로막는 나무들뿐. 어떻게든 여기를 빠져 나가야 했다.

"이쪽으로!"

몇 해를 떨어져 쌓인 낙엽일까? 움직일 때마다 발이 푹푹 빠졌다. 은강이는 어금니를 물고 발을 옮겼다. 가슴이 터질 것 같았다.

조정에서는 농민군 토벌에 나섰다.

총지휘 기관으로 순무영을 설치하고 군대를 내려 보냈다. 한편으로는 농민군을 도와 주거나 농민군 뜻에 동조하는 사람을 처벌했다. 동학교도에게는 귀화를 권했고 응하지 않는 사람들을 처벌했다. 각 지역 양반, 벼슬아치들에게 농민군을 토벌할 민보군 조직을 권유했다.

　　농민군이 세력을 얻은 지역에서는 농민군이 탐학한 관리와 부호를 치고, 양반이 세력을 잡고 있는 다른 한쪽에서는 관리와 선비가 민보군을 조직해 농민군에 동조하는 사람을 처벌했다. 바로 이웃 동네에서도 그렇게 다른 생각을 가진 사람들이 움직이고 있었다.

　　해질 무렵, 산 아래 마을을 지나던 은강이 일행은 우연히 공개 처형되어 시장터에 걸려 있는 동학 두령과 농민군의 잘려진 머리를 보았다.

　　몇 백 명이 모인 동학 접의 접주와 봉기에 직접 나서지 않았던 사람까지도 동학교도라는 이유로, 붙잡혀 온 농민군과 함께 죽임을 당했다.

　　"스스스, 스님! 아, 아아아이고 스스스님……."

　　끔찍한 모습을 보지 않으려고 고개를 돌리던 은강이 귀에 충근이 아제의 비명이 들렸다.

'스님이라고?'

은강이는 얼른 고개를 돌렸다.

그랬다. 긍휼 스님의 얼굴이 거기 있었다. 아버지 다음으로, 전봉준 장군님만큼이나 친숙하고 낯익은 스님 얼굴이 몸뚱어리에서 떨어진 채 허공에서 흔들리고 있었다.

"……."

은강이는 장승처럼 굳어 그 자리에 섰다.

'투둑.'

몸 안쪽 어디에서 무언가를 가까스로 지탱해 주던 끈이 끊어지는 소리가 들렸다. 분명 그랬다.

은강이는 귀신에 흘린 듯 시신 곁으로 다가가 노승의 얼굴을 정면으로 바라보았다.

'스님, 여기는 왜 오셨어요? 그 동안 어디서 뭘 하신 거예요? 이게 무슨 꼴이에요? 스님, 도대체 이게…….'

은강이는 너무 어이가 없어서 차근차근 물어볼 수가 없었다.

은강이는 아무 소리도 입 밖에 내어 말하지 못하고 노승 긍휼의 얼굴을 그렇게 바라보고만 있었다.

'스님. 아아, 스님…….'

흙먼지와 피로 뒤범벅이 된 머리카락, 핏자국이 말라비틀어진 콧잔등, 무겁게 닫혀 있는 눈……. 은강이는 차츰 눈물이 솟구쳤다. 바람이 불었다.

뎅뎅…….

저녁 예불 시간인지 은은한 종소리가 피비린내와 함께 바람에 실려 왔다.

자정 무렵, 은강이는 눈을 떴다.

"아저씨, 아저씨!"

은강이는 조용히 충근이 아제를 흔들어 깨웠다.

"으으응."

충근이 아제는 벌떡 일어나 앉았다.

"가요."

은강이는 자리에서 일어나며 옷매무새를 가다듬었다.

"으으응."

충근이 아제는 발뒤꿈치를 들고 은강이 뒤를 따랐다. 방문을 여니 냉기가 등뼈를 훑고 지나갔다. 단번에 코끝이 싸해지면서 몸이 부르르 떨렸다.

"에, 에취."

재채기를 해 놓고, 은강이는 그 자리에 서서 한참 동안 안팎의 동정을 살폈다. 별다른 기척은 없었다. 충근이 아제는 재빨

네가 하늘이다 447

리 삽과 괭이를 챙겨 들었다.

"조심하세요."

은강이는 삽을 건네받으며 속삭였다. 그들의 움직임을 보고 있는 것은 보름달뿐이었다. 주막을 나서니 곧장 들판이었다. 추수를 끝낸 텅 빈 들판에는 밤벌레 울음소리만 가득했다.

'이상하다. 참으로 이상하다. 왜 겁이 나지 않는 거지?'

은강이는 논두렁을 걸으며 생각했다. 예전 같으면 이렇게 밤길을 걷는 것도 무서웠을 터였다. 그런데 지금은 이런 한밤 중에 시신을 거두러 가고 있었다.

'도대체 뭐가 달라진 거지?'

장터에는 아무도 없었다. 거적때기에 둘둘 만 시신 다섯 구 위에 무표정한 달빛이 쏟아지고 있을 뿐.

두 번째 시신을 낮에 파 두었던 구덩이에 묻고, 세 번째 시신을 옮기러 가는 길에 인기척이 들렸다.

"누, 누구냐?"

관군 셋이 창을 꼬나들고 물었다.

"도망쳐요!"

은강이는 충근이 아제의 팔을 툭 쳤다. 두 사람은 달리기 시작했다.

"저놈 잡아라!"

그러나 한밤중에 관군을 도와 은강이 일행을 잡아 줄 사람은 없었다. 두 사람은 마을 뒷산을 향해 뛰었다. 뛰고 또 뛰었다. 은강이는 뛰면서 생각했다.

　　'솔부엉이는, 솔부엉이는 누가 묻어 주었을까?'

　　"헉헉."

　　은강이는 숨을 몰아쉬며 그 자리에 섰다. 정신없이 뛰다 보니 뒷산을 단숨에 넘었다. 저만치 아래로 강물이 흐르고 있었다. 숨이 찼다.

　　"으으, 으은강아!"

　　충근이 아제가 은강이 소매를 잡아끌었다.

　　"잠깐 앉았다 가."

　　은강이는 산 쪽을 돌아보았다. 아무 기척도 들리지 않았다. 강둑을 두드리는 물 소리뿐이었다.

　　"괘, 괘괘앤차않아."

　　충근이 아제는 고개를 저었다.

　　'잠깐만, 아주 잠깐만. 이제 괜찮잖아.'

　　충근이 아제의 눈은 그렇게 말하고 있었다. 은강이는 그제야 천천히 강어귀 바위 위에 걸터앉았다. 엉덩이가 시릴 만큼 찼다. 그러나 그 냉기가 오히려 시원했다. 금방 온몸에 오르르 소름이 돋았다.

은강이는 앉은 자리에서 두 다리를 쭉 뻗었다. 다리 어디에선가 두두둑 뼈 소리가 났다.

은강이는 손바닥을 비비며 가만히 한숨을 내쉬었다.

"으으, 으은가앙아 추우우워?"

충근이 아제는 은강이의 손을 잡았다.

'아니오.'

은강이는 고개를 저었다. 산 하나를 뛰어넘었는데 추울 리가 없었다. 아직도 어깨의 들썩임이 완전히 가라앉지 않은 채였다. 은강이는 천천히 주위를 둘러보았다.

솨, 솨.

밤바람이 갈대숲을 흔들고 지나갔다. 달은 휘영청 밝았다.

'후······.'

은강이는 숨을 길게 내쉬며 자신의 손을 내려다보았다. 겁도 없이 시신을 옮긴 손을.

우리의 적은 누구인가

일본군은 본부에 동학군 토벌을 위한 특수부대 파견을 요청했다.

…… 9월 중순부터 서울, 부산 사이에 동학당이 종종 일어나 아군을 방해하고 있다. 지금 우리 수비병이 진압하고는 있지만 이들이 귀신처럼 나타났다 사라지고, 한쪽에서 누르면 다른 쪽에서 나타나는 등 끝이 없어, 우리 병사들은 이리 뛰고 저리 뛰며 고생하고 있다.

특히 15일 오오토리 공사의 요구에 따라 용산 수비병의 대부분을 충청도에 파견했으나 전라도 경상도도 매우 위험한 상황이다. 우리 군은 다시 수비병 2중대를 늘려 오로지 동학당을 격퇴하는 데 전임토록 할 것이며…….

일본군 특수부대가 급파되었다.

1. 동학당의 근거지를 찾아 내어 완전히 없애라.
2. 보병 제19대대는 조선군과 협력해 동학당을 격파하고 그 화근을 없애 동학당이 다시는 일어나지 못하게 하라. 단 이번 동학당 진압을 위해 파견된 조선군 각 부대는 일본군 사관이 지휘한다. 조선군은 일본 사관의 명령에 따르고 일본 군법을 지키게 하라…….
3. 각 중대는 서로 연락하면서 가능한 한 힘을 모아 농민군 부대를 포위해 섬멸하라. 각 중대는 농민군 무리를 완전히 소탕하여 그 흔적을 찾아볼 수 없을 정도가 되면 경상도 낙동에 집합하여 다음 명령을 기다리라.

한편 조선 조정에서는 임금의 전교가 내렸다.

"백성들이 처음 일어났을 때는 재물을 참하고 백성을 괴롭히는 관리들의 패정을 견딜 수 없어 시작된 것이라, 그 상황이 애처로워 나라에서도 차마 토벌하지 못하고 달래고 진정시키기만 했다. 그러나 지금 듣건대 이 무리가 곳곳에서 난을 일으키고, 어지러운 기운을 북돋워 군중을 현혹시치고 무기를 훔치며 성을 공격하고 민가를 약탈하는 데 전혀 거리낌이 없다고 한다.

지난 번 선무사를 파견하고 또 지시문을 선포했으나 어리석고 미련한 것들이 잘못을 고치지 않고 사람의 도리를 지키지 않으며 나라에 반역하는 행위를 날이 갈수록 더하고 있으니 이를 선량한 백성으로 볼 수는 없다.

이제 장수에게 군대를 출동시키도록 명령을 내려 요사스런 기운을 깨끗이 씻어 버리고자 한다. 만약 이 무리가 병기를 버리고 각각 자신의 본업에 돌아오거나, 혹은 그 우두머리를 잡아서 바친다면 죽이지 않고 표창을 내리겠지만, 복종하지 않으면 죽음을 면치 못하리라.

의정부에서는 이러한 뜻을 각 도의 감사와 선무사에게 알려 선포하게 하여, 어리석은 무리가 후회하는 일이 없도록 하라."

그러나 전봉준은 충청도 관찰사에게 격문을 보내 농민군의 뜻을 세상에 알렸다.

전봉준은 글을 올린다.

무릇 인간은 만물의 영장이니 거짓말하고 마음을 속이는 자는 사람이라 할 수 없을 것이다.

하물며 나라가 어려움을 당하고 있는데 어찌 감히 외국과 내통하면서 밝은 하늘 아래 한순간이라도 살아 있기를 바란다는 말인가. 일본 침략자들이 군대를 움직여 우리 임금을 핍박하고 우리 백성을 근심케 하니 어찌 참을 수 있겠는가.

옛날 임진왜란 때 왜구가 쳐들어와 궁궐을 불태우고 조선 조정을 욕보이고 백성을 무참히 죽였으니, 두고두고 잊을 수 없는 한이 되었다.

산천에 묻혀 사는 평범한 사람이나 어린아이까지 아직도 그 울분을 감추지 못하고 있는데 하물며 정부의 충신인 각하는 우리 평민보다 몇 배 더하지 않겠는가.

지금 조선의 대신들은 구차하게 자신의 안전과 이익만 챙기며 일본군과 손잡고, 위로는 임금을 위협하고 아래로는 백성을 속여 온 나라 사람의 원한을 사고 있다. 또한 우리 군사를 움직여 힘없는 우리 백성을 해치고자 하니 그것은 진실로 어떠한 뜻이며 무엇을 하려는 것인가.

지금 내가 하려는 일은 지극히 어려운 일인 줄 알고 있으나 일편단심으로 죽음을 각오하고, 나라의 신하로서 두 마음을 품은 자들을 없애 조선 오백 년의 은혜에 보답코자 하니 각하

는 크게 반성하여 의로써 같이 죽는다면 천만다행이겠노라.

갑오년 10월 16일 논산에서 올림.

늦가을 하늘이 호수처럼 푸르렀다.

갑수는 커다란 바위에 등을 기대고 앉아 오래도록 총을 닦았다. 몸은 온통 피투성이가 되었지만 정신은 오랜만에 맑았다.

어제 이 곳 진주 고승당산에서 벌어진 전투에서, 농민군은 일본군에게 처참하게 무너졌다.

그러나 이번엔 관군이나 민보군인 우리 백성과 총부리를 겨누는 일은 없었다. 진주병사 민준호가 일본군의 명령을 어기고 이번 전투에 나서기를 거부한 채 병영에 머물러 있었기 때문이었다.

민준호. 갑수는 그 이름을 가슴에 새겨 놓았다.

'언젠가는 그 사람을 만나리라. 만나서 말을 들어 보리라.'

갑수는 민준호의 태도를 보면서 막혔던 가슴이 시원하게 뚫리는 기분이 들었다.

이번 전투는 농민군의 완전한 패배였다. 죽을힘을 다 해 싸웠지만 그리 높지 않은 고승당산을 뒤덮을 만큼 많은 사람이 쓰러져 갔다.

무기 때문이었다. 일본군의 막강한 화력을 당해 낼 수가 없었다. 화승총은 백 보만 떨어져도 목표물을 맞히지 못했지만 일본총은 오백 보 밖에서도 쏠 수 있었다. 게다가, 그것은 불이 총대 안에서 저절로 일어나 불을 붙이지 않아도 되었다.

농민군은 수백 보 떨어진 거리에서 총을 쏘는 일본군을 빤히 쳐다보면서도 쓰러뜨릴 수 없었다.

이번 싸움은 농민군의 완전한 패배였지만, 아닌 것은 아니라고 말하는 벼슬아치를 보았다. 그것은 갑수에게 중요한 발견이었다.

'민준호.'

갑수는 그 이름을 새기면서 오래오래 총을 닦았다.

너는 어찌 하겠느냐

"쯧쯧. 어떻게 어린아이를 그 지경까지 만들어 놓았을꼬……."

민준호는 온몸이 찢기고 터져 쓰러져 있던 아이 모습을 떠올리며 얼굴을 찌푸렸다.

오늘 낮에 한 아이가 피투성이가 된 채 진주 병영으로 끌려왔다. 총알을 훔치고 일본군의 대포에 물을 붓다가 잡혔다는 그 아이는 열다섯을 넘지 않아 보였다.

"의원 말로는 어찌나 곤장을 세게 쳤는지 살이 터져 엉덩이 뼈가 다 드러나 있더랍니다. 기력이 쇠하고 장독이 올라 한동안 고생을 해야겠지요. 그보다 더 큰 문제는 왼쪽 팔이라더군요. 어떻게 했는지, 팔꿈치 뼈가 어긋나서 팔꿈치 아래 손이 덜렁덜렁한다던데……. 가까스로 뼈를 맞춰 놓기는 했지만 아마 완전히 낫기는 어려울 것이라 합니다."

민준호의 부인이 조용히 말을 이었다.

"아무튼 아이가 한시라도 빨리 몸을 추스를 수 있도록 애쓰고 있으니 조만간에 차도가 있을 겁니다."

"아버님, 행랑채에 있는 그 아이가 정말 그런 간 큰 짓을 했습니까? 막내 또래밖에 안 돼 보이던데……."

큰아들 상욱이 물었다.

"글쎄……."

민준호는 담뱃대에 담뱃가루를 채워 넣었다.

"그보다도 정말 큰일이로구나. 이제는 전쟁을 피할 수 없게 되었어. 온 나라에 한바탕 피바람이 몰아치게 생겼으니 말이다."

"피바람…… 이라구요?"

상욱이 안타까운 얼굴로 입술을 빨았다.

부인이 다시 입을 연 것은 민준호가 담배를 대여섯 모금이나 피운 다음이었다.

"대감, 제가 잘 알 수 없는 것이 한 가지 있습니다. 우리 조정에서 농민군을 쳐부술 힘이 없으니 일본군에게 도움을 요청했고, 그 요청을 받은 일본군이 나서서 농민군과 싸운다는 이야기까지는 저도 알겠습니다. 그런데 들리기로는 일본군의 태도가 뭐랄까요, 지나치게……."

"그렇습니다, 아버님. 사실 농민군과 싸워야 하는 쪽은 관군
인데 일본군이 더 농민군 토벌에 적극적이니 주인과 객이 바뀐
듯합니다. 이번 고승당산 싸움만 해도 그렇지 않습니까? 아버
님께서 출병을 거부하자 일본군은 저희끼리 나서지 않았습니
까? 도대체 어찌 그리 동학군을 쳐 없애는 데 열심인가요? 저들
이 언제부터 우리 조정의 말을 저리 잘 들었다고요."

아들의 말에 민준호는 천천히 고개를 끄덕였다.

"부인, 그렇다면 한 가지 물어봅시다. 부인은 내가 일본군
명령을 어기고 군사를 출병시키지 않은 일에 대해 어떻게 생각
하시오? 내 행동이 옳았다고 생각하시오, 아니면 그르다 생각
하시오?"

"글쎄요, 잘은 모르겠지만 대감께서 그른 일이야 하셨겠습
니까? 다만 제가 세상 이치에 어두워 그 연유를 알 수 없으
니……."

민준호가 이번에는 아들에게 물었다.

"그렇다면 너는 지금 난을 일으킨 저 무리의 말을 어떻게 생
각하느냐? '양반 상놈의 구분을 없애자. 탐관오리를 쫓아 내
자. 외세를 몰아 내자.' 등에 동의하느냐, 아니면 거부하느냐?"

"양반 상놈의 구분이야 없앨 수 있겠습니까? 다만 외세를

몰아 내자거나 탐관오리를 쫓아 내고 바른 행동을 하는 벼슬아치를 두자, 하는 것은 마땅히 할 수 있는 말이라 생각합니다만은."

"부인도 그렇게 생각하시오? 양반 상놈의 구분은 절대 없앨 수 없는 것이라고?"

민준호는 빙긋이 웃었다.

"그건 그렇고……, 아까 일본군이 우리 관군을 제치고 왜 저리도 농민군을 치는 데 열심이냐고 물으셨소?"

"예."

"일본의 꿈을 농민군이 방해할 것이 분명하기 때문이오."

"일본의…… 꿈이라면……."

"정말 몰라서 묻는 것은 아니겠지요? 말하나마나 조선을 차지하는 것이지요."

"에구머니나!"

"아버님!"

민준호 말에 모자는 거의 동시에 외마디소리를 냈다. 그러나 민준호의 억양은 여전히 처연했다.

"사실이오. 호시탐탐 조선을 집어삼킬 궁리만 하고 있는 일본에게 농민군은 눈엣가시 같은 존재요. 일본이 조선을 삼키려면 조선이 힘없고 부패하고…… 호락호락해야 할 것 아니겠소?

그런데 농민군이 나서서 그들의 꿈대로 조선을 개혁한다면 나라는 부강해질 것이고……, 일본의 꿈은 물 건너가는 것이 아니겠소? 그러니, 일본으로서는 하루빨리 농민군을 쳐 없애야 하는 것이지요. 어차피 지금 조선 조정은 아무런 힘이 없으니 일본의 상대가 되지 못할 것이고……."

한숨이 섞인 민준호 말이 끝나기를 기다려 상욱이 조심스레 입을 열었다.

"그렇다면 아버님, 왜 우리 조정에서는 농민군과 힘을 합쳐 개혁을 이루고 일본의 침략에 대비하려 하지 않는지요?"

민준호는 고개를 끄덕였다.

"그래, 맞다. 마땅히 그런 질문에 부딪치지. 상욱아, 한번 찬찬히 생각해 보렴. 조선을 다스리는 사람이 어느 계층 사람들이더냐?"

"그거야……, 벼슬을 하고 있는 양반들이지요."

"그래, 맞다. 그러면 그 양반들이, 태어날 때부터 상인이나 평민과는 비교가 안 될 정도의 재산과 신분을 보장받은 사람들이, 양반 상놈 구별 없는 세상을 만들어 함께 어우러져 살자는데 그러자고 하겠느냐? 종이 없어지고, 백정이나 무당과 한 동네에서 살고, 필요하다면 그 사람들과 똑같이 궂은일을 하면서 자신과 그 사람들 모두 똑같이 '귀한' 사람이라는 것을 인정하며 살려 하겠느냐?"

모자가 아무 대답이 없자 민준호는 다시 상욱에게 물었다.

"자, 너 같으면 어찌 하겠느냐?"

상욱은 쉬이 대답하지 못했다. 민준호는 다시 물었다.

"네 막내 동생뻘도 안 되는 저런 어린아이까지 나서서 싸움
에 참여하고 있다. 자, 이럴 때 너는 어찌 하겠느냐?"

상욱이 계속 대답하지 못하자 부인이 나섰다.

"아무리 그렇다 하더라도 일본이 우리 나라를 삼키려는 것
을 알면서 나라님과 대감님들이 이런 일까지 벌일 수야……."

안타까워 어쩔 줄 모르는 부인을 보며 민준호는 허탈하게
웃었다.

"물론 양반들은 '설마' 하고 생각할 것이오. 일본의 힘을 빌
려 조선의 이 어려운 고비를 어찌어찌 넘어갈 수 있지 않을까
생각하겠지요. 나라를 잃는다고는, 그런 엄청난 결과가 오리라
고는 미처 생각하지 못하는지도 모르지요. 아니, 생각하고 싶
지 않겠지요. 그래요, 생각하고 싶지 않다는 것이 더 정확한 말
일 거요."

한참 만에 부인이 다시 조심스레 물었다.

"우리는 어떻게 해야 하지요? 농민군이 이기면, 하루아침에
양반을 빼앗기고 상인과 뒤섞여 살아야 할 것이고, 일본군이

이기면 나라를 빼앗기는 기막힌 일을 당할 테고……."

"허허허, 드디어 부인도 나와 똑같은 고민을 하게 되었구료! 그러나 부인, 양반도 빼앗길 수 없지만 나라는 더더욱 빼앗길 수 없는 것 아니겠소? 그래서 고승당산 전투에 참가하지 않은 것이오. 우리 백성끼리 싸우면 누가 웃겠소? 누구 좋은 일 시키는 것이겠소?"

부인의 표정이 어두워졌다.

"하지만 무사하실는지……."

"물론 아무 일 없이 그냥 지나치지는 않을 것이오. 그러나 어쩔 수 없는 일 아니겠소? 조선 백성이 조선을 집어삼키려는 왜놈과 같은 편에 설 수는 없지. 이럴 때 최소한 침묵은 지켜야 하지 않겠소? 벼슬을 하는 우리가 농민군과 함께할 수는 없겠지만……. 진주병사인 내 입장에서 할 수 있는 일은 고작 그것뿐이었소. 참으로 답답하고 답답한 일이지요."

민준호는 잠시 쉰 다음 말을 이었다.

"참, 말이 나온 김에 말인데, 이번 일로 어떤 형태로든 문책을 당하게 될 것이오. 조정에서 어떤 벌을 주든 달게 받을 생각이니, 부인은 놀라지 말고 마음의 준비를 단단히 하도록 하시오. 상욱이 너도."

말을 마친 민준호는 잠시 눈을 감았다. 그러고는 양 볼이 쑥

패도록 담뱃대를 힘껏 빨아들였다. 부인과 아들은 서로 눈짓을 하며 몸을 일으켰다.

"그 아이를 잘 돌보라고 한 번 더 이르시구려. 정신이 드는 대로 그 아이에게 할 이야기가 좀 있소."

민준호는 눈을 감은 채 말했다.

썩을 대로 썩은 벼슬아치들, 힘없는 조선 조정, 하루하루 목숨을 이어가는 것조차 힘겨운 백성, 온갖 방법을 동원해 조선을 침략하려는 외국 세력들…….

'이럴 때 나는 어찌 해야 하는가? 배울 만큼 배웠고 가질 만큼 가져 어느 모로나 백성의 본이 되어야 할 처지인데, 나 혼자 힘으로 이 모든 부패의 고리를 끊을 수는 없고, 그렇다고 함께 휩쓸려 눈앞의 내 안위만을 위해 하루살이처럼 살 수도 없고. 그렇다고…….'

민준호는 머리가 터질 것 같았다.

'농민군을 도왔다는 전라감사 김학진도 아마 나처럼 그런 고민을 했을 터……. 그를 만나 약주나 하며 속엣이야기를 나누면 그나마 답답한 속이 좀 풀리려나…….'

거기까지 생각이 미친 민준호는 혼자 픽 웃었다.

'이 난국에 팔자 좋게 약주라니, 아직도 정신을 못 차렸구료, 진주병사!'

민준호는 자신에게 짐짓 눈을 부릅뜨다 허허, 웃고 말았다. 허탈한 웃음소리가 방 밖으로 새어 나갔다. 날은 점점 어두워지고 찬바람이 빈 나뭇가지를 흔들었다.

민준호는 얼마 뒤 해임되었다.

발고

투닥투닥.

부산하고 불규칙적인 발자국 소리가 새벽 공기를 흔들었다.

"빨랑빨랑!"

"놓치지 말고!"

"샅샅이 뒤지랑께!"

낮고 힘이 잔뜩 들어간 목소리가 문틈으로 새어들어 왔다. 잠에 취해 있던 은강이는 정신이 번쩍 들었다.

쫘당탕.

문짝을 메다꽂는 듯 요란한 소리가 났다.

"뭔 일이랑가?"

방 안에 가로세로로 누워 있던 사람들이 불에 덴 듯 화들짝 놀라 일어났다.

"나오그라. 동학꾼들 다 나오랑께!"

시커먼 그림자 둘이 신발을 신은 채 방 안으로 뛰어들었다.

"동학꾼?"

혼잣소리로 되묻던 팔자눈썹의 얼굴이 허옇게 질렸다.

아무에게나 '네놈 동학꾼이지?' 하고 종주먹을 들이대면 꼼짝없이 당하는 수밖에 달리 아무 도리가 없다는 것을 잘 알고 있었다.

"모조리 끌어 내랑께. 아, 어서!"

서슬 퍼런 목소리가 날아왔다.

"나가! 아, 어서 나가라고 하잖여? 말이 안 들려?"

그림자들은 물건이든 사람이든 가리지 않고 손에 잡히는 대로 방 밖으로 내쳤다.

"아이고, 아이고!"

방 안에 있던 사람들은 애 어른 할 것 없이 밖으로 쫓겨났다.

"시방 나라에서, 난을 일으킨 놈덜을 모조리 잡아들이라는 명을 내렸다, 고런 말이다. 난에 참가하려고 무기를 들고 설치는 얼빠진 놈은 물론이고, 씨잘떼기 읎이 동학에 어슬렁거리는 동학꾼도 용서치 않겠다는 말씀이시다. 자, 느그들 중에 누가 동학꾼이여? 네놈이여? 아니면 네놈이여?"

그 중 지휘자인 듯싶은 매부리코가 이 사람 저 사람의 멱살을 잡고 흔들어 댔다.

"아, 아녀라. 지까짓 것이 워치케 그런 일을…… 딸린 식솔 땜시……."

미처 정신을 차리기도 전이었다. 자기도 모르게 말을 내뱉은 대머리가 아차, 했지만 이미 늦었다. 매부리코가 대번에 눈을 치떴다.

"뭐시여?"

매부리코는 잡았던 멱살을 놓고 뒤로 한 걸음 물러섰다. 그러고는 천천히 대머리 주위를 돌았다.

"그랑께, 니 말은 뭐시냐. 너도 고 넋 나간 놈들 장단에 같이 북치고 장구 치며 돌아가고 싶은디, 딸린 식솔 땜시 참가 못 했다, 고런 말 아니드라고?"

손 안에 든 먹이를 어르듯 매부리코는 말꼬리에 가락까지 달았다.

"아, 아니. 고, 고것이 아……."

파랗게 질린 대머리가 미처 말을 마치기도 전에 옆에 섰던 졸개 하나가 대머리의 배를 방망이로 힘껏 내질렀다. 대머리는 힘없이 쓰러졌다.

"요런 싸가지 읎는 것들!"

매부리코는 무서운 눈으로 몰려선 사람들을 쏘아보았다.

"저그…… 저, 그랑께……."

충근이 아제는 매부리코와 눈길이 마주치자 제풀에 한 걸음 뒤로 물러나며 입술을 달싹였다. 은강이는 얼른 밑도 끝도 없는 소리를 중얼거리는 충근이 아제 손을 힘주어 잡았다. 그러나 이번에도 늦었다. 매부리코는 충근이 아제의 턱 밑에 방망이를 바짝 갖다 댔다.

"으쩨, 너도 고 문제에 뭐 헐 말이 있는 것이여?"

"아, 아니 저 그랑께……."

충근이 아제는 펄썩 주저앉으려다가 옆에 선 사람들 부축으로 엉거주춤 제자리에 섰다.

"자, 요놈덜을 사이좋게 조기 조쪽에다 꿇어앉히드라고. 요놈덜 입에서 으떤 소리가 나오는지 한번 들어 볼팅께."

매부리코는 손가락 마디를 뚝뚝 소리 나게 꺾으며 비릿한 웃음을 날렸다.

"우선 쩌 대머리 놈을 작신허게 두들겨서 지 정신이 나게끄름 도와 주더라고. 지 말마따나 저 놈은 그럴 위인도 못 되어서 그 판에 끼어들지도 못 혔겠지만도, 고렇다고 허더라도 거 뭐시냐, 조렇게 싸가지 읎이 말허는 버릇을 좀 고쳐야 헐팅께로."

매부리코의 말이 떨어지기가 무섭게 무지막지한 손길질과

발길질이 대머리의 온몸에 쏟아졌다.

"아이구, 아이구……."

대머리는 순식간에 피투성이가 되었다.

"그란디 말여…… 요놈은 양념이고……."

매부리코는 대머리의 등판을 발로 한 번 툭 치고는 천천히 사람들을 향해 몸을 돌렸다.

"사실 나가, 이 꼭두새벽에 허고많은 주막집 중에서 여그 나타난 것은, 다 이유가 있어서랑께. 아, 장님 문고리 잡듯 뭔가 걸릴까 허고 막연허게 달려 온 것이 아니란 말여. 느그들 혹시 아냐? 그 이유가 뭣인지?"

매부리코는 꿇어앉은 사람을 하나하나 잡아먹을 듯 노려보았다. 은강이는 매부리코를 피해 땅바닥에 눈길을 둔 채 가만히 심호흡을 했다.

'조심해야 한다. 조심해야 한다. 절대 눈에 띄어서는 안 된다.'

은강이는 주문을 걸 듯 자신에게 타일렀다. 그 때였다.

"너!"

매부리코의 외침과 함께 무엇인가 딱딱한 것이 은강이의 머리를 쳤다.

'나? 나라구?'

숨이 멎는 느낌으로 은강이는 천천히 고개를 들었다. 꿇어앉은 사람들의 눈길이 은강이를 향해 둥그렇게 열려 있었다.

"아니, 저 어린 것이 무슨……."

너무나 뜻밖의 사람을 지목한데다가, 워낙 억지 부리는 일을 종종 보아 온 탓에 주막집 아낙은 자기도 모르게 콧방귀를 뀌었다.

매부리코는 그런 반응 따위는 안중에도 없는 듯했다.

"네놈은 아주 뼛속까지 역적놈이람서? 너같이 귀때기에 피도 안 마른 어린 놈이?"

"아, 아아아니, 저…… 고, 고것이 고고고고것이 아, 아아아아……."

말없이 어금니를 깨무는 은강이 대신 충근이 아제가 벌떡 일어나 손을 저었다. 매부리코는 힘도 들이지 않고 충근이 아제의 가슴을 방망이로 밀어 버렸다.

그러고는 또 다시 웃음을 흘렸다.

"너, 쪼깨 궁금허지 않냐? 나가 너를 어찌 아는지?"

매부리코는 실실 웃으며 방망이로 은강이의 턱을 치켜올렸다. 은강이는 눈을 질끈 감았다.

"니놈이 함평인가 어디서 동학꾼 군대를 지휘혔담서? 니놈 손짓 하나에 군대가 대오를 바꾸고 그랬담서?"

매부리코의 방망이가 은강이의 양미간을 정확히 찍어 눌렀다. 은강이는 눈을 떴다. 피해서 될 일이 아닌 것 같았다.

은강이는 매부리코의 눈을 마주 쏘아보았다.

나가둥그러져 있던 충근이 아제가 다시 버르적거리다 모진 방망이 세례를 받고는 잠잠해졌다.

"이놈들아, 느그들이 날 어찌 볼랑가는 몰러도 나도 상무식꾼은 아니다. 나도 동학이 사람 하나하나를 하늘로 생각헌다는 것을 아는 놈이여. 더더구나 너 같은 어린애도 똑같이 한울님으로 대해 준다는 것도. 허지만 이놈들아, 하늘이고 땅이고 살어야 있는 것 아니여? 시방 네놈들은 메칠 안에 죽을 팔자여. 그란디 하늘이면 으떻고 땅이면 또 으떻단 말이여? 목숨을 부지해야 그런 것도 필요헌 것 아녀?"

매부리코는 큼큼 헛기침을 했다.

"느그들 정신 똑바로 채리고 잘 듣거라잉. 나가 느그들 제삿날이 메칠 안 남은 이유를 말해 줄 텡께. 시방이 으면 시상인지 아냐? 나라에서 니놈들 잡을라고 일본 군대에 정식으로 도움을 요청했어야. 오로지 니놈들을 죽여 없애는 것이 목표인 왜놈 특수부대가 이미 떴다, 요런 말이여. 니놈들 햇빛 볼 날도 진짜 메칠 안 남았다, 고것이여."

말을 마친 매부리코는 가래침을 칵 소리 나게 뱉었다.

"자, 가자. 이 아줌씨 장사 못 허게 여그서 난리 치지 말고, 고 놈을 묶어. 도탄에 빠진 백성이 이나마 장사도 못 허게 허든 쓰겄냐?"

짐짓 거드름을 피우는 말씨가 우스웠는지 매부리코는 제풀에 낄낄대며 사립문을 나섰다.

"휘딱 가자. 아침 굶어서 배도 고프고."

은강이를 묶어 앞세운 졸개들이 서둘러 매부리코 뒤를 따랐다.

"아이고매, 인자 저 애는 산 목숨이 아니구먼. 워쩐 일이랴. 저 어린 것이 무신 군대를 지휘혔다고 헛소리를……."

주막집 아낙은 앞치마에 코를 팽 풀었다.

"아, 근디 저놈들은 대체 누군디 지멋대로 사람을 두들겨 패고 잡아가고 헌다요, 포졸도 아닌 것 같은디?"

키다리가 반은 얼이 빠진 얼굴로 물었다.

"아, 포졸이 다 무신 소용이간디요?"

아낙은 말도 말라는 듯 손을 쌀쌀 내저었다.

"메칠 전에 맹글어진 민보군인가 허는 사람들인디, 동학도를 잡는다덩만요. 아 근디, 으짜나 서슬이 퍼런지 저놈들 눈 밖에 나면 큰일 난다 안 허요? 아무헌티나 '너 이놈 동학꾼이지?' 해 버리믄 참말로 꼼짝 못허고 당허는 수밖에 없다니께요.

버선목이믄 뒤집어나 보이지, 어쩌겠소?"

아낙은 아직도 분이 안 풀리는지 매부리코 일행이 사라져 간 길쪽을 향해 허옇게 눈을 흘겼다.

"혹시, 지금 잡혀 간 저 아이에 대해 아는 사람 좀 있소?"

팔자눈썹이 천천히 몸을 일으키며 주위를 둘러보았다.

"아까 그 놈 말대로라면 우연히 여기 들른 게 아니고 누군가가 저 아이를 밀고한 것이 틀림없는데……."

팔자눈썹이 툇마루에 걸터앉으며 중얼거리듯 말했다.

"아참, 그나저나 저 양반은……."

그제야 생각이 미친 주막집 아낙과 팔자눈썹은 거의 동시에 마당 귀퉁이에 내박쳐져 있는 대머리에게 다가갔다.

"이봐요, 정신 차려요!"

그러나 대머리는 꼭두각시처럼 흔들리기만 할 뿐 반응이 없었다.

"아이고매. 이를 워쩐다냐?"

난데없이 정신 잃은 사람의 수발을 떠맡아야 하는 게 아닌가 하는 생각에 아낙은 기가 막혔다.

"자, 우선 이 사람들을 방 안으로 옮깁시다. 우선 사람은 살리고 봐야잖겠소?"

팔자눈썹이 대머리의 어깨를 들며 재촉하자 점박이가 얼른 나서서 다리를 들었다.

"잘은 모르지만 우선 물을 좀 먹이고, 대님이랑 허리띠를 풀어서 기가 통하게 하고…… 좀 기다려 봅시다."

대충 응급조치를 하고 나서 사람들은 다시 툇마루에, 평상에 걸터앉았다.

"저, 지금 생각해 보니 아까 잡혀 간 아이를 누가 발고했는지 알것 같습니다."

입술선이 여자처럼 고운 떠꺼머리총각이 조심스레 말문을 열었다.

"어제 여러분이 이 곳에 들기 전에 저랑 아까 그 애 그리고 저 양반과 얼굴에 마마 자국이 있는 사람 하나가 큰 방에 함께 있었습니다."

고운입술은 대머리가 누워 있는 방을 가리켰다.

"어제 저녁에 저는 여기 멍하니 앉아서 먼산바라기를 하고 있었는데, 방 안에서 소리가 얼핏얼핏 들렸습니다. '그래. 네가 맞지? 함평에서? 그래…….' 뭐 대충 그런 소리였어요. 저는 그 때 그게 무슨 소리인지 알아들을 수도 없고 또 관심도 없어서 귓등으로 흘려들었지만 다시 생각해 보니 그 사람 목소리가 꽤 흥분해 있었던 것 같아요."

잠깐 쉬었다가 고운입술은 다시 말을 이었다.

"또 아까는 정신이 없어서 몰랐는데 지금 보니까 마마 자국이 있는 그 아저씨가 안 보입니다. 어젯밤까지는 분명 있었는데……."

"아, 맞다. 그라고 봉께 나도 생각이 나는구만이라."

왕눈이가 무릎을 쳤다.

"나도 들은 이야긴디, 동학군이 함평에 입성헐 때 하늘이 낸 소년 장수가 나타났다는 소문이 짜허게 돌지 않았더라고?"

"그려, 맞어. 나도 들은 것 같네. 그 소년 장순가가 병법에 능통허고 천문에, 역술에 모르는 것이 읎다고 혔지, 아마?"

"그렇다고 허드라고. 아, 그란디 그런 소년 장수가 저렇기 맥살 읎이 잡혀가?"

점박이 말에 잠깐 모두 말을 잃었다.

"그나저나 일본군이 참말로 맘먹고 댐비는 것이 맞는갑제라?"

한참 만에 아낙이 말머리를 돌렸다.

"글쎄……, 그런 모양이오. 설마, 설마 했더니만."

팔자눈썹이 은강이가 사라진 길 저쪽으로 눈길을 주며 말했다.

"그렇다믄 저 아이를 알아본 그 곰보는 농민군에 있든 사람이 아니었을랑가? 가까이에 있든 사람이 아니믄 고 아이 얼굴을 으찌 알아봤겠소?"

아낙의 말에 몇 사람이 고개를 끄덕였다.

"지놈들은 자식도 안 키우나? 시상에, 뭔 부귀영화를 보겠다고 저 어린 것을 발고헌단 말여……."

아낙의 말에 아무도 대꾸하지 않았다.

한울님은 어디에

한낮의 햇살에 눈이 부셨다. 은강이는 가까스로 눈을 떴다. 헝클어진 머리카락 사이로 초겨울 맑은 하늘이 보였다.

"으으……."

허벅다리가 썩둑 잘려 나간 것 같은 통증이 온몸을 훑고 지나갔다.

"네 이놈!"

벼락같은 소리가 들렸다. 그러나 은강이의 고개는 툭 떨어졌다.

"으, 은가아앙아! 저, 저기!"

충근이 아제가 하늘을 가리켰다. 부슬부슬 눈발이 날리고 있었다.

언제던가 눈이 많이 내리던 설날 오후, 솔부엉이는 눈사람을 세 개나 만들어 놓고 은강이 손을 잡아끌었다.

"인사해라. 우리 식구다."

솔부엉이는 몸을 꼬며 낄낄거렸다.

"우리 아배, 우리 어매 그리고……."

솔부엉이는 발 앞꿈치로 땅바닥을 후벼 팠다.

"그리고…… 내 각시다!"

헛바닥을 길게 내밀고 도망치던 솔부엉이. 은강이는 솔부엉이 뒤를 쫓아가며 같이 혀를 늘였다.

"야, 인마! 니 각시가 누군지 나는 안다. 약 오르지롱?"

"이게 정말!"

정신없이 서로 잡고 잡히며 눈밭을 강아지처럼 뛰던 은강이와 솔부엉이는, 나들이 차림으로 나서던 전봉준 훈장님 부부와 부딪쳤다.

"어, 훈장님!"

엉덩방아를 찧고서야 훈장님 부부를 알아본 은강이에게 훈장님 사모님이 손을 내밀었다.

"눈이 오니까 좋지?"

은강이는 얼른 사모님의 손을 잡고 일어섰다.

"자, 너도."

사모님은 솔부엉이의 손을 잡아 일으키고는 엉덩이를 툭툭 털어 주었다.

"옷이 다 젖었구나. 감기 들기 전에 집에 들어가렴."

사모님은 부드럽게 웃으며 말했다.

"예, 안녕히 가세요!"

솔부엉이와 은강이는 저만치로 도망치듯 달음질쳤다.

"사모님 참 예쁘다, 그치?"

솔부엉이가 먼저 손나팔을 만들어 소리쳤다.

"그래, 맞다. 꼭 엄마 같다."

은강이도 무턱대고 달리며 소리소리 질렀다.

엄마,

같다.

은강이의 귀에 그 때 지르던 자신의 목소리가 메아리처럼 울렸다.

"어린놈이 정말 지독하구나. 바른 대로 불 때까지 더욱 세게 주리를 틀어라!"

"예~이!"

졸개들이 주릿대에 힘을 주자 은강이 몸이 풀썩 한 번 솟구쳤다.

달아 달아 밝은 달아
이태백이 놀던 달아
저기저기 저 달 속에
계수나무 박혔으니…….

어디선가 아이들 목소리가 아련하게 들렸다.
그러다 어느 순간 아이들 목소리에 엄마 목소리가 섞여 들
렸다.
'엄마…….'
엄마는 은강이 엉덩이를 가볍게 두드리며 나직나직 노래를
불렀다.

은자동아 금자동아
금을 주면 너를 살까
은을 주면 너를 살까.

은강이는 아련하게 들리는 자장가 소리에 깊이 잠들었다.
"너는 무슨 임무를 띠고 이 곳에 왔느냐?"
'임무?'

은강이는 가까스로 눈을 떴다.

"도적의 괴수와 함께……."

은강이를 다그치는 목소리는 근엄했다.

'도적?'

은강이는 누가 도적인지, 괴수란 누구를 말하는 것인지 생각을 추스를 힘이 없었다.

그 때 전봉준의 목소리가 떠올랐다.

'우리가 피땀 흘려 지은 곡식이 우리 손에 들어오지 않고 저 악랄한 지주와 관리의 손에 들어간 것이 어제오늘의 일이 아닙니다. 그들은 우리 것을 도적질해 갔습니다.'

'아무튼 도적질이란…….'

나쁜 것이라고 말해 주려는데 또 다시 아랫도리가 끊어져 나가는 것 같은 통증이 훑고 지나갔다.

'억.'

은강이는 엉겁결에 혀를 깨물었다.

입 가장자리로 피가 흘렀다.

"이놈이 그래도! 누구와 내통하고 있냐고 묻고 있지 않느냐?"

그러나 은강이는 말을 알아들을 수가 없었다. 더더구나 대답할 수는 없었다. 다만 느꼈다. 피 맛이 찝찔하다는 것 그리고 따뜻하다는 것을.

홍덕으로 가던 길에서 은강이는 난생 처음으로 총에 맞았었다. 노약자를 싸움터에서 떨어진 곳으로 데려가던 길. 군대가 아니라고 백기를 흔들어 대던 은강이에게 관군은 총을 쏘았다. 허벅지에.

'아, 지금도 허벅지 어딘가가 무척 아프다.'

은강이는 몽롱한 상태에서 생각했다.

그 때 사내아이의 등에 업혀 있던 젖먹이가 그악스레 울어 댔었다.

"으앙 으앙 으앙 으앙."

아기는 여기까지 따라와 은강이 귓속에서 쟁쟁 울었다.

"제, 제발……."

은강이 입술이 보일 듯 말 듯 달싹였다. 그러나 움직임도 잠깐, 은강이는 정신을 잃었다.

"으으."

차가운 물이 온몸에 끼얹어졌다. 은강이의 몸이 부르르 떨렸다.

"하나, 둘!"

"하나, 둘!"

백산에 새하얗게 모여든 사람들이 훈련을 했다. 그 함성이 들렸다.

그들은 언제나 찌르고, 베고, 쏘고, 달렸다.

"하나, 둘!"

"하나, 둘!"

농민군은 모이기만 하면 훈련을 했다.

장성에서, 전주성에서, 고창에서, 무장에서, 함평에서, 공주성에서…….

"하나, 둘!"

"하나, 둘!"

은강이도 훈련을 했다.

그들은 소리쳤다.

소리치고 또 소리쳤다.

"하나……."

"둘……."

"셋, 이미 낸 세금을 또 물리지 말라!"

"넷, 탐관오리를 파면시켜라!"

"다섯, 노비 문서를 태워 버려라!"

훈련하던 사람들이 갑자기 멈춘 자세로 물었다.

'우리의 요구를 들어 주겠는가?'

그들의 눈에 선 핏발, 들썩이는 가슴, 달아오른 얼굴이 코앞으로 다가왔다.

그들은 물었다. 무서운 표정으로.

'우리의 요구를 들어 주겠는가?'

그들 중에 아버지가 끼어 있었다.

아버지는 성큼 한 발 앞으로 나와 물었다.

'우리의 요구를 들어 주겠는가?'

은강이는 고개를 가로저었다. 아니 젓고 싶었다.

'아, 아버지. 나, 나는 그럴 힘이 없어요.'

그러나 은강이는 그 말을 입 밖에 내지 못했다.

'힘깨나 쓴다고 온갖 궂은일 힘든 일은 온통 내 차진디 먹는 것은 멀건 보리죽뿐이니……'

복룡이 형이 바가지 하나 가득 물을 들이켜다 멋쩍게 말했다.

'암만. 죽었지. 나긋나긋 제 손에 들지 않는 녀석들을, 더구나 이빨 앙다물고 대드는 녀석들을 양반님네가 살려 두겠냐?'

김모종쇠가 말꼬리를 올렸다.

'그 애도 내 동생이었던 거야. 배다른 내 동생……'

잘린 머리에 허옇게 침버캐가 낀 긍휼 스님의 입술이 말했다.

누군가 은강이의 눈을 들여다보았다.

'은강아, 저들의 모습을 잘 보아 두어라. 자신의 이익을 챙기기 위해 다른 이를 희생시키려는 사람들이다. 우린 그런 자들과 싸워야 한다. 그것이 일본이든 청나라든 조선의 양반들이든……'

솔부엉이는 엉엉 울어 댔다.

'은강아, 나 난 아직…… 아직 죽을 때, 죽을 때가 안 됐어……'

솔부엉이가 우는가 했더니 울음소리는 점점 커져서 온 세상을 가득 채워 버렸다.

'아아, 저 울음소리, 저 울음소리……'

은강이는 괴로워서 몸을 비틀어 댔다.

"한울님, 한울님은 대체……"

은강이는 숨을 헐떡이며 한울님을 찾았다.

"어디에 계신가요?"

그러나 은강이는 아무 대답도 듣지 못했다. 그리고 정신을 잃었다.

물을 또 한 번 뿌려도 은강이는 깨어나지 못했다.

살아서 만나리라

온몸이 축축했다. 끈적끈적했다. 은강이는 천천히 주위를
둘러보았다.

'죽지 않았구나.'

맨 먼저 든 생각이었다.

눈 앞은 칠흑 같은 어둠에 잠겨 있는데 희미하게 보이는 찌
그러진 들창에서는 찬바람이 쏟아져 들어오고 있었다.

"에, 에취!"

은강이는 비로소 자신의 몸이 왜 젖었는지 생각났다.

"너는 누구냐? 여기에는 왜 왔느냐? 무슨 임무를 띠었느
냐?"

그들은 같은 이야기를 묻고 또 물었다.

"정은강. 그냥 지나가는 길이다. 임무 같은 것은 없다."

은강이는 사실대로 말했다. 그러나 그들은 믿지 않았다.

"바른 대로 대라."

"매우 쳐라."

정신을 잃으면 물을 붓고 다시 정신을 차리면 묻고 또 묻고.

"재채기를 하는 걸 보니 이제 정신이 좀 드는 모양이구나?"

그리 멀리 떨어지지 않은 어둠 속에서 은강이 또래인 듯싶은 아이의 목소리가 들려왔다.

"……."

너무나 갑작스런 물음이라 은강이는 미처 대답을 하지 못했다. 그 아이가 다시 물었다.

"야, 니가 소년 장수라는 게 정말이야? 수많은 농민군을 지휘했다는 게 사실이냐구?"

은강이는 대답 대신 가만히 소리 나는 쪽을 바라보았다.

"야, 겁낼 것 없어. 여긴 워낙 외진데다가 옥사쟁이는 지금 한창 졸고 있을 거야. 우리끼리 이렇게 소곤대는 정도는 괜찮아."

무척 붙임성이 좋은 아이 같았다. 은강이는 입을 다문 채 아이의 다음 말을 기다렸다.

"쿨럭, 쿨럭. 아직 정신이 들지 않은 쿨럭, 모양인갑다. 쪼, 쪼깨만 기둘려 보거라잉."

아이의 반대편쯤에서 다른 목소리가 끼여들었다.

"그려. 설사 정신이 들어도 이 깜깜헌디서 우리가 누군 줄 알고 입을 열겠냐?"

그러고 보니 옥 안에는 꽤 여러 사람이 있는 모양이었다.

"그런가?"

아이는 혼자 중얼거리더니 그래도 미련이 남은 듯 다시 한 번 물었다.

"야, 너 정말 아직 정신을 못 차린 거냐?"

"에, 에취!"

아이의 물음에 대답이라도 하듯 거푸 재채기가 나왔다. 몸이 떨렸다. 은강이는 몸을 움직여 보려 했다.

그 때였다. 더 이상은 못 참겠다는 듯 숨 가쁜 목소리가 바로 가까이에서 소곤댔다.

"은강아!"

"……."

"니 은강이 맞제?"

'누가 내 이름을?'

은강이는 숨이 멎는 것 같았다. 목소리는 다시 속삭였다.

"나여, 나! 아, 끝돌 애비란 말여."

그랬다. 그러고 보니 그 목소리는 끝돌 아버지 목소리가 분명했다.

"아저씨! 아저씨가 어떻게……."

은강이는 눈물이 다 찔끔 났다.

"이눔아, 나는 그렇다치고 니 놈은 여기 워쩐 일이여? 이 지경이 되어 갖고……."

끝돌 아버지 목소리에는 금방 물기가 배었다.

"저야 뭐……. 그런데 끝돌이랑은 다 잘 있지요?"

은강이도 떨리는 목소리를 가까스로 가다듬었다.

끝돌이네가 노승 긍휼을 따라 예천으로 옮긴 뒤 전혀 소식을 듣지 못했다. 그저 잘 있겠거니, 했는데 얼마 전 긍휼의 시신을 장터에서 본 뒤로 끝돌이네한테도 뭔가 변고가 생겼을지 모른다는 불길한 예감이 문득문득 들곤 했다.

아니나 다를까, 식구 이야기가 나오자 끝돌 아버지 목소리가 격해졌다.

"잘 있기는! 빌어먹을 이눔의 시상에서 어뜬 놈이 편안히 잘 있겄어? 젠장헐!"

끝돌이 아버지는 식구들 생각을 하자 억장이 무너졌다.

일본군이 떠나자마자 가까스로 집에 돌아가 보니 집 안은 텅 비어 있었다. 다 큰 아들 둘은 모래밭에 생매장되었다 하고, 아이들 어미는 화병으로 세상을 떠났다고 했다. 남은 아이들은 뿔뿔이 흩어져 어디로 갔는지 아무도 몰랐다.

"내가 전생에 무신 죄를 지어서……."

끝돌 아버지는 뿌드득 이를 갈았다.

"형씨, 그 동안 입을 열지 않아 통 몰랐드만 형씨 사연도 참말로 보통은 넘는구만이라. 허지만 쪼깨 진정하시오잉."

건너편 어딘가에서 늙수그레한 목소리가 끝돌이 아버지를 달랬다.

"그래요. 형씨 사연도 기막히지만 형씨 말대로 이 빌어먹을 세상에서 그런 피 맺힌 사연 안 당한 놈이 어디 하나나 있겠소?"

"저쪽에 있는 저 사람 식구도 하나는 꾼 돈 못 갚는다고 곤장 맞아 죽고, 하나는 굶어 죽고, 나머지는 돌림병에 걸려 죽었어라. 식구들 다 죽고 저 사람 하나 남었다는 것 아니겠소. 긍께 저 사람, 이번에 독허게 맘먹고 집에 불 싸지르고 나왔다 안 허요. 죽기로 싸울 맴으로 말여라."

"허긴……. 고 맘 내도 알 듯허구만이요."

고개를 끄덕이는 끝돌이 아버지 목소리에는 힘이 하나도 없었다.

"아저씨, 그럼 저 애가 농민군을 지휘한 소년 장수라는 게 정말인지 아닌지 알겠네요?"

맨 처음 말을 걸었던 아이가 끈덕지게 물었다. 정말 궁금한 모양이었다.

"그려, 맞어. 함평에 입성헐 때 그랬제. 저 애가 농민군을 지휘혔었제 암!"

끝돌이 아버지는 말꼬리에 힘을 주면서 고개를 끄덕였다.

"참말이었구먼. 그렇다믄 시방 이 옥에는 참말로 물건들만 모였구먼. 안 그려?"

웃음기마저 띤 늙수그레한 목소리에 다른 사람이 맞장구를 쳤다.

"누가 아니래나? 저놈들, 참 잘도 골라다 놨구만. 사람 오줌으로 화약 만드는 방법을 생각해 낸 사람이 없나, 엄청난 군대를 지휘한 소년 장수가 없나, 아버지를 죽였다고 동헌에 불을 지르고 도망친 아이가 없나……."

"그려, 그려. 그건 그렇고 근데, 너, 은강이라고? 몸은 추스를 수 있겠냐? 움직일 수 있어?"

"……."

"움직이긴! 죽지 않은 것만도 하늘이 도운 거지."

"맞당께로. 그렇게 주리를 틀어 댔는데 사지가 붙어 있는 것이 다행이라닝께!"

"큰일이구먼. 오한이 들지 않게 손발을 자꾸 문지르고, 잘 수 있으믄 한잠 푹 자 둬야 헐 턴디. 여기서 살아 나갈려믄 몸 땡이를 잘 달래 줘야 헝께로."

"예. 그, 근데 아저씨. 그럼 끝돌이가 어디 있는지 전혀……."

은강이는 그 말 한 마디를 묻는 데도 힘이 들었다.

"그려, 근디 아마 끝돌이 고놈이 농민군이 모여 있는 쌈터 어딘가에서 날 찾아 댕기며 얼쩡거리고 있지 않을랑가 싶다, 죽지 않았다믄. 지 형들을 생각혀서도 그렇고, 아는 사람도 다 이쪽 사람들뿐잉게. 헌디, 살아서, 살아서 고놈들을 만날 수 있을란지……."

끝돌이 아버지의 한숨 섞인 말에 모두 잠시 말을 잃었다.

그 때였다. 들창문 밖이 갑자기 훤해지면서 소란스럽고 부산한 기운이 몰려왔다.

"불이야!"

"불이야!"

허둥대는 발소리와 함께 고함 소리가 점점 커졌다.

"뭣이여? 불?"

여기저기 축 처져 누워 있던 감옥 안 사람들이 벌떡벌떡 일어났다.

희뿌연 불빛 사이로 사람들의 움직임이 어슴푸레 보였다.

"사람 살려!"

"샤람 살려!"

옥 안에 든 사람들은 허둥대며 벽이며 나무 창살을 두드려 댔다.

어디선가 매캐한 연기가 스며들었고 밖은 점점 더 훤해졌다.

"아이고매, 갑작시리 웬 불이랑가?"

"워쩐당가? 이러다 군 감자 신세 되는 거 아녀?"

"옥사쟁이는 워디로 내뺀 것이여?"

"우릴 이대로 두고 가면 워쪄?"

사람들은 다급하게 주위를 둘러보았지만 밖으로 나갈 방법은 보이지 않았다.

"사람 살려!"

"밖에 누구 없소?"

연기는 점점 짙어지는데 창살은 꿈쩍도 하지 않았다.

"아이고매, 여그서 요로코롬 덧없이 죽을 팔자인갑소."

주먹상투가 힘없이 벽에 등을 기대며 중얼거렸다.

"재수 없소잉. 고 따위 말일랑은 됐다 허시오잉. 아 저 양반도 그렇고 또 저그 저 양반도 그렇고, 살아서 식구를 만나야 헌다고 안 허요? 고 따위 재수 옴 붙는 말은 아예 입 밖에도 내지 마시오잉."

짝짝이눈이 퉁을 놓았다.

창밖은 점점 더 밝아졌다. 드디어 옥에도 불이 붙었다. 나무 창살에 튄 불똥은 기세 좋게 타오르기 시작했다.

"에취! 에취!"

재채기를 해 대는 사람, 연기를 안 마시려고 입을 가리는 사람. 사람들은 어찌할 바를 모르고 이리 쏠리고 저리 쏠렸다.

그 때였다. 밖에서 누군가가 물었다.

"거기 사람 있습니까?"

낯선 목소리가 옥문을 두드리며 물었다.

"예! 살려 주시오잉!"

"살려 주시오!"

사람들은 아우성을 쳤고 곧 이어 옥문이 활짝 열렸다.

"아이고, 여기 쇳대!"

"아, 뭐 혀! 빨리 하잖고!"

"저기 열어!"

사람들이 정신없이 옥을 빠져 나오자마자 불은 바닥으로, 천장으로 무섭게 번져 나가기 시작했다.

"자, 여러분 이쪽으로 뛰세요. 여기요, 여기!"

누런 머릿수건을 쓴 청년 몇이 옥에서 빠져 나온 사람들을 뒷길로 안내했다.

"우린 여기 농민군입니다. 기병하기 전에 옥을 깨고 억울한 사람들을 구하기로 했지요. 저쪽은 지금 싸움 중이니, 자, 이쪽으로!"

청년들의 발걸음은 날랬다.

"그래, 견딜 만허냐?"

은강이를 실은 들것을 들어올리며 끝돌이 아버지가 온통 피로 얼룩진 은강이 몸에 눈길을 주었다.

"네, 아저씨."

은강이는 피딱지가 앉고 부어 오른 입술을 핥으며 희미하게 웃었다.

"나나 내나, 명줄 하나는 긴갑다. 쉽게 죽을 팔자도 아닌 거 봉께 살아서 새끼들을 만나기는 만나려나……."

"아이고, 저 양반 또 그 야그는……. 그나저나 인자 우리는 또 저절로 동학군이 되어 버린 모양 아니오?"

반대쪽에서 은강이의 들것을 든 더벅머리가 숨을 헐떡이며 말을 이었다.

"아하 참말 잘 되았소 그려. 저 앞에 가는 저 양반이, 썩은 오줌으로 폭탄을 맹글 줄 안다는 사람 아니오? 저 사람이 동학군에 가믄 월매나 큰 힘이 되겠소?"

더벅머리는 정신없이 뛰어 달아나는 그 경황에도 희색이 가득했다.

"그러게 말이어라. 고 말이 참말이라믄 무기가 턱없이 딸린다는 전 장군 부대가 참말로 좋아허겄소."

숨도 가쁘지 않은 모양이었다. 두 사람은 달아나면서도 쉬지 않고 말을 해 댔다.

"전봉준 장군님을 아시오?"

더벅머리가 눈을 둥그렇게 떴다.

"암만요. 우리 집 옆집 옆집에 살았는디."

"그려요? 고 말이 참말이오?"

"참, 이 나이에 거짓말허겄소?"

끝돌 아버지 말에 더벅머리는 어이없다는 듯 물었다.

"근디 아까는 웬 청승을 그리 떨었소? 전 장군을 그리 잘 안다믄 뭣이 문제라고? 전 장군 곁에 있으믄 어련히 알아 만나지겄소? 그런 걸 갖고 살아서 만날 수 있으까, 없으까……."

그들은 달리면서도 끝없이 대거리를 했다.

한참을 달려 산기슭에 도달하자 한 청년이 나섰다.

"이만 헤어지시지요. 우린 여기서 일행을 기다렸다가 이 밤을 타 삼례로 갑니다. 거기서 전봉준 장군 부대와 합류할 것입니다."

청년의 말이 끝나도 전에 더벅머리가 주먹 쥔 오른팔을 불끈 들어 올리며 소리쳤다.

"내도 갈라네!"

"암만 우리도 가야제!"

"같이 가자닝께!"

짝짝이눈과 주먹상투도 질세라 나섰다.

"좋습니다. 그럼 저희와 함께 가실 분은 남으시고 다른 분들
은 돌아가시지요."

"아저씨!"

은강이와 끝돌이 아버지의 눈길이 마주쳤다.

"가야지, 워쩌겄어. 함께 가자, 은강아."

끝돌이 아버지는 은강이 들것을 쥔 손에 힘을 주었다.

바람이 찼다.

"에, 에취! 에, 에취!"

은강이는 자꾸만 기침을 해 댔다. 코가 꽉 막혀서 숨을 쉬기
가 어렵고 몹시 어지러웠다. 온몸의 살이 아프다 못해 느낌이
없었다.

"쪼깨만 참아라잉. 거반 다 왔어야."

끝돌이 아버지는 가쁜 숨을 몰아쉬며 축 늘어진 은강이 손
을 더듬어 잡았다.

동녘 하늘이 희미하게 밝아 오고 있었다.

저만치 바람에 휘날리는 크고 작은 깃발이 보였다. 깃발에 씌어 있는 '보국안민'이라는 글자는 바람을 맞아 마치 살아 있는 것처럼 푸드득푸드득 날갯짓을 했다. 금방이라도 하늘로 날아오를 기세였다.

피로 적신 자작고개

비가 내렸다. 그리 굵은 비는 아니었지만 하루 종일 내리고 보니 온몸이 축축하게 젖었다.

"형아, 춥다."

끝끝돌이는 끝돌이 다리에 매달렸다.

"그래."

끝돌이는 끝끝돌이의 한쪽 어깨를 가만히 잡았다. 앙상한 어깨뼈가 만져졌다. 끝돌이는 새삼스레 가슴 한쪽이 아렸다.

"배고프지?"

끝돌이는 끝끝돌이를 안아 올렸다. 얼마 안 있으면 해가 질 텐데 하루 종일 먹은 것이 없었다.

"……"

끝끝돌이는 말없이 고개를 끄덕였다. 끝돌이는 한 발짝 뒤

처져서 타박타박 걷고 있던 끝순이에게 얼굴을 돌렸다. 끝돌이와 끝순이의 눈이 마주쳤다.

"……."

끝순이도 끝돌이를 빤히 쳐다보며 고개만 끄덕였다. 끝돌이는 주위를 둘러보았다. 구릉을 너머 저 아래에 드문드문 인가가 보였다.

목탁 소리가 아련히 들리는 것이, 산 어딘가에 조그만 절이라도 있는 것 같았다.

'어디로 가야 밥 한 술 얻어 동생들 배를 채워 줄 수 있을까?'

끝돌이는 잠시 생각했다.

우선 아이들을 비라도 피할 수 있게 해 주어야 했다. 끝돌이는 다시 한 번 주위를 둘러보았다. 마침 커다란 바위 밑에 움푹 파인 곳이 눈에 띄었다. 아이들 둘이 잠시 비를 피하기에 안성맞춤이었다.

"자, 저리로 가자."

끝돌이는 한 손에는 끝끝돌이를, 또 다른 한 손에는 끝순이를 잡고 바위 밑으로 데리고 가 앉혔다.

"배고프고 춥더라도, 조금만 참아. 형이 얼른 가서 먹을 걸 구해 올게."

끝돌이는 끝끝돌이 얼굴에 묻은 빗물을 닦아 주었다.

끝끝돌이한테 열이 있었다. 끝돌이는 끝순이의 머리카락을 흔들어 털어 주며 당부했다.

"어디 가지 마. 꼼짝 말고 여기서 기다려야 해."

끝순이는 고개를 끄덕이며 끝끝돌이를 끌어안았다.

"여기 있어. 금방 올게."

끝돌이는 일어서며 다시 한 번 다짐을 했다.

아무래도 절 쪽으로 가면 먹을 것을 구할 수 있을 것 같았다. 끝돌이는 목탁 소리를 찾아 발길을 옮겼다.

한천 냇가에 두 형을 그렇게 한꺼번에 묻은 뒤 어머니는 다시 일어나지 못하고 숨을 거두었다. 그 사실을 아는지 모르는지 아버지는 돌아오지 않았다.

"또남 아배를 강원도 홍천 근방에서 봤당께. 암만 혀도 느그 아배도 게 있는 거 아녀? 아 왜, 또남 아배랑 충근이 아제랑 같이들 잘 어울려 댕겼잖어?"

이웃 아저씨의 말 한 마디에 끝돌이 형제는 길을 떠났다. 하긴 그 곳에 더 있으려야 있을 수도 없었다. 민보군과 농민군이 밀고 당기는 중에 그나마 간신히 지탱해 오던 노승 긍휼의 집은 불타 무너졌고, 농민군이 싸움에 지고 물러나자 동네 사람들 아무도 끝돌이 형제를 아는 체하지 않았다. 아이들만 오르르 남아 차마 어쩌지는 못 했지만 돌아서서 쑥덕거리는 소리에 뒤꼭지가 간질거렸다.

예천에서 단양을 거쳐 제천, 영월, 횡성을 지나 홍천에 닿았다. 문둥이 거지들한테서 밥을 얻어먹기도 했고, 고갯마루에서 남의 봇짐을 터는 도둑떼를 만나기도 했다. 외딴집에서 혼자 사는 할머니의 죽음을 지켜도 보았고, 급한 편지를 전해 주기도 했다.

이상했다.

고향 고부를 떠나 식구 모두가 함께 움직일 때도 여러 사람을 만났고, 많은 이야기를 들었지만 그 때는 별다른 느낌이 없었다. 내 배가 고프고, 내 다리가 아프다는 생각밖에 들지 않았었다.

그런데 동생들을 데리고 조선 팔도를 헤매고 있는 지금, 다른 사람의 처지에 마음이 쓰였다. 어쩌면 한돌이 형과 두돌이 형이 그렇게 죽음을 택할 수밖에 없었던 마음도 어렴풋이나마 알 것 같았다.

"누구냐?"

고갯마루를 돌아드는데 창을 든 사람들이 바위 뒤에서 불쑥 나타났다.

"어어?"

끝돌이는 깜짝 놀라 한 발자국 뒤로 물러섰다. 네 명 모두 흔한 무명 바지저고리에 머리띠를 두른 농민군 차림이었다. 비에 젖어 옷이 몸에 착 달라붙어 있었다.

"어린애 아냐?"

"그러게 어린애가 이런 데는 왜 왔어?"

겨눴던 창을 내리며 그 중 키가 제일 큰 사내가 끝돌이한테 물었다.

"저, 아버지를 찾으러……."

"아버지라구?"

키다리는 동료와 눈을 맞췄다.

"니 아버지가 농민군에 나왔냐?"

"참내, 그렇다고 해도 그렇지. 여기서 어떻게 아버지를 찾겠냐? 이 녀석아!"

이마에 묻은 빗물을 훔쳐 내며 눈이 크고 속눈썹이 긴 사내가 픽, 웃었다.

"그러나 저러나 고향은 어디냐? 어디서 여기까지 온 거야?"

키다리가 다시 물었다.

끝돌이는 다 말했다.

전라도 고부에서 왔으며, 아버지는 집을 나간 뒤로 돌아오지 않았다, 농민군에 나간 것 같다, 두 형은 예천 한천 냇가에 생매장되었다, 어머니는 돌아가시고 동생 둘과 갈 곳이 없어 아버지를 찾아 떠돌고 있다, 동생들이 저 산 아래서 자기를 기다리고 있다…….

이야기를 다 듣고 난 긴속눈썹이 끝돌이의 젖은 머리를 툭 쳤다.

"너 인마, 지금 한 말 설마 거짓말은 아니겠지?"

끝돌이는 대답 대신 긴속눈썹을 쏘아보았다.

"아따, 이 녀석, 눈 뜨는 꼴 좀 봐!"

긴속눈썹은 껄껄 웃으며 끝돌이 머리를 쓰다듬었다.

"야, 인마. 성깔부리지 말고 내 말 잘 들어. 네가 아직 이 동네 상황을 잘 모르는 모양인데, 이 근방은 지금 전쟁 중이야. 시월 중순을 넘어서면서 이 동네 민보군이 반격을 해 대고 있는데, 그 기세가 엄청나서 우리가 밀리고 있다고."

키디리가 끼여들었다.

"야, 너 어제 저쪽 장야평에서 한바탕 싸움이 벌어졌던 거 몰라? 거기서 우리가 졌다고. 그래서 이쪽 풍암리에 진을 치고 있는 거야. 아마 오늘 저녁이나 내일 아침엔 이 근처가 온통 피바다가 될 거야. 관군하고 민보군이 한꺼번에 달려들 거라고.

자······."

긴속눈썹은 봇짐을 뒤적이더니 주먹밥 세 덩어리를 꺼냈다.

"이 주먹밥 줄 테니까, 지금 당장 동생들 데리고 여기서 빠져 나가. 되도록 멀리 가라구. 알아들었냐?"

긴속눈썹은 주먹밥을 끝돌이 턱 밑에 내밀었다. 밥 냄새를 맡으니 머릿속이 텅 비고 아무 생각도 나지 않았다.

"야, 인마, 빨리 가져가. 우리도 지금 배고프단 말야. 고향에 두고 온 아들 생각이 나서 네 녀석한테 양보하는 것이니, 빨리 받아. 마음 변하기 전에."

"······."

"아, 어서!"

그제야 끝돌이는 주먹밥을 빼앗듯이 건네받았다.

"고맙습니다."

끝돌이는 주먹밥을 가슴에 품고 달리기 시작했다.

'아저씨, 고맙습니다. 복 많이 받고 오래오래 사세요.'

끝돌이는 빗속을 달렸다.

주먹밥을 얻어 돌아와 보니 끝끝돌이는 이미 온몸이 불덩어리였다.

하긴 어쩌면 당연한 일이었다. 다섯 살짜리가 잘 먹지도 자지도 못 하고 두 달여를 떠돌아다녔는데 아무 탈 없이 건강하다면 오히려 이상한 일인지도 몰랐다. 그 조그만 것이 형 말을 들어 보려고, 어떻게든 몸을 움직여 보려고 애를 썼지만 몸을 가누지 못했다.

끝돌이는 간이 타들어가는 것 같았다. 이 상태로 멀리 갈 수는 없었다. 끝돌이는 하룻밤 비바람을 피할 곳을 찾았다. 마침 동굴이 있어 그 안을 들여다보다 끝돌이는 놀라운 것을 보았다.

총알, 총알이 허리춤에 닿을 만큼 쌓여 있었다. 거적을 들치는 순간, 끝돌이는 온몸에 불이 확 붙는 것 같았다.

한돌이 형은 양총알 하나를 무슨 보물이나 되는 듯 가지고 다니며 시간만 나면 만지작거리곤 했다.

"요 녀석이 만 개, 아니 천 개만 있어도 우리가 이길 텐데……."

그 말끝에 내쉬던 한돌이 형의 한숨이 들리는 듯했다.

끝돌이는 애써 정신을 가다듬으며 끝끝돌이를 그 곳에 업어다 뉘었다. 동굴 안은 축축했다.

"형아야, 나, 죽어?"

한참 만에 끝끝돌이는 힘겹게 입술을 달싹이며 물었다.

"아냐, 인마!"

끝돌이는 끝끝돌이의 이마를 짚으며 터무니없이 큰 소리를 질렀다.

'이럴 때는 어떻게 해야 하지?'

끝돌이는 정신이 아뜩해졌다.

그렇게 새벽이 되었다. 해가 뜨면서 밤새 끙끙 앓던 끝끝돌이가 까무룩 잠이 들었다. 토끼처럼 잠깐 자다 깨고, 그러다 또 잠이 들고 하긴 했지만…….

잠든 끝끝돌이 얼굴은 평화로워 보였다. 집도 절도 없는 고아, 채워지지 않는 굶주림. 바로 근처에서 일어날 피투성이 싸움……. 그런 고통스러운 일과는 전혀 상관없다는 듯 잠시 동안이나마 쌕쌕 잠이 들었다.

끝끝돌이 옆에 쓰러져 끝돌이도 깜박 잠이 들었다. 얼마나 시간이 흘렀을까? 잠결에도 쿵쿵거리는 소리가 들렸다. 잠에서 깬 끝돌이는 얼른 굴 밖을 내다보았다. 총 소리와 포탄 소리가 귀를 찢었고 굴 밖은 이미 환했다.

끝돌이는 끝끝돌이의 이마를 짚어 보았다.

열이 많이 내렸다.

"휴……."

끝돌이는 길게 한숨을 내쉬었다. 그러다 갑자기 정신이 번쩍 들었다. 끝끝돌이 뒤에 쌓인 총알이 생각났다.

'저 총알을 어떻게 한다지?'

그러는 사이에 밖은 점점 더 소란스러워졌다. 총 소리, 대포

소리, 함성…….

"오빠……."

끝순이가 겁먹은 얼굴로 끝돌이를 불렀다. 끝돌이는 천천히 굴 입구로 다가갔다. 저만치 산 아래 구릉은 온통 난리였다. 숱한 사람이 총에 맞아 쓰러지고 있었다.

밀리고 있는 쪽은 농민군 같았다. 비 오듯 쏟아지는 총알을 맞으면서도 농민군은 제대로 총을 쏘지 못했다.

'오메, 잘생긴 거. 봐라, 봐라. 느그들 요로코롬 미끈허게 잘 빠진 총 봤냐? 맞기는 또 을매나 잘 맞고? 고놈의 총알만 넉넉허다믄 내가 그냥…….'

총을 겨누는 흉내까지 내 가며 익살을 떨던 두돌이 형의 목소리가 들리는 듯했다.

'지금 저 사람들도 총알이 없어서 저런 게 아닐까?'

끝돌이는 총알 더미를 돌아보았다.

드르르륵.

다다다다…….

총 소리는 더 심해지고 있었다. 사람들은 쓰러지고 쓰러지고 또 쓰러졌다.

'내게 주먹밥을 준 그 아저씨들은 살아 있을까?'

끝돌이는 끝끝돌이를 바라보았다. 다시 총알 더미를 바라보

았다. 그리고 피바다가 되어 가는 전쟁터를 바라보았다. 숨이
가빠 왔다.

"끝순아, 끝끝돌이 잘 봐. 금방 올게."

끝돌이는 주먹을 꼭 쥐고 굴에서 뛰어나왔다. 그러나 서너
걸음도 가지 못하고 그 자리에 섰다.

"으악!"

나무 밑에 양 손을 묶인 채 죽은 시체 두 구를 보았다. 끝돌
이는 가슴을 지그시 눌렀다. 시체를 본 것도 여러 번인데 볼 때
마다 머리끝이 곤두서고 속이 울렁거렸다.

다른 때 같았으면 어찌 된 영문인지 알아보는 척이라도 했
을 텐데 지금은 그럴 형편이 아니었다. 끝돌이는 얼른 고개를
돌리고 그 자리를 벗어났다. 죽은 사람들은 총알이 있는 굴을
지키는 보초병 같았다. 끝돌이는 나뭇가지를 헤치며 산 아래
구릉을 향해 뛰었다.

"아저씨! 아저씨!"

'여기 총알 있어요.'

그 말을 가슴에 담은 채 끝돌이는 가슴이 뻐근해지도록 달
리고 또 달렸다.

"아저씨! 총, 총알……."

끝돌이가 막 산에서 나와 길가에 한쪽 발을 내딛는 순간 중

심을 잃고 쓰러질 뻔했다. 바닥이 미끈거렸다.

"어!"

끝돌이는 가까스로 균형을 잡으며 땅바닥을 내려다보았다. 피였다. 핏물이 흘러들어 땅거죽을 자작자작하게 적시고 있었다.

그것은 한돌이 형이 흘린 피였다. 두돌이 형이 울컥울컥 쏟아 낸 선혈이었다. 어쩌면 아버지 어머니가 흘린 눈물 섞인 피였다.

"아저씨, 아저씨 저기 총알……."

끝돌이는 마치 자신의 이야기를 들어 주는 사람이 있기라도 하듯 돌아서서 동굴을 향해 손가락질했다.

드르르륵.

다다다다닥.

총 소리는 좀처럼 그치지 않았고 쓰러진 농민군의 시신은 고갯마루에 또 하나의 고개를 만들었다.

공주로, 공주로

"자, 그랗께 잘들 보드라고!"

긴장하면 하는 버릇대로 윗입술을 토끼처럼 움직거리며 언청이는 설명에 열심이었다.

"요것의 이름을 자공환이라 허는디, 오줌에다가 화약을 섞어서 맹근 폭탄이지라."

언청이의 말이 채 끝나기도 전에 둘러앉은 사람들 사이에서 웃음이 터져 나왔다.

"뭐? 오줌?"

김모종쇠가 말꼬리를 한껏 올렸다.

"낄낄. 오줌으로 폭탄을 맹근다고라?"

반백의 사내가 고개를 설레설레 저었다.

"나 원 참말로! 살다 봉께 별 우습은 소리 다 듣겄네. 고것이 참말로 터져라? 폭탄 구실을 헌다, 고런 말이여라?"

부엉이눈이 자공환을 슬슬 쓰다듬으며 실실거렸다. 사람들이 또 한 번 와, 하고 웃어 댔다. 염소수염이 발딱 일어났다.

"아따, 그란디 고 오줌이 누구 오줌이랑가? 처녀 오줌이랑가? 아짐씨 오줌이랑가, 아니믄 할마씨 오줌이랑가?"

염소수염은 뒷짐을 지고 발자국을 뗄 때마다 고개까지 맞춰 까딱거리며 익살을 떨었다. 사람들은 배를 잡고 죽겠다고 웃어 댔다.

"암만 혀도 처녀 오줌이 약발이 더 잘 듣지 않겠소. 안 그렇소, 여러분?"

배불뚝이가 소리쳤다.

이제까지 군은 얼굴로 있던 갑수와 막동이도 그 소리에는 배길 수가 없는지 쿡, 웃음을 터뜨렸다.

"아이고, 뭔 소리여? 도라지도 오래 묵으믄 산삼 흉내를 낸다고 안 허든가? 말허나마나 할마씨 오줌이 더 잘 터질 것이구만."

홀쭉이가 우겼다.

"아이고, 아이고 배야."

이제 사람들은 배를 잡고 데굴데굴 굴렀다.

그 때 갑자기 얼굴이 시뻘게진 언청이가 소리를 버럭 질렀다.

"이것들 보시오잉! 시방이 참말 요로코롬 웃을 때요? 온 조
선 팔도가 동짓날 팥죽 끓듯 들끓고, 사람 목심이 파리 목심보
다 못 헌 요런 때에 웃음이 나온단 말이오? 참말로 보자보자 허
니께 너무들 허는구만이라. 시방 논산에 모인 사람이 만 명이
넘고 하루가 다르게 사방에서 사람이 모여들고는 있지만 다 소
용없다닝께요. 우리가 살자믄 당신네가 얼릉 요것을 맹글 줄
알어야 된단 말요. 한가허게 농지거리만 계속할 순 옰당께요!"

언청이 말에 정신없이 웃어 대던 사람들이 하나둘씩 머쓱한
표정으로 웃음을 그쳤다.

"아따, 그 양반 성깔허구는! 고리 솔직허니 말허믄 우리가
미안시럽지 않겄소?"

더벅머리가 부드럽게 나무랐다.

"그렇지라. 하도 마음이 싱숭생숭혀서, 고렇게라도 한 번 웃
어 볼라 혔드마는."

배불뚝이도 금방 시무룩한 표정이 되었다. 언청이 얼굴이
다시 붉게 물들었다.

"고렇게 말씀허시니 나야말로 참말 미안시럽구만요. 맨손
들고 일어난 사람들이 곳곳에서 죽어 간다니께 나가 시방 내
정신이 아니오, 속이 쓰리고 가심이 아파서. 쪼깨 용서해 주시

오잉."

언청이는 가볍게 한숨을 쉬었다.

"아따, 용서는 무신. 자자, 고만 둡시다."

텁석부리가 사람 좋게 웃었다.

"그래요. 우리가 다 좋은 뜻 하나로 여기 이 자리에 모인 것 아니겠소? 이제 그만 하고 자공환 만드는 법이나 잘 배웁시다."

키다리가 한쪽 눈을 찡긋하며 웃었다.

"자, 그럼 계속하겠습니다."

언청이가 엉거주춤 한 발 앞으로 나섰다.

"자, 요 색깔을 좀 잘 봐 두시오잉."

언청이는 코가 얼얼할 만큼 지독한 냄새를 풍기는 오줌 단지를 둘러앉은 사람들 턱 밑에 들이댔다.

"아이고매! 고 냄새, 참말로 끝내 주는구만이라."

"글게 말여. 이 정도믄 폭탄을 맹글지 않아도 냄새에 취해 쓰러지고 말겄는디?"

사람들이 또 다시 비실비실 웃기 시작했다.

살짝곰보가 정색을 하고 물었다.

"근데 말요, 형씨! 나 좀 웃어도 되겄능교? 암만 해도 오줌 으로 만든 폭탄을, 생각만 해도 웃음이 나오는디 웃는다고 또 혼날까 해서……."

살짝곰보의 능청에 사람들이 참았던 웃음을 또 다시 와, 터
뜨렸다.

"아, 웃으쇼, 웃어. 참말 헐 수 읎는 사람들이랑께로!"

언청이도 어쩔 수 없다는 듯 마주 웃었다.

"대신 말요, 나가 요것 섞는 것을 똑똑히 봐 두시랑께요. 아
시겄소?"

오줌 단지에 화약을 섞어 찬찬히 저으며 언청이는 중얼거리
듯 말했다.

"일본놈덜은 양총에, 대포에, 무기가 넘쳐난다는 거 아니겄
소. 암만 뜻이 좋아도, 총 맞으믄 죽게 되어 있당께요. 쌈터에
서는 다 소용없어라. 나가 안 죽을라믄 상대를 쓰러뜨리는 수
밖에는."

은강이는 나직나직 중얼거리는 언청이 말에 소름이 돋았다.
그랬다. 그 말이 맞았다. 이기느냐, 지느냐. 싸움터에서는 그
두 가지밖에 없었다.

'우리는 어느 쪽에 서게 될까?'

은강이는 아직 완전히 낫지 않은 어깻죽지와 엉덩이를 움찔
움찔 움직여 보았다.

언청이의 시범은 계속되었다.

"일단 요로코롬 헌 뒤에 찰진 흙을 찾아⋯⋯."

간간이 욱신거리는 어깻죽지를 핑계 삼아 은강이는 슬그머니 뒷자리로 물러났다. 사람들이 모두 여기 모여 있을 때 빈 사격장에서 총 쏘는 연습을 하기 위해서였다.

김모종쇠의 뒤통수가 보였다. 막동이와 갑수의 옆얼굴도 보였다. 고부 봉기를 앞뒤로 알고 있던 낯익은 얼굴이 모두 여기에 다시 모였다. 얼마 뒤에 벌어질 공주 전투에 참가하기 위해서였다. 공주는 한양으로 가려면 반드시 넘어야 할 요새였다. 그러나 공주에 먼저 도착한 것은 농민군이 아니라 토벌대였다. 공주⋯⋯.

은강이는 이 자리에는 없는 보고 싶은 얼굴들을 떠올렸다. 아버지, 어머니, 은실이⋯⋯. 복룡이 형. 솔부엉이, 끝돌이, 민들레⋯⋯.

아버지는 말씀하셨다.

"아아, 차라리 그 때 신명나게 거들기나 할 것을. 한 자락이라도 거들어 주고 당할 것을⋯⋯."

그 때 은강이는 아버지의 원수를 갚겠다고 결심했다. 그러고부터 농민군 진영에서 살았다.

'너는 여기에서 뭘 했다는 거냐?'

은강이는 자신에게 물었다.

전주성 싸움에 선봉장으로 나섰다가 전사한 아이 장수 복룡이, 진주성 싸움에서 죽지 않는다는 부적을 두 개나 붙이고도 총에 맞아 쓰러졌다는 솔부엉이.

'그들의 영혼은 어디에 있을까? 지금 이 땅을 내려다보고 있을까? 만약 보고 있다면 내게 무슨 말을 해 주고 싶을까?'

목숨이 다하는 순간에 그들은 무슨 생각을 했는지 알고 싶었다.

'아아, 그들의 마지막 말은 무엇이었을까?'

은강이는 그렇게 한참을 멍하니 앉아 있었다.

'민들레와 끝돌이는 살아 있을까? 살아 있다면 얼마나 고생을 하고 있을까? 점령하고 있던 운봉을 다시 빼앗겨 버린 소년 장수 김봉득은 어떻게 되었을까?'

은강이는 그들이 보고 싶었다.

김모종쇠가 무슨 말을 하려는지 앉은 자리에서 막 일어서고 있었다. 그가 이 곳에 온 것은 이틀밖에 되지 않다. 농민 봉기에 북접의 참여를 설득하러 가는 일행에 끼었던 김모종쇠는 북접이 봉기를 결정하고 기병을 선포하자 그 자리에서 지원해 북접군 소속으로 전투에 참여했다.

"그랗게 말여, 술을 먹든 괴기를 먹든 고 오줌 효과가 맨 같은 것인지, 으쩐지……."

김모종쇠 목소리가 워낙 커서 뒤에서도 무슨 말을 하는지
잘 들렸다. 장난스러운 김모종쇠 말에 또 다시 한바탕 웃음판
이 벌어졌다.

막동이는 폭탄 제조법을 들으며 간간이 목에 걸어 둔 수건
으로 눈을 닦았다. 지난번 백양사에서 난데없이 터졌던 폭탄에
오른쪽 눈을 잃었다.

'선친께서는 무슨 일을 하셨는가?'

'배, 백정이라고?'

막동이는 아직도 아물지 않은 상처를 닦아 낼 때마다 그 때
만났던 양반의 표정을 떠올렸다.

'그래, 백정이다. 그래서, 그래서 백정은 그렇게 짐승처럼
죽여도 된다는 말이냐?'

막동이는 우연히 며칠 전에 고향 소식을 들었다. 토벌군이
온 마을 하나를 통째로 태워 버렸다고. 둘만 모이면 그 소리들
을 했다. 자세히 듣고 보니 바로 막동이네 마을이었다.

"어디라고요?"

막동이는 귀를 의심했다.

백정이 따로 모여 사는 마을. 토벌군은 그 곳에 금줄을 치고
불을 질렀다고 했다. 불을 피해 달아나는 사람에게 한 방 한 방
총알을 먹였다. 마을의 누군가가 부상당한 농민군에게 먹을 것

을 주었기 때문이라고 했다.

"한 사람도 살아남지 못했답니다. 그 마을이 완전히 재가 될 때까지 그놈들이 지켜보았답니다."

막둥이는 더 이상 아무것도 묻지 않았다. 조용히 그 자리에서 일어났었다.

갑수는 솔부엉이를 잃고 혼자 상투를 틀어올렸다. 자나깨나 머릿속에 떠오르는 얼굴을 애써 지웠다. 먼저 간 솔부엉이에게 죄스런 생각이 들었다.

'너 같은 아이가 총에 맞아 죽게 만든 이런 세상을……'

갑수는 이런 세상을 갈아엎는 데 힘을 보태리라, 혀를 물었다. 언젠가는, 언젠가는 올 개벽 세상을 위해 마지막 피 한 방울까지 바치리라고 갑수는 하루에도 열두 번씩 자신에게 중얼거렸다. 혼자서 틀어올린 갑수의 상투 꼭지가 어설프고 외로워 보였다.

내일은 지탄환 만드는 법을 알려 준다고 했다. 잘은 모르지만 단단한 흙을 종이로 싼 뒤 그 위에 독약을 칠해 만든다는 그것도 총알이 부족한 농민군에게는 큰 힘이 될 거라고 기대가 컸다.

은강이는 사격 연습장으로 천천히 몸을 돌렸다. 어린아이가 무슨 사격 연습이냐며 모두 반기는 기색이 아니었다. 그러나 은강이 생각은 달랐다. 이 곳은 전쟁터였다. 총알은 어린아이라고 피해 가지 않았다. 이제 은강이의 사격 솜씨는 어른 못지 않았다. 그러나 은강이는 아직 자신이 없었다.

'누군가의 가슴을 겨누고 방아쇠를 당길 수 있을까?'

사격 연습을 한 뒤 은강이는 충근이 아제가 누워 있는 막사에 들를 생각이었다. 무지막지한 녀석들한테 매타작을 당한 뒤에 정신을 잃었던 충근이 아제도 이제 많이 나았다. 특별한 일만 생기지 않는다면 은강이는 충근이 아제와 함께 은진에서 비밀 회의를 갖자는 전봉준 장군의 편지를 김개남 장군에게 전하게 될 것이다.

모두 공주를 향해 움직이고 있는데 김개남 장군만 아직도 움직이지 않고 있었다.

진격하라

9월 20일 관군 1진, 남하 시작.

　　21일 관군 1진, 일본군과 합류하여 경기도

　　　　용인 도착.

　　22일 관군 1진, 전라도 죽산 진출.

10월 11일 관군 2진, 서울 출발.

　　12일 관군 2진, 경기도 수원 도착, 일본군과 합류.

　　13일 관군 1진, 충북 청주 도착.

　　14일 관군 1진, 충남 보은 도착.

　　15일 일본군 특수부대, 용산 출발.

　　17일 관군 1진, 충북 부강 도착.

　　21일 관군 1진, 충남 목천 세성산에서 농민군 격파.

10월 24일 일본군 1진, 충청도 공주 도착.

25일 관군 2진, 충청도 공주 도착.
27일 관군 1진, 충청도 공주 도착.
29일 일본군 2진, 충청도 공주 도착.

10월 23일 공주의 남쪽 이인에서

비가 온갖 먼지를 말끔히 씻어 내린 모양이었다. 하늘은 맑고 깨끗했다. 오후가 되자 기분이 좋을 만큼 바람도 불었다. 취병산과 이인 들판을 가득 메운 농민군 깃발이 기세 좋게 나부꼈다.

꽝, 꽈광!

먼저 관군 쪽에서 포가 터졌다.

"어라? 저놈들 보게!"

김모종쇠는 머릿수건을 다시 묶었다. 미처 머리에서 손을 떼기도 전에 여기저기서 포가 터졌다.

꽝, 꽈광!

"쏴라! 쏴라!"

양총으로 무장한 관군이 포를 앞세워 밀고 들어왔다. 이인 들판은 금세 토벌군의 양총 소리로 가득 찼다.

다다다다.

드르르륵.

몇몇 농민군은 재빨리 반격했지만 대부분 맥없이 쓰러졌다.

"산으로 붙어!"

아무것도 막을 것이 없는 들판에서는 쏟아지는 총탄을, 포탄을 피할 길이 없었다. 농민군은 취병산으로 뛰었다.

"맞대포를 쏴라!"

농민군 기수는 기를 흔들었다.

콰광, 쾅, 쾅!

포에 맞아 산이 푹푹 패였다.

"오메, 오메! 요것이 왜 나헌티로 자빠진다냐?"

배불뚝이는 포탄에 맞아 쓰러지는 나무를 양 손으로 받치며 엄살이었다.

드드드륵.

다다다.

얼마나 한 자세로 오랫동안 총을 쏘아 댔을까? 고개가 아팠다. 김모종쇠는 문득 고개를 들었다. 하늘가엔 온통 핏빛 노을이 번지고 있었다. 그 때였다.

징징징징.

관군은 갑자기 후퇴를 했다.

드드드륵.

"쟈들, 뭔 일이랴, 갑자기?"

농민군은 관군의 뒤통수에다 총과 포탄을 퍼부었다.

감영 뒷산인 봉황산에 미리 보내 놓은 농민군이 곰나루를 넘어온다는 정보에 관군이 황급히 군사를 거둔 것이었다.

농민군의 작전은 적중했다. 농민군이 북상한 뒤 얻은 첫 번째 승리였다.

10월 24일 공주의 동쪽 효포에서

공주를 둘러싼 주변 고지는 농민군 깃발로 뒤덮였다. 봉우리마다 꽂힌 기가 마치 병풍처럼 공주를 에워싸며 목을 조르고 있었다. 싸움은 포격전으로 시작되었다. 관군은 산마루에서 대포를 쏘아 댔다.

콰광!

막동이는 간간이 목에 건 수건으로 오른쪽 눈에서 흐르는 피고름을 닦았다.

"다 죽여 버리겠어!"

막동이는 총을 쏘면서도 이를 갈았다.

'선친께서는 무슨 일을 하셨는가?'

'뭐, 뭐라고? 배, 백정?'

막동이는 또 다시 그 때 그 양반의 표정을 떠올렸다.

'그래, 백정이다. 백정이 네놈들한테 뭘 어쨌는데?'

막동이는 다시 이를 갈았다.

"휴."

짧게 한숨을 내쉬던 막동이는 남은 한쪽 눈으로 양총의 가늠쇠를 들여다보았다. 총알이 많지 않았다. 정확하게 한 발에 한 놈. 막동이는 기다렸다.

이윽고 가늠쇠 안에 들어오는 벙거지 하나.

막동이는 차근히 방아쇠를 당겼다. 벙거지는 쓰러졌다. 막동이는 다시 눈을 닦았다. 수건 밑으로 얼핏, 보일 듯 말 듯한 웃음이 스쳐 지나갔다. 총탄에, 포탄에, 동료들이 쓰러져 갔다. 막동이는 쓰러진 나무 등걸을 방패 삼아 차근차근 적을 쓰러뜨렸다. 그렇게 날은 저물었고, 전투는 무승부였다.

10월 25일 효포를 넘어 곰티에서

날이 밝았다. 전봉준은 붉은 챙이 휘날리는 가마를 타고 진두지휘에 나섰다. 가마 주위에는 오색 깃발이 휘날렸고, 피리와 나팔을 부는 독전대(전투 중 자기 편의 군사를 감독·격려하는 부대)가 가마를 에워싸고 있었다.

농민군은 함성을 지르고, 총을 쏘며 곰티를 향해 뛰었다.

곰티는 공주로 넘어가는 첫 번째 고개였다.

"덤벼라, 이놈들아!"

막동이는 오른쪽 눈을 수건으로 싸감고 골짜기를 달렸다. 왼쪽 옆에서 달리던 코찡찡이가 배를 잡고 데구루루 굴렀다. 코찡찡이의 앞섶이 금방 피범벅이 되었다. 앞에서 나아가던 마당발도 억, 소리를 내며 넘어졌다. 그 뒤를 바짝 따르던 여드름도 피를 쏟으며 나뒹굴었다.

김모종쇠는 쓰러진 동료들을 그대로 뛰어넘으며 중얼거렸다.

"먼저 가게. 나도 곧 가겠네."

일본군의 총알이 곰티 왼쪽에서 비 오듯 쏟아지고 관군이 그 주위에 진을 치고 있었다. 계곡을 쳐 올라오는 농민군을 위에서 빙 둘러싼 채 총알 비가 무섭게 쏟아졌다.

농민군의 움직임은 물결, 그것이었다. 내일은 공주. 모레는 수원, 글피면 서울. 김모종쇠와 막동이는 주문처럼 그 말을 되뇌며 달렸다.

그러나 곰티는 뚫어 넘기에는 너무나 좁고 가팔랐다. 그 곳에서 기다리고 있는 최신식 무기에는 당할 수가 없었다.

한낮을 피에 젖어 싸웠지만 곰티 고개는 영영 뚫리지 않았다. 농민군은 후퇴했다. 수만의 농민군이 일본군 이백여 명, 관군 천오백여 명의 방어선을 뚫지 못했다.

아, 우금고개!

농민군은 공주성 공격로를 우금고개로 바꾸었다. 11월 8일, 결전의 날이 밝았다. 농민군 주력 부대는 우금고개를 지키고 있는 관군과 우금고개 옆 산에 진을 치고 있는 일본군을 향해 돌진했다.

관군과 일본군은 우금고개에 치달아 붙는 농민군을 무차별 사격했다. 천연의 요새에 몸을 숨긴 채 산 위에서 아래를 내려다보며 쏘는 총……. 그러나 농민군은 죽기로 작정한 듯 한사코 우금고개로 달려들었다.

1진이 무너졌다.

1진이 무너지면 2진이 달렸다.

2진이 모두 쓰러지고 나면 3진이 달렸다.

3진이 채 쓰러지기도 전에 4진이 치달아 붙었다.

갑수는 오른발을 굴러 앞으로 달린다.

짚신에 붙어 딸려오던 마른 풀들이 풀썩, 공중에 흩어진다.

쿵, 오른발이 땅에 닿자마자 다시 왼발이 앞을 향한다.

뒤축이 헤져 가느다란 소태껍질 몇 오라기가 바르르 바람에
떨린다.

갑수는 고개를 들어 우금고개를 올려다본다.

양미간의 세로줄이 깊다.

도대체 좋은 세상은

언제,

헉,

헉,

목울대가 꿈틀하면서 더운 김이 울컥 솟는다.

언제, 온다는 것이냐?

희고 고운 아란이의 얼굴이 저만치에서 빠르게 스쳐 지나간
다.

사람으로,

사람으로 태어나서,

갑수의 콧구멍에서 불같은 콧김이 쏟아진다.

사람답게,

그저 사람답게 한 번 살고 싶다는 것이,

530

이

렇

게

도…….

가슴이 폭발해 버릴 듯 벌렁거린다.

갑수는 잠시 허리를 펴 깊이 숨을 갈아 마신다.

또 다시 한 쪽 발을 앞으로 내딛는다.

한겨울인데도 목덜미에서 주르르 땀이 흘러내린다.

쉬익!

총알이 날카로운 바람 소리를 내며 귓가를 스친다.

'혀, 형. 나, 난 아직…….'

솔부엉이가 가쁜 숨을 몰아쉬며 귓가에 속삭인다.

아!

갑수는 무심결에 도리질 친다.

짚더미 같은 머리채가 좌우로 풀썩인다.

머리채에서 희미하게 김이 날린다.

철컥.

양 손으로 움켜쥔 총신이 거칠게 출렁인다.

도대체,

갑수는 마른 입술을 훑는다.

너희는 누구기에,

무슨 권리로,

갑수는 다시 한 번 입술을 축인다.

우리의 앞길을 막는 거냐?

피융.

또 한 발의 총알이 갑수의 허리를 스친다.

총알은 갑수가 멘 봇짐을 아슬아슬하게 스쳐 지나간다.

그러나 갑수는 달음질을 늦추지 않는다.

총을 잡은 양 손의 팔목이 저려 온다.

그래도 갑수는 그렇게 달린다.

잠시, 갑수의 집게손가락이 떨리다가

찰칵,

방아쇠를 당긴다.

탕!

바람을 가르며 총알이 내닫는다.

우리,

우리는, 이제.

갑수는 아랫입술을 깨문다.

허옇게 뜬 입술에 피가 맺힌다.

예,

할 것은 예 하고.

아니요,

할 것은,

아니요 하면서.

사람같이,

사람같이 살겠다.

사람,

같이······.

퍽.

포탄 조각 하나가 갑수의 왼발 근처에 날아와 박힌다.

깊숙이 흙이 패며 마른 먼지가 인다.

사방으로 튀는 자잘한 흙덩이······.

너희 따위가,

우릴,

막을 수는 없다.

갑수는 달린다.

절대로!

달리면서 왼쪽 팔뚝으로 이마의 땀을 훔친다.

반질반질 때가 탄 소맷부리에 군데군데 피가 얼룩졌다.

갑수는 보폭을 한껏 벌린다.

쓰러진 농민군의 시신들로 주위는 온통 발 디딜 곳이 없다.

갑수의 눈 끝에 물빛이 번쩍인다.

다음 순간,

갑수는 검붉은 몸뚱이를 뛰어넘어 달린다.

다시 방아쇠를 당긴다.

탕! 타앙!

총 소리와 함께

진한 화약 냄새가 갑수의 코끝을 스친다.

순간,

억!

외마디 비명과 함께

갑수의 왼쪽 어깻죽지에서 터져 나오는 피.

갑수는

비틀,

몸을 추스르며, 총알이 훑고 지나간 어깨를 감싸 쥔다.

손가락 사이로 흘러내리는 피.

꿀꺽.

갑수는 마른침을 삼키며 어금니를 문다.

철컥.

갑수는 총신에 잠시 몸을 기대고

저 먼 우금고개를 본다.

보일 듯 말 듯 눈물이 고인다.

크웅!

어금니를 깨물며 다시 일어서 내닫는 순간,

피융.

갑수의 턱 끝에서 흩어지는 한 줌 피보라.

윽.

고목이 쓰러지듯

갑수가 무너진다.

어, 머어, 니.

마지막 본 십일월의 하늘엔

저녁노을 붉고,

갑수의 부릅뜬 두 눈은

여전히 우금고개를 향해 있다.

골육이 상전하니

"인자 우리는 워치케 되는 것이여?"

밥풀눈이 한숨을 섞어 물었다. 딱히 누구에게랄 것도 없는 물음이었다. 밥풀눈과 함께 행군하던 주변 사람들은 아무도 대답하지 않았다.

한겨울 바람이 차고 매웠다. 바람은 행진의 선두에 있는 색색의 깃발을 잡아 흔들었다. 때가 묻고 구겨진 깃발이 흔들릴 때마다 '보국안민', '척양척왜', '남호대도소 김개남' 등의 글자가 언뜻언뜻 보였다.

까악까악.

어디선가 까마귀 울음소리가 들렸다.

"문제는 말여……."

한참 만에 왼손잡이가 말했다.

"쌈에 진 것이 우리뿐만이 아니라는 것이여……."

왼손잡이 말에 배불뚝이가 고개를 끄덕였다.

"우리가 청주 싸움에서 이 꼴이 되었고, 경상도에서는 김인배 부대가 좌수영 공격에 실패했다드만."

살짝곰보가 무겁게 입을 열었다.

"듣자닝께 김인배 부대가 이기고 있었는디, 고 좌수영인지 뭔지 쓸개 빠진 놈이 여수 앞바다에 있는 일본놈 군함에 몰래 구원 요청을 했다더구만. 고, 고 썩을 놈의 군함 이름이 뭐라더라? 쓰…… 쓰……."

"쓰? 아, 맞어! 쓰쿠바 군함이라고 하던데?"

"쓰쿠바? 젠장, 이름도 참 더럽네. 썩을 놈의 군함이라고 허는 게 훨씬 낫겠구만."

"암튼 고놈들이 앞뒤에서 협공을 혔다니, 당해 낼 장사가 있었겠는가 말여. 고 썩을 놈덜이 동학도 머리를 굴비 두름맨치로 좌수영 남문에 줄줄이 걸어 놨다드구만."

모두 잠시 말을 잃었다.

"휴, 암만 그려도 우금고개 싸움만 허겄어? 남북접군이 거진 다 달라붙어 죽기로 싸웠다는디도 졌으니 말여……."

밥풀눈이 다시 한숨이었다.

"듣자니, 전봉준 장군 부대는 깡그리 죽었다더구만. 아, 시체가 산보다 더 높이 쌓였대."

"아이구, 다 죽기야 했겠는가. 내일 우리랑 강경에서 연합 작전을 편다드구만."

왼손잡이가 손을 내저었다.

은강이는 말없이 걸으며 창을 쥔 손에 힘을 주었다.

며칠 전에 은강이는 충근이 아제와 함께 김개남 부대로 왔다. 김개남 장군에게 보내는 전봉준 장군의 편지를 전하기 위해서였다.

'아이들에게는 아이들이 해야 할 몫이 따로 있는 것이지. 피를 보아야 하는 전쟁은 어른들에게 맡기고, 너는 어린 네가 해야 할 네 몫의 일을 찾도록 해라.'

전봉준은 그렇게 말하면서 은강이를 집으로 돌려보내려 했다. 그러나 김개남은 달랐다.

'은강아, 나는 전 장군의 마음을 안다. 그것은 모든 어른 된 이들의 마음이겠지.'

전투에 참여하고 싶다는 은강이의 말을 듣고 이렇게 말했다.

'그러나 나는 네 마음도 알 것 같다. 아이들도 전쟁을 피할 수는 없는 일, 필요하다면 전쟁도 함께 치러야 할밖에. 여기서 네가 할 수 있는 일을 찾아보아라.'

그 동안 은강이는 김개남 부대와 전봉준 부대를 부지런히 왔다갔다했다. 은진에서 있었던 김개남과 전봉준의 비밀스런 회의를 연결시킨 것도, 내일 있을 강경 싸움에서 김개남과 전봉준이 연합 작전을 펼 수 있도록 연락을 맡은 것도 은강이었다. 양쪽 모두 은강이를 잘 알고 있었고, 어린아이인 탓에 관군의 눈을 피하기가 비교적 쉽기 때문이었다.

그 날, 은진에서 두 장군은 진격로를 선택하고 연합 작전 계획을 짰다. 전봉준과 김개남은 치고 올라갈 길을 선택하는 데 의견이 달랐다. 전봉준은 동학군의 행진을 북으로 잡았다. 공주 우금치를 넘어 서울을 공격하자 했고, 김개남은 동북쪽인 청주로 진격로를 잡았다.

"어째서 한 군데로 콱 밀어 버리지 않는가 몰라. 모르긴 몰라도, 모기도 모이면 천둥소리를 낸다고 하더구만."

은강이와 함께 문밖에서 번을 서며 두 장군을 지키고 있던 마당발이 중얼거렸다.

"난 말이다, 저 김 장군이 썩 믿음성스럽잖다. 휘하에 그렇게 군사가 모이고 하는 것을 보면 사람을 끌어당기는 뭐가 있기는 있는 것이겠지만 어째……."

마당발은 머리를 저었다.

어떤 이들은 김개남 장군을 싸움 좋아하는 거친 사람이라고 했다. 양반을 징계하거나 부대를 다스릴 때 김개남은 무서울 만큼 엄격했고, 때로는 얼음처럼 차고 냉혹했다.

그러나 김개남 장군을 가까이에서 만나면서 은강이는 생각이 달라졌다. 당당한 체구에 굵직한 목소리, 손놀림 하나에도 무게가 실려 있는 것이 보기 좋았다. 무슨 일이든 빠르고 분명하게 결정을 내렸고, 일단 결정되면 무섭게 밀어붙였다.

은강이가 맞장구치지 않고 가만히 서 있자, 마당발은 조금 쑥스러운 모양이었다.

"야, 인마! 내가 김 장군을 나쁘게 말하는 게 듣기 싫으냐?"

은강이는 말없이 눈으로 웃었다.

"물론 듣기 좋지는 않겠지만 사실은 사실 아니냐. 이번 봉기 날짜도 그래. 아무리 사십구 일 그 곳에 있어야 새 세상이 온다는 점괘가 나왔다고 해도 그렇지. 시월이 넘어서야 군대를 일으키다니 원……."

마당발은 혀를 끌끌 찼다.

"잘은 모르지만 점괘에 따라 움직인다는 게 장수에게 어울리는 행동이야? 제일 먼저 선전포고를 해 놓고 군대를 움직이지 않는 건 도대체 무슨 경우야?"

"그건 그래요."

은강이는 고개를 끄덕였다.

"잘못 군대를 일으키면 왜놈들한테 이용당한다고 농민군 대회까지 열어 민심을 다독이고 있는데, 자기 혼자 나서서 재기병을 선언해 버리고는……."

마당발은 고개를 저었다.

"……."

한참 만에 마당발이 다시 입을 열었다.

"하긴 따지자면 전 장군도 그렇지. 여러 사정이 있긴 했지만 왜 좀더 빨리 한양으로 쳐 올라가지 않았는가 말야."

"사정이요?"

"아, 처음에는 북접군이 따로 놀았잖아. 우선은 추수를 끝내 놔야 했고……."

마당발은 가볍게 한숨을 쉬었다.

"공주성도 마찬가지야. 듣자니, 처음엔 공주성 방비가 허술했다던데, 그 때 바로 쳤다면 우린 이미 공주성 안에 있었을 거라는데……."

'왜 그랬을까?'

은강이는 언제 기회가 오면 두 장군에게 이유를 물어보리라 마음 속으로 별렀다. 오랜 회의 끝에 두 사람은 두 갈래로 나뉘어 북상하기로 했다.

"......."

은강이는 온몸이 물 속으로 빨려 들어가는 듯 무거웠다.

김개남 부대는 나흘 전에, 전봉준 부대는 닷새 전에 모두 패했다.

"자, 저기 전봉준 부대가 오는구만이라."

밥풀눈이 속살거렸다.

"아이고매, 그라도 제법 살아남었네! 한 사오백은 돼 보이잖는가?"

살짝곰보가 짐짓 속없는 사람마냥 낄낄거렸다.

은강이는 핏발 선 눈으로 전봉준 부대의 행렬을 바라보았다. 달려가 알고 있는 사람의 얼굴을 찾기가 겁이 났다. 오래오래 그 자리에 선 채로, 찢기고 때 묻은 전봉준 부대의 깃발을 바라보았다.

"돌격!"

전투는 아침나절이 지나 시작되었다. 전봉준과 김개남은 각기 남은 몇 백 명의 부대원을 추슬러 관군의 좌우에 진을 쳤다.

콰광!

드르르륵!

농민군은 사력을 다해 양쪽에서 짓쳐들어왔다. 그러나 상대는 만만치 않았다. 농민군은 시간이 흐를수록 무기가 떨어져 공격력이 약해졌지만, 관군은 강해졌다. 현대식 무기가 배치되었고 일본군이 참가했기 때문이었다.

은강이는 김개남 부대 뒤에서 전투에 참가했다. 처음에는 양측 모두 일정한 거리를 두고 총을 쏘았지만 싸움이 막바지에 이르자 서로 총을 들고, 혹은 창을 들고 적진에 뛰어들었다. 앞줄부터 내달아 닥치는 대로 베고 찔렀다.

열 몇 줄이 차례로 앞으로 내닫고 난 다음은 한꺼번에 서로 엉겨 붙었다.

죽고 죽이는 아수라장이 바로 눈 앞에서 벌어졌다.

'진정해, 진정하라구!'

은강이는 어금니를 단단히 물고 자신에게 타일렀다. 창을 쥔 손에 힘을 주었다. 그러나 한 발짝도 움직일 수가 없었다. 피비린내가 진동했다.

"죽여라!"

"으악!"

비명 소리에 은강이의 온몸이 축축하게 젖었다. 아무리 이를 꽉 물어도 눈앞이 뿌옇고 어지러웠다.

퍽.

퍽.

마치 두부 판을 손바닥으로 치는 듯한 소리가 여기저기에서

났다.

그 때였다. 바로 눈 앞에서 검은 벙거지 하나가 창을 세운 채 충근이 아제를 향해 다가서고 있었다.

'아제!'

은강이는 있는 힘을 다해 소리를 질렀다. 그러나 소리가 되어 나오지 않았다.

'아아, 아아……'

악몽을 꾸는 것 같았다. 은강이는 발을 구르며 소리를 쳤다. 아니, 소리를 치려고 했다. 그러나…….

'아아……'

은강이는 갑자기 손끝 하나 움직일 수가 없었다.

그 순간 벙거지는 성큼 충근이 아제를 향해 다가섰다.

'아아, 아제!'

은강이는 몽유병 환자처럼 정신없이 벙거지한테 달려들었다. 벙거지가 충근이 아제 뒤에서 창을 높이 드는 순간, 은강이는 죽을힘을 다해 소리쳤다.

"아제!"

은강이는 양 손으로 창을 쥐고, 뒤돌아선 벙거지의 허리에 창을 찔러 넣었다.

"으윽!"

무덤에서 울려나오는 듯한 비명 소리를 들으며 은강이는 자기도 모르게 눈을 질끈 감았다.

창끝을 통해 뭉클하고 섬뜩한 기운이 느껴졌다. 은강이는 눈을 떴다. 그 순간 은강이의 눈은 돌아서는 벙거지의 눈과 마주쳤다. 벙거지의 눈은 공포와 절망으로 화등잔만 하게 커져 있었다.

'아!'

은강이는 울컥 치미는 뜨거운 것을 꿀꺽 삼켰다.

벙거지의 허리에서 피가 콸콸 솟구쳤다.

'어머니! 아버지!'

간이 다 떨렸다.

"헉헉."

은강이는 숨을 몰아쉬었다. 다음 순간 벙거지는 뒷걸음치기 시작했다. 허리에서 피가 솟구치는 채였다.

"으으으으으……."

은강이는 피범벅이 된 앞섶을 내려다보며 온몸을 부들부들 떨었다.

'아, 한, 울, 님!'

은강이는 속으로 부르짖었다.

'당신은, 당신은…… 정말 계신 겁니까? 어디에서, 어디에

서 우리를 내려다보고 있는 겁니까?'

은강이는 무너지듯 바닥에 주저앉았다.

'가, 갑수 형은 주, 죽었다던데, 코 밑에 거뭇거뭇 수염이 나기 시작하는 것까지도 어쩌면 그렇게, 어쩌면 그렇게, 갑수 형을 꼭 닮았습니까? 어쩌면…….'

마지막 폭탄

전투는 며칠 동안 계속되었다. 추웠다. 가쁜 숨을 쉴 때마다 허연 입김이 훅훅 쏟아졌다. 저만치 하얀 눈밭에 모인 적병의 모습이 마치 군데군데 흩어진 토끼 똥 같았다.

순간 번쩍, 부신 빛이 눈을 찔렀다. 총검에 반사된 햇빛인 모양이었다. 은강이는 눈을 가늘게 뜨고 적진의 움직임을 살폈다.

농민군은 쫓기고 있었다. 공주 전투에서 패하고 내려오던 전봉준 부대와 김개남 부대는 강경 싸움에서도 졌다. 농민군은 전국 곳곳에서 벌어진 싸움에서 졌고 조선 땅은 그들이 흘린 피로 흥건히 젖어들고 있었다.

흩어진 농민군 부대가 다시금 전열을 가다듬어 관군과 맞붙은 곳이 이 곳 태인이었다. 관군은 동서 양쪽에 진을 치고 있었다.

"더 이상 갈 곳이 없당께로!"

주먹코는 소맷부리로 화승총의 물기를 닦으며 힘없이 미소
지었다.

"놈덜은 총알이 남아돈께로 잽히믄 무조건 드르륵이랑께."

대머리가 죽창으로 총 쏘는 시늉을 했다.

"하이고, 드르륵이믄 차라리 낫게? 공주에서는 그 자리에서
때려 죽였다등만."

"아이고, 그만들 하소. 총 맞아 죽든 배곯아 죽든 북망산천
가는 것은 마찬가진데 낫고 못한 것이 어디 있겠소. 애당초 그
리 되지 않게 해야지."

사마귀의 말에 대머리가 흥, 콧방귀를 뀌었다.

"그걸 누가 모른답디여? 굶어 다 죽어 가는 놈헌티 등 따습
게 허고 배불리 먹으라고 헌다더니만."

"그나저나 우리 쪽은 시방 멘 명이나 모인 것이요?"

"한 오륙천 명 된다든디요?"

"아, 근디 아까부텀 요것이 무신 냄새요?"

주먹코가 코를 벌름거렸다.

"냄새?"

"……."

막동이와 끝돌이 아버지의 눈길이 마주쳤다. 끝돌 아버지가 보일 듯 말 듯 고개를 끄덕였다. 막동이가 말없이 봇짐 속에서 자공환을 꺼냈다.

"뭣이여? 자공환 아녀? 아이고, 화약 냄새도 솔찬히 독헌디 오줌 냄새도 그 못지않은 모양이오."

고양이눈이 끼여들었다.

"갑자기 웬 오줌 냄새?"

대머리가 어리둥절한 얼굴을 했다.

"아, 저 폭탄이 화약에 오줌을 섞어 맹근 것 아니오? 아, 우리 펜이라는 양반이 여태 고것도 모르고 있소?"

점박이가 퉁바리를 주었다.

막동이는 점박이 말을 무시하고 봇짐을 열어 보였다.

"아따, 쌈판만 벌어지믄 대포를 겨누고 있는 놈덜헌티 요놈을 한 방씩 먹이믄 속이 씨언허겄구만이라."

대머리는 화내는 빛도 없이 끈덕지게 끼여들었다.

"그려요? 멫 개나 있는디요?"

주부코가 눈알을 번뜩이며 봇짐 안을 들여다보았다.

"근디, 저 놈덜 화약 맹그는 디나 폭탄 쌓아 둔 디가 어디 없으까?"

짱구머리가 주위를 둘러보았다.

"맞아요, 며칠 전에 왜놈들이 고산에 있는 우리 화약 제조소를 부숴 버렸다고 합디다. 대포도 좋지만 이왕이면······."

사마귀의 말이 채 끝나기도 전에 꽹과리 소리가 요란하게 울렸다.

"돌격! 돌격하라!"

"아이고매, 돌격이랴."

대머리가 그 자리에 펄썩 주저앉았다.

"이 양반이!"

뻐드렁니는 대머리를 흘겨보며 그의 등을 퍽, 소리 나게 쳤다.

"가장께로!"

막동이는 봇짐을 메고 화승총을 들었다. 끝돌이 아버지도 봇짐을 메고 죽창을 힘껏 그러쥐었다.

콰광!

드르르륵.

빵빵!

포탄과 양총, 화승총 소리가 뒤섞였다. 땅이 갈라지고 하늘이 쪼개지는 것 같이 요란했다.

맵싸한 화약 냄새가 가득했다.

"댐벼라, 댐벼!"

주먹코는 이를 악물고 화승총에 불을 붙였다.

피지지직.

눈 녹은 물에 젖어서인지 불은 어렵사리 붙었다.

"젠장맞을!"

주먹코는 사방으로 내리꽂히는 총탄이 원망스러운지 얼굴을 찌푸렸다. 퍽퍽 눈이 튀었다. 피도 함께 튀었다. 진땀이 흘렀다.

"어디여, 아, 어디냔 말여?"

끝돌이 아버지는 달리면서 죽창을 던져 버렸다. 총알과 포탄이 뒤범벅된 싸움터에서 죽창은 거추장스러울 뿐이었다.

"죽는다. 허지만 말여……."

끝돌이 아버지는 마른 입술을 핥았다.

"늬들, 다 데꼬 갈 것이여. 아, 막막헌 저승길을 으찌 혼자 가겄어? 안 그려, 이놈들아?"

비 맞은 중처럼 혼자 중얼거리면서도 끝돌이 아버지의 눈은 싸움터 여기저기를 훑고 있었다.

며칠 전 밤, 오줌을 누러 가다가 수상한 그림자를 보았다. 끝돌이 아버지는 막동이의 옆구리를 찔렀고 둘은 그 그림자를 잡았다. 잡아 놓고 보니 아는 얼굴이었다. 고산이 집이라며 그 날 낮에 끝돌이 아버지와 신세타령을 늘어놓았던 사이였다. 화약

을 다뤄 밥을 먹고 산다고 했다. 그래서 그의 친구가 썩 내켜
하지 않는 자신을 어르고 달래 농민군에 데려왔다고 했다.

막동이는 그 날 밤 도망치다 잡힌 그이의 멱살을 틀어잡고
말했다.

"가고 싶으면 가. 허지만 폭탄 몇 개는 만들어 놓고 가야지."

막동이 눈에 파랗게 인광이 일었다.

그이는 정말 며칠 새에 폭탄 몇 개를 만들어 놓았다. 그러고
사라졌다. 싸움터에서 죽었는지 아니면 그 난리통에 도망쳐 버
렸는지 알 수 없었다.

"네놈들은 가야 헌다닝께. 이 땅이 워떤 땅인디 감히 네놈들
이……."

끝돌이 아버지의 앙상한 팔이 파르르 떨렸다.

"우리 한돌이 두돌이가 묻힌 땅이여. 고걸 네놈들헌티 안 뺏
길라고 천금 겉은 목숨허고 맞바꾼 땅이란 말여. 알어들어? 알
어듣느냐구, 이놈들아!"

끝돌이 아버지는 몸을 벌떡 일으키더니 쏟아지는 총탄 사이
를 달렸다.

끝돌이는 아직도 나타나지 않았다. 어딜 갔을까? 어린 두 동
생까지 데리고 멀리 갈 수는 없었을 것이다. 갈 곳도 없었다.

"죽은 것이 분명허당께로. 아, 고놈이 가믄 워디로 갈 것이

여? 집이 있어? 친척이 있어? 전봉준 장군이 있고, 은강이도 있고. 아, 여기 말고 갈 데가 워디 있었어, 황천길밖에."

농민군이 재기병을 결정하고 삼례에 모인 지 한 달. 살아 있다면 삼례로 왔어야 했다. 삼례에 올 시간을 놓쳤다면 여산, 여산을 놓쳤다면 은진. 거기에도 못 닿았다면 강경, 논산에 왔어야만 했다. 어딘가에 살아 있을 거라며 기다리던 끝돌이 아버지는 시간이 가면서 끝돌이들이 죽은 것이 분명하다며 울부짖었다.

"그놈덜이 내 새끼를 다 잡아먹은 것이여. 짐승 겉은 놈들. 아이고 내 새끼, 불쌍헌 내 새끼들."

끝돌이 아버지는 꿈에서도 훌쩍훌쩍 울먹였다.

은강이는 맨 뒤쪽에 섰다. 죽창을 쥐고 있던 은강이는 가까스로 쓰러진 농민군의 화승총을 찾아 쥐었다.

"돌격!"

깡깡깡.

꽹과리가 쇳소리를 냈고 농민군은 파도처럼 관군을 향해 짓쳐들어왔다.

꽝!

쾅! 콰광!

전후좌우에서 총탄이, 포탄이 정신없이 터졌다.

'달려라!'

은강이는 자신에게 소리쳤다. 몇 걸음 앞에서 끝돌이 아버지가 달려나가고 있었고 충근이 아제는 은강이와 앞서거니 뒤서거니 달리고 있었다. 물인지 피인지 발이 축축하게 젖어들었다.

드르르륵.

콰광!

벼락치는 소리가 나면서 끝돌이 아버지가 멈칫 그 자리에 섰다.

"으……."

끝돌이 아버지는 자신의 아랫도리를 내려다보았다. 순식간에 뻘건 핏물이 흥건했다.

"으……."

끝돌이 아버지는 스르르 옆으로 쓰러졌다.

"아저씨!"

은강이는 달려가 쓰러지는 끝돌이 아버지의 어깨를 받았다.

"으…… 은강아, 여그…… 폭탄을 저, 저놈덜헌티 한 방 먹여다고. 저승길 동무허게……."

끝돌이 아버지는 힘없이 웃었다.

"은, 은강아, 내 먼저 간다. 널랑은 나중에, 나중에……."

말을 마치기도 전에 바로 옆에서 또 다시 포탄이 터졌다.

"윽!"

은강이는 눈밭에 얼굴을 묻었다. 숨을 몰아쉬었다. 혀끝에서 비릿한 피 맛이 났다.

'우선……'

죽은 듯 엎드린 채로 은강이는 침착하려고 애썼다.

우선 폭탄이 든 끝돌이 아버지의 봇짐을 벗겨야 한다. 그리고……. 은강이는 가만히 눈을 들었다.

비. 그것은 총알 비였고 포탄 비였다. 천둥 번개와 함께 내리는. 그 피바다 속에서 은강이는 시체처럼 누운 채로 무언가를 찾고 있었다.

"윽!"

엎드려 있는 은강이 위로 농민군 하나가 밑둥 잘린 통나무처럼 쓰러졌다. 확 끼쳐 오는 비릿한 피 냄새, 척척하고 끈끈한 피의 촉감……. 은강이는 벌레처럼 꼼지락거리며 몸을 움직였다. 시체를 천천히 밀어 내고 될수록 몸을 낮춰 끝돌이 아버지의 봇짐을 벗겼다.

쾌광!

바로 옆에서 또 다시 요란스레 포탄이 터진 다음 순간, 은강이는 튀어오르는 개구리처럼 앞으로 달렸다. 지옥이 있다면 바로 이 곳일 것이다. 은강이는 그 지옥 한가운데를 쫓기는 짐승처럼 달렸다.

다다다다.

콰쾅!

포탄 소리는 은강이 뒤를 바짝 쫓아왔다.

콰쾅!

어느 순간 은강이는 발목을 감싸 쥐며 나뒹굴었다. 발목에 포탄 파편이 날아와 박혔다. 은강이는 비탈 아래로 굴러 떨어졌다.

그 때였다. 농민군 진영에서 꽹과리 소리가 울렸다.

"후퇴! 후퇴하라!"

농민군은 방향을 틀며 성황산으로 새까맣게 달라붙었다.

그러나 은강이는 성황산을 향해 뛸 수가 없었다. 한쪽 다리를 질질 끌며 팔꿈치에 힘을 실어 성황산을 향해 기어가던 은강이는 한순간 주춤 그 자리에 섰다. 기어가서 될 일이 아니라는 사실, 그걸 깨달았다.

'그래! 그렇다면……'

은강이는 눈 앞에 가득 쓰러진 농민군의 시신을 바라보았다. 더 이상 망설일 시간이 없었다. 은강이는 재빨리 봇짐을 내려 폭탄을 꺼냈다.

"자……."

폭탄을 나란히 세워 놓은 뒤 품안을 뒤져 부싯돌을 꺼냈다.

"한울님! 미륵님!"

은강이는 떨리는 손으로 부싯돌을 비벼 댔다.

피식피식.

젖은 부싯돌은 불이 잘 붙지 않았다.

'아아.'

은강이는 성황산으로 후퇴하는 농민군의 뒷모습을 쳐다보았다. 그러고는 다시 이쪽을 향해 빠르게 따라붙는 추격군을 내려다보았다.

아아, 은강이의 입에서 신음 소리가 났고, 동시에 피식거리던 부싯돌에 불이 붙었다. 뜨끈한 기운이 손가락 끝에 확 느껴지는 순간, 은강이는 자신도 모르게 울컥 눈물이 솟았다.

'제발, 제발…….'

은강이는 떨리는 손으로 폭탄의 심지에 불을 붙였다. 그러고는 아래쪽으로 힘껏 밀었다.

하나, 둘, 셋.

폭탄은 심지에 불을 단 채 데굴데굴 굴러가기 시작했다.

폭탄은 눈과 피가 범벅이 된 언덕길을 기신기신 굴러 내려갔다. 그러다가 한 개가 멈췄다. 은강이는 죽창을 집어 들고 미친 듯 폭탄을 향해 기어 내려갔다.

피시식.

폭탄의 심지는 점점 짧아지고 있었다. 뒤처진 폭탄은 아무도 없는 곳에서 터져 버릴지도 몰랐다.

은강이는 몸을 굴렸다. 기면서 뛰었다.

"하아, 하아!"

이대로 가슴이 터져 버릴 것만 같았다.

은강이는 죽을힘을 다해 기어갔다.

그 순간, 앞서 굴러간 폭탄이 요란한 소리를 내며 터졌다. 추격군의 선두는 우르르 쓰러졌다.

그리고 또 한 발. 의기양양하게 짓쳐 대던 관군과 일본군은 기세가 꺾였다.

그 다음 순간 또 폭탄이 터졌다.

은강이가 멈칫거리던 폭탄을 죽창으로 힘껏 미는 순간, 터진 것이다.

콰콰쾅!

마지막 폭탄은 무서운 소리를 내며 터졌다. 적군과 아군, 나무와 돌을 모두 가루로 만들었다.

소의 눈물

"자, 가자."

민보군 대장 박봉양은 횃불을 건네받고 앞장서서 걸었다.

밤이면 도는 초소 순시에 나선 길이었다. 하늘에는 별이 총총하고, 바람은 칼날 같았다. 그러나 아무도 추위 따위를 입에 올리지 않았다.

"그래, 오늘도 놈들의 움직임은 별다른 것이 없으렸다?"

"예, 그럼요."

곁에서 따르던 어깨 넓은 사내가 짤막하게 대답했다.

"한시도 마음을 놓아선 안 된다. 지금, 온 나라가 저 동학쟁이들 때문에 이렇게 난리를 겪고 있지 않은가 말이다. 우금치에서 대패한 뒤 놈들의 기세가 한풀 꺾였지만 아직은 안심할 수가 없어."

박봉양은 빠르게 걸었다.

"아, 그럼요. 엄청나게 죽어서 그 시체가 산을 이뤘다고 하
던데, 아직도 여기저기 나타나 속을 썩이니 원⋯⋯."

새우눈은 혀를 끌끌 찼다.

"우선 놈들이 이 곳 운봉에는 발도 들이지 못하게 철저히 지
켜야 할 것이야."

"아이고, 어르신, 고 썩을 놈들이 여기가 어디라고 가까이
오겠습니까? 워낙 험준한데다가 개미 한 마리 못 들어오게 지
키고 있으니, 솔개처럼 날아온다면 모를까⋯⋯."

넓은어깨가 산마다 이어진 봉화를 바라보며 여유 있게 웃었
다.

운봉의 주서를 지낸 박봉양은 대대로 벼슬을 하던 집안 출
신이었고 재산이 많았다. 농민군이 들고일어나자 동학 농민군
을 칠 민보군을 조직했다. 그리고 운봉을 점거한 소년 장수 김
봉득을 내치고 그 곳을 차지했다.

"조선 팔도 어디도 여기처럼 철통같은 방위를 하는 곳이 없
답니다. 길목마다 초막을 설치한 것 하며, 초막에 유격병을 둔
것 하며, 저렇게 봉화로 밤낮없이 서로 연락하고 있는 것 하며,
아마 한양성보다도⋯⋯."

"닥치지 못할까?"

박봉양의 목소리가 쨍 울렸다.

새우눈은 얼어붙은 듯 그 자리에 섰다.

"한양성이라니. 너 따위가 어찌 감히 한양성을 운운해!"

새우눈을 매섭게 쏘아보던 박봉양은 말을 이었다.

"조선은 매우 어려운 고비에 처해 있다. 일본과 서양 오랑캐가 호시탐탐 우리를 노리고 있고, 저 무도한 동학도는 세상이 어떻게 돌아가는지도 모르고 난을 일으키고. 주상전하와 대신들은 어찌할 바를 모르고 있는 형편이야. 그런데 백성의 도리로 이런 상황에 입을 함부로 놀리다니……. 내 이번 한 번은 그냥 넘어가지만 또 다시 그런 망령된 말을 입에 담는다면, 각오를 단단히 해야 할 것이야. 알겠느냐?"

박봉양의 호통은 서릿발 같았다. 경비를 서던 자신의 아들이 초소에서 잠을 잤다고 참수를 명한 박봉양이었다.

새우눈은 겁이 나서 오줌을 질금 쌌다.

운봉의 방비는 삼엄했다. 운봉으로 통하는 모든 입구에 덫을 놓았다. 좁은 골짜기는 길을 끊고, 땅을 우묵하게 팠다. 거기에 큰 소나무를 넘어뜨려 뿌리를 묻고 가지는 아래로 늘어뜨려 산마루로 기어오르는 것을 막았다. 그리고 그 위에 돌과 나무를 모아 아래로 내려칠 준비를 해 놓았다. 사방에 나무 울타리를 설치했고, 평지에는 큰 구덩이를 파고 그 위에다 흙을 살짝 덮어 놓았다. 이런 구덩이가 열 발자국마다 하나씩이었다.

또 커다란 동아줄을 나무둥치에 가로 매어 연이어 끊어지지 않게 한 뒤, 돌을 실어 날라 동아줄과 연결시켰다. 동아줄을 끊으면 돌이 세차게 날아가도록 해 놓은 것이다. 아래에서 보면 울타리와 동아줄이 옆으로 이어져 있는 것이 마치 성곽 같았다. 사람들은 병법 공부를 따로 하지 않은 선비인 박봉양이 이렇게 철저히 군의 기강을 바로잡고 작전을 세워 운봉을 지키는 것을 놀라워하며 지켜보았다.

"자, 너희는 저쪽으로 가라. 경계를 소홀히 하거나 대열을 이탈하는 자가 있으면 용서치 말고 끌어내라. 그들은 역적이다."

"여, 역적이요?"

넓은어깨가 깜짝 놀라 말을 더듬었다.

"동학쟁이는 역적이다. 의도했든 의도하지 않았든 역적을 돕는 자 역시 역적이고."

돌아서는 박봉양의 등 뒤로 찬바람이 일었다.

며칠 뒤 날이 저물 무렵, 농민군의 공격이 시작되었다.

"돌격하라!"

소년 장수 김봉득이 말을 타고 지휘했다. 지난 칠월, 박봉양이 이끄는 민보군에 패해 운봉을 빼앗기고 나서 김봉득은 차마 전봉준에게 갈 수 없었다. 운봉을 민보군에게 내준 것이 농민군의 공주 진격에 얼마나 큰 걸림돌이 되었는지 충분히 알기 때문이었다.

쉽사리 운봉을 점령하고, 마음을 놓은 것이 탈이었다. 박봉양은 그 틈을 노려 김봉득을 쳤다.

'내가 아무리 나이답지 않게 칼을 다루고 말을 탄다지만, 역시 경험이 부족했어.'

김봉득은 내내 가슴을 치며 살았다. 가슴이 시커멓게 멍이 든 느낌이었다. 운봉 전투에서 부서진 다리를 추스르고 난 김봉득은 곧바로 전투에 참가했다. 남원, 장수 등의 농민군과 힘을 합해서였다.

김봉득은 다시 한 번 부대원을 독려했다.

"일 대 앞으로!"

공격대의 맨 앞에는 수십 마리의 소를 세웠다. 소들은 뿔에 창을 묶고 몸을 방패로 가린 채 앞으로 나갔다.

"아니, 웬 소여?"

미처 작전 계획을 듣지 못한 짝코가 눈을 휘둥그레 떴다.

"놈들이 쩌그 위에 웅덩이를 엄청나게 파 놨다잖여. 그 웅덩이에 우리 대신 저 소들이 빠져 줘야 헌다는 거 아니더라고. 그라믄 우리는 저 녀석들 등을 밟고 올라가믄 되지 않겠는가 말여."

"짐승이 사람보다 더 영악해서 지 죽을 웅덩이는 피해 가겠지만도, 정 어쩔 수 없는 지경이니 그 방법밖에 없겠구먼."

뚱보가 고개를 끄덕였다.

수십 마리 소가 웅덩이를 피해 고개를 오르기 시작했다.

"쉿! 전군은 움직이지 말라."

구물거리며 산을 오르는 농민군의 움직임을 가늠하며 박봉양은 나직이 명령했다.

"손가락 하나, 고갯짓 하나도 금한다. 적이 산꼭대기까지 올라올 때를 기다린다."

박봉양은 다시 한 번 힘을 주어 명령했다.

'어리석은 놈들!'

박봉양이 입술을 일그러뜨리며 웃었다.

'와라. 더 가까이 와라, 이놈들아.'

박봉양은 참을성 있게 기다렸다.

문득 모든 소리가 끊겼다. 잠시 후, 산을 오르는 소와 사람들의 발자국 소리, 가벼운 소 울음소리 그리고……. 이윽고 씩씩거리는 소들의 숨소리가 손에 잡힐 듯 가까이 들렸다.

"지금이다!"

박봉양은 허공에 대고 총을 쏘았다.

탕탕!

피융, 피융!

한밤중에 갑자기 쏘아 대는 천여 방의 총 소리.

총 소리는 메아리를 만들어 골짜기를 흔들고 하늘에 닿았다. 또 다른 한쪽에서는 미리 짜 놓은 대로 정신없이 북과 바라와 징을 두드려 댔다.

둥둥둥둥, 둥둥둥둥.

징징징.

갑작스런 소리에 소들이 놀라 미친 듯이 날뛰기 시작했다.

"이놈들아! 이놈들아!"

짝코는 어쩔 줄 모르고 소 주위를 뱅뱅 돌았다. 갈피를 잡지 못하던 황소 한 마리가 얼결에 짝코를 뿔로 들이받았다.

"으악!"

삽시간에 짝코의 내장이 쏟아져 내렸다.

총 소리, 북 소리, 징 소리에 소들이 울부짖는 소리. 거기에 소에 받힌 농민군의 비명까지 더해져, 골짜기는 터져 나갈 듯 시끄러웠다.

"저 놈을 조준해라."

박봉양은 차분하게 앉아 김봉득을 가리켰다. 김봉득은 말을 탄 채 나무 사이로 나타났다 사라졌다 하면서 농민군을 지휘하고 있었다.

"너희 셋은 저 놈만 맡아라."

박봉양은 포수 셋에게 김봉득을 맡겼다.

"자, 동아줄을 끊어라. 바위를 굴리고 통나무를 풀어라!"

박봉양은 몸을 일으키며 힘껏 소리쳤다.

콰르르륵.

동아줄을 끊자 무서운 소리를 내며 바위가 굴렀다.

"윽!"

뚱보는 비명도 제대로 지르지 못한 채 굴러 오는 바위에 부딪쳐 머리가 깨졌다.

김봉득은 말고삐를 잡아당겼다. 웬만한 나무쯤은 간단히 쓰러뜨리며 무서운 기세로 바위가 굴러 오고 있었다. 총에 맞아 죽고, 소에 받혀 죽고, 구덩이에 빠져 죽고, 바위에 깔려 죽고……

'여기가 바로 지옥이구나.'

김봉득은 이를 물고 다시 한 번 말고삐를 잡아챘다.

'내, 죽어도 혼자 죽지는 않겠다.'

김봉득은 굴러 내리는 바위를 피하며 쏟아지는 총알 속을 향해 방향을 잡았다.

"가자, 저놈과 같이 죽자."

그러나 그 순간 말이 무릎을 꿇었다.

히힝!

앞다리에 총을 맞은 말은 몸을 일으키지 못했다.

피융, 피융!

다음은 김봉득의 넓적다리였다. 피가 흘러 말의 앞다리를 적셨다.

히잉, 히이잉!

말이 대신 비명을 질렀다.

그 다음은 어깻죽지. 쥐고 있던 총이 저만치로 튕겨 날아갔다.

세 번째 총알이 왼쪽 가슴을 관통했다.

털썩.

김봉득은 산 위로 몇 걸음 다가서지도 못 한 채 말에서 떨어졌다.

"장, 군, 님! 이, 이, 노, 릇, 을⋯⋯."

한 마디 할 때마다 입 안에서 울컥울컥 피가 솟았다.

열일곱 나이의 소년 장수 김봉득. 그는 운봉 골짜기에서 그렇게 눈을 감았다.

"누나! 누나! 이 소 좀 봐!"

소똥이는 숨이 넘어가게 민들레를 불렀다.

"저런, 많이 다쳤구나!"

민들레는 마당가에 겁먹은 듯 움츠리고 서 있는 소에게 다가가 거뭇거뭇 피가 말라붙은 등을 가만히 쓸어 주었다.

소는 가뜩이나 큰 눈을 더욱 퀭하게 뜨고 불안스레 주위를 두리번거렸다. 눈에는 물기마저 어른거렸다.

"이렇게 다친 몸으로 어떻게 여기까지 왔을까?"

앞다리를 펴지 못하는 소를 보면서 소똥이는 고개를 갸웃거렸다.

아버지가 죽자 갈 곳이 없던 소똥이는 민들레 모녀와 운봉에서 조금 떨어진 산기슭에서 살고 있었다.

민들레는 어두운 얼굴로 운봉 쪽을 바라보았다.

이 소는 싸움터에 있었던 것이 분명했다.

'그렇다면…….'

민들레는 한숨을 참으며 몸을 일으켰다. 우선은 소에게 물부터 먹여야 할 것 같았다.

덫에 걸리다

은강이는 바삐 걸었다. 아니 뛰었다.

몸을 움직일 때마다 지난번 전투에서 다친 왼쪽 팔이 욱신 거렸다.

다리는 더 심했다. 파편을 빼내고 치료를 했는데도 걸을 때마다 다리가 절룩거렸다.

전봉준 부대가 마지막 전투를 벌인 태인에서 은강이는 살아 남았다. 멈춰 버린 마지막 폭탄을 토벌군 쪽으로 밀어 보내려 는데 폭탄이 터졌고, 그 순간 은강이를 찾아 헤매던 충근이 아 제가 은강이 위로 몸을 날렸다. 은강이 대신 충근이 아제가 목 숨을 잃었다.

'장군님.'

은강이는 달리면서 욱신거리는 왼팔을 그러쥐었다.

'김개남 장군이 잡혔단 말이에요. 장군님, 장군님은 무사하신 거지요?'

은강이는 속이 타서 제 정신이 아니었다.

'빨리 도망쳐요. 전 장군님까지 잡히면……'

은강이는 달리다가 주막집 주위에 사람들이 웅성거리며 모여 서 있는 것을 보았다.

'뭘까?'

시간이 없었다. 은강이는 망설이다가 주막 쪽으로 다가갔다. 혹시 농민군에 관한 이야기일지도 몰랐다.

"쳇! 살려 준다고?"

유난히 광대뼈가 불거져 나온 사내 하나가 침을 퉤, 뱉으며 모여선 자리에서 몸을 뺐다. 은강이는 그 자리에 들어가 섰다. 벽에는 방이 한 장 붙어 있었다.

병기를 반납하고 집으로 돌아가는 자는 살려 준다.

관가에 신고하고 동학에서 나오는 자는 살려 준다.

집에 있으면서 생업에 충실했던 자는 살려 준다.

농민군 두목을 베는 자는 상금 일 만 냥을 내리고 수령에 임한다.

비록 농민군의 두목이라 하더라도 자진하여 다른 두목을

베어 오는 자는 죄를 용서하고 상을 내린다.

감히 관군을 거역하는 자는 죽인다.

감히 연락을 취해 무리를 모으는 자가 있으면 죽인다.

감히 병기를 가지고 길에 나다니는 자는 죽인다.

감히 사사로이 무기를 숨겨 두고 반납하지 않는 자는 죽인다.

감히 관청의 어른을 협박하고 관의 명령을 따르지 않는 자는 죽인다.

감히 적의 두목을 숨겨 주면서 신고하지 않는 자는 죽인다.

'살려 준다.'

'죽인다.'

'살려 준다.'

'죽인다.'

은강이는 글자들을 유심히 바라보았다. 이상했다. 손등으로 눈을 비볐다. 글자가 커졌다 작아졌다 하면서 마치 살아 있는 것처럼 꿈틀거렸다. 어지러웠다. 은강이는 정신을 가다듬기 위해 머리를 흔들었다. 그러고는 다시 달렸다.

'살려 준다고 살 수 있을까?'

'죽인다고 죽을 수 있을까?'

정신없이 달리는 서슬에 머릿속이 쿵쿵 울렸다.

'두목을 베는 자는 상금 일만 냥과 수령에 임한다.'

'아아, 그래서 김개남 장군도 붙잡힌 걸까?'

'누군가 전 장군을 발고하면?'

생각이 여기까지 미치자 은강이는 온몸이 그대로 터져 버릴 것 같았다.

달렸다.

은강이는 죽을힘을 다해 달렸다.

달리는 은강이 머릿속에 먼저 간 사람들 얼굴이 스쳐 지나 갔다.

'힘을 좀 쓴다고 온갖 궂은일, 힘든 일은 온통 내 차진디, 먹는 것은 멀건 보리죽뿐이니…….'

복룡이 형이 한 바가지 가득 물을 들이켜다 멋쩍게 말했다.

'내 새끼한테는 개백정 딱지 좀 떼 주고 살랬더니, 니들이 다 뭐냐, 이놈들아!'

막동이 형이 고함을 쳐 댔다.

'그래, 죽여 버렸다. 나긋나긋 제 손안에 들지 않는 녀석들을. 더구나 이빨 앙다물고 대드는 녀석들을 양반님네가 살려 두겠냐?'

김모종쇠 아저씨가 설레설레 고개를 저으며 사라졌다.

'그 애도 내 동생이었던 거야. 배다른 동생……'

긍휼 스님이 중얼거렸다.

코끝이 맵싸해지고 목 안이 아려 왔다. 은강이는 눈물을 참기 위해 더 빨리 달렸다. 그러나 갑수 형과 솔부엉이가 쫓아와 귀에 대고 소곤거렸다.

'나 같은 아이가 또 생기지 않는 세상을 찾아보겠어.'

'내 소원은 말야. 내 생일에 미역국을 먹는 거야. 쇠고기 국물에 미역을 빽빽하게 넣어 울 엄마가 끓여 주는……'

참을 수가 없었다. 은강이는 혀를 깨물며 하늘을 올려다보았다. 시커먼 구름 몇 덩이가 해를 가리고 있었다. 어두워질 시간이 아닌데도 주위는 괴괴하고, 음산하기까지 했다.

그러나 은강이는 아무것도 무섭지 않았다.

'빨리, 내가 빨리 가서 알려 드려야……'

은강이는 손을 호호 불며 계속 달렸다. 겨울바람에 코끝이 아프도록 시렸다.

우금치 전투가 고비였다.

그 전투 뒤, 농민군은 패색이 짙어졌다. 전세가 기울자 곳곳에서 농민군 토벌이 이어졌다.

농민군 몰이에 앞장선 것은 관군이었다. 관군은 동학도와 농민군을 찾아내 잡아 죽였다.

일본군은 전투에서는 무차별로 농민군을 죽였지만 전투가 끝나면 자기들 손으로 농민군을 죽이지 않았다. 관군에게 넘겨 동족의 손에 죽게 했다. 일본군의 정책이었다.

조선 팔도는 끓는 냄비 속 같았다. 한쪽에서는 후퇴하던 농민군이 다시 집결해 읍면을 점거하기도 했고, 다른 한쪽에서는 각자 고향으로 돌아가기도 했다.

전봉준은 결단을 내렸다. 휘하에 있던 농민군을 해산시키고 직속 부대원들에게 한양 잠입을 지시한 뒤 몇 명의 부하만 데리고 잠적했다. 곧장 입암산성으로 갔다. 그 곳에서 하룻밤을 지낸 뒤 토벌대가 추격해 온다는 소식을 듣고 떠났다. 토벌군이 도착했을 땐 이미 백양사로 거처를 옮긴 다음이었다.

회문산 깊은 산골 종송리 느티마을의 매부 집에 숨어 있던 김개남은 전봉준이 백양사에 있다는 이야기를 들었다. 김개남은 은강이를 보내 둘이 만날 시간을 정했다. 그런데 김개남이 붙잡힌 것이다.

지금 전봉준은 순창 피로리에 있었다. 피로리와 종송리와는 이십 리 길이었다. 언제 그들이 들이닥칠지 몰랐다.

'장군님! 빨리, 피하세요. 제발, 제발요!'

은강이는 주문을 외우듯 달리며 중얼거렸다.

전봉준의 연락을 전하러 다시 김개남의 거처로 돌아온 은강이는 막 사립문을 나서던 김개남 일행과 맞닥뜨렸다.

'장군님!'

심상치 않은 기운을 눈치 챈 은강이는 사립문을 그대로 지나치려 했다.

"어, 은강이 아니냐?"

김개남은 자연스럽게 은강이를 불러 세웠다.

은강이는 화들짝 놀라서 그 자리에 섰다. 그러고는 얼른 돌아서서 고개를 꾸벅 숙였다.

"아, 안녕하세요?"

"허허허! 이 녀석아, 이 꼴을 보고도 안녕하냐고 인사를 해?"

김개남은 포승 두른 손을 들어 보이며 껄껄 웃었다.

"이 녀석아, 네 훈장님이 그리 가르치시더냐?"

'훈장님?'

은강이는 정신이 번쩍 들었다. 김개남은 어떤 '이야기'를 하고 있었다.

"이 녀석아, 다 저녁때 돌아다니지 말고 어서 집으로 들어가거라. 두루 안부 전하고. 훈장님께도 말이다."

말을 마친 김개남은 껄껄 웃으며 휘적휘적 집을 나섰다. 표정이며 걸음걸이가 하도 당당해서 양 손에 찬 포승만 없다면 마치 관군을 인솔하고 어딘가를 가는 우두머리처럼 보였을 것이다.

'아, 장군님!'

은강이는 멀어지는 뒷모습을 바라보았다. 김개남의 모습이 담장을 돌아 사라지자 은강이는 왔던 길로 다시 뛰기 시작했다.

'훈장님, 전봉준 장군님! 김개남 장군이 잡혀 갔어요!'

길은 멀었다. 어느 틈에 해는 지고, 바람이 한결 차고 거칠어졌다.

은강이는 달음질을 늦추며 주위를 둘러보았다.

'반쯤은 온 걸까?'

추수를 끝낸 텅 빈 논에는 살얼음이 얼었다. 이십 리 길이 오늘은 왜 이리 멀고도 먼 것인지.

은강이는 혹시라도 자신을 뒤쫓아 오는 사람이 없는지 다시 한 번 주위를 둘러보았다.

'이럴 때, 이야기 속에 나오는 홍길동처럼 축지법을 쓸 수 있으면 얼마나 좋을까? 한걸음에 달려가 이 사실을 알리고, 전봉준 장군님을 어디 안전한 곳으로 모실 텐데.'

은강이는 다시 속력을 내 뛰기 시작했다.

드디어 저만치 마을 입구에 서 있는 정자나무가 보였다.

'훈장님은 무사하실까?'

순간, 은강이는 보았다. 수상한 그림자가 어른거리는 것을.

'놈들이구나!'

은강이는 미친 듯이 뛰기 시작했다.

"훈장님! 훈장님!"

은강이는 양 손을 휘저으며 정신없이 내달았다.

'놈들이 와요. 어서, 어서 피하세요!'

그러나 마음과는 달리 입에서는 '훈장님'이라는 소리밖에 나오지 않았다.

"훈장님! 훈장님!"

그만 멈추려고 해도 발이 말을 듣지 않았다. 은강이는 비탈을 굴러 내리는 돌처럼 주막을 향해 내달았다.

"훈장님! 어서 피하세요!"

은강이는 그대로 내달아 사립문을 지나쳤다. 그러고 나서 방문에 몸을 부딪치며 가까스로 그 자리에 섰다. 문살이 푹, 소리를 내며 부서졌고 은강이는 그 사이에 끼었다.

주막을 둘러싸고 움직이던 수상한 그림자들이 놀라 허리를 폈다.

"헉헉헉."

은강이는 숨을 몰아쉬며 마당부터 살폈다.

"무슨 일이냐?"

전봉준의 목소리였다. 은강이는 펄쩍 몸을 일으켰다.

"무슨 일이냐?"

툇마루에 버티고 선 전봉준은 똑같은 어조로 다시 물었다. 칼을 빼든 세 사람이 전봉준을 에워쌌다.

"저, 저……."

은강이는 터져 버릴 것 같은 가슴을 한 손으로 누르며 간신히 입을 열었다.

"김, 김개남 장군님이……."

그러고 보니 은강이의 온몸은 피투성이였다. 다친 왼팔을 묶었던 헝겊은 어디론가 사라져 버리고 싹둑 베어져 나간 저고리 사이로 조금씩 피가 솟고 있었다.

"고맙다. 자, 이제 넌 그만……."

전봉준의 말이 끝나기도 전에 그림자들이 칼을 휘두르며 달려들었다.

챙!

챙!

칼과 칼이 부딪쳐 불꽃이 튀었다.

챙!

챙!

그 때 갑자기 울리는 총 소리.

"윽."

총 소리와 함께 전봉준이 쓰러졌다.

"장군님!"

은강이는 천둥처럼 소리를 질렀다. 그러나 전봉준은 몸을 일으키지 못했다. 총알이 복사뼈를 부순 것이다.

"아아, 장군님!"

깊어 가는 밤

공주에서 후퇴한 농민군은 전라도 남부로 밀려 내려가다 순창에서 다시 모였다. 농민군 부대는 북상하기 시작했다. 관군과 일본군이 추격해 오기 어렵도록 산줄기를 타고 북으로 북으로 올랐다.

가는 동안 농민군 수는 자꾸만 늘어났다. 여기저기서 해산한 농민군이 합류하기도 했고, 토벌대에게 쫓겨 들어오는 동학도도 있었다.

색색의 깃발이 바람에 휘날렸고, 짐을 실은 수십 마리 소와 말이 콧김을 씩씩 뿜으며 눈길을 헤치고 전진했다.

농민군은 십수 차례 전투를 치르며 북상해 보은을 점거했다. 피난을 가서 텅 빈 마을의 빈 집에 나누어 들었다. 집에 들어가지 못한 사람들은 곳곳에 모닥불을 피워 놓고 새우잠을 잤다. 강추위 속에서 폭설이 쏟아졌다. 농민군은 마을 입구에 보초를 세우고 저녁을 먹었다.

"자, 저기 보이는 집이 최시형을 비롯한 농민군 두목이 묵고 있다는 집이다. 저 집을 완전 포위하고 신호가 떨어지면 무차별 사격한다."

추격군은 농민군 뒤를 바로 따라왔다. 관군 토벌대장이 마을에서 가장 규모 있게 지어진 집을 가리켰다.

"자, 움직여라. 어서!"

이 때, 고갯마루에 몰래 숨어든 일본 추격군의 총부리는 밖에서 모닥불을 쬐고 있는 농민군을 향해 있었다.

"저 아래에 있는 놈들을 동시에 무차별 사격한다. 그런 다음 중앙으로 돌진한다. 각자 위치에서 사격 명령을 기다려라."

탕, 타앙!

드르르륵.

총 소리는 양쪽에서 거의 동시에 났다.

"교주님!"

누군가가 최시형을 자신의 몸으로 가렸다.

드르르륵.

드르르륵.

총 소리는 쉬지 않고 이어졌다.

순간적으로 바닥에 납작 엎드렸던 김모종쇠는 살그머니 고개를 들었다. 순식간에 두 명의 접주가 총에 맞고 쓰러져 있었다. 방바닥은 피가 흥건하고 도축장처럼 피비린내가 가득했다.

"자, 뒷문을 뚫고 마당으로 나갑시다. 쪽문을 넘어 곧장 가면 됩니다. 거기 우리 군사들이 있습니다."

김모종쇠는 발로 문을 걷어찼다.

쫘당탕!

문짝이 벼락 치는 소리를 내며 떨어져 나갔다.

뒷문을 거쳐 바깥으로 통하는 쪽문으로 빠져 나오는 동안 세 명이 더 쓰러졌다. 그러는 사이, 마을 안쪽에 머물던 농민군들이 총 소리를 듣고 달려와 반격을 시작했다.

"다라니 뒷산에 올라붙어라. 거기서 내리 갈겨!"

농민군은 산 위에서 고함을 지르며 총을 쏘아 댔다. 그 소리는 메아리가 되어 산이 들썩일 만큼 쩌렁쩌렁 울렸다.

그러나 농민군의 총알에 쓰러지는 토벌군은 보이지 않았다. 농민군이 가진 화승총의 사정거리를 아는 토벌군은 멀찌감치에서 맞쏘았다.

농민군이 가진 총보다 사정거리가 몇 배나 긴 총을 가진 일본군은 정면으로 공격해 들어왔다.

방법이 없었다. 농민군의 총알은 적진에 닿기도 전에 땅에 떨어져 눈에 묻혀 버리고, 성능 좋은 토벌군의 총알은 농민군의 가슴과 배를 꿰뚫고 지나갔다.

농민군은 후퇴를 계속했다.

깜깜한 어둠 속이었다. 바람은 칼끝이 되어 살갗을 쑤셔 댔다. 모닥불도 피울 수 없는 밤이었다.

"자, 우선 두 명씩 조를 짜서 구덩이를 조그맣게 파라는구만. 자, 전달혀!"

납작코가 여우눈의 귀에다 대고 속삭이듯 말했다. 마음 놓고 말도 할 수 없는 형편이었다.

농민군은 밤도깨비처럼 움직였다. 조용히 눈을 파내 구덩이를 만들기 시작했다.

사각사각.

헉헉.

가마실골은 금세 야릇한 열기로 가득 찼다.

"다 끝났으믄 오른쪽 사람은 옷을 벗어서 왼쪽 사람헌티 입혀. 옷을 두 개 껴입은 사람은 눈을 좀 붙이고 벗은 사람은 계속 온몸을 문질러 대랴."

그 경황에도 외쌍꺼풀눈이 터지는 웃음을 참으며 속삭였다.

"뭐시라고라?"

"이 밤중에 뽈게 벗으라고라?"

"말이 많아예. 잠을 자면 체온이 떨어져서 얼어 죽는다 안 헙니까? 그래, 잘 사람에게 옷을 벗어 줘야 한다꼬예."

옥니가 답답하다는 듯 말 마디마디에 힘을 주었다.

"그럼, 잠 안 자는 사람은? 잠 안 자는 사람은 얼어 죽으란 말이오?"

"아따, 그랑께 온몸을 쉬지 말고 문질러 주라는 거 아니겄소? 그라고 아까 눈치껏 숯을 만들어 뒀어야지. 살고 싶으믄 숯불을 땅 파고 묻어서 감추고, 닭똥 냄새가 저기 일본놈 진영에까지 퍼질 만치로 문질르란 말여."

"자, 실시!"

여기저기서 킥킥 웃음을 참는 소리가 들렸다.

"아따, 요럴 때 우리 동네 큰애기가 이 꼴을 봐 버리믄 참말 큰일 나겄구만이라."

왼손잡이가 바지를 훌렁 벗으며 중얼거렸다.

"아녀유. 큰애기는 고사허고 이럴 때 왜놈들이 쳐 올라 올까 봐 걱정이네유. 홀랑 벗고 있을 때 도망갈 일 생기믄 참말, 죽여 주겄구먼유."

떠꺼머리 대꾸에 또 다시 물결처럼 웃음이 번졌다.

"자, 잔소리 말고 몸이나 부지런히 문질러. 동태 되기 싫으면. 지금이 우스갯소리 할 때야?"

구레나룻이 가라앉은 목소리로 받아치듯 말했다. 모두 입을 다물었다.

한참 만에 옥니가 느릿느릿 입을 열었다.

"알아예. 쪼매 전에도 우리 옆집 아제가 총에 맞아 피를 뿜고 쓰러졌어예. 친형처럼 따르던 아제였는데……. 하지만도 그 아제도 이해해 주실 거라예. 내사 마 잘 압니다. 이게 이승에서 해 보는 마지막 실없는 소리라는 걸 말이라예."

정신이 얼얼해지도록 춥디 추운 밤이 깊어 가고 있었다. 사방은 겁나게 조용했다.

앞으로 앞으로

새벽이 밝았다.

휘잉.

칼바람 소리가 산을 흔들었다.

"자, 저쪽 옥수골에 턱 받치고 올려다보고 있는 놈들이 일본 놈 부대요. 우리 담당이지."

김모종쇠가 여우눈에게 원조경을 건네며 말했다. 말할 때마다 허연 입김이 혹혹 솟았다.

"그래요? 저 놈들이, 뺨이라도 칠 수 있을 만큼 가까이 잘 보이네요."

여우눈은 고개를 끄덕였다. 귀밑머리에 맺힌 땀방울이 살짝 얼었다.

"몇이나 돼야?"

곁에 섰던 납작코가 언 발을 굴며 물었다.

"글쎄, 찰거머리처럼 땅바닥에 찰싹 달라붙어 잘은 모르겠지만 백 명도 안 돼 보이는데?"

"그래라? 까짓 그 정도믄 오늘 아침 해장꺼리구만."

양 볼이 푸르뎅뎅하게 얼었으면서도 납작코가 한껏 기세 좋게 큰 소리를 쳤다.

"그러나 저러나, 요런 신기한 물건은 어디서 났소?"

여우눈이 원조경에서 눈을 떼지 않은 채 물었다.

"지금 전투에 참가하고 있는 고향 친구가 주었지. 지난번 전투 때 얻은 노획품이라더군. 왜, 탐나 그러오?"

김모종쇠는 싱긋 웃었다.

"내가 강원도 산골에서 총질로 밥 빌어먹는 포수 아니오. 요 물건만 있으면 골골이 있는 토끼랑 멧돼지랑 다 내 입 안에 든 것이나 진배 없겠소 그려."

여우눈이 입맛을 쩍 다셨다.

"그렇담, 가지시게."

너무도 선선한 김모종쇠 말에 여우눈은 깜짝 놀라 눈알만 뒤룩거렸다.

"대신 전투 중엔 항시 내 옆에 있게. 내가 짬짬이 빌려 쓸 수 있게."

"오메 오메, 우리 접장님 워찌 이리 멋지다요?"

납작코가 펄쩍펄쩍 수선이었다.

'대신 살아남으시오. 반드시 고향에 돌아가서 곰이랑 멧돼지랑 잡으면서 옛날이야기 하고 사시오. 원조경을 어떻게 얻게 되었는지도.'

마음 속으로 당부하며 김모종쇠는 허리를 폈다.

"자, 이제 준비합시다. 곧 공격이 시작됩니다."

김모종쇠는 공격진을 다시 점검했다. 아침 햇살에도 눈이 부셨다.

온 산을 뒤덮은 눈 때문이었다.

"쏴라!"

돌격 명령과 함께 1진이 산 아래로 내달았다.

막동이 부대는 양쪽에 진을 친 일본군 부대 중간에 자리를 잡고, 마을 쪽으로 밀고 들어오는 토벌군과 싸웠다.

피융!

드르륵.

"죽어라."

막동이는 총을 쏘며 맨 앞에서 달렸다. 달리는 서슬에 오른쪽 눈을 잡아맨 수건이 홀렁 벗겨져 달아났다.

"개백정은 네놈들이다!"

막동이는 벌에 쏘인 황소처럼 내달았다.

"동족을 죽이자고 외국놈들을 끌어들여?"

막동이의 총이 불을 뿜었다.

"우리를 죽이고, 조선 팔도 백성들을 깡그리 다 죽이고 네놈들끼리만 재미나게 살겠다고?"

막동이는 달렸다. 눈이 쌓여 발목을 잡아당겼다. 발이 금세 축축히 젖었지만 벌써부터 동상에 걸린 발이라 이제 감각도 없었다.

"에라, 이놈들아, 총알이나 먹어라!"

막동이는 악착같이 사정거리 안쪽으로 달려 들어갔다.

"맛 좀 봐라, 이놈들!"

피융!

피융!

총알이 공중에서 어지럽게 교차했다. 옆에서 달리던 두꺼비손이 그 자리에 멈칫 섰다. 발아래 쌓인 눈 위에 붉은 핏방울이 후드득 떨어졌다.

"아이고!"

순식간에 두꺼비손의 오른쪽 팔꿈치 한쪽이 팔에서 떨어져 덜렁거리고 있었다. 허연 뼈가 드러났다.

"아이고!"

두꺼비손이 막 왼손으로 오른쪽 팔꿈치를 잡으려는데 또 다른 총알이 날아왔다.

"아이고!"

두꺼비손의 왼손이 배를 감싸 쥐었다. 털썩 쓰러졌다. 흰 눈 위로 붉은 피가 빠르게 번져 나갔다.

"자, 내 말을 잘 들어라."

토벌대장은 날랜 병사들을 따로 불렀다.

"겉옷을 벗어라. 옷을 벗고 저쪽, 산 뒤로 돌아 저놈들 뒤쪽으로 접근한다."

토벌대장이 손가락질한 곳은 다라니산 뒤편이었다.

"완전히 한패처럼 보이게 해 가까이 다가가라. 때가 되면, 등 뒤에서 일제히 갈긴다."

병사들은 그 자리에서 겉옷을 벗었다. 검은 겉옷을 벗으니 흰 바지 저고리의 농민군과 똑같은 차림새가 되었다.

"가라."

병사들은 민첩하게 움직였다. 눈 위의 발자국이 들판을 가로질러 다라니산 뒤편까지 어지럽게 이어졌다.

드르르륵.

다다다.

막동이는 선두에 있었다. 농민군 공격대 1진이었다.

"쏴라!"

막동이의 목에서는 쉭쉭 쇳소리가 났다.

총알이 없었다. 목이 탔다.

막동이는 속으로 숫자를 세기 시작했다.

'넷, 셋, 둘, 하나.'

막동이는 총을 던져 버리고 칼을 뽑아 들었다.

김모종쇠는 머리를 굴렸다.

'농민군은 거의 총알이 떨어졌을 것이다. 사람 수는 우리가 단연 많고.'

다시 명령이 떨어졌다.

"진영을 넓게 벌려라. 일본군을 둘러싸라!"

'맞소. 그 작전밖에 없소.'

명령대로 꽹과리를 치는 김모종쇠 몸에서 김이 펄펄 났다.

"와!"

농민군은 벌떼처럼 일본군을 향해 몰려들었다. 눈사태라도 난 듯 하얗게 몰려드는 농민군의 기세에 일본군은 약간 주춤했다.

"와!"

기미를 눈치 챈 농민군은 용기백배하여 일본군을 향해 짓쳐
갔다.

드디어 일본군은 후퇴하기 시작했다.

"와!"

농민군의 함성은 하늘을 찔렀다.

"추격하라!"

"한 놈도 남기지 말아라!"

막동이는 달렸다.

'총알이 없다. 그러나 설사 있어도 이제 네놈들 정도는 이
칼로 처리하겠다.'

막동이는 구르듯 달렸다.

"이놈들, 개백정 칼 맛 한번 봐라!"

그 때였다. 아래로 내닫던 일본군이 갑자기 일제히 되돌아
서며 총을 쏘기 시작했다.

피융!

피융!

거칠 것 없이 달려 내려가던 농민군은 별안간 쏟아지는 총
탄을 피할 수 없었다.

퍽.

퍽.

농민군은 줄줄이 쓰러졌다.

막동이도 누가 갑자기 발목을 잡아채기라도 한 것처럼 느닷없이 앞으로 꼬꾸라졌다. 허벅지에서 붉은 피가 솟구쳤다.

선두가 이렇게 무너지고 있을 때, 관군 병사들은 앞만 바라보며 일본군과 싸우고 있는 농민군의 뒤를 쳤다.

"후퇴하라! 후퇴하라!"

김모종쇠는 팔이 떨어지게 꽹과리를 쳐 댔다.

깡깡깡깡.

마침내 농민군은 두 길로 나누어 달아나기 시작했다. 그러나 김모종쇠는 후퇴할 수가 없었다. 미처 꽹과리질을 멈추기도 전에 두어 개의 총알이 배와 어깨에 날아와 박혔다.

"윽."

김모종쇠는 꽹과리와 채를 양 손에 쥔 채 쓰러졌다.

"으윽."

숨이 끊어지는 마지막 순간까지 김모종쇠는 꽹과리를 놓지 않았다. 가진 유일한 무기는 꽹과리뿐이었다.

"추격하라!"

관군과 일본군은 각각 한쪽씩을 맡아 토벌에 나섰다.

"동학당을 초절하라!"

일본군 대장은 탄알을 새로 장전했다.

"총알은 얼마든지 있다. 한 놈도 살려 두지 마라."

탕!

탕!

토벌대의 총 소리는 훨씬 여유가 생겼다. 이제는 움직이는 표적인 농민군을 하나하나 쏘아 쓰러뜨리면 되었다. 마치 사격 연습을 하듯.

탕!

탕!

토벌대는 바위를 들치고 가재를 잡아 내듯 골짜기를 샅샅이 뒤져 농민군을 찾아 총을 쏘았다. 얼굴을 마주 보며, 등 뒤에서, 머리 위에서.

"오냐, 오너라."

그들이 차츰 다가오는 것을 빤히 보면서도 막동이는 땅바닥에 주저앉은 채 칼을 그러쥐었다. 허벅지는 뭐가 잘못되었는지 도무지 움직일 수가 없었고, 엉덩이는 피와 눈 녹은 물이 뒤섞여 완전히 젖었다. 손바닥에선 땀이 배어났다.

'오너라, 어서.'

막동이는 그들을 정면으로 쏘아보았다. 앞장서 오던 일본군과 눈이 마주쳤다. 일본군은 동료에게 무언가 말을 시키더니 곧장 막동이 앞으로 다가왔다. 그러고는 막동이의 머리를 향해 느긋하게 총을 조준했다. 막동이는 칼을 휘둘렀다. 그러나 총알이 훨씬 빨랐다.

탕!

그 날, 농민군의 나머지 세력은 토벌군에 의해 완전히 사라졌다. 그 하루 동안 죽은 농민군은 이천육백여 명. 그러나 토벌군 사상자는 단 한 사람도 없었다.

총 15자루.

환도 9자루.

창 42자루.

탄약 2짐

깃발 10여 폭.

관군 토벌대장은 보고문에 그 날의 노획품을 이렇게 썼다.

내 피를 뿌리리라

"이름이 무엇인가?"

"전봉준이다."

"나이는 몇 살인가?"

"마흔한 살이다."

은강이는 심문실에서 새어 나오는 목소리에 귀를 기울였다. 그 소리는 빗소리와 섞여 끊어졌다 이어졌다를 반복하고 있었다.

"오늘은 법무아문의 관원뿐 아니라 일본 영사까지 자리를 함께해 공정히 처결할 것이니 하나하나를 바른 대로 대답하라."

법무협판의 말투는 위압적이었다.

전봉준은 천천히 고개를 들었다. 그리고 법무협판의 눈을 똑바로 바라보았다.

"분명히 말하지만 우리는 잘못된 세상을 바로잡고자 일어났소. 탐학하는 관리를 없애고, 그릇된 정치를 바로잡자는 것이 무엇이 잘못이오? 조상을 팔아 백성의 피땀을 빨아먹는 양반 나부랭이를 징치하는 것이 무엇이 잘못이오? 더구나 인간된 자로서 사람을 사고팔고, 나라 땅을 농락하여 자기 잇속을 채우는 자를 치는 것이 무엇이 잘못되었단 말이오? 또한 당신들은 남의 나라에 빌붙어 동족을 해치고 있소. 정작 당신들의 죄가 참으로 큰 터에 도리어 나를 죄인 취급하며 어찌 그런 말을 하시오? 더군다나 일본 영사까지 이 자리에 앉혀 놓고?"

"무어라?"

법무협판은 발을 구르며 자리에서 벌떡 일어났다.

"조정을 능멸하고 어리석은 백성을 죽음으로 몬 간악한 역적놈이 감히……."

"긴말할 것 없소."

전봉준은 법무협판의 말을 잘랐다.

"바른 일을 하다가 죽는 것은 조금도 후회가 없소. 다만 역적의 누명을 쓰고 죽는 것이 원통할 따름이오."

전봉준의 눈빛은 타고 있었다.

"저, 저놈이……."

전봉준은 의연히 말을 이었다.

"나는 이미 마음의 준비가 끝났소. 당신들은 나의 적이고 나는 당신들의 적이오. 내가 백성과 함께 당신들을 쳐 없애고 나라 일을 바로잡으려다 도리어 당신들 손에 잡혔으니, 당신들은 나를 어서 죽이면 될 것이고 다른 말은 물을 것 없소. 나는 적의 손에 죽을지언정 적의 법을 따르지는 않겠소."

"어서 죽이라고? 그래, 정 그렇다면 네 소원대로 해 주마."

법무협판은 전봉준에게 달려들었다.

"참으시오."

이제까지 한마디도 입을 열지 않던 법무대신이 손을 들어 법무협판을 말렸다.

"……."

법무협판은 마지못해 그 자리에 섰다.

"잠깐 나가 계시오. 저, 영사님도 잠깐만……."

법무대신은 일본 영사에게 눈짓을 했다. 일본 영사 얼굴에 불쾌한 빛이 역력히 드러났다. 그러나 그는 잠자코 밖으로 나갔다.

법무대신이 한참 만에 전봉준을 향했다.

"심문은 끝났소. 당신은 아마 '군복을 입고 기마를 탄 채 관문에서 변란을 일으킨 자는 지체 없이 목을 벤다.' 는 대전회통

(조선의 국법을 기록한 책)의 조항에 따라 사형에 처해질 것이
오. 마지막으로 한마디 묻겠는데 당신은 이 죽음이 억울하다고
생각하시오?"

"죽는 것은 억울하지 않소. 다만 조선의 탐관오리를 다 징치
하지 못하고, 내 나라에 닥친 왜적의 침략을 막지 못해 그것이
억울할 뿐이오."

전봉준은 꼿꼿이 앉은 채로 말을 마쳤다.

"개인적으로 나는 당신들의 죽음을 매우 유감스럽게 생각
하오. 당신들의 봉기는 청일전쟁의 원인이 되었고, 우리 나라
도 개혁이 시작되었소. 당신들이 탐관오리로 지목한 민영환은
국법에 처해졌고, 나머지 상당수도 흔적을 감추었소. 당신들의
죽음은 헛되지 않을 것이오. 명복을 비오."

법무대신의 목소리는 낮고 따뜻했다.

전봉준은 비로소 눈을 뜨고 법무대신을 바라보았다. 두 사
람의 눈길이 마주쳤다. 두 사람은 오랫동안 그렇게 서로를 마
주 보았다.

"가족에게 마지막으로 할 말은 없으시오?"

법무대신이 물었다.

순간 전봉준의 어깨가 움찔, 움직였다. 그러나 전봉준은 이
내 고개를 저었다.

"없소. 다만, 나를 죽일 때 종로통에서 목을 베어, 오고 가는 사람들에게 내 피를 뿌려 주시오. 이것이 내 마지막 말이오."

말을 마친 전봉준은 굳게 입을 다물었다.

법무대신은 보일 듯 말 듯 고개를 끄덕였다. 그러고는 천천히 일어나 심문실을 나섰다.

"다음."

전봉준은 들것에 들려 나가고, 간수 둘이서 은강이의 양쪽 겨드랑이를 잡고 심문실로 들어섰다. 법무협판과 일본 영사가 다시 들어왔다.

"이름이 무엇인가?"

"정, 은, 강."

"나이는 몇 살인가?"

"열두 살……."

은강이는 심문에 또렷하게 대답하려고 애썼다.

"조선 종자는 참으로 알 수가 없는 것들이다. 너같이 어린 것들이 어떻게 싸움터에 끼어들었나?"

조선 법무협판이 미처 본격적인 심문을 시작하기도 전에 일본 영사가 은강이에게 손가락질을 했다.

"이놈이 전봉준 제자랍니다. 싸움터를 처음부터 끝까지 따라다녔다니까요. 전봉준이 잡힐 때도 함께 있었구요."

"제자?"

"네, 전봉준이 마을에서 훈장질을 몇 년 했던 모양입니다. 그 때……."

"오호! 그래?"

법무협판의 설명에 일본 영사는 빙글 웃었다.

"그 때 전봉준에게 무엇을 배웠나?"

"……."

"무엇을 배웠냐고 묻고 있지 않나?"

일본 영사의 목소리가 높아졌다.

"논어……, 사서삼경……."

"아, 그래? 그럼 그 책에 무엇이 씌어 있었나?"

"……."

"사람으로 살아가는 데 필요한 도리 같은 것이……."

"사람의 도리라? 그것 참 재미있는 말이다."

법무협판이 대신 대답했다.

일본 영사는 잠시 말을 끊고 무언가를 깊이 생각하는 표정이 되었다.

"싸움은 이제 거의 끝났다. 난에 참가했던 놈들은 모두 죽거나 체포되었고 살아남은 놈들은 무기를 땅에 묻고 깊은 산 속이나 섬으로 도망을 갔다. 그런데 요즈음, 네놈들 잔당이 황해도 구월산에 모여들고 있다는 소문이 있다. 들어 본 적이 있느냐?"

일본 영사가 잠시 말을 쉬는 사이에 법무협판이 물었다.

은강이는 천천히 고개를 저었다.

"전봉준의 직속 부대가 한양에 잠입했다가 전봉준이 잡히자 그 곳에서 놈들과 합류하고 있다는 소문이다. 전혀 처음 듣는 이야기인가?"

은강이는 고개를 끄덕였다.

'살아남아 또 다시 모여들고 있다고?'

은강이는 자신의 처지를 잠시 잊은 채 생각에 잠겼다.

'누굴까? 누가 살아남았을까?'

은강이 귀에는 심문하는 소리가 하나도 들리지 않았다.

'끝돌이? 민들레? 그리고…….'

은강이 머릿속에서 생사를 알 수 없는 여러 사람 얼굴이 빠르게 스쳐 지나갔다.

'그들이 살아 있었구나!'

고마웠다. 무조건 고마웠다. 그들이 잡히지 않고, 죽지도 않고 살아 주었다니……. 은강이는 가슴 속에서 뜨거운 것이 울컥 치미는 것을 느꼈다.

"자, 그렇다면 너는 싸움에 참가하는 것이 사람으로서의 도리라 생각했는가? 그래서 어린 나이에 싸움에 참가했나?"

일본 영사가 은강이를 다그쳤다.

"어디 한번 대답해 봐라. 도대체 무슨 생각이 들어 그렇게 했나?"

"……."

"어서! 어서 말하지 못하겠나? 어서!"

일본 영사는 금방이라도 한 대 후려칠 기세로 은강이한테 바짝 다가섰다.

"전쟁터가 아닌 곳이, 조선에 없어서……."

은강이는 내뱉듯이 말했다.

"오호? 그래?"

일본 영사는 재미있다는 듯 은강이 주위를 빙빙 돌았다.

"물론 그렇기도 했겠다. 하지만 피하려고만 들면 피할 수도 있었을 텐데?"

"피할 수, 없었……."

"왜? 부모님이 계시지 않나?"

"돌아가셔……."

"친척은? 친척 집에 있을 수도 있는 것 아닌가? 그러면 싸움 터에서 살지 않았어도 괜찮지 않는가?"

일본 영사의 질문은 차고 분명했다.

은강이가 대답할 기미를 보이지 않자 일본 영사는 또 다시 물었다.

"그렇다면 전쟁터에서 무엇을 했나? 총을 쏘고 대포를 쏘고 그렇게 했는가, 어른들처럼?"

"……."

"그리 했나?"

일본 영사는 말채찍으로 은강이의 가슴을 찔렀다.

은강이는 입을 다문 채 천천히 고개를 끄덕였다.

"오호, 그랬나? 도대체 무슨 생각으로? 죽는 것이 무섭지 않는가? 피가 겁나지 않는가?"

은강이는 대답하지 않았다.

"양반인가?"

일본 영사는 생각하는 표정이 되었다.

사방이 조용했다.

위잉 위잉.

바람이 울음소리를 냈다.

일본 영사가 입을 연 것은 꽤 한참 뒤였다.

"지금부터 내가 하는 말 잘 들어라."

일본 영사는 은강이의 코앞에 얼굴을 바짝 디밀었다.

"너희는 모두 죽게 될 것이다. 전봉준도 죽고 최경선도 죽고 손화중도 죽고 성두한, 김덕명 모두 죽는다. 그렇지만……."

일본 영사는 잠시 말을 끊고 은강이의 눈을 들여다보았다.

"그렇지만 너는…… 너같이 어린아이는 살려 줄 수도 있다."

일본 영사는 빙긋 웃었다.

"아아니……?"

놀라 입을 벌리는 법무협판을 일본 영사가 눈짓으로 말렸다.

"어떤가? 살고 싶지 않은가? 죽는 것이 무섭지 않은가?"

일본 영사는 여유만만했다.

"자, 내게 말하라. '잘못했다'고. 너희 잘못을 빌어라. 그러면 너는 살 수 있다. 네 발로 걸어서 저 문을 나갈 수 있단 말이다."

일본 영사가 차갑게 웃으며 눈짓을 하자 방문이 활짝 열렸다.

"자, 어떻게 하겠는가?"

은강이는 눈을 감았다.

눈을 감아도 활짝 열린 방문이 보였다.

갑자기 눈물이 솟구쳤다.

일본 영사는 속삭이듯 말했다.

"자, 기회는 지금, 단 한 번뿐이다. 어서! 어서!"

일본 영사의 뜨거운 입김이 귓가에 느껴졌다.

'아아!'

은강이는 자기도 모르게 고개를 저었다.

투둑.

눈물 몇 방울이 바닥으로 떨어졌다.

"자, 열을 세겠다. 하나……."

일본 영사는 천천히 숫자를 세며 자리에 앉았다.

은강이의 절망스런 눈길이 법무협판과 일본 영사의 얼굴을 번갈아 스쳐 지나갔다.

"두울!"

수를 세는 일본 영사의 목소리가 마치 저승사자 목소리 같았다.

은강이 이마에서 생땀이 솟았다.

"세엣!"

꿀꺽.

은강이는 마른침을 삼켰다. 짧은 순간 목이 아팠다.

"네엣!"

"……."

"다서어엇!"

은강이 눈앞에 솔부엉이 얼굴이 떠올라 어른거렸다. 아버지가, 갑수가, 용규가 나타났다가 사라졌다. 소 대신 쟁기를 끌던 여자 아이의 목에 도드라졌던 파란 실핏줄, 느닷없이 그 파란 실핏줄이 똑똑히 보였다.

'잘못했다고?'

'우리가?'

은강이는 고개를 저었다.

"여서엇!"

"……."

"이일고옵!"

"……."

"여어더얼!"

"……."

온몸이 마비가 된 것 같았다. 아무런 생각도, 느낌도 없었다. 은강이는 천천히 눈물 젖은 눈을 떴다.

"아호오옵!"

일본 영사의 눈이 은강이를 독촉했다.

숫자 세는 것이 한 호흡 늦춰졌다.

"……."

두 사람의 눈빛이 허공에서 부딪쳤다.

일본 영사의 눈은 웃고 있었다.

그것은, 그것은 분명 웃고 있었다.

'아아! 아니야! 그렇게는…… 못 해!'

은강이는 화들짝 놀라 눈을 질끈 감았다. 어금니를 물고 온 힘을 주어 양 주먹을 쥔 채였다. 묵지근한 통증이 등뼈를 타고 온몸을 훑었다. 순식간에 오르르 소름이 돋았다.

"여어얼!"

마침내 일본 영사의 목소리가 울렸다.

흡!

은강이는 순간 숨을 멈췄다. 명치끝이 빠개지는 것 같았다.

위잉 위이잉.

바람이 더욱 큰 소리로 울어 댔다.

은강이의 눈꺼풀이 바르르 떨렸다.

일본 영사가 천천히 자리에서 일어났다. 그러나 은강이는 손끝 하나 움직이지 않았다.

"……."

은강이는 감은 눈을 뜨지 않았다. 아니, 끝내 뜨지 못했다.

사람답게, 사람으로 산다는 것

어린 시절, 우리 역사를 보고 배울 때마다 나는 마음이 아프고 고통스러웠다. 그리고 부끄러웠다. 내가 만났던 우리 역사의 갈피갈피에는 왜 그렇게 많은 당파싸움과 탐관오리가 있었으며, 또 나라를 빼앗기고 백성을 고통스럽게 하는 왕은 왜 그렇게도 많았던지…….

어른이 된 후에야 그러한 일들은 우리 역사에만 있는 것이 아니며, 또 상당부분이 우리 역사를 축소, 왜곡시킨 일제의 식민사관에 의한 것이라는 것을 깨달았다. 하지만 그렇다고 이전에 가졌던 의문이 완전히 풀리는 것은 아니었다.

그러한 의문을 다 풀지 못한 채 나는 엄마가 되었고, 아들은 자라 세상의 온갖 것에 대해 물었다. 그 때 나는 내 아들에게, 그 또

래의 친구들에게 이 사실을 어떻게 말해 주어야 할지 또 한 번 고
통스러웠다. 부모와 조상을 부끄럽게 여기고는 분명 밝고 건강하
게 자라기 어렵다. 나는 우리 아이들을 그렇게 키울 수 없다는 생
각으로 우리 역사에 대해 좀더 구체적인 관심을 갖기 시작했다.

부끄럽게도 나 또한 동학농민운동을 '고부 군수 조병갑의 폭
정을 견디다 못한 백성이 봉기를 일으켰고, 탐관오리에게 수탈을
당하던 사람들이 이에 동조하여 한동안 싸우다 결국은 관군에 패
했다.' 정도로만 알고 있었다.

전쟁 기간이 거의 만 1년 동안이었다는 사실도, 평안도와 함경
도 일부를 제외한 조선 전역에서 20만 이상의 사람이 전쟁에 참
여했다는 사실도, 봉기를 일으킨 농민이 집강소라는 기구를 만들

어 직접 고을을 다스리기도 했다는 사실도 다시 공부를 하면서 비로소 알게 되었다.

더구나 첫 번째 봉기를 했다가 흩어졌던 농민군이 다시 두 번째 봉기를 할 수밖에 없었던 가장 큰 이유가 일본의 침략에 대항하기 위해서였다는 사실을 알았을 때, 나는 이 이야기를 아들에게, 아들 또래의 친구들에게 들려 주어야겠다고 생각했다.

나는 이 글을 읽는 내 아들이, 아들의 친구들이, 무엇이 그들의 간절한 바람을 꺾고 전쟁터로 내몰았는지 생각해 주기를 바라며 썼다. 또 이 책과의 만남이, 무엇이 사람을 짐승보다 못하게 하는지, 어떻게 사는 것이 사람답게 사는 것인지 정말 깊이 생각하는 계기가 되기를 기도했다.

이제 그 아들과 아들의 친구들은 대학을 졸업했다. 나는 또 그 아들의 아들, 또 그 아들을 생각한다. 그들이 역사를 바라보는 새롭고도 건강한 눈을 가져, 조상의 피와 땀을 바로 이해하기를, 그리하여 건강하고 가슴 따뜻한 사람으로 잘 자라나기를, 이 책이 그러한 아름다운 일에 작은 동기가 될 수 있기를 감히 소망한다.

2008년 여름, 1894년 그들을 기억하며

이윤희

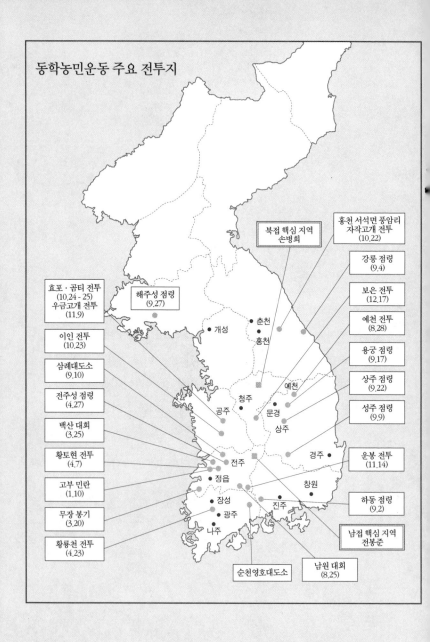

동학농민운동 주요 전투지

북접 핵심 지역
손병희

홍천 서석면 풍암리
자작고개 전투
(10.22)

강릉 점령
(9.4)

보은 전투
(12.17)

예천 전투
(8.28)

용궁 점령
(9.17)

상주 점령
(9.22)

성주 점령
(9.9)

운봉 전투
(11.14)

하동 점령
(9.2)

남접 핵심 지역
전봉준

효포 · 곰티 전투
(10.24 - 25)
우금고개 전투
(11.9)

해주성 점령
(9.27)

이인 전투
(10.23)

삼례대도소
(9.10)

전주성 점령
(4.27)

백산 대회
(3.25)

황토현 전투
(4.7)

고부 민란
(1.10)

무장 봉기
(3.20)

황룡천 전투
(4.23)

순천영호대도소

남원 대회
(8.25)

춘천

개성

홍천

청주

공주

예천

문경

상주

경주

전주

정읍

장성

광주

나주

창원

진주

〈푸른도서관〉에서 만나는 청소년 역사소설

이 윤 희

1958년 서울에서 태어나 중앙대학교 대학원에서 문예창작을 공부했다. 1990년 '아동문예'와 '새벗문학상'에 동화가 당선되어 본격적으로 작가로 활동하기 시작했으며, 한국어린이문화대상을 받았다. 〈국어〉 교과서에 동화 「펭귄 가족의 사랑」이 실려 있으며, 지은 책으로 『꼬마 요술쟁이 꼬슬란』, 『성급한 오리너구리 우화』, 『펭귄 가족의 스냅 사진』, 『네가 하늘이다』 등이 있다. 현재, 재능대학 교수로 재직 중이다.

푸른도서관은 10대에서 20대까지 눈부신 성장을 거듭하는 푸른 세대를 위한 본격 문학 시리즈입니다.

＊〈푸른도서관〉 시리즈는 계속 나옵니다!